미아

1쇄 발행 2025년 6월 30일

지은이 김이은
펴낸이 배선아
펴낸곳 고즈넉이엔티

출판등록 2017년 3월 13일 제2022-000078호
주　　소 서울특별시 강서구 마곡중앙2로 15, 테크노타워2차 311-312호
대표전화 02-6269-8166 **팩스** 02-6166-9199
이 메 일 gozknockent@gozknock.com
홈페이지 www.gozknock.com
블 로 그 blog.naver.com/gozknock
페이스북 www.facebook.com/gozknock
인스타그램 www.instagram.com/gozknock

ⓒ 김이은, 2025
ISBN 979-11-6316-640-5 (03810)

표지/내지이미지 그래픽 소스 Designed by Freepik

잘못된 책은 구입하신 서점에서 교환해 드립니다.
이 책은 저작권법에 따라 보호받는 저작물이므로 무단 전재와 복제를 금합니다.
이 책의 전부 또는 일부 내용을 재사용하려면 사전에 저작권자와 본사의
서면 동의를 받아야 합니다.

고즈넉이엔티

❖ 일러두기
* 이 글은 다산 정약용의 장편서사시 『도강고가부사(道康瞽家婦詞)』를 장편소설로 옮긴 것이다.
* 『도강고가부사(道康瞽家婦詞)』는 다산이 강진 유배 시절 보고 들은 것을 시로 적어 옮긴 것으로, 조선 후기 하층민의 어지러운 삶을 기록했다. 특히 유교문화와 가부장제에 갇혀 억압받던 한 여자에 대한 이야기를 소재로 해 그 사료적 가치가 뛰어난 자료다.
* 임형택 교수가 발굴하여 1988년 『창작과 비평』 겨울호에 발표한 것을 바탕으로 하였다.
* 그러나 이 글은 소설이므로 인물과 사건, 그 시기에 대해서는 글의 흐름에 맞도록 수정하고 덧붙인 것이 많다.
* 이 글을 쓰면서 수많은 저작들을 참고하였다. 직접 인용하거나 간접적으로 영향을 받은 저작들이 많으나 여기에 다 적지 못한다.

차례

곱디고운 작약 진흙에 지고 7

눈물꽃 36

봄은 어디에서 오는가 72

멍처럼 푸른 쑥물이 주룩 흐르고 101

좋은 세상이 어디 있는지는 몰라도 119

강물은 돌고 돌아 바다로 나가지
이내 몸은 돌고 돌아 어디로 가나 151

사나운 뇌성벽력이 단번에 몰아치니 172

지나가는 개에게 물린 꿩 215

이목구비 달린 것 차이 없고
몸 안에 든 오장육부도 매한가진데 249

어느 쪽이어도 영영 이별의 길 276

붉디붉은 노을이 핏빛으로 멍들어 301

곱디고운 작약 진흙에 지고

물러설 자리 없는 적소(謫所)에 달빛은 스몄다.

달빛에 빈 뜰이 부풀었다.

창인 듯 뾰족해진 대나무 그림자가 남해 바다를 건너 몰아닥친 밤바람을 휘저으면 우우, 문풍지가 울었다. 제 몸을 눌러 바닥에 납작하게 엎드린 모래알이 바람에 휘말려 흙먼지로 일어났다.

아침부터 종일 바람이 술렁였다. 그리 몰아닥쳐 흙먼지 삼킨 바람이 초당 마루 끝을 헤집었다. 바람은, 구부정히 앉아 바다 너머를 바라보면서 차라리 멸(滅)하리라, 부질없는 다짐을 새겨 넣던 내 등뼈를 깎아내렸다. 바다 짠내 품은 바람이 눅어진 몸뚱이에 육박해오면 겨드랑이며 등허리에 소금꽃이 벙글어 따끔거렸다.

저무는 해가 난바다의 뒤로 가라앉아 산중의 노을을 거두어가면 세상은 캄캄해져 더욱 멀었다. 어둠의 절벽 앞, 깊고 긴 밤은 우짖는 승냥이 소리로 컹컹, 오래 묵어 쑤시는 삭신으로 파고들었다. 그렇게 울 때, 승냥이에게 다만 깊이 떨리는 두려움과 허기가 흐를 뿐이었다.

우지 마라. 우지 마라.

나는 문지방에 기대 어둠에 박힌 달을 보았다. 마음이 기우뚱해, 갈 곳 없는 몸뚱이가 더 시렸다. 나의 눈물에는 푸른 독이 들어 바닥에 꽂히듯이 땅으로 추락했다. 빈 뜰에 달빛이 새하얗고 절망의 하늘에 별빛이 멀었다.

먼 바다에서 물이 밀고 들어오는 소리가 들리는 듯싶었다. 한낱 인간과 세상의 혼란에 무심한 물소리는 홀로 우뚝해서, 만사와 시간을 제 안에 쌓지도 비끼지도 않으면서 찰나처럼 씩씩하게 쏴아, 철썩거렸다. 바다의 찰나만도 못한 인간인 나는, 세상에서 버려지고도 세상만사 시름을 명치에 쌓아 숨을 한 번 내뱉는 것에도 가슴을 틀어쥐었다.

큰 아들 학연이 임금의 능행길에 꽹과리를 두들겨 아비를 사면 요청했다. 열한 살에 보위에 오른 어린 임금이 손을 들어 행렬을 멈추었을 때, 학연은 꽹과리를 머리에 이고 진흙 바닥에 이마를 찧었다. 학연은 아비를 닮아 구부정한 등뼈를 땅에 닿도록 더욱 구부려 울었다. 날숨에 울음이 흙바닥에 쏟아질 때마다 반대로 둥그런 등은 더욱 불거져서 흡사 학연이 아니라 학연의 등이 우는 것 같았다. 굽은 등의 울음에 도열해 엎어졌던 백성이 끌끌, 혀를 찼다.

꿈에 학연이 꽹과리를 두들겨 깼다. 소리는 쨍해서 외마디로 짖어대는 듯싶었다. 야무지고 높고 넓게 퍼지는 것이 꽹과리 소리의 목적이어서 꽹과리는 쾌지나 칭칭, 소리 내야 한다. 인간이 만드는 소리는 인간의 처지를 닮았는가. 내 꿈에서 내가 만들었을 학연의 꽹과리 소리는 짖는 듯 우는 듯 다급하고 억눌렸다. 하. 소리라. 꿈의 소리는 내 헐거운 오장육부를 한꺼번에 움켜쥐고 흔들어댔다. 둥글게 굽은 모양의 두려움이 명치끝을 짓이겨대서 꿈에서 짓눌렸다.

석방 명령서는 집행되지 못했다. 발행된 석방명령서는 다만 종이에 적힌 무의미한 글자였다. 임금의 무릎 아래 꿇어 있던 이기경, 홍명주의 반대는 호령 같았고, 임금은 단단하고 큰 사내였다고 귀에 못이 박히도록 들었던 아비를 새삼스레 미워하고 그리워하였다. 순하고 유약한 어린 임금은 북쪽 하늘을 올려본 자세로 석방명령을 거두었다.

자신의 임금에게 기댈 바 없음을 통곡으로 깨달은 학연은 조로(早老)한 노인처럼 쪼그라들었다. 아비인 나는 무구한 자식의 남루한 처지가 가여웠다. 가여웠으나 골방에 갇힌 나는 멀리서 학연을 위로할 만한 방법을 알지 못했다. 본래 세상의 조건에 대한 근거를 끝내 알지 못한 채 학연은 축축한 숲으로 들어갔다. 담쟁이덩굴로 옷 입고 난초로 띠를 두르겠다 하였다. 딱딱하고 차가운 바위 방석에 앉아 집을 따로 짓지 않는다 하였다. 봉선화 즙을 묻힌 갈대 붓으로 오동잎에 시 쓴다 하였다. 아. 아. 폐족의 아들로 무얼 할 수 있으랴.

한밤중 깬 잠은 다시 들지 못했다. 나는 무기력했고 무기력한 사지를 끌어당겨 단정히 앉는 것이 부질없었다. 골방 흙벽에 기대 쭈그려 앉아 만성이 된 무기력에 묶인 것이 적소의 삶이었다. 뒤통수 꼭지부터 똥구멍까지 무기력에 무기력이 겹쳐져 첩첩이 쌓인 무기력 위에 날마다 또 새롭고 병적인 무기력이 생겨났다. 그리하여 내게서 육신의 힘과 정신의 밝음을 빼앗아버린 무기력이 바로 임금이 내게 내린 형벌일 것이었다.

무기력과 공포 때문에 작은 소리도 귀에 쩡쩡, 울린다. 제대로 바르지 않은 흙벽 속에 숨었던 습기가 솟아오르는 소리가 폭포 소리처럼 쨍쨍하다. 지네가 벽을 기는 소리가 뇌까지 치솟아 파고들었다. 초당은 습기 차고 그늘이 짙었다. 물것들이 많았다. 섭생에 좋은 조건이 못 되었다. 북방 사람이 슬퍼하며 나를 위해 걱정하여 말할 때, 강진 땅에는 지네가 한 자나 되고 뱀이 꼬인다. 물리면 피가 흘러 장차 창병이 되곤 하는데 모든 약이 효험이 없고 목숨이 위태로워진다. 어떻게 견디겠는가, 하였다.

적소 생활 십여 년에 병증들이 나를 좀먹듯이 파고들어왔다. 풍병으로 입가에 침이 흐르고 왼쪽다리는 딱딱하고 혀가 굳어져 말이 어긋났다. 숨이 단정치 못하고 수선스러웠다. 아비로 인해 절벽인 삶에 묶인 아들이 내게는 또한 형벌인데, 그 아들에게 세상과 나는 공범이다. 나야 벗어날 수 없는 골방에서 창백한 얼굴로 부대끼건 말건 간에 번듯한 삶을 훔쳐 아들에게 주고 싶은 욕망으로 불덩이가 치미는 것을 느꼈다.

허심하자, 그리 다짐하고 또 다짐하였건만 어쩌자고 미망(未忘)은 버려지지 않는 것인가. 기름이 졸아붙어 등불 심지가 타다닥 소리를 냈다. 심지는 마지막 제 살을 태우고 있었다. 문 열어 하늘 보았다. 달빛. 대나무 그림자. 맘 가누기 어려워 속이 빈 웃음을 웃었다. 바람이 찼다.

새가 울었다. 미명이었다. 지저귀는 것이 아니라 우는 것은 나의 말이었다. 새는 어떨지 알 수 없었다. 나는 새의 말과 뜻과 목적에 관해 알지 못한다. 묶이지 않고 날개가 달려 한없이 자유로울 것이라는 서툰 짐작이 새의 입장에서 보자면 잔인한 올가미여서 어쩌면 새는 소리 내 무언가를 짖거나 외치는 것일지도. 벽에 비스듬히 기대 눈꼽재기창을 밀어 열었다. 강진의 하늘에 새벽이 당도하기를 내내 기다렸다. 지친 듯 밀려나는 어둠을 비난하기라도 하듯 날카로운 새벽 공기는 푸르고 위태로웠다.

  장죽에 담배를 채워 넣고 불을 붙였다. 작년에 해남에 있는 외가 쪽 윤씨 집안에서 보내준 담배는 오래 묵은 탓인지 강한 맛이 치올랐다. 대추 말린 것이 남아 있던가. 대추 살을 잘게 썰어 담배에 섞으면 맛이 좋아질 터였다. 담배를 몇 모금 빨자 숨이 쉬어졌다. 나는 새삼 방안을 둘러보았다. 간동한 세간살이를 외로움이 무겁게 누르고 있었다.

  고비 꺾어 국 끓일까. 기댔던 등허리를 떼고 일어날 때 잠이 모자라선지 온몸의 힘을 뱃구레로 끌어 모아야 했다. 발을 끌고 걸어 흙 때 낀 뒤꿈치가 거스러미 일어난 종이장판에 까슬거렸다. 밤 짐승의 울음이 잦아들었다. 바가지로 약천 샘물을 떠마셨다. 차고 맑은 물은 치통을 더욱 자극해 골이 아팠고 술에 잠겼던 식도를 다시 일으켰다. 마당을 새로 쓸었다. 먼 남쪽 땅으로 와 몸에 들인 습관이었다. 우두두. 비가 치기 시작했다. 새로 난 잎들과 꽃들이 비에 떨었다. 봄비는 쌀비다. 보리 이삭 패고 벼의 싹이 날 터였다. 도랑물이 연못으로 모여들었다. 물과 새벽이 만나 안개가 솟았다. 돌이켜보면 한 걸음 한 걸음이 모두 안개 속이었다.

빗방울 맺힌 거미줄에 벌레의 빈 껍질이 걸려 있었다. 모든 껍데기는 몸보다 크다. 그러나 껍데기는 몸과 서로 다투지 않는다. 이 또한 내가 아니겠는가. 거미줄이 빈 내 몸을 더욱 휘감아드는 듯싶었다. 몸부림칠수록 세상은 더욱 옴짝 못하게 조여들었다. 나는 초당의 골방에 도사려 앉아 강진 땅에 뼈를 묻을 각오했다.

'알아주는 자 적고 비방하는 자 많으니 천명이 나를 버린다면 한 줌 불쏘시개로 태워버리리.'

지난밤 술김에 속에서 옹심이 치받쳐 올라 쓴 나의 묘비명이었다. 술이 가라앉았던 찌꺼기를 다시 퍼올리는 작용을 한 모양이었다. 그 종이부터 먼저 갈기갈기 찢어 불쏘시개로 쓸 일이었다.

나는 장기에 유배 가 있다가 오로지 매를 맞기 위해 서울로 다시 불려갔다. 진실을 얻기 위해 때리는 매가 아니었다. 그들은 그들의 말을 받아 내가 그 말을 진실이라고 실토하기를 강요하며 나를 때렸다. 심문관은 내게 묻지 않고, 나의 죄를 대신 말하였다.

"너는 사학죄인이다. 이가환이 공초하기를, 정약용은 이승훈의 집에서 사학의 서책을 빌려왔다. 비록 신주를 세우지 않고 제사를 지내지 않는다는 말을 보고 칼로 긁어서 지워버리고 다시는 가져다 보지 않았다고는 하나, 네 동복 형제들과 동조한 점이 심히 괘씸치 않은가. 너희들은 재물과 여색으로 백성을 꾀어내 요사스러운 형상으로 속이고 더러운 물건으로 고혹시켜서 많은 백성들을 유인하여 그 울타리에 끌어넣고 부자의 법도를 멸절하고 남녀의 구분을 괴란시켜 음침한 골방에 서로 모여 한데 뭉쳐 뒹굴었으니, 이적(夷狄)에게 인륜이 없고 짐승이 무리를 이루는 것과 같다. 혹은 교주라고 부르고 혹은 교우라고 부르면서 부오(部伍)가 서로 이어지고 맥락이 서로 통하니, 그 꼴이 꼭 뱀 같지 않느냐. 더러운 땅바닥을 배로 기는 뱀들이 서로 엉겨 그 머리를 두드리면 꼬리가 응하고 그 꼬리를 두드리면 머리가 응하며 그 가운데를 두드리면 머리와 꼬리가 모두 엉기니, 종자를 뿌리 뽑지 않으면 반드시 나라에 큰 재앙이 될 것이다, 하였다. 너는 나라의 큰 재앙을 보고도 너와 네 형제들의 죄를 감추었다. 그 죄가 어찌 작다 하겠는가."

그들이 그렇다 하여, 그것이 나의 죄였다. 매는 몸의 안쪽으로 쏟아져 창자가 찢기듯 밀어닥쳤다. 심문 받을 때, 나는 침묵했다. 무엇을 말하든 무엇을 말하지 않든 같다는 것을 알았다. 그러나 매를 맞을 때, 나는 비명을 질렀다. 매를 맞아 보니까 비로소 매를 맞는다는 것이 무엇인지 알 수 있었다. 흰 수염 길게 자라 아내와 다 큰 아이들을 뒤에 두고 형틀에 묶인 채 엉덩이를 내준다는 것이 이미 매를 맞은 기분이었으나, 매를 맞아 보니까 매는 맞아야 비로소 그것이 무엇인지를 알 수 있는 것이었다.

비명을 지르기 위해 똥배에 힘을 주었는데 매가 엉덩이에 떨어지는 순간에 똥구멍에도 같이 힘이 들어가 나는 네 대째에 똥물을 쏟았다. 매는 살덩이를 짓이기고 뼈에 깊이 닿았다. 혼자서만 매를 맞는 것은 아니라는 사실도 아무런 위로가 되지 못했다. 세상 모든 매보다 내가 맞는 한 대의 매가 더욱 고통스럽다는 사실이 부끄러웠으나 살면서 그때처럼 내게 육신이 있다는 증명을

느껴본 적이 없었다. 그때 얻은 장독은 절절 끓는 구들로도 지쳐
내지 못하고 나의 몸과 정신을 풍비박산시켰다. 무기력하다는 것
말고는 할 말이 없는 삶을 쥐어주는 것, 나를 정법하여 참수하지
않은 까닭이 거기에 있을 것이라는 공포가 독을 품고 밤마다 간
교하게 나를 파고들었다.

차 솥의 물이 끓었다. 돌아설 곳 없는 자의 유일한 평온이었다.
물 끓는 소리에서 솔숲을 스치는 바람소리가 났다. 바람 소리의
끝에 초당 앞 노송나무에 빗방울 떨어지는 소리가 합쳐졌다. 물
이 끓자 거품이 일었다. 한 실꾸리처럼 선회하여 끓는가 하면 여
러 타래의 실꾸리처럼 끓어오르기도 했다. 게가 내는 거품 같기
도 했다. 물고기 눈같이 연거푸 공 모양을 하면서 끓기도 했다.

나는 쪼그리고 앉아 물이 끓는 걸 보았다. 나는 강진에서 차를
따고 덖고 끓이고 마셨다. 내 오줌의 팔 할은 찻물이었다. 이 또
한 강진에서 새로 몸에 들인 습관이다. 참수되지 않고 살아남아
적소의 골방에서 얻은 유일한 위로였다.

왼쪽 다리가 쑤셔 옆으로 뻗었다. 차 주전자 뚜껑을 열어 차향
을 맡았다. 갓난아기를 갓 씻겨낸 향이었다. 미아를 부르고 싶었
다. 노래를 부르면 가락이 살아나던 아이였다. 제법 문리가 트여
웬만한 사내들보다 대화로 세상을 논하기에 마음이 즐거워지던
아이였다. 적소에서 이웃사촌으로 지내던 그 아이가 가끔은 딸자
식처럼도 여겨지던 아이였다. 그 아이가 노래를 흥얼거리던 것이
먼 시간의 강물을 거슬러야 하는 일처럼 아득했다…. 미아가 부

르는 노랫소리를 들으며 차 마시고 싶었다. 그럴 때 나는 끓는 물을 보고 있지 않아도 가라앉았다. 그 아이의 노래는 밝은 창 밑에 놓인 깨끗한 탁자였다. 홍일청화한 날이었다. 좋은 물과 계곡이 있는 곳이었다. 신록에 가는 비가 촉촉하게 내릴 때였다. 문을 닫고 세상만사를 피할 때였다. 차 마시기 좋은 때였다.

바깥이 소란스러워졌다. 질질 끄는 여럿의 발소리가 이내 당전에 이르렀다. 처음에는 고양이 걸음질 같더니 점차 주린 산짐승처럼 사나워졌다. 사내들의 목소리가 어지러웠다. 조반도 마치기 전에 제자들이 올 리도 없었다. 아니. 이미 문하는 흩어져 거의 사라진 판국이었다. 아침나절의 어수선한 방문객은 옥에서 천 리 밖 귀양길을 재촉하던 관리들을 맞은 뒤 처음이었다.

검댕 묻고 핏자국이 스민 흰 옷을 입고 걸었던 그날이 또렷했다. 옷이 더러워서 단정한 자세도 소용없었다. 더러운 옥중 바닥에서 타고 올라온 이가 끓어 걸을 때마다 온몸이 가려웠다. 다른 건 참겠는데 사면발니가 음모 속을 기어다니며 간질이는 통에 사타구니가 가려워 걷기가 고역이었다. 어기적거리며 걷다가 오라를 잡아끄는 나졸이 보지 않을 때 묶인 두 손을 사타구니로 가져가 긁어댔다. 헤진 미투리를 끌며 유배길을 걸을 때, 아내는 머리에 보퉁이 이고 젖먹이 막내를 안고 과천까지 따라왔다. 막내 이름은 농장이었는데 아비의 유배길을 배웅한 지 얼마 못 되어 역질로 물똥을 싸대다 죽었다.

아내는 과천에서 멈추어 보퉁이를 내게 건넸다. 돌아서는 내

뒷모습을 오래 바라보았다. 나는 어느 바닷가 시골의 행랑에 들어 아내가 건넨 보퉁이를 열었다. 아내가 새로 지어 보낸 흰 옷에서 잘 익은 햇볕 냄새가 났다. 그날 밤 나는 아내의 흰옷을 입고 뜨끈한 구들에 장독 오른 몸을 지지며 밤새 사타구니를 긁었다.

 억센 목소리는 저희들끼리 서로 얽혔다. 나의 방문 앞에서 그들은 머뭇거리고, 주저하고, 서로 미뤘다. 그 사이에서 날카로운 쇳소리가 부딪쳤다.

 "뉘시오."

 나는 차 솥을 내려 한쪽으로 치워두었다. 발길질에 엎어지지 않도록 단단히 단속했다. 이불은 반듯하게 개어 부려놓았다. 건을 바로 쓰고 의관을 정제한 뒤 표정을 단정히 갖추었다. 스스로를 돌아보았다. 죄인의 마지막 자리가 어지럽지 않기를 바랐다. 껍데기도 나다. 되었다. 그 나이쯤 되어 빈 몸으로 살아가다 보면 저절로 알아지는 것들이 있는 법이었다. 아침볕이 비치고 공기가 데워지고 새들이 더욱 울었다.

 "뉘신데…."

 나의 말은 맺히지 못했다. 벌컥, 문이 열렸다. 흩어진 문하 중 서넛이었다. 군동의 신리 마을에 사는 덕수와 도암 한천동에 사는 이남과 월하마을의 의신과 마량 사는 원길이었다. 원길은 집중되어 사나운 맹수의 표정이었다. 몸 속 깊이 감춰두었다 이제 막 뿜어 나오는 살기를 나는 감지할 수 있었다. 원길의 손에 들린 곡괭이를 보았으므로 나는 더욱 잘 알 수 있었다.

 마량 앞바다에 짙푸르고 싱싱한 두 개의 그림 같은 섬이 나란히 있었다. 옛날에 수천수만 마리의 까마귀 떼가 날아와 까마귀처럼 까맣다고 까막섬이라 불린다고 원길이 말했었다. 그 섬에 얽힌 전설은 이렇다 했다. 한 아낙이 걷지 못하는 불구 아들을 업고 부둣가로 나섰을 때 문득 까막섬이 둥둥 떠 왔다. 놀란 아낙이 아들을 두고 한탄했다.

"보아라. 저 섬은 발 없이도 물 위를 걸어오는데 너는 어째 두 발이 있으면서 걷지 못하느냐?"

아낙은 엎드려 땅을 치고 울었다. 아낙이 울음을 토할 때마다 불구 아들을 업은 등이 혹처럼, 혹은 섬처럼 솟았다. 아낙의 가쁜 울음에 섬들이 그 자리에 멈춰 섰다. 대신 걷지 못하던 아이가 날 듯이 뛰었다.

말끝에 원길이 '그저 다리불구 같은 이놈, 부디 잘 인도해서 훨훨 날듯이 뛰게 해줍시오. 스승님이 바로 까막섬 아니겠습니까요? 물 위를 걷듯 서울서 그 먼 길을 걸어 우리 같은 무지렁이를 구제해주시러 이곳, 강진 땅에 떡하니 멈추신 것 아니냐고요?'냐며 여러 번 제 스승에게 다짐을 구했다. 나는 제자의 어리석음까지 내 몫이라고 생각할 수는 없었다.

"기별도 없이 어찌들 왔는가?"

나의 목소리는 심상했다. 그들이 들고 있는 곡괭이며 낫을 보고도 그랬다. 문지방을 사이에 두고 사내들은 단정히 앉은 나를 마주했다. 사내들은 자기들이 들고 있는 쇠붙이를 내려다보았다. 다시 고개를 들었을 때 그들의 표정은 험상궂었다.

몸을 돋우는 나에게서는 아무런 소리도 일지 않았다. 혹여 입가로 침이 흐를까 나는 입술을 사려 물었다. 나는 방문을 크게 열었다. 그들이 차례로 잘 들어올 수 있도록 몸을 옆으로 비켜섰다.
"차향이 좋구만. 들겠나?"
사내들이 나의 시선을 좇아 차 솥을 일별했다. 내 몸에서 뻗어나오는 평온이 그들의 산 같은 분노를 흔들었다. 모두의 옷이 비로 찬찬히 젖어가고 있었다.
"스승님, 그게 아니라…."
도암 한천동 사는 이남이 말했다.
"스승은 무슨, 개뿔."
원길이 말을 씹으면서 곡괭이를 들고 섬돌 위에 한 발을 올려놓았다. 나의 비질로 결이 선명하던 마당이 발길로 더럽혀져 있었다. 원길이 입속에 침을 모아 바닥에 탁, 뱉었다. 침덩이를 맞은 땅바닥은 작게 거품을 끓어올렸다. 나를 몸으로 육박하듯 원길이 곡괭이를 문지방 가까이 더욱 다가세웠다. 일행은 망설였다. 비 떨어지는 하늘과 진흙 묻은 짚세기와 병색과 피로가 짙어진 나의 얼굴을 번갈아 보았다. 월하마을의 의신이 나에게 눈을 맞추지 못하고 말했다.
"스승님, 다른 뜻이 아니라… 신세들이 고만고만하여 한숨으로 술로 밤을 새우다 보니 답답한 마음에 이리 나서긴 했는데."
나는 저들에게 글이 아니라 벌레 먹은 보리쌀이라도 한 줌씩 쥐어주었어야 했다. 굶주린 정신을 염려할 것이 아니라 입과 몸뚱이를 길러주었어야 할 일이었다. 나는 세상의 끝, 그 막바지에 매달린 벼랑 위에 서 있는 듯싶었다. 저들과 나누어 가질 희망 따위는 없었다. 나는 저들을 감당하기에 너무 헐거웠다. 그러나 또한, 백 자나 되는 높은 장대 위에 서 있기는 저들도 마찬가지 아니겠는가. 이 땅에 붙들려 긴 세월을 견디고 보았으므로 나 또한 모르지 않았다.

해마다 고꾸라지는 살림에 반대로 세금은 갈수록 길어났다. 땅을 뺏고 소를 끌어간 아전들은 낱알을 세고 부엌 무쇠 솥과 숟가락마저 장부에 매달아 가져갔다. 저들의 아낙은 해동안 쭈그리고 밭을 갈고 저물면 소나무 껍질에 낱알을 섞어 죽을 끓이면서 배 곯아 울어대는 어린 것에 쪼그라든 젖을 물렸다. 산짐승 우는 밤이면 베틀에 앉아 무명베를 짜느라 몸이 굳었다. 누렇게 뜬 얼굴로 날이 새면 또다시 밭으로 들로 내몰린다. 그렇게 짜낸 무명천마저 저들이 가질 수 있는가. 죽은 아비의 군역을 갚고 갓 태어난 자식 놈의 군포를 대느라 허리가 휜다. 끼니는 어김없이 돌아오고 메울 수 없는 끼니 앞에서 저들은 날마다 공포와 허기에 지쳐 맹물을 퍼마셨다. 저들은 산목숨을 감당해내느라 온몸이 갈기갈기 찢길 지경이었다. 가망 없는 생이다. 무엇으로 근본 없는 세상을 견디랴.

나는 사내들을 보았다. 저고리는 꼬질꼬질하고 바지엔 누런 얼룩이 들러붙었고 제때 빗지 않은 머리는 상투 밖으로 터럭이 비죽거렸다. 사느라 비굴해진 표정은 호랑이 발에 눌린 짐승새끼 같았다. 그들의 몸에서 오래 묵은 말린 생선 냄새가 났다.

"아니긴 뭐가 아니야?"

곡괭이 든 원길의 핏발 선 눈에서 허기가 흘렀다.
"생긴 팔자대로 살게 내버려두었으면 그만일 것인데 공부니 글이니 헛된 바람만 허파에 잔뜩 집어넣게 했으면 책임을 져야지. 모를 땐 모르고 살았지. 그저 땅이나 파면서 돌아간 조상님네 원망이나 하면서 나물국에 보릿가루 죽도 감지덕지하면서 그리 늙고 죽었을 것 아닌가. 밥술이라도 뜰 수 있는 자리 하나 아문에 떡하니 만들어줄 줄 알고 기다린 세월을 생각하면 가슴을 쥐어뜯어 범에게 던져주고 머리털을 잡아 뽑아 신을 삼아도 시원치 않을 것을. 그래놓고 이제 와서 나 몰라라 하니 세상 어느 스승이 제자를 이 따위로 취급하냔 말이야. 나만 그랬어? 어디 말 좀 해봐. 왜 갑자기 팔자에도 없는 벙어리들이 나셨나?"
원길의 살찬 시선이 내 명치를 쏘았다.
이윽고 나는 마당으로 나섰다. 빈 마당에서 껍데기로 세상을 맞듯, 그들 앞에 섰다. 어떤 말이 소용 있을까. 부질없다. 속으로 나는 그들에게 맞장구쳤다. 오냐… 네놈이 맞다… 글공부 따위 무엇에 쓴다더냐… 굶주림을 구제해준다더냐, 세금을 면해준다더냐…. 환한 빛으로 어둔 세상을 밝히리라 다짐했던 때가 우스웠다. 매번 닥쳐오는 빈 밥사발의 두려움 앞에서 나는 스스로 아무것도 아니었다. 밥은 먹었는가, 라고 인사할 수 없고 덕담할 수 없었다.
작년에 양반집에서 녹슨 곡괭이 한 자루 빌려다 농사짓고 가을에 그 빌린 값으로 수확의 사분지 삼을 빼앗겼을 때, 원길의 처가 그 곡괭이로 목을 그었다. 그 자리에서 죽지 않은 원길의 처는 첫

독이 올라 겨우내 앓다가 언 땅이 풀렸을 때야 명이 끊겼다. 내가 바람결에 전해들은 원길의 형편이었다. 지금의 곡괭이가 그때의 그것인가.

나는 빈 국화분 앞에 무릎 꿇었다. 한 사람의 생도 뉘엿해질 가을 무렵에 피는 국화꽃이 어쩐지 가여워 서울 명례방에 살 적부터 해마다 국화분을 기르곤 했다. 흙물이 배어든 흰 바지는 금세 더러워졌다. 한때 스승이라 일컬었던 자에게 돌아온 것이 꾸중이 아니라 까닭을 알 수 없는 무너짐이어서 저들은 짐짓 걸음을 뒤로 물렸으나 나를 일으켜 세우는 자는 없었다. 빈 화분을 어루만지는 나의 손길은 대답이듯 눈물겨웠다.

"오뉴월에 비 맞은 개마냥 왜 쭈그리고 있는 거요? 씨발."

그의 말끝에 붙은 '씨발'은 음의 높이가 낮았다. 나는 그의 '씨발'에 어쩐지 안도했다. 그의 주저함의 뜻으로 받아 내게 예비된 끝이 지금은 아니라는 생각에서가 아니라 스승입네, 내가 그에게 가르쳤던 것이 완전히 허사는 아니었던 모양이구나, 싶어서였다.

그는 '씨발'과 곡괭이 사이에서 어깨를 들썩이면서 숨이 가빴다. 그의 주저함을 덜어주려는 뜻으로 나는 등을 더욱 곧추세워 그를 향해 내밀었다. 나의 빈 등이 그에게 또 다른 짐이 되려나, 아니면 쌓인 울분을 털어버린 자리에 새로 채운 악으로 묶여 또 살아갈 힘이 되려나. 산목숨은 악으로라도 또 살아야 하지 않겠나. 그렇게라도 살아지는 것이 산목숨 아니겠나. 마침내 원길이 곡괭이를 집어 들고 나에게 다가들었다. 무릎 꿇어 앉은 나는 빈 등으로 그 끝의 날카로움을 감당했다. 오너라. 어차피 이 땅에 묻힐 뼈이니라. 빈 화분에 빈 몸뚱이였다. 여유당에 소식 전하지 못할 것이 다만 아쉬웠다. 눈을 감았다.

곡괭이는 그러나 나에게로 향하지 않았다. 원길이 높이 든 그것은 나를 가로질러 마당 한구석에 놓인 벌통을 쑤셨다. 며칠 전 벌통에 새끼가 나서 새 통에 받은 것이었다. 날카로운 쇳덩이에 찢긴 벌통이 벌어져 우르르, 벌이 쏟아졌다. 천지사방, 종횡무진, 벌이 날았다. 집 잃은 벌들이 사람을 쏘았다. 덕수, 이남, 의신이 먼저 송구하다 머리를 조아리고 돌아갔고 원길이 버티어 서 있었다. 그때 황상이 급한 숨을 몰아쉬며 초당으로 올라섰다.

"이 사람아, 스승님께 대체 무슨 패악인가?"

황상은 먼저 원길을 꾸짖어놓고 부엌으로 달려 들어가 소쿠리를 꺼내다 스승의 머리에 씌웠다. 원길이 악에 받쳐 울면서 한 마디 짓씹었다.

"씨발."

* * *

"어찌 왔느냐?"

스승 앞에 무릎으로 앉은 황상은 고개를 들지 못했다. 낮게 내리깐 눈으로 스승의 낯을 살펴 벌 쏘인 자리마다 된장을 발랐다.

"동헌 나가는 길에 초당으로 몰려들 갔단 말을 듣고…."

얼마 전 제 아비를 따라 아전 일을 시작한 황상이었다.

"가봐야겠구나."

"송구합니다, 스승님. 더 빨리 왔어야 하는 건데."

"되었다. 가보거라."

"아닙니다. 오는 길에 사람을 보내 오늘은 아주 나가지 못 한다 기별하였습니다."

나는 더 만류하지 않았다. 속으로만 황상이 고마웠다.

"원길이 놈이 천성이 저렇진 않은 놈인데…. 어찌하여 깊이 꾸짖지 않으셨습니까."

"나 때문이다."

"무슨 말씀이시온지."

"내가 그리 일렀다. 기구를 써서 농사를 지어야 한다고 말이다. 그러면 생산성, 효율성이 높아질 것이니 그것이 실사구시가 아니고 무엇이겠냐고 말이다. 그것이 원길이 곡괭이를 빌린 까닭이다."

황상은 말을 보태지 못했다.

"제가 원체 미련한지라 사정을 세세히 살피지 못했습니다. 원길이 놈을 더욱 들여다보겠습니다. 스승님 탓이 아닙니다."

"편히 앉거라."

"아닙니다, 스승님. 편합니다."

"미련한 놈."

나는 웃었다. 나는 손을 뻗었고 황상이 그 손끝에 장죽을 쥐어주었다. 담배에 불을 붙이고 몇 숨 빠는 동안 황상은 재빠르게 몸을 일으켰다.

"조반 마련하겠습니다."

천지가 어둔 일들로 가득 찼을 때에 제자 황상은 마음의 기쁨이었다.

"마땅치 않습니다."

황상은 개다리소반을 스승 앞에 밀어놓고 고개를 조아렸다. 콩잎나물, 감태김치, 돔베젓과 아욱국이 소담하게 오른 상이었다.

"같이 먹자."

"아닙니다."

"네 밥그릇을 가져오너라."

황상은 숟가락을 들며 스승을 살폈다. 머리 터럭이 그새 더 희었고 살이 늘어져 볼이 처지고 숟가락을 입에 넣을 때 침이 흘렀다. 예전처럼 매일 곁에서 보좌해드리지 못함이 죄스러웠다.

"더 드시지 않고 왜 수저를 물리십니까?"

"볼가심만 하면 되었다. 속이 좋지 않구나."

"위통이 여직이십니까?"

"차차 나아질 것이다."

황상은 또 한 번 장죽에 담배를 채워 스승에게 올렸다. 밥 냄새도 뺄 겸 방문을 젖혀두었다.

* * *

"비가 그었구나."

나는 마당 어딘가를 보았다. 황상도 그곳을 보았으나 스승과 같은 곳을 보고 있다 확신하지 못했다.

"바람이 있습니다. 문을 닫을까요."

"놔두어라. 봄바람이 느슨하고 좋구나."

겨울 찬 입김 빠진 바람이 봄을 실어왔다. 무르익은 모춘이었다. 온 데를 알지 못하는 꽃잎이 방안으로 난분분 흩날렸다. 갓난아기 손톱만 한 꽃잎들이 스승의 서안에 주저앉았다. 다시 일어선 바람은 그 꽃잎을 스승의 바짓가랑이로 가라앉혔다.

"꽃내음이 짙은데 바짓가랑이엔 늙음만 남았구나."

"치우겠습니다."

"두어라. 새로 난 꽃잎이 내게 와 앉으니 늙음도 좋구나."

비 온 끝에 해가 나니 일기가 청화했다. 황상은 스승의 걸음을 따라 마당으로 나섰다. 초당 언덕에서 보면 만덕산 중턱이라 저 멀리 구강포가 천관산과 눈인사를 나누고 있었다. 언덕 아래를 내려보면 강진만이 호수처럼 펼쳐져 출렁거렸다. 아홉 고을의 물이 모여든대서 구강포다. 저녁엔 구강포 명물인 바지락을 구해다 스승의 저녁상에 올리리라, 제자는 생각했다. 스승은 특히 꼬막을 즐겼는데 겨울이 지나니 꼬막철이 아쉬웠다.

"하늘 끝 세월이 말 달리듯 빠르구나."

먼 데를 보면 자연 흐른 세월이 지나가는가. 제자는 적소에서 지나온 스승의 지난 세월을 헤아릴 수 없었다.

"스승님, 작약이 올라오려나 봅니다."

황상은 스승을 마당가 작약밭으로 이끌었다. 먼 데서 눈을 거둬 가까이의 잔 기쁨을 대하면 시름도 잠시 몸을 감출까 하였다. 스승은 꽃을 즐겼다. 그중 작약과 국화를 특히 사랑했다. 국화 빈 화분을 외면하고 작약의 새로움을 뵈어드리고 싶었다. 스승이 즐겨 심은 작약이 백여 그루나 되었다. 스승 스스로 '작약단'이라 이름 한 곳이었다. 어린아이 엄지손가락만 한 봉오리들이 밀고 올라와 벌써 여러 송이 꽃을 틔우고 있었다.

"비가 쳐서 더욱 꽃이 짙습니다."

작약단에 새로 피어난 작약은 가뭇없이 환했다. 작약의 향기는 날로 깊어질 것이다. 가장 깊어졌을 때 꽃은 제 몸을 버릴 것이다. 내 몸을 버릴 때 저놈 또한 버려지겠는가. 스승은 신실한 제자를 안쓰럽게 보았다. 홀연 눈가가 매워 초당 뒤 만덕산 깃대봉을 올려다보았다. 나무꾼의 숲길이 거기 있었고 백련사로 향하는 오솔길이 거기 있었다. 벌리고 있는 산이 봄볕에 조는 듯 보였다. 오늘은 저기로 향해볼까. 문득 나가지 못한다, 동헌에 기별 넣었다던 말이 다른 염을 내도록 하였다.

"해 길고 잔풍하겠구나."

"봄이 한창입니다."

"봄을 보내기가 한자리 꿈같구나. 꽃구경 삼아 산책이나 하자꾸나."

"모시겠습니다."

지팡이 짚고 꽃 찾아 길을 나섰다. 생강나무에 앉았던 조막만 한 새가 포롱, 날았다. 산수유처럼 작고 노란 꽃이 흔들렸던 생강나무에 이제 꽃은 지고 새 잎이 무성해지는 참이었다.

초당을 나서 마을로 향하는 내리막길은 너덜겅이었다. 돌이 흩어져 살려 있는 비탈은 그늘지고 곁에 물이 흘러 이끼가 진했다.

이어서는 빽빽하게 웃자란 두충나뭇잎이 볕을 가렸다. 그 뿌리가 마치 뱀처럼, 구렁이처럼, 혹은 꿈처럼, 길 밖으로 뻗어 나와 얽혀 턱을 만들었다. 무엇이든 밀쳐내려는 완강함이 오묘한 비밀스러움과 맞물려 해독하기 어려운 땅의 모양새였다. 스승은 지팡이를 짚어 걸음을 옮겼다.

"돌길과 뿌리 길이 울퉁과 불퉁해 좋구나."

"편치 않은 길이온데."

"걸음에 더욱 집중하게 되니 맘 가누기 어려울 때 걸으면 잡념이 사라지지 않더냐. 꾹꾹 밟아 걸어라."

초당 아래 귤동마을을 지날 때, 마을의 띳집 처마 볕이 따스해 고양이가 등을 죄고 있었다. 귤동을 나와 팽나무 앞을 지나 강진만가로 길을 잡았다. 강진만 앞 포전에서 김매기가 분주했다. 너른 밭은 바다를 독차지하고 들앉은 모양새였다. 파도칠 때마다 강진만에 새하얀 물꽃이 피었다 스러졌다.

황상은 비린 바람이 불어가는 쪽을 바라보았다. 미아가 살던 곳, 귤동 아래 덕산마을의 한 초가지붕에 이르러 시선이 멎었다. 보이지 않는 바람을 좇던 눈은 볼 수 없는 미아의 모습을 마음으로 좇고 있었다. 황상은 비린내 실린 바람을 맞았다. 봄바람이었으나 겨울처럼 날카롭게 느껴졌다. 미아 생각에 그러했다. 숨을 쉴 때마다 그 덩어리진 찬바람이 몸의 어딘가에서 불어댔다. 아무래도 창자 어디쯤 구멍이 뚫린 게 분명하다고 황상은 짐작했다.

탐진강을 따라 지팡이 짚어 걷던 스승이 까치내재의 산벚나무를 보러 가자 황상을 채근했다.

"이미 멀리 왔습니다, 스승님. 병이 도질까 두렵습니다."

황상은 풍병으로 사지가 굳어 자리보전하던 스승을 다시 보고 싶지 않았다.

"봄꽃이 한창이니라. 화무십일홍이라지 않더냐."

"꽃이라면 초당에도 지천이온데."

"벚꽃이 보고 싶다지 않느냐. 호랑이가 물어갈 놈 같으니라고."

스승은 이리 왔다 가면 언제 또 네놈과 산보를 하겠느냐, 그런 말을 목으로 삼켰다.

"어린아이 같으십니다."

복사꽃이 흩날렸다. 꽃보라가 더욱 눈앞을 가렸다. 쑥 뜯어다 쌀가루 넣고 시루에 쪄 안줏감 삼고 싶었다.

"조심하시지요."

제자가 스승의 걸음을 붙잡았다. 갑작스럽게 진흙길이었다. 목리를 막 지나 백금포로 향하는 갈림길이었다. 진흙탕에 한 송이, 작약이 져 있었다. 자홍색 꽃잎은 진흙 속에서 더러웠다.

"슬프구나."

황상이 과거 보기를 원치 않는다 말씀 올렸을 때에 스승은 또 한 그리 말하였다. 슬프구나…. 황상이 양반이 아닌 까닭에 급제해도 말똥을 치우고 문지기나 할 신세라는 걸 스승과 제자가 모두 알았다. 스승은 황상의 문장을 아꼈다. 그런 날, 스승은 과음했다. 아까워서 그런다… 미안해서 그런다… 스승이 체면도 없이 올 때 제자는 속으로 눈물을 삼켰다. 나를 알아주는 유일한 분이

시다. 그걸로 되었다….

곱디고운 작약 꽃잎이 진흙탕에서 천천히 물크러졌다. 스승과 제자는 꽃무덤 앞에서 고개를 떨궜다. 멀리서부터 사람들이 웅성거리고 누군가 울부짖었다. 까치내재에서 넘어오는 길목이었다.

***

아낙의 울음이 산벚나무 가지를 흔들었다. 나졸 둘이 비구니 하나를 오라로 묶어 끌어당겼다. 비구니는 질질 끌렸고 헤진 짚세기 사이로 흙물이 버선에 배들었다. 아낙은 비구니의 오랏줄을 붙들고 통곡했다. 동헌에서 심부름을 하는 통인 중식이가 맨들맨들 걸어오다 황상을 알아채고 뛰어왔다.

"무슨 일이더냐."

"나리는 관아엔 안 나오시고 예서 뭐하십니까요."

중식은 하라는 대답은 않고 황상을 면박 주었다. 중식은 여인처럼 작은 체격에 이마는 좁고 가파르며 눈이 가로로 길게 찢어져 시야가 밝았다. 어린놈이 약삭빠르고 영악해 언제나 섬돌에 사또의 신을 대령했고, 사또가 출타할 적이면 득달같이 말 앞에 납작 엎뎠다. 사학죄인을 색출하기 위한 목적으로 늙은 대비가 언교를 내려 오가작통법을 작동시켰을 때, 다섯 집씩 묶인 통내에 사학쟁이가 있으면 통수가 관아에 고하게 했는데 중식이 몰래 통수들의 환곡 빚을 감해주는 조건을 내걸어 인근 고을에서 잡아들인 죄인이 가장 많았다. 잡혀온 죄인을 날마다 때리고 틀어, 동헌 마당에서 피가 튀기고 살점이 떨어져나갈 때 중식은 현감이 앉은 뒤에 서서 히죽거렸다.
"무슨 일이냐니까. 썩 말하거라, 이놈."
"지아비를 버리고 달아나 중이 된 여자를 끌어오는 중입니다요."

부처를 버리고 공자를 세운 이 나라는 여인이 중이 되는 것이 중한 죄였다. 나라에서는 비구니를 갈보 취급했다. 나라에 따르면, 남편을 배신한 아녀자와 주인을 배반한 계집종, 과부가 되어 정절을 지키지 않고 사내를 탐한 여인들이 골방 같은 절간에 엉겨 이 땅의 아름다운 풍속을 뭉갰다.

그러므로 비구니는 수행의 언어가 아니라 갈보의 낱말이었다. 여럿의 중들과 맨몸으로 뒹구는 비구니는 오직 음행이 하고 싶어 앞을 다투어 밀려들어 비구니 절이 큰 소굴이 되었다. 그러한 음행 소굴은 스스로 떳떳하지 못하므로 더욱 깊은 산중 암자로 숨어들어 어둠 가운데 독을 품은 버섯처럼 길어났다. 나라의 임금 된 자는 오직 백성의 풍속을 바로잡기 위해 국조 이래로 모든 비구니 절을 훼철하여 기강을 세웠다. 그러하니 모든 비구니는 중죄인이라, 그리 끌려간 죄인들은 문초를 받아 너덜거리는 육신을 끌고 지아비와 주인에게 도로 넘겨지거나, 혹은 문초를 받다가 죽었다.

송낙 쓰고 침묵으로 고개 숙인 비구니 옆으로 탐진강 물이 빠르게 휘돌아가며 뻘밭을 핥았다. 뻘밭에 처박혀 썩어가는 조각배가 옆구리에 들어찬 뻘을 내뱉지 못하고 우지끈, 부서지고 있었다. 비구니의 송낙은 아랫부분이 너덜거리고, 짚세기가 벗겨지지 않도록 발에다 동여맨 들메끈이 풀어져 발을 질질 끌었다. 흙물 든 버선발은 절뚝였다. 천조각을 기워 짓고 회색물 들인 납의는 찢기고 더럽혀졌다. 나졸들이 오라를 잡아끌 때마다 목에 두른 율무 백팔염주가 바스락, 부서지는 소리를 냈다. 아낙이 꺽꺽, 피울음 토하고 가슴을 주먹으로 탕탕 쳤다.

"아이고, 이 노릇을 어찌하면 좋단 말이냐. 내 새끼 불쌍해서 어쩐단 말이냐."

"썩 저리 비키시오."

통인 중식이 아낙을 떼어놓으며 호령했다. 일갈할 때, 중식의 목청은 나랏일을 집행하는 자로써 위엄과 자부심이 있었다. 아낙이 중식을 노려보았다.

"천지신명이 무심키도 오뉴월 땅바닥에 늘어진 벌레 보듯 하는구나. 오냐, 밟고 지나가거라. 먼저 내 뱃대지를 밟아 뭉개야 할 것이다. 뱃대지가 터져 창자가 쏟아져도 나는 못 비킨다. 네놈은 사람도 아니더냐. 내 딸년 이리 잡혀가면 어찌 될 줄 뻔히 알면서도 네놈은 불쌍하지도 않더냔 말이다, 이놈. 복날 개처럼 껍질을 벗겨줄까. 아니면 나 죽어 귀신 되어 밤마다 네놈 이불 속에 들앉아 있어 줄까. 네놈이 장가들어 색시가 태기 든다 한들, 십 삭이 차서 애를 낳는다 한들, 그 애가 멀쩡할 줄 아느냐, 이놈. 사지가 틀어지고 창자가 끊어져 하루 안에 죽어나갈 것이다, 이놈. 내 말을 좀 들어보소. 세상에 이런 법이 어디 있단 말이오."

아낙이 고개 돌려 아무나 붙들었다. 소맷부리를 잡아당기고 바짓가랑이를 붙잡으며 아낙은, 부질없이 애원했다. 이쪽을 향한 아낙…. 스승과 제자는 입을 벌렸다 다물지 못했다. 아낙은 미아의 어미 막례. 스승은 손에서 지팡이를 놓쳤다.

"아이고, 아이고, 아이고…."

막례의 울음은 다산과 황상을 보고 더 크게 벌어졌다. 세상이 무너져내리는 울음이었다. 한 사람이 사람으로서 울 수 있는 울음을 모조리 꺼내놓는 울음이었다. 막례는 마치 울기 위해 살아 있는 사람처럼, 말로 할 수 없어 오직 울음으로 존재를 말하는 어린아이처럼 울었다. 막례는 자신의 생을 총동원해서 울었다.

"내 딸년, 이리 가면 죽습니다요. 세상천지 이런 법이 있답니까요. 제발 좀 살려주시오."

막례는 다산의 도포자락을 잡아 쥐었다. 힘주어 잡느라 거무튀튀하게 그을고 얼어 터진 손등에 핏줄이 불거졌다. 다산은 막례의 흙 때 낀 손에 구겨진 자신의 도포자락을 내려다보았다. 곡괭이 앞에 무릎 꿇어 빈 등을 내보인 자가 입은 도포는 흙물이 들어 누랬다. 다산은 자신의 도포를 자신의 것이 아닌 듯 보았다.

막례가 도포를 잡아 쥐어 다산은 피폐한 자신의 처지가 <u>스스로 각인되었다</u>. 적소에 묶인 자라도 도포를 입었으니 솟아날 구멍을 찾아주리라, 막례는 매달렸다. 도포를 입은 다산은 다만 막례의 울음이 결국 무의미할 것만을 알 수 있었다. 나라의 지엄한 법도와 강상은 의(義)에 대한 근거와 자격을 오로지 독점하고 있었다. 그것들은 인간의 자연성에 기대지 않았다. 그것들의 목적을 막례는 끝내 알지 못할 것이었다. 다산은 무의미한 자신의 도포자락을 외면해 먼 데를 바라보았다. 자운영이 흐드러져 구름이 자줏빛이었다. 목구멍을 치받쳐 올라오는 피울음을 토해낸 막례가 실신했다.

"어머니…."

비구니가 외마디로 비명을 질렀다.

"누가 물 좀 떠다주세요. 부탁드립니다. 제발 물 한 바가지만…."

따르던 구경꾼 중에 노파 하나가 나서 무명베 치마를 걷어 올렸다. 고쟁이에 매달아놓은 쌈지에서 바늘을 뽑아서는 머릿기름을 바르고 막례의 손을 땄다. 비구니가 오라에 묶인 두 손을 끌어당겨 막례의 등을 쓸었다. 황상이 비구니를 보았다. 아니, 미아를 보았다.

봄날 살구꽃 같던 얼굴이었다. 한겨울 칼바람 아래 내내 섰던 듯 저리 허옇게 까칠하면 안 되었다. 연지를 따로 바르지 않아도 붉고 생기롭던 입술이었다. 저리 하도 깨물어 검붉게 피가 맺히면 안 되었다. 능소화 꽃잎처럼 밝게 빛나던 볼이었다. 저리 헤쓱하게 그늘지면 안 될 일이었다. 까맣게 잘 여문 오디알 같던 눈동자였다. 늑대에 물려 죽음을 목전에 둔 짐승처럼 저리 두렵고 검게 떨고 있는 눈이면 안 될 일이었다. 비구니를 보는 황상은 연원을 알 수 없는 적의로 떨었다. 스스로 감당하지 못할 적의였다. 스스로의 도포를 외면한 스승을 따라 황상은, 스스로의 적의를 외면할 밖에. 스승을 따라 자운영, 자줏빛 구름을 바라보았다. 꽃잎이 칼날처럼 눈을 베었다.

구경꾼들이 찧고 까불었다.

"꼴 좀 봐라. 요망한 계집이다. 중 옷 입은 화냥년이다."

총각머리를 한 놈이 손가락을 치켜세워 욕했다. 코밑과 턱이 거무스레해지는 놈은 미아에게 돌멩이를 집어 던졌다.

"밤마다 고쟁이, 속곳 벗어대느라 재미 좋았느냐, 이년. 아랫도리 함부로 놀리고 싶어 제 서방 버린 년. 조리돌림 해야지. 북을 이고 맷돌을 지고서 화살을 귀에 꿰어 온 마을을 돌게 해야지."

"이놈. 똥물에 절여 똥독이 올라 급사할 놈. 거기 멈추지 못하겠느냐."

악이 오른 막례가 뛰쳐 일어나다 도로 쓰러졌다. 총각 놈이 달아나며 키들거렸다. 뒷걸음으로 뛰면서 돌을 던졌다. 그 돌에 맞아 비구니가 쓰고 있던 송낙이 벗겨졌다. 푸르게 깎인 머리통 왼쪽 이마가 찢어져 피가 흘렀다. 피는 눈을 타고 흘러 눈물과 섞였다.

구경꾼들이 저마다 종알거렸다. 그들은 소문을 만들고 있었다. 정절은 똥개에게나 줘버리고 외간 사내를 탄 여인이 오직 음행이 하고 싶어 골방 같은 절간에 엉겨 갈보처럼 여럿의 중들과 맨몸으로 뒹굴었다더라…. 소문은 바람에 실려 탐진강을 지나 퍼질 것이고 산을 타넘어 장흥으로 영암으로 해남으로 저 멀리 서울 땅까지 이를 것이다. 형체가 없어 쉬 자라는 소문은 깨질 수 없는 바위처럼 단단해질 터였다. 먼 곳에서 법도와 도리를 만드는 자들의 움직일 수 없는 근거가 될 터였다.

이러려고 그러했던가. 간밤, 황상의 토막 난 잠은 유난히 꿈이 많았다. 첩첩이 막힌 산길을 헤매었다. 커다란 뱀이 발목을 감아 흙길에 넘어졌다. 검은 꽃잎이 비처럼 떨어졌다. 꽃잎은, 여러 번

옻칠을 한 것 마냥 검고 반들거렸다. 칠흑 같은 깊디깊은 어둠이 꽃잎 속에 도사려 들어 있었다. 황상은 저고리를 벗어 받아내었다. 꽃잎을 저고리에 싸서 걸었다. 돌부리에 채이고 나무뿌리에 발이 자꾸만 걸렸다. 발가락에 잡힌 물집이 터지고 발톱이 빠져 달아나도록 걸어, 또다시 첩첩이 막힌 산길이었다. 꽃잎의 검은 물이 흘러 저고리가 검었다. 황상은 샘물에 그것을 털어내었다. 꽃잎을 받아 삼킨 샘이 핏물로 넘쳤다. 핏물이 골마다 길마다 검은 꽃잎을 휘감고 빙빙 돌며 흘렀다.

황상은 혼돈과 두려움을 견딜 수 없었고, 견딜 수 없어서 하늘을 보았다. 멀리 솔개가 까마귀를 채었다. 까마귀를 매단 솔개가 월출산 노루막이를 향해 날았다. 좌우로 펼친 날개가 지나는 자리마다 그림자를 만들었다.

"자, 자. 갑시다, 가요. 길에서 볼장 다 볼 참이요?"

중식이 놈이 나졸들을 얼렀다. 나랏일을 집행하는 자의 목청이 솔개의 그림자를 지웠다. 휘어진 버들잎은 좁은 길에 늘어지고 복숭아는 땅을 향해 꽃 피웠다.

눈물꽃

사람으로 나서 장차 죽으면 어디로 가는가.

오래되고 깊은 이 물음에 조선의 역사는 잘라 말한다.

'어디로도 가지 않는다. 죽음은 끝이니, 실존의 부재인 것이다.'

고려 때, 집안에 상이 나면 가무로 내세를 기원하며 장례를 이루는 풍습이 있었다. 죽음은 이번 생의 마감일 뿐. 다시 생을 받아 새 삶을 경영할 수 있다고 믿었다. 그러므로 죽음은 세상을 버리고 분리하는 것이 아니라, 그 속에 다음 생이 들어 있는 새로운 약속이었다. 유교를 사람 위에 세운 나라, 조선은 자식이 상복을 입고 곡하며 불효를 뉘우치고 죽음을 애도했다. 그것이 마땅한 도리임을 위에 선 자, 임금이 하교로서 명했다.

'먼 지방의 백성이 부모의 장례에 이웃을 모아 음주하면서 모름지기 애통하게 여기는 마음이 없어 아름다운 풍속을 더럽히니 일절 금하게 하라.'[1]

1) 성종 2년, 『조선왕조실록』〈성종실록〉

나라의 지엄한 명은 백성들의 몸에 새겨지지 않았다. 백성들은 부모가 죽으면 몰래 모여 술 마시고 춤추었다. 장례 때 자꾸만 다음 생을 염원하였다. 임금의 명이 백성의 몸에 닿지 않는 까닭은 따로 있었다. 그들은 다만 부모의 새 삶을 기원하지 않았다. 부모의 죽음을 당해 춤을 출 때, 그들은 스스로의 죽음을 맞이하고 있었다. 내세의 삶이 있다고 믿고서야 지금의 삶을 견딜 수 있었다. 그러므로 백성은 죽음으로써 삶을 각오했다. 백성은 죽음 앞에서 임금 몰래 노래하고 춤을 췄다. 멀고도 먼 구중궁궐의 임금은 아름다운 유교의 풍속이 지켜지지 않음을 통탄했다.

'장례 때 풍악으로 고인을 즐겁게 하는 풍속이 있기에 짐이 이를 엄금하도록 명했는데 그것이 고쳐졌는가? 동지사 이세좌가 대답하기를 신이 경상도 관찰사로 있을 때 그러한 풍속이 없어졌사옵니다.'[2]

위에서 아래로 찍어 눌러 기어이 나라는 백성에게서 내세의 삶을 빼앗았다. 부모가 죽어 다시 존재할 수 없음은 오로지 자식의 불효가 되었다. 사람에게 으뜸 죄가 불효인 것을 뼛속 깊이 새기게 했고 그 위치에 충(忠)을 함께 올려놓았다. 자연 불충 또한 가장 중죄가 되었다. 그러므로 높은 곳에 있는 자들이 모든 것의 근거와 이유가 되었고 아랫것들은 조아리고 따라야 마땅했다.

고인의 숨이 끊어지면, 자식은 조문객을 맞아 가슴을 치고 발을 구르며 하늘이 꺼지는 슬픔에 겨워 곡했다. 법도가 그러했다.

---

2) 성종 22년, 『조선왕조실록』〈성종실록〉

시신을 싸서 묶는 소렴 때도 곡소리가 들려야 했고 입관하는 대렴을 마칠 때도, 시신을 가매장하는 빈을 할 때 또한 대곡이 그치지 않도록 법도로, 정했다. 발인 하루 전부터 상여가 장지에 이를 때까지 불효를 뉘우치는 뜻으로 곡이 끊이지 않아야 했다. 만장을 앞세워 상여 행렬이 나아갈 때, 상여꾼이 상여소리를 선창하면 나머지 상여꾼들이 그 소리를 받았다. 뒤따르는 이들이 쉬지 않고 곡했다. 이때, 곡비가 상여 앞쪽 영여의 좌우에서 곡했다.

　죽음을 당해 대신 울어주는 자….

　곡비는 그리하여 생겨났다. 곡소리가 집안에 낭자해 듣는 이의 뼈를 파고들 듯 사무칠 때, 확실한 끝장으로서의 죽음을 완성할 수 있었다. 그러므로 곡비는 오직 조선만의 풍습이었다. 위엄이 있고 가풍이 아름답고 효심이 지극한지 여부가 곡비의 눈물과 울음에 매달려 있었다.

　미아의 조모가 죽었을 때, 유생원도 그러했다. 몰락했으나 양반 족보가 엄연한 집안이었다. 당장 상 치른 뒤의 첫 끼니를 알 수 없었으나 유생원에게 소홀한 장례는 있을 수 없는 일이었다. 마지막 남았던 산기슭 비탈진 곳의 자드락밭을 팔기로 하고 장례 비용을 융통했다. 식구는 아들 내외와 두 살배기 손주뿐이었다. 며느리는 온몸에 종기가 돋아 자리보전하고 누운 지 서너 달이었다. 곡할 사람이 없었다. 유생원은 동리에 유일한 곡비를 불렀다.

　"아닌 말로 당장 어머니 묻고 나면 목구멍에 어떻게 풀칠할지 생각은 해보셨소? 곡비? 그럴 돈 있으면 나 좀 주시오."

곡비를 불러오라는 유생원의 명에 아들 유건창이 소리를 높였다.

"곡비도 없이 상을 치르면 세상이 나를 어찌 여기겠느냐. 불효막심한 놈."

유건창은 관과 겉옷을 벗고 머리를 풀고 앉아 곡비를 불러오라는 고지식한 노친네가 답답했다. 돈 있으면 누구나 갓 쓰고 두루마기 입는 세상이다. 누가 요즘 가난뱅이 양반을 취급한다고 그나마 남았던 밭을 팔아 곡비를 부른단 말인가. 이제 돈이 양반인 때가 닥치거늘 체면치레가 밥 한 숟가락이라도 나온단 말인가.

이미 닥쳐온 죽음과 이제 닥쳐올 끼니를 앞에 두고 유씨 부자는 엇갈렸다. 유생원에게 죽은 자의 배웅은 산 자의 끼니에 앞섰다. 비록 빈대가 굼실거리는 초가를 이고 살아도 그것은 스스로의 생에 대한 채점이었다. 하니, 이 자리에서 유생원이 고꾸라져 또 하나의 죽음을 당하지 않는다면 끝내 유생원의 뜻을 꺾을 도리는 없었다.

박명(薄明)의 시각이었다. 유건창은 좁은 고샅길을 올라 산을 탔다. 하늘에 느리게 아침노을이 번져 주황빛 햇귀가 땅에 길을 열었다. 박명의 길에 해무 덮인 먼 산들이 더욱 어둡고 진하게 육박해 채 열리지 않은 세상을 사슬로 묶듯이 조였다. 당골네 집은 만덕산 넘어 봉덕산 초입이었다. 유건창은 어릴 적 조부의 장례 때 보았던 당골네를 떠올렸다. 무당의 왼쪽 눈가에 콩만 한 점이 박혀 있고 그때 벌써 낯에 주름이 가득했었다.

"있는가?"

곡비의 집이 당골네 옆에 붙어 있다, 했던 유생원의 말을 곱씹었다. 싸리를 어긋매끼게 결어 만든 문 앞에 섰을 때, 유건창의 목소리에 닭이 새로 울었다. 방 한 칸에 부엌 한 칸 달랑 달린 초가였다. 지난 가을에 이엉을 새로 올리지 않아 시커멓게 썩은 지붕에 잡풀이 무성했다.

싸리문 밖에 있는 돼지우리에서 죽을 퍼주던 처녀 하나가 죽바가지를 들고 나왔다. 얼굴에 검댕을 묻힌 처녀는 눈썹이 짙으면서 가늘고 눈은 옆으로 찢어지고 코는 낮은 듯했는데 입술이 조그맣고 빨간 쪽에 속했다. 어깨는 조붓하고 살빛이 누른 편으로 치마말기를 오므려 잡아맨 허리춤이 가느다란 것이 몸의 어딘가는 풍성하겠구나, 짐작되었다. 미아의 어미 될 여자였다. 성은 알 수 없고 그저 막례라 불렸다.

"곡을 좀 해줘야겠는데."

막례는 옷고름으로 검댕을 닦고 불쏘시개를 마당 한편에 소리 나지 않도록 세워놓았다.

"어미는 이태 전에 돌아가고 지금은 소인이 곡을 합니다. 할까요?"

유건창의 헐거운 차림을 보고도 막례는 스스로 소인이라 했다. 양반이 아니라면 곡비를 찾을 일이 없는 까닭이었다. 곡비는 어미에서 딸로 대물림되는 천한 일이다. 사람의 죽음으로 끼니를 이어가는 신산한 생이었다. 어미가 돌아간 후 막례는 사고무탁하여 홀로 남아 다만 끼니를 잇기 위해 매일 누군가의 죽음을 기다렸다.

삼베 치마저고리를 챙겨 입은 막례가 앞섰다. 유건창이 꼬리처럼 막례를 따랐다. 안개가 자주 길을 가렸고 어둠이 물러간 빈자리에 아침 숲의 향기가 흙냄새에 버무려져 무언가 안심이 되었다. 멀고 가까운 인가에서 장작 타는 냄새와 가축의 똥냄새가 끼쳤고 눈부신 아침빛을 너무 많이 삼킨 듯 하늘이 숲속에 푸른 냄새를 풍겼다. 유건창은 냄새들 가운데서 막례의 삼베 냄새를 맡았다. 볕이 잘 비추어 바싹 마른 풀냄새가 아니라 막 삼을 잘랐을 때, 생풀이 잘리면서 솟아나는 풋내. 몸의 어딘가에 가만히 숨어 있다가 제 몸이 꺾일 때 때맞춰 풍기는 비릿한 풀의 체취.

"어떤 분이 돌아갔어요?"
상갓집 목전에서 막례가 물었다.
"어머니."
"어떻게 돌아가셨지요?"
"기침병이 들어 겨우내 음식을 삼키지 못하고 속앓이를 했지. 의원 말로 가슴에 찬기가 박혀 장기가 얼어붙었다더군. 봄꽃이 지천일 때 솜이불을 두 겹 겹쳐 덮고 떨다 피 토하고 돌아갔네. 그건 뭐 하러 묻지?"

막례는 대답 없이 다만 고개를 숙였다. 뼈가 납처럼 무거워진 듯, 들숨과 날숨을 하나로 포개려는 듯 숨을 멈추고 서서 등을 둥글게 말고 목을 움츠렸다. 허리를 숙이면 빛이 사라지고 눈앞에 검은 어둠이 다시 가득 들어차기라도 하듯 점점 더 몸을 낮췄다. 떠오르는 해를 정수리에 받으며 눈으로 땅바닥을 들쑤셔, 막례는 사지에 퍼져 있던 기운을 응어리로 뭉쳐 명치끝으로 모아들였다. 응어리라는 것은 얼굴에 눈코입이 달려 있고 몸통에 사지가 붙어 있듯 항상 갈비뼈 안쪽 어딘가에 박혀 있었다. 불쏘시개처럼 스스로에게서 뽑아낸 응어리는 발바닥 밑창에 붙어 있던 것까지 저절로 끌어당겨 하나로 불쑥 솟아 창처럼, 칼처럼, 가슴을 쑤셨다. 울기가 뻗어 올라 붉은 비단실 같은 혈관이 막례의 목덜미에 도드라져 비쳤다.

"서두르지 않고 뭐하는 거지?"

유건창의 채근에 눈을 든 막례는, 낮고 작게 울었다.

"아이고, 아이고. 이리 가면 억울해서 어쩐다요. 어쩔끄나. 어찌를 헐끄나."

막례의 첫울음은 울음이라기보다 웅얼거림이나 신음에 더 가까워 응어리진 덩어리가 목울대에서 그르렁거리는 소리 같았다. 막례는 온몸 가득 담긴 눈물을 한 방울씩 씨앗처럼 길에 뿌리며 슬픈 걸음을 걸었다. 앓는 듯, 자지러지는 비명을 안으로 삭여 삼키듯, 작은 몸뚱어리를 둥글게 응축해 짜내듯 울었다. 축축한 숲의 풀들 위로 툭, 눈물이 떨어져 울음이 지나는 자리마다 이파리가 흔들렸고 땅바닥은 자국이 짙었다. 집에 당도해 막례는 마침내 크게 울었다.

"가시오, 어머니. 어서 가시오. 영장지지로 어여 가시오. 아이고, 아이고. 명주처럼 곱던 얼굴 고목되어 늙어 스러졌으니 우리네 인생은 한 번을 가면은 다시는 못 오네. 환생을 못 허네에. 아이고, 아이고."

막례가 울어 유건창도 울었다. 흐득거리는 막례의 어깨자락을 보며 모친의 죽음이 비로소 사무쳤다. 막례가 목이 찢어져라 곡을 해 유생원도 지어미를 잃은 슬픔에 겨울 수 있었다. 유생원은 조문객이 곡비를 찬하는 소리에 뿌듯했다.
"이 노릇을 어쩔그나. 참으로 갔네 그려. 보고 싶어 어찌 살꼬."
 막례는 종일 울었다. 유생원의 희고 긴 턱수염과 노동하지 않은 하얀 손등을 외면하고 유건창의 마디 없는 손가락 또한 보지 않았다. 돌아간 어머니가 노동으로 굽은 손가락이 죽어서도 펴지지 않았을 것을 두 부자는 알 수 없을 거였다. 막례는 어머니가 걸었을 평생의 돌길을 짐작했다. 양반의 허울을 뒤집어쓴 지아비와 유건창을 건사하느라 손이 곱고 등이 굽어 피 토하고 돌아간 어머니는, 막례의 어미와 다를 게 없었다. 감추었어도 알 수 있는 것이 가난한 살림의 여자였다. 삶의 틈새마다 기댈 곳 없는 한숨과 슬픔이 응어리로 딱딱해져 한겨울 북풍처럼 시리게 명치를 쑤셨을 것이다. 죽은 목숨은 죽어서, 삶을 감당할 일 없으니 넋이라도 따숩고 보송보송한 구름 따라 높이 오르소서, 라며 막례가 울었다.
 아침에 시작된 곡은 밤이 다 가도록 그치지 않았다. 막례가 엎드려 꿇은 무릎 밑에서 삼베치마가 구겨져 펴지지 않았다. 간혹 막례의 어미를 기억하는 조문객들이 딸년을 제대로 가르쳤다며 유생원을, 칭송했다. 세상천지 무부무군한 패륜이 넘쳐 하늘과 땅의 가지런한 질서가 어지럽고 흉추(匈醜)의 무리가 나라 안에 고루 퍼져 거꾸로 매달린 듯이 위태로워 위에서부터 애절하신 하교를 내리심에도 강상의 도리가 바로서지 않는 때에, 구중 깊은 곳의 성궁(聖躬)을 받들고 일념으로 나라가 바로서기를 걱정하는 마음이 주야로 마치 썩은 새끼줄로 육마(六馬)를 모는 것처럼 조마조마하고 신실되니 참된 양반의 도리를 오늘에야 목격한다는 길고 찬란하고 텅 빈 말을 늘어놓고 돌아갔다.

 조문객도 돌아가 졸고 있는 깊은 밤에, 유생원도 지쳐 거적 깐 자리에 고침 베고 쓰러져 잠들었을 때에, 막례가 혼자 남아 아직도 울고 있었다. 그만큼 울었으면 응어리도 지쳐 언 땅이 녹듯 풀렸으련만 막례의 울음은 그치지 않았다. 물기 빠진 빈 몸이 종잇장처럼 얇아지고 위태로워져 바람처럼 출렁였다. 아이고 아이고, 곡하는 소리가 짐승의 되새김질처럼 꾸역꾸역 뱃속에서 뽑혀 올라올 때, 유건창이 막례를 강간했다. 유건창의 병든 아내는 누운 자리에서 종기의 피고름을 짜내고 있었다.

 비명. 모든 것이 울음으로 뽑혀나간 자리에도 목덜미를 물린 짐승 같은 공포의 비명이 남았던 모양이었다. 삼베 옷고름이 뜯겼다. 유건창이 막례를 뒤집어 허리를 꺾었다. 막례는 외마디로 터지는 비명을 주먹으로 틀어막았다. 천한 곡비가 양반집 초상 중에 비명을 지르면 신성한 장례를 망쳐놓은 부정한 년이 된다. 웃전을 능멸한 죄로 문초를 받거나 문초를 받다가 죽을 것이다. 받아들여라. 천 것 여자는 그래야 목숨을 보전한다. 그것이 생전 어미의 가르침이었다. 그날, 달은 구름에 가렸다. 온몸을 총동원해 흘린 눈물의 무게를 셈하여 받기도 전에 막례는 유건창에게 처녀를 빼앗겼다. 곡비란 것이, 양반의 발치에 엉덩이를 내리깔고 엎드려 종일 울다 보면 허리가 들썩이고 엉덩이가 흔들렸다. 많은 곡비들이 그랬다. 막례도 그렇게 생겨난 아비 없는 딸이었다.

*　*　*

 그해 늦봄엔 바구미가 끓더니 늦여름에 비가 오래 내려 벼 뿌리가 썩고 벼멸구가 드글댔다. 추수도 하기 전에 백성들이 야밤에 보따리를 쌌다. 추수랄 것도 없는 추수가 끝나면 밀린 환곡 빚으로 세간이 깨지고 몸뚱어리가 부서져 겨울 언 땅을 유령이 되어 떠돌 것이 자명했다. 야반도주객들이 발소리를 죽이고 숨소리도 지워 어둠에 실려 길섶을 걸을 때, 자던 새가 깨어나 푸드덕 날았다.
 밤잠 설친 새들이 낮의 가지에 올라앉아 졸 때, 방망이 든 나졸들이 도주한 백성을 쫓아 뛰어 흙먼지가 자욱했다. 보퉁이를 안은 막례는 나졸의 시선을 등지고 웅크려 걸었다. 보퉁이를 보이지 않으려 담벼락에 몸뚱이를 바짝 붙였다. 막례는 구름처럼 부푼 배 때문에 품속에 가려지지 않는 보퉁이를 등 뒤에 감추고 담벼락에 기대서서 나졸들이 지나쳐 가기를, 야반도주하는 유랑민으로 보지 않기를 기다렸다. 어미는 살아야 한다. 그래야 새끼가 산다.
 사람의 소란에 피곤한 새들이 놀라 가지를 박차고 날아오른 꼬리에 강진만 갈대숲으로 해넘이 노을이 길게 흘렀다. 해가 마지막 빛을 거둬들일 즈음에 흙먼지 뒤집어쓴 막례가 유건창의 집으로 들어섰다. 조무래기 서넛을 모아놓고 툇마루에 앉았던 유생원이 보았다. 인두질한 지 오래여서 꼬깃하고 낡은 두루마기 자락을 떨친 유생원이 망건을 매만지고 헛기침했다. 바닥에 사자소학을 펼쳐놓은 조무래기들이 막례의 보퉁이를 손가락질했다. 그 손가락으로 누런 콧물 흐르는 코를 파다 코끝이 닳아진 버선발을 주무르면서 저희들끼리 귓속말했다.

"이만 파한다."

짚세기를 끌어 발에 꿰고 싸리문을 나서면서 어린 것들이 곡하던 천것이 애를 배서 왔다고 떠들었다. 막례와 유생원을 번갈아 보는 어린 것들의 시선에 유생원은 들고 있던 회초리를 공중에 대고 휘둘렀다. 어린 것들이 버선발 주무르던 손가락으로 한쪽 콧구멍을 눌러 다른 쪽으로 끈적한 죽 같은 콧물을 길바닥에 팽 풀었다. 그 다음엔 바꿔서 했다. 한 놈이 아무리 연습해도 내 콧물은 그렇게 날아가지 않는다고 투덜거렸고 다른 놈이 콧물 묻은 손가락을 바지춤에 쓱 닦았다. 곧 있어 온 동리가 다 알게 될 일이었다. 막례는 솟은 배를 안고 말없이 보퉁이를 만지작거렸다.

"네 이놈, 썩 나오너라."

유생원이 유건창을 불러냈다.

"상 치르는 동안이라도 몸가짐을 단정히 하라, 차라리 방에서 나오지 마라, 그리 일렀더니 네놈이 집안을 말아먹을 작정이더냐."

하품을 뱉으며 나온 유건창이 막례의 배를 보고 헛웃음을 웃었다. 그사이 막례의 낯빛은 더욱 노래졌고 기미가 자글거렸다.

"조상님 면면을 어찌 대할 것이며 무슨 위엄이 있어 아이들을 훈육한단 말이더냐."

종기를 앓던 유건창의 아내가 죽어 묻혔고, 벌거숭이 손주 놈은 빗지 않은 머리칼을 풀어헤치고 땅바닥에 앉아 울었고, 부엌살림은 거덜난 지 한참이었다. 이리저리 몇 푼씩 변통하지마는 끼니를 잇는 것이 고르지 않았다. 막례는 곡비였다. 초상이야 때 되면 동네마다 나기 마련이고 초상집에서 곡비의 눈물 값을 떼먹는 경우는 없었다. 유생원이 막례를 유심히 보았다.

"들여라."

유생원이 말했다. 막례를 내치면 지어미 초상에 불려온 곡비를 겁탈해 애를 배게 했다고 온 동리가 떠들어댈 터였다. 부자지간에 천것 여자 하나를 두고 저자에 말이 나도는 일은 없어야 했다. 유건창은 달빛 없던 밤에 헤집었던 막례의 속살을 떠올렸다. 때마침 불어온 바람에 십 삭이 차오는 막례의 몸에서 비린 젖냄새가 풍겨나왔다.

막례가 천한 신분인데다 엄연히 첩 자리인 연유를 들어 유생원은 식 올리는 것을 불허했다. 소반에 물 한 사발 떠놓았다. 막례는 평생에 한 번 있는 첫날밤을 그리 맞았다. 연지 찍고 녹의홍상 차려 입을 처지 아니라는 걸 안다 하나, 막례는 찬 물사발을 오래 보았다. 미안하다느니, 잘 살아보자거니, 혼자 몸으로 배가 불러올 때 얼마나 무서웠겠냐거니, 따위 말들을 바라지 않았으나, 서러웠다. 그래도 양반의 꼬리가 아니던가. 아비 없는 자식을 만들지 말자. 그 하나뿐이었다. 막례는 스스로 아비 없는 자식이 무엇인지 알았다.

 그날 밤, 유건창이 밤새 막례의 몸을 쑤셨다. 하필 곡비라니, 천것이 매일 음침하게 울어대는 꼴을 봐야 하는 것이 마뜩찮은데다 뱃속의 것이 내 씨인지 아무데고 엉덩이를 내돌려 받은 남의 씨인지 따져 물어야 마땅했으나 유건창은 묻지 않았다. 거두기로 했으면 그만이지. 유건창은 웃사람으로서 계집처럼 입이 헐겁지 않은 스스로를 위엄 있게 느꼈다. 또한 유건창은 막례가 소리 죽여 울 때, 좋은지 아픈지 묻지 않았다. 부푼 배 한 번 쓰다듬지 않았다. 천한 것을 대할 때는 의견을 묻는 법이 아니다. 유건창은 앞으로 돌아라, 다리를 벌려라, 명했다. 거뒀으니 내 것이어서 길이 들 때까지는 묶듯이 다뤄야 한다. 유건창의 양물이 찌를 때마다 부푼 배가 아래를 눌러 막례는 입술을 물어 참았다.

 마침내 새벽닭이 울었다. 창호지문 앞까지 몰려든 아침안개가 실어왔는지 막례는 죽어 돌아간 어미의 기척이 몸속에서, 뱃속에서, 느껴지는 듯싶었다. 항상 엎드려라, 천것은 그래야 산다던 어미가 부른 배를 쓰다듬듯 뱃속의 새끼가 부드럽게 발로 찼다. 그렇게 태로 이어진 삼대가 막례의 몸속으로 스며서 서로를 붙안아 막례는 흙벽에 등을 대고 울었다. 유건창이 깨어날까 엎드리듯, 소리 내지 않고 울었다. 어미가 사무쳤고, 어미의 딸년인 것이 원망스러웠다.

 부엌살림은 난장이었다. 두 폭 붙이 행주치마를 입고 엄두가 안 나 흙바닥에 서 있다가 솔방울과 솔잎을 주우러 나왔다. 갯가 마을의 아침은 강진만 뻘밭 밑에서 해가 불타듯 솟아오르며 열렸다. 뻘밭에서 보면 굼실거리는 초가지붕이 붉은 비늘처럼 잇대어 있어 아침노을 번진 하늘에서 내려박힌 꼬리 같았다. 닭이 있는 집에서, 닭이 울었다.

　오직 닭 있는 집이 부러워 막례는 오래, 닭을 보았다. 추녀 밑 흙벽에 매달린 어리 속 대나무 홰에 흰색과 검은 털이 섞인 여윈 닭 두 마리가 올라서 있었다. 한 마리는 톱니바퀴처럼 생긴 예닐곱 개의 선홍빛 볏이 눈 위로 늘어져 있었다. 녹두빛 다리로 공중을 차던 닭이 목의 깃털이 가려워 고개를 까딱거릴 때마다 늘어진 볏이 어린애 불알처럼 흔들렸다. 다른 놈은 품안에 다리를 넣어 털 없이 밋밋한 정강이를 감추고 앉아 자고 있었다. 닭 있는 집이 부러워 막례는 새벽 찬 공기에 콧물을 흘렸다. 닭이 갖고 싶어서 다른 생각이 안 났다. 붉은 하늘이 구름을 따라 흘렀다. 안개가 썰물 때의 물처럼 밀려났다.

　솔잎은 연기가 심하지 않고 쉽게 불이 붙었다. 불 지피고 몇 알의 쌀과 쑥을 섞어 죽을 쑤었다. 그것으로 막례는 평생의 노동을 시작했다. 울어지지 않지만 울음 같은 무엇이 명치에 치받혔다. 솔가리를 부러뜨려 아궁이에 넣었다. 아침노을 같은 주황빛 불길이 솔가리를 잡아먹으며 출렁거렸다. 타닥타닥, 솔가리가 제 몸을 부러뜨려 순한 연기로 피워내는 불은, 술도 아니면서 깊은 땅을 파듯 가슴을 팠다. 그리움과 슬픔과 억울함이 방향이 되는 것만 같았다. 아궁이 속에서 잉걸불이 흔들릴 때, 막례는 닭을 가질 수 있으면 좋겠다고 한숨지었다.

　천한 계집이 양반집에 첩살이 한다는 것이 무엇인지 알았다.

시아버지와 지아비는 다만 받들어야 할 상전이었다. 혹간 부엌을 드나들던 유씨 부자는 막례를 들인 그날로 부엌에 다시 출입하지 않았다. 막례는 부른 배를 감싸 안고 묵은 빨래를 빨고 부엌 바닥을 쓸고 본처가 남긴 아이를 씻겼다. 닳고 찢어진 겨울옷을 꺼내 꿰매고 기웠다. 여러 해 묵어 납작하게 굳어버린 이불솜을 뜯어 다시 타고 바닥에 흩어져 떨어진 부스러기 솜을 모아 꼬아서 콩기름 먹여 심지를 만들어 등잔을 밝혔다. 땔감이 떨어지는 일이 없도록 했다. 남이 신다 버린 짚신을 주워 땅에 묻어 거름을 만들었다. 그 거름을 뿌릴 밭을 갖고 싶었다.

새벽에 몰래 보퉁이를 열었다. 남의 죽음을 울음 울어 번 돈이 보자기처럼 펼쳐 네 번 엇갈려 묶인 반물 무명 치마 안에 있었다. 이제부터 집안의 밥벌이는 오직 막례의 일이다. 막례는 그 돈을 들고 나가 묵전을 몇 뙈기 마련했다. 그 돌밭을 일구는 것도 막례의 일이었다. 묵전은 흙보다 돌이 많아 돌을 고르고 뿌리 깊은 독새풀을 뽑느라 겨울 채소 씨앗조차 뿌리지 못했다.

닭도 두 마리 샀다. 어리를 매다는 것도 막례의 일이었다. 나무 장군처럼 둥글고 갸름하게 짜여 벽에 매달아놓는 어리까지 사오기는 돈이 모자랐다. 어리는 닭들이 쉽게 오르내리도록 대나무 가지를 새끼로 엮어서 걸쳐놓을 수 있어 좋았지만 그걸 만들 기술은 없었다. 막례는 싸리를 가로세로로 엮어 밥공기를 엎어놓은 것처럼 둥글게 짰다. 마당가에 엎어서 닭 두 마리를 거기 가뒀다. 묵전을 갈면서 지렁이를 잡아 종지에 넣어 가져다 싸리집 안에 넣어주면 닭 두 마리가 쪼아 먹는 소리가 기뻤다. 만삭으로 종일 일하고 밤에 누운 자리면 유건창이 속살을 헤집었다.
 북쪽에서 내려온 찬바람이 남동풍을 밀어내기 시작했을 때, 아전이 와서 세금을 매겼다. 밤마다 막례가 짜내는 무명베는 나날의 끼니도 추스르기 모자랐다. 세금 낼 돈이 따로 있을 리 없었다. 아전이 아직 씨도 못 뿌려본 돌밭을 압류해 장부에 달고 집안을 두루 뒤졌다. 부뚜막의 무쇠솥을 들어냈다. 놋숟가락과 질그릇과 돌확과 깎아서 추녀에 새끼줄 매달아둔 곶감을 거두던 아전이 마당 구석의 싸리 닭집을 걷어차고 닭 두 마리를 거둬갈 때, 막례가 아전의 바지 자락을 잡고 마당을 끌려가다 수숫대 사립문이 부서져 주저앉았다.
 막례는 울부짖었다.
 닭아. 닭아.
 승냥이에게 채인 듯 날갯죽지를 붙잡혀 공중에서 목이 찢어지게 우는 닭을 보고 막례는 울었다. 먹지 못한다면 삶과 죽음이 다를 바 없었다. 땅을 빼앗아가고 닭을 채가니 빈 밥사발로 어찌 끼니를 잇는단 말인가. 날마다의 끼니에 종으로 매여 있는 것이 사람의 입. 오직 목구멍이 모든 인간의 주인인데 가렴주구의 혈세가 장차 목구멍을 틀어막으니 무엇으로 빈 뱃속을 채워 목숨을 연명한다는 말인가.
 막례는 주먹으로 진흙을 움켜쥐고 흙물 든 버선발을 땅바닥에 문지르며 울었다. 아비 없이 천것으로 난 것을 울었고 죽음을 따라다니며 전체를 동원해 울어야 하는 곡비가 된 것을 울었고 애밴 생목숨 끊지 못한 것을 울었다. 시아비와 남편에 곧 태어나 붉은 입을 벌릴 새끼까지 그 입들을 무슨 수로 충당할까. 먹어도 고프고 삼켜도 주린 것이 입인데, 사나운 굶주림이 덤벼들면 목숨은 굶주림에 잡아먹힐 것이다. 막례는 사는 것과 죽는 것 사이에서 또 울었다.

방안에서 유생원이 막례의 울음이 신산맞다 여겨 눈살을 찌푸렸다. 아녀자의 도리에 관한 책을 구해다 읽혀야 할 일인가, 생각했다. 그러다 막례가 일자무식 천것이란 걸 새삼 깨닫고 한숨 쉬었다. 집안 살림을 책임져야 할 아녀자가 대책을 마련할 생각은 않고 울고 나자빠졌으니 집안 꼴이 우습게 돌아간다고 끌끌, 혀를 찼다. 며칠 조반상에 오르던 계란알 맛이 혀끝에 돌아 입천장에 단맛이 느껴졌다. 그깟 닭 두 마리 요령 있게 간수를 못해 저리 난리법석인 천것이 못마땅해 입맛을 다셨다. 유건창은 막례가 짜놓은 무명베를 들고 나가 지난 밤 돌아오지 않았다. 막례는 빈 닭장을 안고 울었다. 가난에 쪼들린 살림을 사는 일이 오롯이 막례의 몫이었다. 날마다의 눈물이 나물 보시기 속에 죽 그릇 속에 떨어지는 애옥살이 날들이었다.

***

막례가 몸을 풀고 이레째.

훗배앓이로 아랫배가 조이고 피 섞인 덩어리가 쏟아졌다. 막례는 쏟아지는 아래에 면포를 대고 기듯이 걸어 나가 물을 끓여 아래를 씻었다. 고꾸라지는 몸을 일으킬 때, 아래에서 다시 덩어리가 울컥 쏟아졌다.

 새로 태어나 붉고 어린 것이 물똥을 쌌다. 비릿한 물똥은 며칠이 가도 멎지 않았다. 몸엔 붉은 반점이 커다랗고 넓게 돋았다. 핏덩이의 아래를 열면 무명천 위에 누런 물똥이 뭉개져 있었다. 물똥 싸 짓무른 핏덩이의 아래가 벌겋게 헐어 젖은 천을 갖다 대기만 해도 자지러졌다. 어미가 먹은 것이 헐하고 밤낮으로 일을 해대 갓난 것은 약했다.

 "며칠 그러다 멎을 것을 그깟 계집아이가 설사 몇 번 했다고 저리 호들갑을 떨어서야."

 약이라도 지어다줄 것을 간청하자 유건창이 꾸짖었다. 막례가 본 데 없고 배운 것 없는 천것이라, 아무 때나 계집아이의 아래를 열어대는 것이 못마땅한 유건창은 집을 나가버렸다. 막례는 가슴을 쳤다. 막례는 계집아이 낳은 첩년 주제였다. 아들을 낳았어야 할 일이었다. 그랬으면 유씨 부자가 입던 두루마기를 내다팔아서라도 약을 구했을 터였다.

 막례는 치마를 오므려 묶고 바구니를 끼고 나섰다. 희고 창백한 달이 점점 높아지면서 노랗고 커져갈 때, 물러나는 해를 더욱 밀어낸 잿빛 어둠이 숨막히게 사방을 조여들었다. 막례가 만덕산을 뒤져 웃자란 야생 찻잎을 따 돌아왔을 때, 핏덩이 혼자 캄캄한 바닥에서 숨이 넘어가게 울었다.

 막례는 물똥 기저귀를 갈고 짓무른 엉덩이를 닦고 찻잎을 끓였다. 물이 끓는 사이 한 번 더 기저귀를 갈았는데, 기저귀를 가는 사이에도 물똥이 흘렀다. 묽게 우러난 찻물을 종지에 식혀 떠

먹였다. 젖과 찻물을 번갈아 먹이기를 밤새. 어느 집 새벽닭이 울고 유생원이 기침했다. 막례가 눈을 부릅떴다. 흰자위 핏줄이 터져 핏물 든 짐승의 눈이었다. 바윗돌 같은 몸뚱이로 유생원 소세 시중을 들고 그 낯 씻은 물을 마당가 함지박에 부어 모으고, 말린 좁쌀 한 줌에 물을 많이 부어 안치고 된장을 풀어 끓였다. 갓난 것이 방구석에서 숨넘어가게 울었다.

　유씨 부자의 조식 수발이 끝난 뒤에야, 막례는 다시 찻물을 들고 갓난 것을 찾았다. 핏덩이가 입 벌려 뱉는 소리는 다만 어, 어, 숨이 끊어질 듯 희미했다. 막례가 그 밤을 또 새워 어르고 달래고 돌보았다. 다시 닭이 홰를 쳤다. 까무라지는 정신을 붙잡아 품 안의 것을 보니 잠들어 있었다. 뒤를 열어보았다. 찻물 섞인 누런 소변이 가득 젖었고 물똥은 멎었다. 붉은 반점은 아직이었다.

　"이제 되었다."

　막례는 누런 행주치마로 핏발 선 눈가를 닦았다. 유생원 앞으로 가 무릎 꿇었다.

　"무엇이냐."

　"어린것의 이름을 좀 지어줍시사고…."

　"천것에게서 난 계집아이에게 나더러 이름을 내라는 말이냐? 개똥이니 삼월이니 하면 될 것을."

　유생원이 막례를 노려보았다.

　"이름이 있어야 오래 살 듯하여 그럽니다. 아무려나 이름 하나만…."

　더 말을 보태려다 말고 유생원이 막례에게 지필묵을 가져오라,

손을 까딱거렸다. 막례는 아랫것으로 산 눈치로 말없는 손짓의 뜻을 알아차렸다. 등을 둥글게 구부리고 조아려 기다리다가 유생원이 내미는 종이를 두 손으로 받들었다. 그 종이를 들고 고개를 갸우뚱했다. 까막눈이니 쯧쯧, 꾸짖으며 유생원이 말했다.

"붉을 적자에 그림자 영자를 써서 적영(赤影)이니라. 갓난것 몸이 온통 불그죽죽한 것이 붉은 그림자가 드리운 것 같지 않느냐."

"아이고, 어르신. 다른 이름은 없을까요?"

"저 갓난것이 나던 밤에 붉게 달무리가 지지 않았더냐? 그걸 보아도 적영이 맞다."

"붉은 그림자라니 팔자가 세고 불길한 듯하여 그럽니다."

"그깟 쓸모없는 계집아이 하나를 두고…."

유생원은 고얀 것, 하며 다시 한번 종이에 글자를 적어 내밀었다. 막례가 다시 고개를 갸우뚱했다. 이름은 두 글자가 아니던가. 까막눈으로 보기에도 글자는 네 개였다.

"미아이니라. 흉년이 되면 입 하나 덜려고 어린애를 버려 길가에 뒹구는 게 미아 천지인 세상이다. 저를 내치지 않고 키워준 은공을 뼈에 새겨 잊지 말라는 뜻이다. 원래는 미아(迷兒)가 맞지마는 그 옆에 미아(迷我)라고 다시 적었다. 스스로를 잃는다는 의미이니 오히려 자신의 처지와 본분을 항시 잊지 말라는 경계의 뜻을 담은 것이다."

"미아. 미아. 미아."

막례는 입속으로 중얼거렸다. 뜻이야 어쨌든지 입으로 부를 때 어여뻤다. 막례는 이름이 적힌 종이를 높이 들고 다시 보았다. 막례는 그새 살빛이 검어지고 머리에선 묵은밥 쉰내가 났다.

 미아가 여섯 살 되던 무렵, 본처의 아홉 살 난 아들이 학질에 걸렸다. 돌림감기인 줄 알았던 것이 오한과 번열이 오락가락했다. 오한이 나면 아래윗니가 부딪치며 소리를 냈다. 춥다고 울어 막례가 삼복에 솜이불을 덮어주었다. 조금 지나면 열이 끓었다. 신열이 내리지 않아 물을 들이붓듯 마셨다. 아이는 소리를 지르며 앓았다. 막례가 땀에 절은 아이의 겨드랑과 사타구니를 닦고 밤이 새도록 물을 떠먹였다. 온몸에 소름이 돋고 손톱이 검어지고 입술이 파랬다. 막례는 밤을 잊고 아이를 건사했다. 머리가 아프고 살이 푸들거린다며 아이는 먹은 것과 거품침을 토하고 울었다.
 유씨 부자가 조석으로 아이를 들여다보았다. 남아 있던 몇 푼을 들고 나가 의원을 데려왔다. 막례가 달포 넘게 밤새 짜 만든 무명천 값이었다. 의원이 고개를 저었다. 약이라도 달라고 유생원이 애원했다. 그 약을 막례가 달여 먹였다. 아이는 약을 삼키지 못하고 도로 토했다. 학질은 그 정도가 포악스럽다 하여 이름 붙었다. 학을 뗀다는 말도 학질에서 나왔다. 어린아이가 견뎌낼 수는 없었다. 막례의 정성에도 아이는 한 달을 넘기지 못하고 죽었다.
 "집안에 대를 이을 아이였다. 알고도 네가 그리 소홀하였더냐."
 유씨 부자는 막례를 탓했다. 아이의 주검을 앞에 두고 막례에게 서슬이 퍼랬다. 미아는 어미의 치맛자락을 붙들고 겁이 나 울었다.

"제 속으로 낳은 자식 아니라고 허술히 대했으니 몹쓸 병에 걸린 게지. 이 아이가 사대 독자였다. 장차 자라서 과거에 나가 집안을 번성시킬 아이였느니라."

유생원의 고함은 추상같았다. 막례는 조아리고 빌었다.

"저런 천것을 들여 내 손으로 집안의 대를 끊었으니 무슨 낯으로 조상님 면면을 대할 것인가."

여섯살배기 미아가 어미 옆에 무릎 꿇고 울었다.

"뚝 그치지 못할까. 계집아이가 울면 집안이 어수선해진다. 집안의 독자가 죽은 날이다. 경건한 마음으로 방안에 들어앉아 죄를 빌어야 마땅하거늘 본데없이 제 어미 치마폭에만 싸여 자랐으니 저리 경우가 없구나. 천것의 딸년이 죽었어야 하는 것을."

유생원은 말을 가리지 않았다. 미아가 자신의 핏줄이라는 사실이 분한 듯 보였다. 막례를 들인 일에 대해 천추의 한이라고 하늘을 향해 울부짖었다. 모녀는 그 신분과 성별이 만천하에 자명한 죄의 이치라, 몸을 굽혀 떨며 용서를 구하고 손을 모아 빌었다.

어느 날, 동리의 사내아이들이 공부를 막 마친 자리였다. 마지막 아이가 돌아가지 않고 쭈뼛쭈뼛 맴돌았다. 유생원이 보고 물었다.

"할 말이 남은 게냐."

더벅머리에 짚세기를 꿴 맨발로 마당 흙을 파던 아이가 말했다.

"훈장님, 공부 그만할랍니다. 공부값을 못 내니까…."

"내가 고작 보리 한 되 받자고 너를 공부시키는 줄 아느냐?"

아이가 무슨 뜻인지 몰라 눈알을 굴렸다.

"나라의 흥망과 성쇠가 모두 남자의 밝음과 아둔함에 달려 있다. 비록 남쪽 벽지에 살아도 공부를 하고 글을 읽을 줄 알아야 한다. 너를 가르치는 까닭은 바로 그것이다. 무릇 집안이 바로 서야 나라가 바로 서느니라."

나라의 흥망과 성쇠가 어찌하여 자신에게 매달린 것인지 영문을 알지 못했으나, 보리를 내지 않아도 된다는 말에 아이는 짚세기를 끌며 돌아갔다. 막례는 한 아름 잘라온 삼줄기가 무거워 허리를 펴지 못하고 부엌으로 들어가다 유생원의 말을 들었다. 어차피 유생원의 벌이로 호구하지 않으므로 상관없는 일이라 생각했다. 코흘리개 서넛 앞에서 탕건 쓰고 두루마기 펼치고 앉아 훈계하는 유생원을 외면했다. 대낮에도 컴컴한 부엌 바닥에 삼줄기를 부리고 엉덩이를 붙여 앉았을 때, 치마말기를 오므려 잡아맨 허리춤 밑으로 맨발이 비어져 나왔는데 누렇게 억센 발톱 밑으로 흙 때가 까맸다.

"미아는 다가앉아라."

삼줄기 삶는 가마솥처럼 뜨거운 한낮이었다. 미아는 간신히 숨을 헤아렸다. 유생원이 불러 앉히면 사철 그랬다. 염천이었으나 등줄기에 한겨울 고드름이 자라는 듯 싸늘했다. 유생원은 아이들이 돌아간 뒤에 따로 미아에게 글을 읽혔다. 사내아이들과 다른 과목이었다.

"너에게 글을 가르치고 책을 읽히는 연유를 알더냐?"

유생원은 읽히기 전에 같은 물음을 매번 물었다. 미아는 매번 같은 답을 했다. 그러므로 그 물음은 물음이 아니라 머릿속에 단단한 뿌리가 내려박히는 길들임이었다. 유생원은 천것의 손을 빌어 밥을 먹는 처지에 그 새끼까지 방자해 체면이 더럽혀지지 않게 하는 소임을 수행했다.

"아느냐 물었다."

미아의 어깨가 조붓하고 몸피가 가냘픈 것이 못마땅해 피붙이를 대하는 유생원의 목소리는 온기가 없었다. 정실 소생이었으면 조신하게 키워 번듯한 가문과 혼사하겠으나 천것 첩년의 딸년이 고우면 저잣거리 말놀음, 입놀림에 사내들 뒤받이 노릇밖에 더하겠는가. 한낱 여자에 지나지 않지만 제 몸가짐은 가릴 줄 알아야 사람구실이라도 할 터. 이름 지어준 상전으로 유생원은 도리를 다하고 있었다.

"그것이…."

"썩 말하거라."

유생원이 싸리나무 회초리를 서안에 내리쳤다. 오뉴월 고사리 주먹 같은 손으로 치맛자락을 잡아 쥔 미아가 놀라 딸꾹 숨을 들이쉬었다. 능소화 마냥 붉어진 뺨이 파들거리며 떨었다.

"아녀자로 태어나 도리를 다하여야 하므로…."

"그렇다. 천것 어미의 배를 빌려 났으니 너는 법도에 따라 천민이다. 그러나 우리 집안 핏줄인 것을 부인할 수도 없는 노릇이니 천것의 때를 벗어야 하지 않겠느냐. 그것이 너에게 글을 가르치는 연유니라."

"네."

"또한 네 어미가 본바 없이 자라 도리를 모르고 집안의 적자를 죽게 한 것도 모자라 다시는 아이를 생산하지 못하니 그 죄가 내쳐 마땅하나 너를 위해 그리하지 않았다. 그 깊은 뜻을 마음에 새겨 장차 아녀자의 도리를 다하거라."

미아가 내훈을 펼쳐 읽었다. 유생원은 오직 내훈만 읽도록 허락하고 읽은 것을 외워 시험 보게 했다.

"무릇 남자는 여러 가지 오묘한 경우를 익혀 스스로 시비를 분별하나, 여자는 그렇지 못하여 길쌈의 굵고 가는 것만을 기뻐하고 덕행의 높음을 알지 못한다. 바로 이것이 성인의 가르침을 가르치지 않는 까닭이니, 하루아침에 갑자기 귀히 된다면 이는 원숭이를 목욕시켜 갓 씌우는 것과 다를 바가 없다."

미아는 아직 천것이 무엇인지 알지 못했다. 어떤 까닭으로 아녀자만 아녀자의 도리가 중요한지 알 수 없었다. 다만 유생원이 날마다 꾸짖을 때 마치 똥을 보듯 하여 그것이 더럽고 쓸모없는 줄 알았다. 내훈 속의 여자는 멍청하고 하찮았다. 하나같이 원숭이 같은 것들이었다. 미아는 내훈이 읽기 싫었다.

"썩 읽지 못할까."

유생원의 호령은 풀의 목을 베는 낫질 같았다. 흰자위가 커지고 눈알이 튀어나왔다. 유생원은 마음이 급했다. 스스로 살날이 길지 않음을 알아 자신의 죽음 후에 집안 꼴이 어찌될지 한숨이 깊었다. 대가 끊긴 마당이었다. 무엇으로 조상에게 속죄한단 말인가. 어린 미아가 눈물을 떨궜다. 달아오른 뺨에 여름 한낮 볕이 다시 와 앉았다. 몸속 깊은 데서 불이 끓는 듯했다.

"안되겠구나. 종아리 걷어라."

뽀얗게 물이 오르기 시작한 종아리에 칼날인 듯, 붉은 선이 그어졌다. 보드랍고 몽실한 살에 붉은 피멍이 낙인처럼 맺혔다.

"그치지 못하겠느냐. 얼마나 다스려야 정신을 차리겠느냐."

싸리나무 회초리는 무른 살에 깊숙이 감겨들었다.

미아가 제 어미의 가랑이를 열고 나왔다는 까닭으로 매 맞을 때, 막례는 미아를 거들지 못했다. 제 새끼의 무른 살이 터지고 피가 흐를 때, 막례는 양잿물이 끓는 솥에 삼줄기를 넣어 쪘다. 삼복더위와 끓는 불기운이 막례의 몸도 삶아 몸이 벌겋게 달아오르고 모든 구멍에서 땀이 쏟아졌다. 기름때 끼고 땀에 절은 머리카락이 목덜미에 들러붙었고 들러붙은 머리카락을 타고 땀이 흘렀다.

삶아낸 삼줄기는 식혀 껍질을 벗기고 가늘게 찢어 실을 삼아야 한다. 베 짜기 전에 올의 표면에 풀을 먹여야 하므로 명일엔 겉보리를 볶아 만든 가루와 좁쌀, 메밀껍질을 섞어 풀을 쑤어 거기에 된장을 섞어 만들어야 한다. 만든 풀은 정성들여 고루 발라 알맞게 잘 마른 베를 도투마리에 감고….

삼줄기 젓던 나무주걱이 바닥으로 떨어져 굴렀다. 채 여물지도 못한 딸년이 매 맞는 비명이 부엌 흙바닥에 쪼그려 앉은 막례를 몰아세웠다. 미아 또한 자라 제 어미처럼 살 것이다. 막례가 돌아간 어미가 산 모양을 따라 돌처럼 굳어가듯, 딸년 또한 돌처럼 굳어지지 않으면 견딜 수 없는 생을 살 것이다. 땀이 밴 눈물이 흘렸다. 발이 터지고 손가락이 굽고 등허리에 철심이 박혀드는 것처럼 끊어질 듯한 통증을 악으로 견뎌도 날이 갈수록 해가 보태질수록 날마다의 일은 늘어나기만 했다. 죽기 전에는 끝나지 않을 일들이라, 죽어서야 놓여날 일이었다.

막례는 굽어지고 있는 허리를 더욱 구부려 가마솥을 들여다보았다. 시커먼 양잿물이 끓고 있었다. 저것을 마실까, 욕심이 더럭 생겼다. 그리하면 이 한 몸 편하겠으나 뒤에 남을 딸년은 어찌할까. 차라리 저것을 낳지 않는 편이 나았을까. 낳자마자 숨이 꼴딱거릴 때 그 자리에 엎어놓았다면 꽃놀이 가듯 다른 세상으로 갔을까. 그랬으면 삶이 고통뿐이라는 것을 몰랐을 것 아닌가. 애초에 뱃속에 들어앉지 않았다면 좋았을까. 서방에게 사랑받아 수태한 새끼라면 달랐을까. 막례는 유생원에게 맞고 있는 미아를 내다보았다. 그리고 부뚜막 앞에 앉아 불을 보았다. 불은, 술도 아닌 것이 돌처럼 굳은 명치 안쪽에서 노래를 끌어올렸다. 할 수 없는 건 할 수 없으므로 할 수 있는 노래를 들리지 않도록 작게, 불렀다. 눈물과 땀과 노래가 한데 섞여 흘러나왔다.

    노다가 죽어도 어리다는데

    이 삼을 삼다 죽으면 나는 어쩌겠느냐

    응 에에야 얼싸 그렇지 에야

    세월에 봄철아 가지를 말어라

    알뜰어진 청춘이 나날이 늙어가누나

"다시 읽어라."

미아가 부어오른 종아리를 겹쳐 앉아 무릎 꿇고 다시, 내훈을 읽었다. 울음을 삼키느라 말이 자꾸 끊겼다.

"남자와 여자는 한데 섞여 앉지 말아야 하며 함께 옷을 걸지 않으며 수건과 빗을 같이 쓰지 않으며, 친밀히 서로 말을 전하지도 말아야 한다."

열 살이면 바깥출입을 금하고, 누에를 길러 실을 뽑아 비단과 명주를 짜고, 열다섯이 되면 비녀를 꽂고, 스물이 되면 혼인을 하되 연고가 있으면 스물셋에 혼인 한다. 혼인 때 남자가 여자를 맞으러 가는 것은 남자의 강직함과 여자의 유순함을 뜻하는 것으로 남자의 강직함이 주동이 되고 여자의 유순함이 피동이 되는 뜻이니, 이는 하늘이 땅보다 우선하고 임금이 신하보다 우선하는 이치다. 아내는 남편에게 굽히는 것이 도리이니, 제멋대로 이루는 바가 없어야 한다. 제 몸을 낮추고 제 뜻을 나직이 하여 망령되이 잘난 척하지 말며, 오직 순종하고 감히 거스르지 말아야 한다. 남편의 맡은 바 소임은 높고 아내는 낮은지라, 혹시 때리거나 꾸짖음이 있어도 분수에 당연함이니, 어찌 감히 조금이라도 말대답하거나 성내거나 할 것인가.

굽혀 앉은 미아의 종아리에 붉은 멍이 깊어갔다.

***

세월은 무심하고 야멸차게 흘렀다. 세월은 적의도 호의도 없어서 더욱 모질었다. 그 한없는 연속이 들이닥치는 범 같았고 몰아닥치는 파도 같았다. 어떤 이치로 계절은 변동도 없이 왔다가 가고 또다시 오는 것인지 알지 못했다. 다만 눈앞에 닥치는 매일이 의심할 수 없이 분명했고 매번 돌아오는 끼니때가 건널 수 없는 물처럼 깊고 아득했다. 굶거나 먹거나 세월은 지났다. 세월에 밀려 조부는 돌아가고 미아는 봄 흙처럼 포슬하게 부풀었다. 미아는 이마가 맑고 눈빛이 고요한 처녀였다.

어느 설날. 묵은해를 보내고 새로운 날을 맞는다는 설날은, 한 해가 지나도 살림은 나아지는 것 하나 없어 죽어지지 않는 목숨 또 살아가야 하므로 서럽다, 섧다에서 온 말이다.

"썩 나오라니까 뭐하고 있는 게야?"

"어머니는 안 졸려요?"

지난밤에 잠들면 눈썹이 하얘진다며 미아를 새벽녘까지 베틀에 묶어둔 막례였다. 언젠지도 모르게 베틀북을 손에 쥐고 맨바닥에 모로 누워 든 선잠이었다. 새벽닭이 울었던가. 겨울의 하늘은 아직 어두웠다.

"에미는 사람 아니더냐? 삭신이 저리고 뼈마디가 쑤셔서 한 마디 한 마디 똑똑 분질러지는 것 같아도 어쩔 것이냐. 목구멍에 사는 귀신 무서워서 그러지."

막례의 목청은 고목 껍데기처럼 거칠고 두꺼웠다. 거친 바람에 부대껴 조각조각 부서지는 듯, 눌리고 조이고 숨이 모자라 헐떡거리는 소리였다. 미아의 나이 이제 열여덟. 딸년의 나이에 딸년을 낳았으니 어미 나이가 딸년의 곱절이었으나 목청은 세 곱절은 된 듯, 음성은 탁한 물속 고기처럼 바닥을 긁었다.

 미아는 막례가 자는 걸 본 적 없는 것 같았다. 미아가 잠들 때까지 베틀에 앉았다가 미아가 눈을 뜨면 밭일 나가는 막례였다. 미아가 어릴 적, 포전(浦田) 두어 뙈기를 사서 일궜다. 갯가의 개흙이 짜서 첫 해에 뿌린 무씨가 썩고 다시 옥수수를 심었다. 옥수수 심은 첫 해 움싹이 터 올라왔을 때 막례는 울었고, 그 움싹이 누렇게 타고 썩었을 때 막례는 또 울었다. 짠 흙을 주먹에 쥐고 울었는데 하얀 실 같은 뿌리가 흙에 딸려 나왔다. 늙고 샛노란 옥수수 알이 달려 있었다. 흙냄새. 달큰하게 썩어가는 옥수수 냄새. 막례는 해풍과 짠내에 주름졌고 미아는 자랐다.

 막례는 다시 옥수수를 심었다. 다시 심은 옥수수는 무사히 자랐다. 이삭 패기 시작한 옥수숫대가 수평선을 찔러 낮달을 파도 바깥쪽으로 밀어냈다. 옥수수 밑씨를 캐내어 쪼는 까치를 쫓느라 막례는 옥수수밭을 떠날 수 없었다. 해가 저물어 물 위의 금빛 가루들을 거둬가면 노랗고 크게 솟은 달이 옥수수밭을 들락거렸다. 옥수수가 우거졌을 때, 해풍이 날개를 펼치고 불어오면 옥수수는 바람에 누웠다가 도로 일어났다. 밤이면 옥수수밭이 서걱여서 들락거리는 달빛을 제 안에 품었다가 도로 토해내 장난질 쳤다. 까르르, 까부는 소리처럼 들렸다. 막례는 달이 다 지도록 키 큰 옥수수밭을 따라 파도처럼 너울거렸다. 볕에 그을어 옥수숫대처럼 뻣뻣한 막례의 머리카락에 달빛이 내려앉았다.

 미아는 제 어미가 세상에서 제일 좋아하는 것이 옥수수인 줄 알았다. 막례는 옥수수를 혼자 키우고 혼자 거뒀다. 가을이면 초가집 추녀 끝에 옥수수가 줄줄이 매달렸다. 바람이 옥수수를 흔들면 옥수수가 초가지붕을 흔들어 동그랗게 구부린 굼벵이가 지붕에서 떨어졌다. 막례는 떨어지는 굼벵이를 받아 모아 팔고 가으내 말린 옥수수를 춘궁기에 내다 팔았다. 옥수수수염은 따로 떼어 모아 팔았고 옥수수 속대는 딸년이 치통 앓을 때 물에 끓여 미지근하게 식혀 입속에 머금고 있다가 뱉도록 시켰다. 막례가 무언가 팔고 돌아올 때마다 딸년은 달빛 아래서 어미를 기다리며 제 그림자를 향해 조금씩 자랐다.

사람으로 나서 살자면 끼니때 먹고 졸릴 때 자고 마려울 때 싸야 한다. 지체 높은 양반이라도 한 번 쌀 거 두 번 못 싸고 천한 노비라 해서 먹지 않고 살 수 없다. 그것은 물이 때 되면 밀리고 썰리는 것과 해와 달이 오르고 지고 또다시 오르는 것과 이치와 같아서 산목숨 모두가 먹고 자고 싸는 일에 달려 있다. 삭신이 저리고 뼈마디가 쑤셔도 목구멍에 사는 귀신 무서워, 사는 게 무서워 노동에 매달리는 막례. 오직 막례의 그 노동으로 밥을 먹고 군불 땐 방에서 자라난 미아는 그을어 까매지고 골골이 깊은 주름이 잡혀가는 막례를 보았다. 나무비녀 꽂은 뒤통수에서 흘러내린 머리카락이 때 낀 저고리 동정 위에 떨어졌다.

"꾸물대지 말고 나오라니까."

숨이 막혔다. 겨울 아침 공기가 머뭇거림 없이 돌진하는 화살 같았다. 날카로운 살에 찔린 듯 통증이 일었다. 아직 어두운 마당에 새나오는 콧김만 희뿌얬다. 채 지지 않은 반달이 하얗고 낮았다. 먼 하늘에 붉은 기가 비쳤다. 하늘이 새로 열리는 것 같기도

했고 도로 닫히고 있는 듯도 했다.

부엌 바닥 함지박에 든 물이 얼음장 하나 껴 있지 않고 찰랑거렸다. 막례는 긴 세월 몸에 배인 지도를 따라 어둔 하늘에 길을 잡아 물을 새로 떠왔다. 노동의 길이었고 삶의 길이었고 죽음을 두려워한 길이었다. 말없는 홀로의 길이었다.

"선반 위 종발을 내려오너라."

부뚜막 위 선반 옆에서 마른 약쑥과 시래기가 흔들렸다. 미아는 종발을 마당에 쏟고 새로 물을 떠 올려놓았다.

"비나이다, 비나이다. 조왕신께 비나이다. 그저 지아비와 딸년 무병 무탈하게 해주옵고 낱알까리 한 톨 없어 이집 저집 얻어먹어도 그저 배만 안 곯게 해주시고 남당포 내다보이는 좋은 땅 아니어도 땅 뙈기 장만해 딸년 혼인 밑천 삼게 해주시고 우리 영감 정신 번쩍 들어 지고 있는 구들장 뜨게 해주시오. 비나이다, 비나이다."

막례는 손바닥을 마주 대고 둥글게 돌렸다.

"자고로 비는 데는 무쇠도 녹는다 했다. 치성을 드리고 빌다 보면 다 그렇게 될 때가 올 것이 아니냐."

막례가 고개 숙여 빌 때, 미아도 따라 조아렸다. 하루도 막례가 기도하지 않는 날을 본 적이 없었다. 매일의 일상이 어째서 매일 그리 간절할 수 있는 것인지 미아는 알 수 없었다. 이루어지지 않아서? 이루어지지 않을 걸 아는 까닭으로 매번 그토록 기도의 말이 깊은 것인가. 평생에 걸친 막례의 기도는, 울음이었는지도 모른다. 막례는 날마다 정성을 다해 울었다. 조아려 우는 막례의 야윈 등에 대고 미아도 조아렸다. 그것은 미아가 따라 우는 방식이었다. 미아는 막례의 울음을 대신 울 수 없어서 다만 따라 울었다.

마당을 돌아갈 때 눈이 쌓여 다져진 바닥에서 얼음장 같은 습기가 스몄다. 찍힌 발도장마다 뽀득 소리를 내며 얼음이 짚세기 신은 발에 박혔다. 막례가 장독대 터줏단지를 확인하고 새로 짠 짚으로 독을 덮었다. 그 앞에 두 손 모으고 또 빌었다.

"터주신께 비나이다. 천부지모께 비나이다. 그저 보리며 콩이며 쑥쑥 자라게 비를 펑펑 내려주시고 영감이 술이며 투전이며 뚝 끊어지게 해주시고 아전 놈들 눈이 멀어 우리 집 빼고 지나가게 해 주시고⋯ 이 가슴에 놓인 돌덩이 가져가 주시오. 비나이다, 비나이다."

막례는 아침마다 올리는 그것으로 하루를 버티는가. 가슴에 돌이 놓여 이제 눈으로 목으로 울지 못하고 저리 가슴을 치며 두 손 모아 비비는가. 돌덩이는 막례의 울음을 누르고, 누르고, 누르고, 눌러 마침내 돌이 되었는가. 울음이 돌이 되는 긴 세월이 또한 막례를 누르고 눌렀다. 하늘이 멀건하게 벗겨지고 마당 밖 가죽나무에서 까치가 울었다.

"올해는 까치가 서낭신의 응답을 물어다 주려나."

막례의 한숨에 미아는 막례의 명치에 얹힌 돌의 무게를 느꼈다.

초당에 가려던 미아를 막례가 눌러 앉혔다. 정월 초하루 첫 손님이 여자면 그해 내내 재수 없다고 했다. 여자들은 초하루에 샘에 물 길러도 못 갔다. 미아가 화롯불을 뒤적였다. 종일 틀어박혀 있는 사이 밖에선 해가 뉘엿했다.

"왜 여자는 정초에 바깥출입을 하지 말라는 거예요?"

미아가 물었다. 미아는 매해 초하루 매번 같은 물음을 물었다.

"정초에 여자가 집에 오는 건 나도 싫다."

"왜 여자가 오면 재수가 없는 건데요?"

"그럼 여자가 정초에 설레발치면서 요망 떨고 돌아다니면 좋겠냐? 여자 팔자가 그런 거지."

미아가 자꾸 화롯불을 뒤적였다. 이제껏 물음들은 물음만으로 자꾸 쌓여만 갔다. 막례에게 물으면 막례는 원래 그렇다고 말했다.

"팔자는 여자만 있는 거예요? 남자 팔자라는 말은 못 들어봤어요."

"억울하면 가랑이 사이에 고추나 달고 나오지 그랬느냐? 그랬으면 이 에미도 대접받고 팔자도 훨씬 당당했을 것을."

막례가 고생하는 까닭이 미아가 계집으로 났기 때문이란 타박으로 늘 그 물음은 끝맺었다. 미아가 휘젓는 질화로 속 알불이 벌겋게 달아올랐다.

"쓸데없는 소리 말고 빗 상자나 내려오너라."

방에는 횃대가 두 개 걸렸는데, 막례와 유건창의 옷이 따로 걸려 있었다. 횃대 또한 남녀가 따로 써야 하는 것이 법도다. 미아는 횃대 위 시렁에 얹힌 지함을 꺼냈다. 두 개의 장나무가 가로질러 놓인 시렁 위에는 막례와 유건창의 이부자리가 따로 올려져 있었다.

지함에는 참빗이 두 개였다. 유건창의 새 참빗. 이가 예닐곱 개

부러져 빗을 때마다 머리칼을 뭉텅 잡아먹는 낡은 참빗이 막례와 미아가 쓰는 것이었다. 막례는 기름종이에 쌓인 것을 꺼냈다. 그 안에 머리카락이 한 움큼이었다. 막례는 머리를 빗을 때마다 빠진 머리카락을 일 년 내내 모아두었다. 바깥은 햇덧이 지나고 황혼 무렵부터 몰아닥친 눈보라가 휘감고 있었다. 막례가 방문을 열었다. 빈 옥수숫대가 서로 부대끼는 소리 같기도 했고 솟구쳐 일어서는 파도 소리 같기도 했다. 눈보라는 바람의 시작과 끝에서 땅으로 떨어지다 다시 솟았다. 갯가 마을의 겨울밤은 소리와 바람으로 언제나 위태로웠다.

"가지고 나와라."

미아가 부젓가락으로 숯불 하나를 챙겨 기름종이를 들고 나가는 막례를 따랐다. 막례가 마당에 종이를 펼쳐놓고 다시 하늘을 올려다보았다. 달이 흐렸다. 흐리고 흰 반달은 빛을 받아본 적 없는 듯 간신히 겨울밤을 버티고 있었다. 막례가 펼쳐놓은 기름종이 위에 미아가 알불을 놓았다. 머리카락은 고린내를 피우며 타들어갔다. 오래 묵은 발 고린내 같기도 했고 막 썩기 시작한 시체 냄새 같기도 했다.

"빠진 머리카락을 설날 저녁에 태우면 악귀들이 집에서 떠난다. 머리카락은 잘 썩지 않아 신령이 깃들어 있으니까 함부로 다루면 안 된다."

이 또한 남자들이 집을 비운 밤중에, 여자들의 새해맞이 일이었다. 남자가 좀스럽게 조석으로 빗어 떨어진 머리카락을 모으고 간식하련? 남자는 남자다워야지, 그래서는 못 쓴다. 언젠가, 미아가 왜 이 또한 여자들만 하느냐 물었을 때 막례가 답한 말이었다. 미아는 다시 묻지 않았다.

막례가, 몸에 붙어 있을 땐 몸이었으나 이제는 불에 타 사그라지는 머리칼을 보았다. 막례는 일 년 내내 정성으로 이것을 모았다. 죽은 짐승을 불로 그슬릴 때 나는 소리로 머리칼이 타들어갔다. 불에 그슬린 짐승의 살 냄새가 났다. 불이 닿은 땅바닥은 뻥 뚫린 검은 구덩이 같았다.

그 자리를 오래 보았다. 알불이 눈보라 속에서 벌겋게 사그라들었다. 새벽닭이 홰를 칠 때부터 산짐승이 우우, 울 때까지 뼈가 빠지고 살이 무르도록 일하고, 아내를 딛고 다니는 바닥만도 못하게 여기는 지아비를 섬기고, 바윗덩이 같은 생의 무게에 허공에 대고 넋두리하면, 여편네가 재수 없게 종알거리니 남편이 일어나겠느냐, 집안이 흥하겠느냐, 하며 집어 던진 밥숟가락에 머리통을 얻어맞는 생. 막례는 불티 몇 개가 마지막으로 꺼져가는 흙바닥을 보았다. 어디서 닭이 울었다. 닭은 소스라치듯 목청을 꺾어 세 번 매운 울음을 뽑아 올렸다.

봄은 어디에서 오는가

 그해, 흉년과 기근이 들었다. 그 이전 해에도 흉년과 기근이 들었다. 또 그 전 해에도 흉년과 기근이 들었다. 백 년 만의 끔찍한 기근이라고 역사는 기록했다. 그것은 단 하나의 이치로서 숨 붙어 있는 모든 것들을 깨닫게 했다. 먹어야 한다는 사실이 징그럽고 무서웠다. 먹는 일 앞에서 죽음은 오히려 멀리 있었다.
 아직 죽지 않은 늙은이들이 지금의 기근과 굶주림은 난생처음 겪는 것이라며 아사 직전의 거미줄 친 입을 달싹거렸다. 굶주림은 늘 거기 있었으므로 이제 막 새로 난 어린것들은 주리지 않은 세상을 알지 못했다. 모두가 누워만 있었다. 배고픔은 제가 원할 때 원하는 방식으로 오지만 누워 있는 동안만큼은 간혹 잠이 들기도 해서 배고픔을 잊을 수 있었다. 잠이 깨고 배고픔이 일단 나타나면 본때를 보인다. 입에서 단내가 나고 목젖이 붓는다. 어린것들의 배는 거품이 차서 불룩했다. 조그만 입은 늙은이처럼 퍼렇게 죽어 파들거렸고 움푹 팬 눈은 유령 같았다. 쉬파리가 몸의 어디나 쉼 없이 달라붙었다. 쉬파리는 눈에서 흐르는 찐득한 눈물을 빨았고 목구멍을 타고 올라온 썩은 단내를 맡고 꼬였다. 어리고 약골일수록 눈물은 누렇게 끈끈했고 젖내 삼킨 침샘은 비리게 달았다.

먹을 때, 목숨은 먹는 것만 생각했다. 먹는 일 앞에서 사람은 서슬이 퍼랬다. 먹기 위해 싸우고 먹기 위해 맞고 먹기 위해 죽였다. 그리고 먹기 위해 죽었다. 죽음을 옆에 두고 먹었다. 배고픔은 다른 이들과 함께 하거나 나눌 수 없었다. 배고픔은 사람의 몸에서 살을 내리고 머리에서는 인간으로서의 연민을 앗아갔다.

남편은 아내를 버리고 아내는 자식을 버려 어린것들이 길바닥에서 울었다. 부모가 새끼줄로 나무에 어린것을 묶어놓고 가면 어린것은 죽자고 이빨로 새끼줄을 끊고 흙바닥을 맨발로 뛰었다. 겨울에 버려진 어린것들은 동상으로 발이 빠졌다. 칼로 잘린 듯 살이 까맣게 죽고 살가죽이 오그라붙었다. 두 발의 복사뼈와 골구가 온전하더라도 살이 썩어 힘줄이 덜렁거렸다. 발도 없이 길을 헤매며 걸식하다 갯가 뻘밭에 고꾸라져 죽으면 뻘의 구멍 속에 숨었던 게와 조개들이 구멍 밖으로 나와 죽은 것의 콧구멍이며 눈구멍으로 기어 들어가 살을 파먹었다.

아직 숨이 붙어 있는 목숨들이 굶어 죽은 목숨의 살을 발라내 먹었고, 도살해 뼈와 내장을 끓여먹고, 굶어 길가에 쓰러진 어린 아이가 죽기를 기다렸고, 기다리다 지치면 아직 숨이 붙어 있는 목숨을 죽였다. 인육을 먹은 자들을 잡아 문초하면 죽여서 먹은 것이 아니라 죽은 것을 주워다 먹은 것이라고 항변했다.

처음부터 그런 건 아니었다. 아직 몸에 근육이 조금 남았을 때,

사람들은 길섶에서 굶어죽은 목숨을 파묻었다. 다만 사후 경직이 시작되기 전에 죽은 목숨의 옷을 벗겼다. 겨울에 얼어 죽지 않으려면 옷이 필요했다. 죽은 목숨은 옷이 필요 없을 테니까. 바위처럼 단단하게 얼어 있는 땅을 파고 묻었다. 묻는 사람들은 한겨울에 땀을 흘렸고 땀이 흐르면서도 몸은 얼어붙었다. 그때까지는 할 수 없는 것은 하지 못했다. 그러나 사람을 덮치는 두려운 짐승 같은 굶주림이 날카로운 이빨로 목덜미를 물고 늘어져, 사람들은 마침내 사람들을 먹었다.

사람을 먹지 못한 이들은 무엇이라도 먹기 위해 길에 떠도는 어린것을 붙잡아 노비로 팔았다. 때로 먹기 위해 제 자식도 노비로 팔았다. 말 한 필 값은 삼베 사백 필이었고, 노비 값은 삼베 백 필이었다. 나라는 다만 이를 금지한다, 방을 써 붙였다. 책에 박힌 글로 입신하여 양명한 대신들은 저마다 그 참혹함을 다투어 말했다. 넓은 집 높은 누대 아래에서 그들의 말은 수사가 아름답고 길었다. 서로가 서로의 말로 뒤엉켜 속 빈 태산을 만들었다. 비단 방석에 앉은 그들의 한숨은 뼛속을 후빌 듯이 깊었다.

몇 해째, 들에는 푸른 풀 한 포기 없이 붉은 땅이 천리에 연했다. 굶주림은 아침에도 저녁에도, 봄에도 겨울에도, 항상 거기 있었다. 알알이 영글어야 할 때에 무정한 하늘에서 비 대신 태양빛이 내리꽂혀 들판을 쓸고 지나가, 바싹 마른 땔감만 남았다. 초가을 햇볕으로 이삭이 무거워져야 할 논은 물기 없는 흙먼지가 풀썩거렸다. 붉게 말라 갈라진 땅에 다북쑥만 자라 무더기였다. 백성들은 다북쑥을 말려 데치고 소금 절여 쌀 한 톨 없는 묽은 죽을 쑤어 먹었다. 임금은 백 년 이내 없던 가뭄으로 반찬 가짓수를 줄이고 하늘을 향해 부덕을 빌었다. 임금은 실록에 흙 파먹는 방법을 기록했다. 흙 중에 메밀 맛이 나는 흙이 있는 곳을 소상히 적었고 흙으로 떡과 죽을 만들어 먹는 방법을 적었다. 백성들은 텅 빈 밭 한 모퉁이에서 흙을 퍼다가 물에 풀어 먹었다. 죽처럼 걸쭉하게 풀어진 흙사발을 노인이나 아이나 다 먹었다. 임금은 도라지가루 한 숟갈과 채소 한 줌에 장과 소금을 넣고 달여 먹으면 며칠간 허기를 면할 수 있다고 백성들에게 알렸으나 백성에게는 도라지도 채소도 없었다. 임금은 무녀와 맹인, 승려를 모아놓고 비를 빌게 했다. 곳곳에서 용이 산다는 강에 호랑이 머리를 물속으로 가라앉혔다. 용과 범이 싸울 때 비가 온다 믿었다. 임금은 한강에 잘린 호랑이 머리를 넣었다.

  정월대보름, 무당을 불러 당산나무에 동신제를 지내 비를 빌었다. 비는 오지 않고 강진의 이백구십일 마을에도 길마다 유랑민이 걸식하며 흘러 다녔다. 그들은 굶어 죽거나, 길에 쓰러져 있다가 이미 굶은 자의 이빨에 목줄을 뜯겨 죽어 이미 굶은 자의 끼니가 되었다. 넋들이 울부짖는 소리와 피울음 우는 소리가 골목마다 들어찼다. 젖먹이는 죽은 어미의 빈 젖을 빨며 울었다. 송장 썩는 냄새는 오래 묵은 된장이 썩는 냄새 같았다. 그 고린내로 싸늘하고 차가운 공기가 더러웠다. 백성들은 길가에 버려진 시체 묻기를 포기했다. 송장이 길에 쌓였고 송장을 싸서 버린 거적이 언덕을 덮었다. 살이 썩어 문드러져 물이 나오고 또 나오고, 고이고 엉겨 구더기가 되었다. 구더기는 송장의 옆구리와 등줄기와 콧구멍에서 나왔다. 구더기 떼는 강가의 모래알보다 만 배나 많았다.

　대동강 물이 풀렸는지 알 수 없었으나, 남포 앞바다의 기러기가 다시 북쪽으로 날개를 펴고 날았다. 굶어 허술한 몸뚱이를 날카롭게 베던 추위가 느슨해지고 마침내 언 땅이 녹아 백련사 가는 길에 동백이 고요하게 피었다. 그러나 사람의 살이는 나아지지 않았다. 미아네 식구들은 돼지 먹이로 쓰는 겨에 보리 한 줌 섞어 죽을 끓여 삼켰다. 유건창은 베갯속이나 만들 걸 먹었더니 겨가 속을 찔러 쓰리다며 구들을 지고 누웠다. 방구석에서 거미가 죽은 곱등이를 거미줄에 말아 갖고 올라갔다.

　막례는 윗방에서 길쌈했다. 부테허리를 두르고 베틀 신끈에 매인 고리를 발로 굴렸다. 막례는 굶어 유령 같은 목숨들이 길에 흘러 다닐 때도 지아비와 딸년을 굶기지 않았다. 밤낮으로 길쌈해서 베를 팔아 식구들 먹였고, 알이 맺히지 못한 옥수수 속대를 달여 그 물을 장에 내다 팔아 풀칠할 꺼리를 마련했다. 가을 서리 후엔 고염나무 열매를 따다 항아리에 넣어 엿처럼 되면 내다 팔았다. 그리고, 울음 울었다.

　천지에 죽음이 넘쳐 함부로 송장이 버려지는 세상에서도 기와집 안에서 천명을 다하고 죽은 호상에 양반들은 곡비를 불렀다. 대문 밖에 죽어 넘어진 시체가 썩어도 빗장 지른 대문 안 깊숙한 곳에서는 굶을 일이 없으므로 죽음과 불효를 지극한 정성으로 애도했다. 잘 먹은 자들만이 슬퍼할 수 있었다. 막례는 곳간이 풍성한 양반집에 불려가 똑같은 죽음에 다른 슬픔을 곡했다.

막례는 햇빛에 바래고 기름을 바르지 않아 뻣뻣한 갈색 머리카락 위에 삼베를 두르고 남의 죽음을 대신 울었다. 넓적해진 얼굴에 거친 살결은 검었고 쥐가 뜯어먹은 듯 듬성한 눈썹 아래로 상주의 불효의 눈물을 대신 흘렸다. 몇날 며칠을 꼬박 새워 더 이상 목소리가 나오지 않도록 쥐어짜 울음 울었다. 성대의 핏줄이 터지고 부어 목구멍을 불로 지지고 꼬챙이로 쑤시는 듯 고통스러워지면 상주가 불러 무릎 꿇어 조아린 막례에게 눈물값을 던져주었다. 그 돈으로 막례는 겉보리 몇 줌 사다 돌확에 찧고 아궁이에 불을 지펴 무쇠솥에 물을 많이 붓고 끓여 지아비와 딸년을 먹였다.

제 어미의 곁에 앉아 물레 돌리던 미아는 실잣기가 끝나자 종이와 붓을 챙겨다 앉았다. 막례의 눈물값을 먹고 자란 미아는 성장하면서 말이 적었으며, 어미가 삼을 베어오면 삼줄기 삶을 물을 알아서 앉혔고, 어미가 집을 비우면 부엌 바닥을 쓸고 양잿물에 묵은 빨래를 삶아 널었다. 빨래를 널 때는 공중에서 여러 번 털고 널고 나서는 손으로 탁탁 친 다음 손바닥으로 여러 차례 쓸어서 주름을 폈다. 미아는 나날이 늘어가는 막례의 주름과 화를 이해하려고 애썼고 스스로 어미와 다른 생을 살겠다, 마음먹었다.

미아는 다산이 버린 글을 가져다 다시 정서하는 일을 했다. 제자들이 떠난 초당에서 다산은 쓰고, 또 쓰고, 또 썼다가 이내 버렸다. 그것들을 모아 미아가 정서해 책으로 묶는 일을 도왔다. 다산은 길에 버려진 송장에 끓는 구더기를 보고 돌아와 울면서 시를 썼다. 시가 완성되자 다산은 시를 버렸다. 다산이 버린 걸 미아가 가져와 다시 적었다. 다산은 구더기가 자라 파리가 된 것을 백성이라 여겨 조문했다.

…파리야, 날아오너라. 해골이 뒹구는데 구멍만 뻐끔하다. 그대는 이미 성충이 되어 날아가고 껍데기만 남았구나. 우지 마라, 우지 마라. 아아, 이 파리들이 어찌 백성과 다르랴. 너의 파리 목숨을 생각하면 눈물이 흐른다. 음식을 마련해 파리들을 부르니 너희는 함께 와서 먹어라.
파리야, 날아와 음식 소반에 앉아라. 수북한 흰 쌀밥에 맛있는 국이 있단다. 술과 단술이 향기롭고, 국수와 만두도 마련하였다. 그대의 마른 목을 적시고 그대의 타는 속을 축여라. 파리야, 날아와 기름진 고기 위에 앉아라. 숯불을 지펴 왜(倭)쟁개비에 살진 소다리를 구웠고, 초장에 파강회, 농어회도 있단다. 소고기국, 돼지고기국이 가득하고, 메추리구이, 붕어찜, 오리탕, 기러기탕, 중배끼, 꿀떡에 문어조림도 흐드러졌다. 이제 여한 없이 먹어보아라. 주린 창자를 채우고 얼굴을 환히 펴라. 파리야, 날아오너라. 살아 돌아오지는 마라. 그대 죽었어도 재앙은 형제에게 미친다. 유월이면 조세를 독촉하며 아전이 문을 두드리는데, 그 소리 사자의 포효처럼 산천을 흔든다. 가마솥도 빼앗아가고 송아지와 돼지도 끌고 간다. 그러고도 관가에 끌고 가 곤장을 치는데, 맞고 돌아오면 병에 걸려 죽는다….

쩔걱이던 베틀 소리가 멈췄다. 막례는 미아가 무엇을 적고 있는지 알지 못했다.
"네 조부가 너에게 글을 가르칠 때 나는 못마땅했다. 뭘 가르친 선시 까막눈이라 나는 모른다만 아는 거 많아봤자 쌀알 한 톨 안

나온다. 여자 팔자는 뒤웅박이다. 박에 쌀을 담을지 여물을 담을지는 남자에게 달렸다. 그러하니 좋은 자리에 시집갈 염을 내야지 글은 무슨…."

막례의 목소리는 거칠고 허기지고 화가 나 있었다.

"천것 에미 가랑이에서 나올 거면 뭐라도 하나 달고 나왔어야지. 그랬으면 이리 구더기처럼 살 것이냐."

막례는 밀쳐낼 수 없는 운명에 둘러싸여 견딜 수 없는 것들을 견디면서 살아왔다. 악착같이 살면서 노동하거나, 혹은 울음 울거나. 스스로 몸뚱이를 연장처럼 부려가며 살아, 무엇도 꿈꿀 수 없던 막례의 좁은 세상은 하루를 쪼개고 일 년을 보태고 십 년을 버텨도 모든 길이 얼음처럼 차갑고 단단하게 가로막혔다. 그리하여 생은, 명치끝에서 무쇠솥 뚜껑 같은 딱딱한 덩어리로 굳어져 무겁고 까맸다. 명치에 박혀 뽑지 못한 대못이 모든 일에 화를 내었다. 그것은 뼛속에 박혀 본능이 되었다. 한계를 벗어나 새로운 가치관이 되어버린 상처를 안고 자신의 피를 뽑아 먹여 기른 딸년을 볼 때마다 막례는 눈물겨웠고, 화가 치밀었다.

저것이 뱃속에 들어서지 않았더라면. 저것이 끝내 가랑이를 찢고 벌컥거리며 아래로 쏟아져 나와 울지 않았더라면. 저것을 태에서 뽑아내 검은 우물에 던졌더라면. 뱃속에 핏덩이가 들어선 걸 알았을 때, 막례는 그것을 떼어내려고 죽을힘을 썼다. 간장을 됫병으로 마시고 토하고, 토하다 혼절하고, 만덕산 고개에서 제 몸을 굴려 떨어지기를 종일토록. 뱃속에 질기게 붙은 핏덩이는 안 떨어졌다. 다리가 꺾이고 팔이 부러지고 상처 난 온몸에서 흐르는 피를 닦기도 전에 막례는 남의 집 세 곳의 나무 문턱을 훔쳐다 갈아 마셨다. 부적을 쓰고 죽을 만큼 굶어 뱃속의 것이 뱃속에서 죽어 가랑이 사이로 죽은 핏덩이를 쏟아내기를 얼마나 간절히 바랐던가.

질긴 것. 저 질긴 명줄의 딸년이 나를 이 구렁텅이로 밀어넣었구나. 끝도 없는 모진 노동의 포승으로 묶여, 숨이 막히도록 명치를 조이는구나. 헤아릴 수 없는 많은 날들이 쌓여 막례는 자꾸 화가 났다. 그렇게 해도 가슴속 돌덩이가 허물어지지 않을 줄 알면서 막례는 미아를 탓했다. 막례는, 탓할 수 있는 약한 것이 딸년밖에 없어서 그리했는데, 스스로를 원망하는 것과 다르지 않았다. 막례는 강한 것에 분노하는 방법을 알지 못했다. 잘못된 세상을 알아차리지 못했다.

미아는 답하지 않았다. 미아는 침묵했다. 계집으로 난 것을 스스로 탓할 수도, 탓하지 않을 수도 없어서 그랬다. 미아는 막례를 외면하고 싶었다. 미아가 솜저고리를 겹쳐 입고 조릿대 바구니를 챙겨 들었다.

"덕선이 만나 산에 다녀올게요. 이른 쑥도 날 때 됐고요. 해덧 안에 올게요."

작년 보릿고개에 만덕산에서 덕선을 만났다. 덕선이 산죽열매로 쌀 없이 밥 짓고 떡 만드는 법을 미아에게 가르쳐주었다. 덕선은 홀어미와 귤동 아래 충곡마을에 살았는데, 본래는 강진에서도 노른자위 땅을 깔고 앉은 탑동의 이참봉 댁 솔거노비였다. 막례는 미아가 덕선과 어울리는 것을 금했다.

"껍질뿐인 양반에다 한쪽은 천한 신분이라도 너는 엄연히 양반의 딸이다. 노비와 어울리지 마라."

"무명치마에 짚세기 신고 부엌으로 밭으로 종종대며 사는 건 똑같잖아요."

"천것 에미 배를 빌어 계집으로 난 것은 똑같지. 양반집 규수로 나서 스란치마 입고 모란병풍 걸쳐진 방에 들앉아 문채 찬란한 공작이며 작약이며 수놓고 사는 팔자 아니다마는, 너는 글도 읽을 줄 아는 아이다."

막례에게 무엇이 작동되어 종잡을 수 없는 마음이 되는지 미아는 알지 못했다. 다만 막례에게 딸년이 읽고 쓰는 글은 늘상 입에 달고 사는 팔자와 비슷한 무엇이 아닐까. 쌀 한 톨 안 나오는 팔자에 없는 사치였다가 때로는 팔자 도망하고 싶은 부질없는 희망의 불씨였다. 미아가 글을 읽고 쓸 때, 막례는 솟구치는 파도처럼 거친 말로 미아를 몰아세웠고 때로는 무엇을 읽고 쓰는지 알기를 소망했다.

제 어미의 묵은 화를 받아 안는 법을 미아는 몰랐다. 통곡의 심정으로 쌓아 돌처럼 굳어버린 어미의 지난 세월을 미아는 알 수 없었다. 미아는 평생을 조아리며 살아온 어미의 생이 답답했다. 스스로 제 어미와 다르다, 여겼다. 종모법에 따라 신분은 천민이나 글을 읽고 쓸 줄 알며 다산의 가르침으로 이치를 따질 줄 알며 현실과 거짓 사이에 숨은 진실을 깨우칠 줄 안다. 사람이 만든 것의 까닭과 한계를 짐작할 줄 알았다. 섭리에 위배되는 것들은 마침내 무너지고 그 폐허에 새로운 질서가 우뚝 설 것을, 또한 아침이 오고 해가 떠오르며 땅을 비출 것을 믿었다. 조부에게 회초리를 맞을 때마다, 아녀자는 더럽고 쓸모없는 원숭이같은 것들이라 들을 때마다 치밀었던 의심과 분노가 힘이 되리라. 아득한 가운데 천둥소리가 나고 벼락이 하늘을 찢어놓을 때 그것을 알아보려면 공부해야 한다. 어미처럼 묶여 평생 일만 하다 죽진 않겠다. 무른 설움에 미아는 옆구리에 낀 바구니를 끌어안았다.

먼 데 보았다. 강진만은 강진을 두 갈래로 나누었으나, 흐를수록 넓고 깊어 아득한 저 물은, 여러 고을을 돌아나가며 이어지는 고갯길과 들길 강나루를 훑으며 사방에서 뻗어 나온 물줄기를 품어 안았다. 각각의 이름을 합하여 큰물로 나아가 그 흡수와 포용을 드러내지 않고 비로소 완전해지는 정당한 세상 같았다.

강진만에 해가 떠올라 새벽 물안개가 걷히면 수평선 끝자락에 억새풀 우듬지가 걸렸다. 바람에 풀이 부딪히는 소리가 서걱대면 난바다의 흰 포말을 가르며 철새가 날았다. 노을이 질 때, 붉은 금빛가루가 물 위에서 반짝이면 물고기 등뼈 같은 배가 나아가면서 물을 두 갈래로 갈라 양옆으로 둥글게 휜 갈비뼈 모양으로 물결이 출렁거렸다. 비로 바람으로 눈으로 내리는 하늘이 물에 닿으면, 햇살과 달빛에 찬란한 물결무늬는 먼 바다를 향해 나아가는 듯싶었다. 물은, 무엇이라 불리건 간에 흐르고 흘러 마침내 아득하게 멀어졌다. 그렇게 흘러 물이 어디에 닿는지 미아는 알 수 없었다. 다만 물처럼, 나아가고 싶었다. 흘러도 부서져도 굽이쳐도 출렁거려도 여울져도 물은, 멈춤이 없었다.

상신만을 옆에 두고 잿빛의 뻘을 따라 남포 마을에 닿았다. 펄쳐진 갈대밭이 넓었고 해풍이 스치면 출렁거렸다. 걸을 때마다 사박사박 볕이 말라 부서지는 소리가 났다. 갈대밭 수로에 부서진 고깃배가 처박혀 썩고 있었다. 물가에서 큰고니가 울었다. 신평마을 사람들은 밤마다 큰고니 울음소리로 잠을 설쳤다.

 큰 배 떠나는가. 먼 데서 북소리 울렸다. 칠산바람 멈춰주시라, 빌었다. 모두 다 하나하나의 목숨들이었다. 강진은 이백 리 해안이 드나듦이 심해 먼 바다 파도가 높았다. 북풍이 몰아닥치는 겨울 사리 때 특히 사람이 많이 죽었다. 바다에서 죽은 자의 시체를 건어내고 또 그 바다로 들어가 사는 목숨들이었다. 죽은 송장을 바다에서 꺼낼 때 울고, 송장을 찾지 못하고 부서져 물에 밀려온 나뭇조각을 붙들고 울었다. 눈물이 마르기 전에 사람들은 어구를 챙겨 또다시 배에 올랐고 무당 불러 만선케 해달라, 메마른 소리로 노래 부르는 것이 바다였다. 바다로 나간 남자가 끝내 오지 않아 홀로 평생을 우는 아낙들이 모인 물가 고을이었다.

 젖먹이를 아름드리 멀구슬나무에 묶어놓은 아낙이 갯배를 배로 밀어 뻘밭으로 나아갔다. 멀구슬나무 노란 열매가 바람결에 출렁일 때, 둥치에 묶인 아이는 흙을 움켜쥐고 코가 흘러 누런 입속으로 흙을 넣었다. 새끼줄에 묶여 버둥거리다 넘어진 젖먹이가 제 어미 쪽을 찾다 울었다. 아낙이 널빤지로 만든 뻘배에 엎드려 기듯이 나아가다 한순간 숨을 멈추고 낚시를 던져 짱뚱어를 채어 잡았다. 낚시에 걸린 짱뚱어가 뻘을 헤집으며 몸부림쳐 끌려왔다.

 새끼줄에 묶인 젖먹이가 똥오줌을 싸 뭉갠 기저귀에 또 다시 똥오줌을 싸고 울어대는 동안, 쓸려나갔던 물이 밀려들어 차오를 때까지, 아낙은 차갑고 더러운 뻘 바닥에 배를 엎디어 짱뚱어를 잡는다. 물이 차 붉어지고 해가 바다 밑으로 떨어지면 아낙은 뻘 묻은 가슴을 풀어 빈 젖을 물린다. 짱뚱어를 내다 팔아 멀건 죽을 끓여 허기져 우는 젖먹이에 먹이다 흐린 등불 아래서 꾸벅꾸벅 존다. 새벽닭이 홰를 치고 물이 빠지기 시작하면 아낙은, 잠든 젖먹이를 등에 업고 다시 뻘로 나간다. 어미의 등에 달라붙어 칭얼거리던 젖먹이는 또다시 나무에 묶여 종일 나무를 뱅뱅 돈다. 쓸렸다 밀리고, 뱅뱅 돌고, 주리고 비틀리고….

'가슴에 응어리와 한이 없으면 뻘일은 할 수 없다.'

갯가 마을 여인들은 모두 아는 말이었다.

어느덧 덕선의 남루한 초가에 닿았다. 소금기가 스며 썩어 기울어진 사립을 지나자 추녀 밑에 걸린 시래기가 해풍에 토담을 쓸었다. 돌담에 널어놓은 톳과 미역이 말라가다가 파도에 밀려온 바람의 꼬리에 뒤척였다.

"덕선아."

덕선의 아비가 살았을 적에, 아비는 소 기르는 쇠담사리부터 똥 푸는 똥담사리까지 몸을 아끼지 않아 이참봉이 크게 칭찬하여 외거노비로 나앉았다. 낮에는 주인집에 가서 일하고 밤에는 돌밭을 일궈 십 년 넘게 모은 돈 팔십 냥을 이참봉에 바치고 속량 받았다. 이참봉은 실익에 밝고 무던해서 노비를 효율적으로 활용해 더욱 조아리게 만드는 방법을 실천했다. 노비들은 덕선 아비를 보고 제 붊의 두 배로 일해 이참봉에게 바쳤다. 이참봉이 간에 병이 들어 누렇게 떠서 죽자 아들 이만종이 누대로 내려오는 전답과 수십의 노비를 차지했다.

이만종은 사람됨이 험했다. 밥을 먹다 돌을 씹자 밥 짓는 노비인 취비를 끌어다 매질했다. 종을 시켜 멍석에 말아 몽둥이로 내리쳤다. 아버지가 돌아가고 자식이 주인이 되었다 하여 아랫것들이 이리 상전을 깔보아서 집안 꼴이 무엇이 되겠느냐, 내 오늘 너를 본보기 삼아 천한 것들의 본분을 가르치리라. 그리 말하였으므로 이만종의 매질은 집안의 질서를 바로잡으려는 가장의 마땅한 본분이었다. 상전으로서의 윤리에 대한 가르침이었다. 피를 토하며 비명 우는 취비 앞에 누구도 나서지 않았다.

죽을죄를 지었사옵니다, 나리. 한 번만 용서해주시면 이 몸뚱이 부서지도록 나리를 위해 일하겠습니다요, 살려줍시오, 나리. 취비는 비명의 사이사이에 지렁이처럼 땅바닥을 기며 애원하고 빌었다. 조리질 하나 똑바로 못해 상전의 이빨을 부러뜨렸으니 어디 네 년을 조리돌림 해줄까. 더러운 노비년이 바닥을 기어 피투성이 손으로 이만종의 정강이를 붙잡고 빌었다. 구더기가 몸을 타고 기어오르듯 소름끼친 이만종이 노비년을 걷어찼으나 분이 풀리지 않았다.

싹을 밀고 올라오는 잡초를 뽑아내지 않아 돋은 가시덩굴은 한 뿌리가 생겨나면 금세 불처럼 번져 온 들판을 망가트린다. 결국 쓸모없는 땅으로 추락하고 사람의 몸을 찔러 상처 입히기 마련이다. 그러니 잡초 한 뿌리는 그냥 한 뿌리가 아니다. 방자하게 구는 아랫것은 천것들 사이에서 하룻밤 새에도 잡초 번지듯 옮는다. 한 집안의 가장이라면 마땅히 잡초가 생겨나지 못하도록 뽑고 제거하고 잘라야 한다. 그리해야 집안의 질서가 바로 서고 나라의 풍속이 바로 잡힌다.

 무군무부한 무리들이 특히 남쪽 바닷가 땅에 창궐하여 웃전에서도 시름이 깊은 것을 알지 않는가. 나라에 죄를 지어 벌거벗고 나무에 못 박힌 자를 경배하고 그 앞에 조아려 남녀가 무릎을 맞대고 서로 부르고 엉기는 패역한 세상이지 않은가. 그 기괴한 형상을 높은 곳에서 끌어내려 불에 태워야 마땅할 것을. 타고 남은 죽은 재를 쓸어버리듯, 역(易)을 업으로 삼은 무지한 것들을 엄히 가르쳐야 세상이 바로잡힐 것이다. 쓸모없는 더러운 재에 물이 닿으면 물이 아니라 재가 흐른다. 그러므로 재를 깨끗하게 청소해 맑은 물이 위에서 아래로 흐르도록 살펴야 한다. 그것이 순(順)의 마땅한 도리다. 삶과 죽음이 엄연하듯, 질서는 그런 것이다. 하늘과 땅의 질서가 무너지면 장차 세상이 어찌될 것인가. 이 집안에서도 천것들이 상전의 눈을 속이고 그러한 소굴에 들어가 상전의 목을 벨 칼날을 버리고 있을 터이다.

 이만종은 칼을 가져오라 소리 질렀다. 이만종이 손수 취비의 코를 베었다. 천하디 천한 노비의 몸뚱이에서 사람과 똑같이 검붉은 피가 흘러 마당을 더럽혔다. 베어낸 코에서 솟아오른 피가 달을 적셨다. 피를 먹은 달이 핏빛을 사방에 흩뿌렸다. 붉은 달빛이 핏물 든 칼날을 푸르게 비췄다. 밟고 서는 땅보다 못한 노비가 기어오르고 쥐새끼처럼 간사하게 천한 목숨을 구걸하는 꼴이 역겨웠다. 이만종온 성품이 물러 천것들의 간덩이를 키워놓고 돌아간 아비가 원망스러웠다. 장차 어긋나고 비틀어진 수직의 질서를 바로잡으려면 더욱 엄하게 다스려야 할 일이었다.

취비와 몰래 통정했던 남종이 달빛이 사위도록 핏자국을 쓸었다. 쓸면서 울었다. 깊은 울음은 목구멍을 쪼갤 듯 치밀어 올랐고, 부질없었다. 가슴 속이 길길이 뛰어 부스러졌으나 내색하지 못했다. 제 품속에서 비린 몸 냄새를 풍기던 여자는 다만 쌀을 제대로 조리질 못했다는 까닭으로 코가 없이 피 냄새를 풍기며 죽어갔다. 핏자국은 물을 들이부어도 비로 싹싹 쓸어도 더욱 짙어졌다.

얼마 뒤, 남종이 취비를 야반도주시켰다. 그것도 목숨이라고 취비는 사력을 다해 달음질쳤다. 허나 이미 부서진 몸이었다. 똥통에 끓는 구더기만도 못한 팔자를 등에 지고 두 발로 걷다가 네 발로 기었다. 신새벽 바람의 서슬이 팽팽할 때, 이만종이 보낸 추격자들에 뒤를 물렸다. 죽음은 태산처럼 확실했고 희망은 어디에도 없었다. 취비는 차라리 이곳에서 베어 달라, 울부짖었다.

이만종이 집 안 사람들을 불러 세워 취비를 보게 했다. 코가 없어 문드러진 얼굴로 신음하는 취비는 눈의 혈관이 터져 핏물이 흘렀다. 제 스스로 흘리는 신음을 알아차리지 못했다.

"노비를 별종(別種)이라 하는 소이를 아느냐. 양반과는 다른 종자인 까닭이다. 노비에게 주인은 부모와 같은 상전이다. 상전이란, 몸이 받치고 있는 머리와 같은 것이다. 아랫것들이 상전을 우러르지 않는 것은 사람의 몸뚱이에 머리가 잘린 격이다. 사람은 머리가 몸뚱이를 거느리고 몸뚱이가 두 발을 지배한다. 가장 아래인 노비는 사람의 발에 해당하니 상전을 능멸한 죄는 머리를 자르고 부모를 살상한 강상죄에 해당한다. 너희들은 똑똑히 보고 오늘의 일을 뼛속 깊이 새겨라."

이만종이 취비의 발가락 사이에 불을 놓아 발가락을 쪼갰다. 지푸라기처럼 늘어진 취비가 외마디로 마지막 비명을 질렀다. 보던 이들이 뒷걸음치며 이를 물고 눈을 감았다. 뼈가 부러지는 소리와 생살 타는 누린내가 공기를 오염시켰다. 죽여 달라는 애원의 울음이 허공으로 울림도 없이 퍼졌다. 처마 밑에 깃들었던 새가 푸드덕 날아오르다 물똥을 싸질렀다.

양반의 재산인 노비가 주인을 고발하는 법도는 없었다. 그리하면 처벌은 주인이 아니라 노비가 받았다. 장 백 대를 맞고도 죽지 않으면 다시 주인에게 돌아가 노비가 된다. 이만종은 취비의 송장을 길에 버렸다. 시체를 거두지 못하도록 명했다. 들개와 시궁쥐가 취비의 살을 파먹었다. 베어진 코자리에 구더기가 끓었다.

이만종이 덕선의 어미를 불렀다. 까닭은 두 가지였다. 곳곳에서 움트는 역(易)의 기운에 기대 집안 것들이 휩쓸리기 쉬운데다 아버지가 돌아갔으니 새로운 주인에 대한 두려움을 심어주어야 질서가 잡힌다. 누구든 돈만 있으면 신분을 살 수 있다는 쓰레기 같은 생각을 버리게 하려면 외거노비로 나앉았던 것들을 단속할 필요가 있다. 그것이 첫째요, 어릴 적부터 덕선 어미의 손을 탄 음식에 길이 들어 입에 가장 편안한 까닭이 둘째였다.

이미 속량된 몸이라는 어미의 떨리는 음성에 이만종은 노비로 난 것은 그 근본이 노비라 죽을 때까지 노비다. 네년이 또한 사학에 물들어 어둔 소굴에서 함께 뒹군 것이 아니고서야 그 마땅한 이치를 어찌 모르는 것이냐. 내 너를 관아에 고해 네 딸년까지 형틀에 묶이도록 해야 정신을 차릴 것이냐, 하고 가르쳤다.

이만종의 아비에게 속량 받을 돈을 가져갈 때 세 번으로 나눠서 가져갔다. 구들장을 뜯어 몰래 감춰둔 것을 무명실을 스무 겹으로 꼰 꿰미에 꿰어 묶어 천으로 싸서 속곳 속에 숨겨 가지고 갔다. 돈을 내놓을 때마다 고통스러운 표정으로 슬픈 한숨을 뱉었다. 마지막 세 번째 가져간 돈은 모자라는 몫을 빌릴 수 있는 만큼 고리로 빌려 그것을 갚는 데 삼 년이 걸렸다. 평생 소원하던 속량도 이루어졌으므로 봄에 씨 뿌리고 가을에 거두면 점차 살이가 나아지리라. 딸년은 남의 집 노비로 살지 않아도 좋지 않은가. 속량 후 봄이 오면 희망이 생겨났었다. 덕선 어미는 속량할 돈을 모으려고 뼈를 갈듯 일했다. 그 돈은 십 년의 세월과 돈을 모으려고 감당했던 굶주림과 헐벗음과 노동으로 망가진 몸뚱이와 이 악물 악착같음과, 그럼에도 견딜 수 있게 만든 희망이었다.

덕선 어미는 이만종에게 할 말이 있었고, 하고 싶었고, 해야 할 말이 가득 차서 목구멍이 아팠는데, 할 수 없었다. 노비로 난 것은 그 근본이 노비라 죽을 때까지 노비다…. 상전의 말 한마디에 닳고 빠져 손톱이 네 개밖에 없는 손으로 덕선 어미는 빌었다. 죽을 때까지 노비인 노비가 뒤엉킨 머리카락을 늘어뜨리고 엎드려 빌 때 마디에 옹이 지고 그을어 터진 손이 떨렸다. 밤으로 낮으로 덕선 어미는 이만종의 집에서 일했다.

"덕선이 안에 있니?"

댓돌도 없는 방문 밑에 뻘이 잔뜩 낀 짚신 한 짝이 뒹굴었다. 대답 대신 흐느껴 우는 소리가 허술한 창호지 문을 흔들었다. 황급히 바구니를 버리고 방문을 열어 물소리를 밀어냈다. 덕선이 윗목에 몸을 웅크리고 엎드려 울었다. 미아가 덕선을 들어올려 일으켰다. 저고리 동정이 뜯겨나갔고 옷고름은 풀어졌고 치맛자락이 벌어져 속살이 허옜다. 덕선이 미아를 보자 온몸으로 울었다.

덕선의 얼굴을 들어올렸다. 왼쪽 코밑에 씨앗만 한 사마귀가 박혔고 웃을 적에 송곳니가 드러나 귀여운 인상의 덕선이었다. 푸르고 검은 멍이 광대뼈와 관자놀이와 눈두덩에 넓고 깊었다. 붓기가 얼굴 전체에 퍼졌고 터진 핏줄이 붉은 가시나무처럼 사방으로 뻗었다. 벌어진 치맛자락 사이, 묶음 끈이 떨어져나간 속곳이 간신히 걸린 그곳, 가장 은밀하고 깊은 곳, 그곳에서 피가 흘렀다. 처녀막이 터지고 생살이 찢겨, 짐승의 목에서처럼 피가 울컥 쏟아졌다. 처녀막이 터져 흐른 피는 검은 빛깔이 섞이지 않아 새빨갰다. 선홍색의 혈점은 점차 백일홍처럼 그 빛이 더욱 고와졌다. 백일홍은, 오래도록 피어 있어 이름이 백일홍이었다. 채 피기도 전에 목이 꺾여버린 덕선은 검붉게 멍들었다.

"이만종 나으리가 왔었어."

덕선의 말은 울음에 섞여 울음인지 말인지 구분할 수 없었다. 이만종은 새벽별이 지기 전에 덕선의 어미를 불러 콩 갈아 두부 쑤고 메밀쌀로 만두를 빚으라 명했다. 맷돌 돌리는 어미의 뒤태를 보고 딸년과 사는 집이 어딘가 물었다.

이만종은 괴삼정을 내놓으라, 덕선에게 명했다. 처녀의 월경대를 품에 지니면 노름에서 이긴다는 연유였다. 덕선은 용서해 달라, 방바닥에 이마를 찧어 죄를 빌었다. 무슨 죄를 용서할까냐는 이만종의 물음에 덕선은 답하지 못했다. 이만종은 주인을 능멸한다는 죄목으로 덕선의 뺨을 쳤다. 그리고 바닥에 쓰러진 덕선의 버선을 벗겼다. 덕선의 목구멍에서 덜 삭은 겉보리죽이 토해져 솟았다.

"소리 질러봐야 이로울 게 없다. 종년은 누운 소타기랬는데 네년은 왜 이리 앙탈이냐?"

이만종은 말을 듣지 않으면 어미를 나무에 매달아 활쏘기 연습을 하겠다고 말했다.

울음은 한꺼번에 몸에서 터져 나왔고 눈에서 불을 뿜듯 눈물이 터져 나왔고 목에서 핏줄이 톡톡 튀어나왔다. 덕선의 울음이 어둔 소굴 같은 좁은 방안을 후볐다. 그 울음은 비명이었다. 그 울음은, 들숨과 날숨 사이에 배치되어 흐름을 타고 나오는 것이 아니라 사람이면 마땅히 숨을 쉬어야 한다는 조건조차 무시하고 숨조차 쉬지 못한 채 쉼도 없이 밀려나왔다. 울음이란 이상했다. 운다고 덜어질 슬픔이 아니다. 운다고 되돌릴 수 있는 일이 아니었다. 눈물을 흘리고 목구멍을 열어 통곡으로 울어도 그것은 결국 무의미한 절망의 증명일 뿐이다.

그럼에도 끝나지 않을 것 같은 울음은 난바다의 물이 끊임없이 밀고 들어오듯 뼛속 깊은 곳으로부터 저절로 밀려 올라오는 것이었다. 감당할 수 없는 깊이로 아득해 한 치도 더는 앞으로 나아갈 수 없는 바다 앞에서, 뒤로도 물러날 수 없는 벼랑 위에 선 자에게 죽음이 육박해올 때의 막막함이었다. 그러므로 울음은 자기 세계가 부서져 두려워 떠는 자가 먼 곳을 향해 사무치게 뻗는 손끝이다. 검고 딱딱한 안개 속을 휘젓는 가냘픈 그 손짓에 미아는 뼈를 파고드는 포승에 묶인 듯 등뼈로 식은땀을 흘렸다.

열린 방문 밖에서 바다의 울음 같은 파도가 밀려왔다 물러갔다. 맨 땅에 던져둔 바구니에 눈이 멈췄다. 지난 가을 강진만 가 갈잎떨기나무 줄기를 꺾어 엮어 만든 바구니는 그 이음새가 촘촘하고 마무리도 매끈해 봄이면 막례가 들고 나가 팔았다. 고리버들은 잔가지가 없이 매초롬하게 쭉쭉 뻗어 자란다. 혼자일 때 천지간에 가늘게 흔들리다가 저리 서로 얽어 엮어놓으면 몇 해나 두고 쓸 수 있다. 그 안에 칼자루가 들었다. 이만종의 뱃가죽에 저 칼을 박아 넣을 수만 있다면. 칼날이 그놈의 살과 뼈를 후빌 수만 있다면. 선지피가 쏟아져 콩기름 잘 먹인 닥나무 장판지에 핏길을 내어줄 수만 있다면. 악으로 울던 덕선이 실신했다.

***

산으로 가는 숲길에 새로 생긴 무덤들이 엎드려 있었다. 다만 먹지 못해 죽은 이들이었다. 죄 없는 목숨들이 생을 잃었다. 아니다. 먹지 못하는 것은 몸뚱이에 가장 큰 죄목이다. 그것은 살을 녹이고 뼈를 부수며 인간의 가치를 허무는 가장 중죄였다. 그러니 누구에게 그 죄를 물어야 하는가. 헤아릴 수 없는 몸뚱이들이 낮바닥에 죽음 꽃이 피도록 실가닥 목숨 이어보려고 몸부림치다 죽었다. 그러므로 먹는 것과 죽는 것은 하나에 있었다. 먹으면 살고 못 먹으면 죽는다는 정확한 사실은 무자비한 칼날처럼 목숨들을 베어나갔다. 봉분도 이루지 못하고 간신히 흙더미를 머리에 인 무덤들은 짙푸른 떼 한 번 못 입고 무너져갔다.

계곡이 풀리면서 덧물이 고여 흘렀다. 얼음 밑에 괸 그 물은 흐르면서 소리를 냈다. 졸졸 흐르는가 싶고 흐르르 흐르는가 싶은 그 소리는 인간의 살고 죽음과 상관없이 시간을 통과해 순환되었다. 미아는 소나무 속껍질을 벗기고 솔뿌리를 캘 참이었다. 속껍질 송기는 그 맛이 달고 성미가 따뜻해 놀라 차가워진 몸에 좋고 솔뿌리는 어혈을 없애는 데 좋다. 옥수수가루를 함께 넣고 죽을 끓여 덕선을 먹일 요량이었다.

후박나무 낙엽들로 밟아 오르는 숲길이 폭신했다. 조금 더 오르자 잡풀이 무성한 푸서리 땅이었다. 그 곁에 허술하게 지은 굴피집 한 채. 많은 백성이 살아온 근거를 버리고 밤을 틈타 산으로 들어갔다. 송곳 꽂을 땅조차 없는데 관아의 부역과 끌어다 먹은 환곡은 대책이 없으니, 산목숨 버릴 수 없어 버릴 수 있는 것을 모두 버렸다. 그들은 산에 들어가 따비밭에 불 지르고 흙덩이를 부숴 개간하며 호구했다. 빚이 있다면 동짓날 갚아야 하고 그러지 못했다면 정월 보름을 넘기지 말아야 한다. 이제 곧 누전 세금 독촉이 성화같이 급해질 것이다. 통인이 벌써부터 삼월 중순에 세금 배가 떠난다고 집집마다 으름장을 놓았다.

굴피집을 지나 소나무를 찾아 헤맸다. 둥둥 듬직한 소나무. 보이는 소나무마다 이미 껍질이 벗겨져나갔다. 무덤의 흙을 지고 누운 이 아니라면 지난 겨울 소나무 덕을 보지 않은 자가 없었다. 무덤에 누운 이들 또한 목구멍에 마지막으로 집어넣은 것이 소나무 껍질일 터였다. 더 깊이, 더 높이, 주린 자들의 손을 타지 않은 곳으로 가야 했다.

돌너덜이 가팔랐다. 숲이 점차로 깊고 험했다. 산짐승이 닥치지 않는다면 산도적이 덮칠 자리였다. 들메끈을 동여매고 등나무 넝쿨을 잡고 올랐다. 하아. 가쁜 숨에 등줄기에 땀이 뱄다. 짚신 신은 발에 얼음 빠진 진흙이 달라붙어 미끄러졌다. 비탈이 가팔라 구르다 평평한 곳에 멈출 찰나.

"하앗."

한 음절의 비명. 바닥없는 허방을 딛는 철렁함. 뒤에서 끌어당기는 손길이 동시에.

"덫이야."

마동식이었다. 땅 밑으로 난 동굴처럼, 시커멓고 커다란 구멍이 거기에 뚫려 있고 송곳 말뚝이 박혀 있었다. 산짐승 잡는 함정이었다. 마동식과 미아는 한 동리에 살아 어릴 적부터 알고 지냈다. 마동식은 기골이 장대했다. 힘세고 우둔한 맹수처럼 보였다. 콧날은 주저앉았고 광대뼈와 미간이 솟고 굴곡이 험했다. 눈빛이 맑았다. 누런 솜저고리와 솜바지는 흙물이 들어 더러웠다. 그 위에 짐승의 털로 만든 조끼와 모자에 각반을 찼다. 마동식이 입은 털조끼에서 노린내가 끼쳤다.

스스로 놀란 듯 미아의 손을 놓은 마동식이 뒷걸음으로 한 발 물러났다. 제 몸에서 피 냄새가 끼칠까 두려웠다. 스스로 맡지 못

하나, 몸속에 스며 오래 묵은 피 냄새가 송장 썩는 냄새일까 생각했다. 마동식은 어려서 돌팔매질로 멧돼지를 잡았고 머리 굵어져서 사냥꾼을 따라나서 어깨에 화승총을 메었다. 지난밤에 어떤 짐승을 죽였는지 마동식의 옷은 핏방울로 얼룩졌다. 미아는 마동식이 싫었다. 짐승의 목숨을 죽여 호구하는 것이, 늘상 풍겨나는 그 짐승들의 피 냄새가 싫었다. 마동식은 평생 목숨을 죽여 끼니를 먹다 죽을 것이었다. 마동식의 몸속에서 피 냄새가 피어오르는 듯했다.

미아가 일어나다 도로 주저앉았다. 넘어질 때 발목을 다친 모양이었다. 마동식이 미아의 길목버선을 내려다보았다. 짚신이 벗겨져 누런 버선이 흙바닥을 쓸었다. 마동식의 눈빛이 찌르는 듯해서 버선이 아니라 알몸을 내보인 듯싶었다.

마동식은 호랑이 잡는 산행포수다. 마동식이 옆에 놓인 조총을 깊이 보았다. 조총은 몸이 길어 추진력이 강하고 관통력이 세다. 심지에 불을 붙이고 예닐곱 번 숨을 쉴 정도 시간이 지나 발사된다. 열대여섯 보 거리에서 조금 빠르거나 늦게 불을 붙이면 사냥꾼이 먹잇감이 된다. 포수는, 그러므로 한 발로 급소를 쏠 만큼 담력이 세야 한다. 지금 마동식은, 다만 흙물 든 미아의 버선을 보고 심장을 떨었다.

미아가 당장 걷지 못하는 걸 미아도 마동식도 알았다. 겨울이 지났어도 깊은 산중은 추웠다. 미아는 마동식이 벗어 내민 털조끼를 마다할 수 없었다.

"호랑이 무섭지 않아?"

미아가 물었다. 그간의 외면과 염치없음이 미아의 입을 열었다. 어린 티를 벗고 눈빛이 깊어지고부터 마동식과 말을 주고받지 않았다. 마동식이 땅을 향해 흐리게 웃었다. 마동식은 말이 적었다. 숲 그늘에 야생 차나무가 빼곡했다. 겨우내 넋처럼 하얗고 무구하게 피었던 차 꽃이 지고 이제 새 잎이 돋아나겠지. 차나무 너머에 동백의 붉은 봉오리가 솟아올랐다.

"어둔 밤에 호랑이 눈은 커다란 푸른 불꽃 두 개가 번뜩여. 달빛이 없는 날에는 불타는 것 같지. 눈을 깜박이면 천지에 빛이 사라졌다 나타나. 보고 있으면 왜 호랑이를 산군, 산의 왕이라고 하는지 알 수 있어."

길은 멈출 지점이라고 생각한 곳에 끝이 기다리고 있는 게 아니라 그저 계속이 이어질 뿐이다. 한번 길 속으로 빨려 들어가면 길을 걷는 것 외엔 다른 아무것도 할 수 없다. 또한 길 위에서 끝없이 이어지는 길 자체는 목적지가 없으니 옳은 길인지 아닌지 알 수 없다. 산은 길과 달라서 정상을 향해 간다. 길에는 옳고 그름이 없으나 산은 정상을 향한 옳은 길이 반드시 존재한다. 산은 정상에서 가장 가파르지만 그것이 멈추거나 되돌아갈 이유는 되지 않는다. 매섭게 추운 겨울 산을 탈 때, 길을 걷듯 느리게 움직이거나 멈추면 사지의 말단인 손과 발이 먼저 감각을 잃고 굳는다. 산에서는 뛰어야 한다. 다시 힘을 내서 걷고 뛰면 차갑게 굳어 있던 손과 발에 피가 돌고 저릿해오면서 체온이 오른다. 얼어 있는 산속에서 홀로 몸뚱이가 뜨거워지고 생명을 온전히 몸으로 느낄 수 있다.

살아있음을 느낀다는 점에서 산은, 밥 먹는 것과 같고 자는 것과 닮아 있다. 살아있어 힘찬 심장박동은 호랑이를 마주쳤을 때 가장 고조된다. 산은 언제나 조용하다. 풀과 이끼, 커다란 고목과 새로 솟은 새싹들과 축축한 땅은 모든 것을 고요하게 빨아들이고 바위는 오랜 세월을 한 자리에서 산의 시간을 지켜본다. 밤이면 고목나무의 둥근 빈터 속에 달빛이 고여 고요하게 아침을 기다린다. 마동식은 고목나무 둥치 뒤에 숨어 호랑이를 기다린다. 달빛처럼 고요하지만 심장은 가장 강하고 힘차게 뛰는 시간이다. 마동식이 산을 타는 까닭이다. 무엇이든 뜨거운 일을 하리라.

미아는 목숨을 걸고서야 볼 수 있는 푸른 불꽃을 상상할 수 없었다. 몸이 살아서 마동식은 늘 죽음을 걸고 산으로 오는 것인가.

"죽을 수도 있는데."

미아가 말했다.

"사는 일이 다… 목숨을 걸어야 하는 일이니까."

마동식이 또 웃었다. 웃음은 희미했고 목소리는 쇠처럼 묵직했다. 살고 죽는 일의 무게를 마동식은 저 희미한 웃음만큼 단단하게 감당할 수 있는 사내인가. 미아는 오히려 단순해서 무섭게 집중된 무언가를 느꼈다. 그 순수한 집중은 어쩌면 무수한 살육을 자행한 자의 살기라기보다 살고 죽는 일의 구분을 넘어선 자가 가진 전부일지 몰랐다.

미아의 위장이 꼬르륵, 허기로 울었다. 아침나절에 옥수수죽 한 그릇을 마신 게 다였다. 마동식이 주머니에서 말린 곤쟁이와 해바라기 씨를 꺼내 내밀었다. 체면과 염치는 뱃속이 뜨뜻해야 생기는 법이다. 미아는 목구멍의 안하무인이 하늘의 이치인 것을 수없이 많은 빈 끼니로 알았다. 곤쟁이는 짭쪼름하고 맛이 고소해 씹을수록 침이 돌았다. 미아가 곤쟁이를 씹자 마동식이 한 팔 간격쯤으로 떨어져 나란히 앉아 입 속에 해바라기 씨를 넣고 씹었다. 한꺼번에 여러 개를 손바닥에 올려 입안에 털어 넣고 씹다가 한쪽 입가로 껍질만 잘 골라 뱉고 다시 새 씨를 여러 개 넣고는 곧 입가로 껍질을 뱉었는데 눈은 능선 너머 멀리 보았다. 시선은 멈춰 있고 씨를 넣는 속도와 껍질 뱉는 속도가 일정해서 거기엔 오랫동안 반복을 거쳐 몸에 밴 어떤 리듬이랄까 혹은 쓸쓸함 같은 종류의 느낌이 배어 있었다.

해의 끝자락이 능선에 걸리기 시작했다. 호랑이를 잡아 관에 바치면 면포 여섯 필이다. 머슴의 일 년치 세경의 두 배다. 잡은 호랑이는 잡은 자의 것이 된다. 호랑이 가죽 한 장 값은 쌀 열 섬이다. 미아는 다른 여자들처럼 밭일 안 하고 밤마다 베를 짜지 않아도 된다. 차 꽃처럼 하얀 공단치마에 나비 무늬 비단신을 사줄 수도 있다. 마동식이 총 메고 짐승 잡는 동안 미아는 좋아하는 책 읽으며 그저, 기다리면 된다…는 말을 속으로 눌렀다. 오래된 말이었다. 누른 속말이 아까워 마동식은 목이 탔다. 찬물을 들이켜고 싶었다.

"어딜 가려고?"

번쩍 몸을 일으킨 마동식에게 미아가 말했다. 목소리가 높고 급했다. 저무는 해가 마지막 노을을 거둬가는 깊은 산중이었다. 미아의 말은, 물음이라기보다 옷깃을 잡끄는 손길이었다.

"같이 갈래?"

큰 바람이 일어나는지 먼 산에 구름 같은 바람꽃이 일었다. 아직 남은 여분의 빛만 파문처럼 엷디엷게 퍼져 있었다. 마동식이 뒤돌아 등을 내밀었다. 다른 이의 눈과 법도가 닿지 않는 산중이었다. 다친 다리로 홀로 남아 있을 곳이 아니었다. 미아의 망설임은 길지 않았다. 마동식이 미아를 업고 산길을 올랐다. 곧 시야가 트였다. 넓고 평형한 바위, 그 너머로는 절벽이었다. 바위에 미아를 내려놓은 마동식이 절벽으로 나아갔다. 말 한 마디 없이 절벽 밑으로 사라졌다.

"악."

미아의 비명. 새 네댓 마리가 푸드덕 날아 빈 하늘의 구름을 찢어놓았다. 미아는 앉은 자세로 기어 절벽 끝으로 나아갔다. 손바닥이 쓸려 핏기가 솟았고 치맛단이 바위 끝에 걸려 찢겼다. 심장이 울리고 정신이 아득했다. 그 순간 모든 가능성을 두고 미아가 상상할 수 있는 건 단 하나, 죽음이었다.

미아가 바닥에 엎드려 절벽 밑으로 고개를 떨궜을 때. 사람이 하는 모든 행동 중에 오직 죽음만을 떠올렸을 때. 마동식이 다시 절벽 위로 몸을 내밀었다. 마동식은 절벽 끝에 달린 나뭇가지를 붙잡고 올라왔다. 마동식의 손에 커다랗고 네모진 벌집이 들려 있었다. 석청이었다. 거기서 꿀이 흘러 미아의 버선 발 위로 떨어졌다. 이 사내는 대체 무엇인가. 어릴 적부터 마동식을 보아온 이래, 미아가 마동식에게 알고 싶은 것은 없었다. 미아는 두려움과 분노와 알 수 없는 순수함으로 흔들거렸다.

"이걸 따자고 절벽을 내려간 거였어?"

산에서 뼈가 굵은 이 사내는 절벽타기를 제 집 부엌 선반 위로 손을 뻗듯 할 수 있는 것인가. 산에서 마동식은 산과 구분되지 않았다. 마동식이 석청을 내밀며 흐리게 웃을 때 그것은 바위 사이를 가늘게 흐르는 물줄기 같았다. 오래도록 흐르면서 눈부신 빛을 너무 많이 삼킨 듯 투명하고 달착지근한 물줄기는 목마른 자의 목젖을 팽팽하게 부풀릴 것이다. 산에서 마동식은 사람의 법리가 아니라 산의 섭리로 자연스러운 듯 보였다. 마동식은 사람의 울타리 그 바깥에서 다져진 힘이 넘쳐왔다. 미아는 마동식이 벌에 쏘인 건 아닌지 살폈다.

"아직 추워서 벌들이 잘 안 움직여서 거의 안 쏘였어. 그러니까 얼른 먹기나 해."

절벽 바위틈에 박혔던 석청은 달고 쌉싸름했다. 목이 아렸다. 마동식이 미아를 업고 산을 내려왔다. 마을 입구에 닿아 인적 없는 것을 확인한 뒤, 미아를 내려주었다. 마동식은 곧바로 왔던 길을 되짚어 어둠이 덩어리져 들어찬 산으로 갔다. 하늘에 간신히 걸렸던 노을 한줄기가 어둠의 하늘 속으로 빨려 들어갔다. 남녘 강진 땅엔 가장 먼저 봄이 내려앉는 곳이 동백이었다.

멍처럼 푸른 쑥물이 주룩 흐르고

　마침내 비가 쏟아졌다. 동백꽃 핀 만덕산 숲에 난바다에서 건너온 해풍이 비를 품고 몰아닥쳐, 봄의 깃발로 부풀어 오른 동백이 덩어리로 떨어지고 있었다. 그리하여 비는, 비에 젖은 동백이 난바다를 안고 토해내는 울음인 듯싶었다. 쇠 냄새 짙은 비의 향기는 축축한 흙냄새에 포개져서 다시 세상에 생명의 숨을 피워 올렸다. 묶여 끌려가듯 한 길로 난 죽음의 절벽으로 육박해가던 산목숨들이 온 몸뚱이를 펼쳐 비를 받았다.

　먼 바다의 섬들을 돌아 이윽고 도착한 빗소리는 너무 켕기어 끊어지거나 너무 늦추어 터덜거리지 않고 휘돌아가는 춤사위에 맞춤한 장단인 듯싶었다. 줄에 결박된 빨래들이 단춤으로 바람과 비의 결을 공중으로 띄웠다. 비의 세상에선 온 생명이 순순히 하나로 엮여 솟아오르고 부풀고 넓어지고 깊어지고 펼쳐졌다. 먼 바다에서 물보라가 날렸다. 미아가 비에 젖은 몸을 떨 때, 진해진 몸 냄새는 달고 순한 향기가 깊었다.

　"어머니, 쑥이 온 천지예요."

미아는 캐온 쑥의 흙을 털고 칼로 억센 잎을 뜯어냈다. 봄 쑥은 살갗에 스치는 솜털이 간지럽고 쑥 잎을 뜯을 때마다 토하듯이 향긋한 풀물내를 풍겼다. 좁은 부엌의 습기 먹은 흙바닥이 푸슬푸슬 달싹였다.

"비도 오시니 고추랑 호박이랑 쑥쑥 자라겠지."

곡우에 비가 안 오면 논이 석 자가 갈라진다 했거늘, 삼짇날을 당해 비가 자박자박 내려 백성들이 두 손 모아 하늘 보고 고개를 조아렸다. 막례가 비를 보았다. 팔자와 산목숨과 하늘을 원망하며 하냥 한숨을 내뱉던 미간이 보드랍고 화창한 명지바람이 분 듯 환해졌다. 처마를 타고 낙수가 떨어졌다. 고인 빗물이 장독 뚜껑 위에 물결쳐 파문을 일으켰다. 봄비는 쌀비다. 푸성귀 밭의 진딧물이 비에 씻기고 누에가 애기잠에서 깨면 뽕잎 따는 손길이 바빠질 것이다. 막례가 겉보리가루에 깊이 숨겨 아끼던 찹쌀가루를 조금 섞어 화전을 지졌다. 막례에게 희망이란 물 위에 뜬 안개처럼 소멸한 지 오래였으나, 산목숨으로서의 단순함으로 봄과 비를 반겼다. 화전 위에 얹은 진달래 빛이 붉었다. 엎어놓은 소댕 위에서 기름이 끓어댔다. 익어가는 지짐이 냄새에 오래 묵은 시름이 잠깐 물러나 앉았다.

"아얏."

미아가 칼날에 손가락을 베었다. 돌아오는 길에 들러 살폈던 덕선이 마음 길을 붙들고 있던 탓이었다. 막례가 쑥을 한 줌 입에 넣고 씹어 뱉어 벤 자리에 다독다독 얹었다. 막례의 입가로 멍처럼 푸른 쑥물이 흐르고, 세상엔 비가 자박자박 내렸다. 곧이어 빗줄기는 초가의 지붕을 뚫을 듯 내리꽂혔다. 지붕과 비가 만나 우두둑, 하고 빗줄기가 부서지고 지붕이 패이는 소리. 마치 처음인 양 낯선 그 소리를 듣다 생각해보니 비는 가 닿는 모든 것에 아픔을 느끼겠구나, 어디에 닿든지 제 몸이 부서지고 형체가 사라져서 때로 스미고 혹은 흐르고 또는 합쳐져서 소리 없이 증발하거나 졸졸, 또는 우르릉. 비의 생이란 그런 것이구나. 기댈 곳 하나 없는, 세상천지 홀로인, 허공에서 바닥으로 추락하는 그 눈 깜박하는 순간만이 비인 거구나. 미아는 새로 핏줄기가 흐르는 상처를 보며 생각했다. 덕선의 가랑을 타고 흐르던 붉은 피가 새삼스러웠다.

  이만종은 무시로 덕선을 겁탈했다. 이만종은 덕선을 노리개로 굴렸다. 밤이건 낮이건 대수롭지 않게 여겼다. 덕선은 부서지고 깨어지고 기진맥진하고 무기력했다. 가끔씩 살펴보면 무른 속살에 피멍이 흔했다. 새벽에 덕선의 어미를 불러들여 탕약을 끓이라 하고 덕선이 쪼그려 앉은 문지방을 타넘었다. 덕선이 반항하면 덕선의 어미가 매를 맞고 엉덩이가 터져 잘 때 바로 눕지 못했다. 이만종이 귓불을 핥고 개처럼 엎드리라고 할 때 싫은 기색을 비치면 어미가 다리를 절고 돌아와 삭신을 앓았다. 딸년의 속살이 몽글몽글하고 아이처럼 덜 여문 것이 덕선의 어미가 복날 개처럼 맞는 까닭이었다.

  "월경이 멈췄어. 아무것도 목구멍으로 넘기지 못하는데 풀 비린내에도 토악질을 해대."

  밥상을 두고도 침이 고이지 않고 냄새를 맡으면 입가로 신 침이 흘러 침을 뱉으면 더욱 쓰고 끈적한 침이 입안에 엉겼다. 출렁이는 배를 탄 듯 속이 울렁거리고 오장육부를 들쑤시는 것 같은 덩어리가 명치에서 솟아나 목구멍을 치받고 올라와 솟구쳤다. 배가 고파 속이 쓰려 무어라도 목구멍으로 삼키면 내장을 거꾸로 엎어놓은 것처럼 왈칵 위로 쏟아졌다. 그 독한 역류가 몸뚱이를 훑어 올라오면 눈앞이 핑글 벌게지고 세상이 돌았다. 자주 아랫배가 무거워 힘을 주면 소변을 지렸다.

그놈의 씨가 들러붙었구나. 열 삭이 차 핏덩이를 자궁에서 밀어내놓으면 어쩔 것인가. 탯줄을 자르고 품에 안을 수 있을 것인가. 어린것이 씨를 받은 자를 닮아가면 그 씨내림의 가혹함을 감당할 수 있을 것인가. 정분난 사내와 베갯머리 나란히 두고 살지 못할 것을 진즉 알았으나 이제 그놈의 씨까지 뱄으니 어쩔 텐가.

덕선이 웃었다.

"차라리 기생년이 되어 사방천지에 몸뚱이를 내돌릴 걸. 늙은 양반네 눈에라도 들어 소실로 들앉으면 어미가 늙어 이빨 다 빠져서도 그 집 종 노릇은 안 할 텐데."

미아가 무너지는 표정으로 덕선을 보았다.

"불쌍하다는 표정으로 보지 마. 너는 다르잖아. 너는 남의 집 일도 안 하고 그리고 글도 읽을 줄 알잖아."

나는 다른가. 다르지 않다 여겼으나 달라질 것이라 마음먹은 것이 사실이라고 생각했다. 남의 집 노비로 살다가 강간당하여 그놈의 씨가 뱃속에 들러붙는 일 같은 건 내게 없을 것이다.

"너는 나처럼 되지 마."

덕선은 방도를 찾아야겠다고 말했다. 강간당했을 때 덕선은 세상이 무너진 듯 절망하고 울었다. 아이를 가지자 덕선은 급작스럽게 어른이 된 듯 단 하나를 향해 자신의 세계를 움직였다.

"산목숨 끊을 수 없고 뱃속의 것을 긁어낼 수 없다면 방도를 생각해야 해."

덕선은 이만종의 소실로 들어가겠다고 했다. 아비 없는 자식을 홀로 기르며 세상의 뭇매를 맞는 것보다는 그쪽이 현실적인 방책으로 뱃속에 든 핏덩이에게 이득일 것이다. 아마도 공포가 덕선을 갑자기 어른으로 만든 것일 게다. 미아는 그리 짐작했다. 막례 또한 겁탈로 들어선 핏덩이를 아비 없이 낳지 않으려는 단 하나의 이유로 유씨 집안의 종노릇으로 살지 않는가. 막례가 핏덩이를 홀로 낳아 살았다면 어찌 되었을 것인가. 처녀 몸으로 요망하게 아랫도리를 놀려 애를 배 낳았다는 세상의 천대를 감당했을 것인가.

"말했어. 애를 뱄다고. 그랬더니 뭐랬는 줄 알아?"

덕선이 차게 웃었다. 미친 듯한 그 웃음이 날카롭고 슬퍼 심장을 찔렀다.

"주먹으로 나를 때렸어."

이만종은 자기 씨를 밴 여자를 때리고 욕했다. 천한 종년이 방자하게 몸을 내돌려 어떤 놈의 씨인지도 모를 것을 아랫도리에 붙여서는 제 상전을 능멸한다고 소리 질렀다. …아비가 살았을 적에 신실한 종놈이었길래 웃전 노릇을 저버릴 수 없어 가끔 보살피러 왔더니 황당무계한 계략으로 상전을 능멸하니 이 자리에서 쳐 죽여도 모자랄 것이다. 오장육부를 갖고 어미의 무릎 아래서 났다 해서 양반 남자와 종년 여자가 같을 줄 아느냐. 태산 같은 하늘과 구더기만도 못한 종자로서의 차이다. 그것이 하늘이 내린 이치다. 네 어미의 신실함으로 내 이번 한 번만은 용서해주마. 허나 그런 말이 거듭 나오면 너와 어미를 멍석말이해서 다시는 세상 구경 못 하게 해주겠다….

"마님에게 말하겠어. 그 집 씨니까 외면하지 못하겠지."

온 세상이 깨어져버린 듯 목에서 피가 올라오도록 고통스럽게 울던 덕선은 뱃속에 핏덩이를 품어 벼락처럼 생겨난 삶의 의지로서 단호해졌다. 몸뚱이를 깊숙이 웅크리고 초라한 치맛자락으로 배를 감쌌다. 공기가 유리처럼 차가워졌다.

상처에서 새로 피가 솟았다. 미아가 손에 든 칼을 보았다. 그것이 세상을 벨 수 있는 칼이 아니라는 걸 알았다. 상처에 붙여놓은 쑥더미에서 쑥물이 흘러 붉은 피와 합쳐 흘렀다. 막례와 덕선이 다를 바 없구나. 그 생각에 문득 부끄러웠다. 막례가 찢긴 한 생을 꾸역꾸역 견디는 까닭이 딸년이라는 새삼스러움으로 명치에서 뜨거운 것이 끓었다. 막례는 막 지진 화전을 입에 넣고 씹었다.

"하필 삼짇날 비가 오니 좋구나. 눈 먼 뱀이라도 집 안으로 들어오면 운수가 트일 것인데."

"어머니는 무슨 일이 좋은 일예요?"

미아가 앙가슴 사이 뜨거운 곳을 달래며 살갑게 물었다.

"가을에 콩을 거둬 짝을 맺어주마."

미아의 물음을 못 들은 막례가 말했다.

"그저 제 아낙 귀한 줄 알고 밭뙈기라도 있어서 흉년에도 밥 안 굶기는 사내 만나 어우렁더우렁 사는 게 여자 팔자 최고지."

막례의 말이 다시 길어질 것을 알았다. 음전하게 집 안에 들앉아 알뜰살뜰 살림 살면서 어쩌구 하는 말이 삼줄기마냥 흘러나올 것이다. 막례에게 미아는 한숨을 감추고 삶을 견디는 사무침이었다가 감옥 같은 무참한 세상에 묶인 죄인 모양이었다. 미아는 그 비밀에 대해 다 알 수 없었다. 알 수 없는 비밀이 세월에 깎이고 눌리고 굳어져 막례의 말들은 숨 막혔다.

"초당 어르신께 화전 챙겨가 인사드리고 와도 되겠지요?"

다산이 끓여 내주는 차 한 잔 마시고 싶었다.

"안 그래도 가뭄이다, 흉년이다 긴 겨울까지 겹겹이 겹치는 바람에 지척에 살면서도 어르신께 안부 한 번 못 여쭌 게 걸렸더니라."

미아가 화전을 뒤집는 막례를 보았다. 주름 골이 깊고 거무튀튀한 낯빛과 굵게 마디져 굽은 손가락을 보았다. 동그랗고 하얀 바탕에 살포시 올라앉은 진달래 빛이 눈부셨다.

멀리 휘어든 강진만 연안에 사람들이 엎드려 그물을 깁고 고깃배를 뒤집어 구멍을 땜질했다. 바구니 이고 고샅길 지나는 아낙 얼굴에 기미가 꺼뭇꺼뭇했다. 더벅머리에 옷섶을 풀어헤친 사내아이 몇이 물오른 버드나무 가지를 꺾어 피리 불었다. 삐이익 삐익. 뻴리리 뻴닐닐. 등 검은 뻐꾸기가 부질없는 하소연을 봄바람에 실어 우는 소리 같았다. 계집아이 몇이 숨바꼭질 노래를 부르며 돌아다녔다.

 덧밭에도 안 된다 상추 씨앗 밟는다, 꽃밭에도 안 된다 꽃모종을 밟는다, 울타리도 안 된다 호박순을 밟는다, 꼭꼭 숨어라 꽁꽁 찾아라, 벼룩이 물어도 꼼짝 말아라, 이가 물어도 꼼짝 말아라, 보이네 송송머리 보이네, 보이네 빨간 댕기 보이네, 꼭꼭 숨어라 꼭꼭 숨어라, 호랑이님 나간다 꼭꼭 숨어라, 솔개미 떴다 병아리 숨어라.

 저 아이들 또한 제 어미의 알 수 없는 비밀일 것인가. 미아가 조용히 노래 불렀다.

 …봄이 어디서 오는지 몰라도, 언제 이마에 내리는지 몰라도, 꽃송이 꺾어 때리지 않기를.

 능화거울도 금세 녹이 슬 것을, 푸른 녹 걷어내려 봄은 또 같은 길로 올 테니까. 꽃이 졌다 구슬프게 울지 않기를. 파릇파릇 풀이 나고 살구꽃 흐드러져 난분분 날리는 봄이니까요. 겨울이 무서워도 봄은 또 날을 택하여 왔던 길로 다시 오는 것을요….

 미아의 곡조가 들판을 따라 먼 공간에 기척 없이 스몄다. 곡비 막례에게 물려받은 목청이었다. 음을 고르고 목청을 다듬지 않아도 노래는 비단실마냥 풀려나왔다. 밝은 봄 들판에 꽃잎이 흩어지는 듯, 오소소 바람소리에 대밭이 춤을 추는 듯, 빗방울 머금은 은빛 나무 구슬 누대가 눈부시게 빛나는 듯, 먼데서 벌레 물고 돌아오는 어미 새를 반겨 지저귀는 새 울음인 듯.

강진만 바다와 칠량 마을 너머 해 뜨는 금사봉까지 멀리 보았다. 다시 거둬들이는 눈길에 빈 논 가득 자줏빛 구름처럼 퍼진 자운영이 들어앉았다. 봄비도 내렸으니 곧 소가 쟁이로 뒤엎을 테지. 녹비(綠肥)라 부르는 자운영은 꽃이 만발했을 때 와락, 갈아엎는다. 붉은 꽃이며 푸른 잎, 땅에 묻는다. 씨감자 한 톨에도 회가 동하는 시절에 보리가 나기까지 백성들은 빈 논바닥에 눈물처럼 피어오른 자운영으로 나물죽 쑤어 헛배 채웠다. 그렇게 목숨을 연명한 백성들은 꽃이 가장 아름다운 시간에 자운영을 죽인다. 자운영은, 난 자리에 묻혀 풋거름이 된다. 자운영을 묻은 꽃 무덤 위에 푸른 벼가 자라난다. 내년 봄에 자운영은 다시 솟아날 것이고 다시, 죽을 것이다.

* * *

"비가 이리 오는데 어찌 왔느냐?"

초당 마루에 앉았던 황상이 미아의 머리에서 바구니를 답삭 받아 내렸다. 잠시 멎었던 비가 다시 쏟아졌다.

"어르신께 화전 좀 올리려고요."

초당에서 몇 번 만난 적 있던 황상을, 미아는 오라버니로 따랐다. 법도로 치자면 서로 내외하는 것이 마땅하나 초당은 적소였고, 다산은 세상 바깥에 있는 인물이었다. 바깥에서 만났으므로 안쪽의 법도는 이곳에서 느슨해졌다.

"안 그래도 삼짇날 스승님 홀로 계신가 싶어 올라왔구나."

미아가 손으로 빗기를 훔쳐냈다. 말갛게 비에 씻긴 낯빛이 반짝거려 아득했다. 매지구름이 검거나 더 검거나 혹은 짙은 검정으로, 겹겹이 겹쳐 낮게 내려왔다. 마당가에 복숭아나무가 붉은 꽃을 피웠다. 빗길에 꽃잎이 날아 미아의 이마에 한 점 내려앉았다. 초당에 둘이 있기는 처음이었다.

"스승님 안 계신 동안 방안 소제도 하고 묵은 자료들 정리를 하렸는데 깜박 잊었구나."

황상이 몸을 돌렸다. 돌아설 때, 황상의 몸짓은 허둥댔다. 헛기침이 나왔다. 황상이 서안이며 시렁 위를 들쑤석거렸다. 미아가 웃으며 서안을 정리했다. 정리하던 책 사이에서 종잇장이 떨어졌다. '애절양(哀絶陽)'이라고 제목이 붙어 있었다.

    갈밭의 젊은 아낙네, 곡소리 구슬퍼라
    갓난아이 낳아 아직 다 기르지도 않았는데 남편은 남근을 잘랐다니
    시아버지 죽은 해에 포수에 차출되고
    금년에는 봉화군으로 충원되었다니…
    칼을 갈아 방으로 들어가니 자리에 핏자욱 가득하고
    민 땅에서 자식을 거세한 잔혹함도 참으로 근심겹구나
    거세한 돼지며 말도 오히려 슬픈 일인데
    하물며 사람으로 핏줄을 끊었다니
    권세가는 한 해 내내 티끌만큼도 세금 내지 않았는데
    벗겨내고 거둬들여 마냥 해쳐가 거지와 흡사하도다
    이 법을 바꾸지 않으면 나리는 반드시 약해지리니

깊은 밤 이 생각에 속만 부글 끓어오르는구나

"무얼 읽는 게냐?"

황상이 물었다.

"정녕 일어난 일이에요?"

미아가 시를 건넸다.

"이것이 어찌…. 스승님께서 간직하고 계셨구나. 내가 썼던 시이니라. 노전리 갈밭마을에서 제 남근을 잘라버린 사건이었다."

죽은 아비가 포수로 차출되어 군포세를 내야 했으니 그것이 백골징포요, 난 지 사흘 된 핏덩이가 충군되어 또한 군포세를 매기니 이것이 황구첨정이었다. 아전이 항변하던 사내를 때리고 소를 끌어갔다. 눈이 뒤집힌 사내가 칼을 갈아 제 남근을 잘랐다. 자를 때, 순식간에 솟구친 피가 온 방안에 부서졌다. 사내의 아낙이 잘린 양물을 들고 나갔다. 외마디 비명으로 시꺼먼 양물을 쥐고 흔들 때, 길에는 굶어 죽은 백성의 시체가 겹쳐 쌓여 있었다. 거적을 덮은 송장이 썩어 추깃물이 엉겨 흘렀다. 아낙은 송장의 발에 걸려 엎어졌다. 아낙이, 아전들은 시즙을 빨아먹는 구더기들이다, 하고 울부짖었다.

황상은 아비가 아전이었다. 관례에 따라 장차 황상도 아전이 될 것이었다.

"내가 아전이 될 처지이니 더욱 괴롭고 부끄러워 마음을 앓았더니라."

미아가 황상을 보았다. 푸른 눈빛의 청년이었다. 황상에게 삶과 운명은 간단치 않을 터였다. 미아는 다산이 황상을 안타까워하는 뜻을 알았다.

"스승님이 이 시를 세상에 내지 마라 이르셨다. 아전의 자식으로 아전의 포학을 고발했으니 사달이 일어날 거라, 하시더구나."

다산이 같은 제목으로 시를 지었다. 그 시의 첫째 줄을 황상의 것과 같게 해두었다. 제자에 대한 믿음이었다. 황상이 신음하듯 웃었다. 그 속에 무력함과, 그 자신이 사내의 양물을 칼로 벤 듯한 자책과, 닥쳐올 시간에 대한 공포가 맞물려 있었다. 미아의 몸속으로 황상의 울음 같은 웃음이 밀려들어 왔다. 감당해야 할 각자의 생은 각자에게 각자의 울음을 낳는 모양이구나, 싶었다. 막례의 한숨과 덕선의 울음과 갈밭마을 사내의 양물과 아낙의 비명과 그리고, 황상의 웃음이 모두 한 가지로 울음이구나. 생을 살아가는 모든 울음은 울 때마다 다만 쌓여갈 따름이어서, 죽어 더 이상 울 수 없을 때라야 울음은 비로소 그칠 것이다. 각자 살아가는 모든 생이 가여웠다. 미아가 황상을 들여다보았다. 울음이 울음을 대하는 심정이었다.

"스승님이 좋아하셨을 텐데."

미아의 시선이 꿰뚫는 것 같아 황상은 바구니를 내려다보았다. 비가 내려 초당 작은 연못에 동심원이 자울거렸다. 미아가 황상을 볼 때, 퍼져나가는 물살이 그의 마음에 동그랗게 새겨졌다.

"스승님은 윤서유 어른의 명발당에 햇차를 갖고 가셨구나."

다산의 부친이 화순현감을 지냈을 때 강진의 윤광택이 그를 명발당에서 극진히 대접했다. 윤서유는 윤광택의 아들이었다. 명발당은 별채에 딸린 조석루와 연못이 특히 아름다웠다. 초당 뒤쪽 고사골을 지나 석문산을 넘어 따라 내려가는 길이었다.

"가보고 싶어요."

눈과 눈이 서로 마주쳤다.

"명발당 말이냐?"

"고사골 말이에요."

황상이 제 몸속에서 출렁이는 마음을 알아차렸다.

"새로 솟은 죽순을 가장 많이 볼 수 있는 곳이지. 죽순은 시기가 좀 이를지 모르겠으나 고사리가 한창일 것이다."

다산의 매형 되는 이승훈의 아들 이택규가 고사골에 몸을 숨겨 다산의 교육을 받았다는 소문이 돌았다. 그것이 미아가 고사골을 가려는 까닭이었다. 미아가 가려 할 때, 막례가 동티난다는 이유로 막아섰다. 이승훈이 누구던가. 이승훈은 조선인 최초로 세례 받았고 천주교도 중 처음으로 서소문 밖에서 참수되었다. 그의 세례명은 베드로, 조선말로 반석(盤石)이라는 뜻이었다. 그 아들 이택규에 대한 행방을 알 수 없었다.

비가 그치고 해가 수평선을 지나오듯, 멀리서부터 나왔다. 봄볕이 식혜빛깔로 두 남녀의 얼굴에 비쳤다. 미아는 황상에게서 빨래해 갓 마른 새물내가 난다고 느꼈다.

* * *

초당 뒤쪽 자하산길을 따라 올랐다. 산 칡이 똬리를 틀고 앉은 길 위로 봄볕이 놀았다. 비가 그쳤고 봄꽃 핀 숲의 향기 속에 해풍이 몰고 온 바닷내가 스며들었다. 자하산 숲속은 소나무 천지였다. 푸른 수염에 붉은 비늘을 단 소나무에 강진만에서 불어온 바람이 출렁거리면, 가지마다 송뢰성이 파도처럼 울어댔다. 오솔길이 끝나고 황상이 길을 헤쳐 넝쿨을 걷어내고 가지를 꺾었다. 황상이 굵은 콩알만 한 붉은 열매가 달린 나무에 기대 숨을 골랐다. 기댄 나뭇잎은 가죽 같은 두툼한 두께에 모서리마다 단단하고 날카로운 가시가 튀어나왔다.

"얼마나 날카로우면 호랑이 발톱에 비유했겠느냐."

황상이 나뭇잎의 가시를 보고 말했다. 호랑가시나무는 호랑이가 등이 가려우면 잎에다 문질러 댄다는 뜻으로 이름 붙여졌다.

"이처럼 특이한 모양새로 살아가다 보면 숲속 많은 나무들 중에서도 금세 눈에 띄는 법이지. 사람도 마찬가지 아니겠느냐. 나라에서 금한 것을 마음속에 옳은 생각으로 품고 있으면 아무리 낯빛을 꾸민다 한들 곧 드러나지 않겠느냐."

황상은 미아가 고사골에 가고자하는 뜻을 알았다.

"야소를 믿으면 새로운 세상이 열린다지요? 그 세상은 양반과 노비가 없고 남자와 여자가 따로 있지 않다면서요."

백성의 위에 있는 나라는 저들의 말만으로 저들의 몸을 부수고 목을 잘랐다. '조상이 지어준 이름을 버린 자들이다. 삿된 무리들이 임금도 없고 아비도 없이 남녀가 한 자리에 몸을 붙이고 앉아 오랑캐의 말로 서로를 부른다. 한 번 죽었던 자가 다시 무덤에서 나와 세상을 다스릴 것이라 혹세(惑世)하니 이것이 역모가 아니면 무엇이겠는가'라고 꾸짖었다. 어린 임금의 늙은 할미는 다만 다르게 생각하고 말한다는 까닭으로 집집마다 뒤져 수많은 제 백성을 묶고 때리고 꺾고 참수했다. 늙은 대비의 신하들은 더욱 샅샅이 뒤지기 위해 오가통제를 동원했다. 다섯 집을 한 통으로 묶어 관리하던 오가통제는 조세수취와 군역, 요역 징발의 근거였다. 그중에 누군가 한 사람을 숨겨주면 나머지 네 집을 모조리 깨부쉈다.

미아는 야소나 천주학을 알지 못했다. 세상에 임금보다 더 높은 심판자가 있다는 말은 미아에게 다만 또 다른 상전인가 싶었으나 누구나 귀하고 모두가 각자 한 생명이어서 하천이 따로 있지 않다는 말이 소문처럼 실려왔을 때, 마음이 울렁거렸다. 하늘과 땅 사이에서 순(順)이나 역(易)이 아니라 사람이라면 널리 고르다는 뜻으로 가슴에 다가왔다. 저들은 다만 숨 붙은 모든 인간이 매한가지로 사람이라는 믿음 때문에 강상의 죄로 죽었다. 저들은 죽고 사는 일을 넘어서 그것을 믿었다. 모든 인간이 평등하다는 믿음에 자기들의 목숨을 걸었다. 임금과 대신들은 오직 금지로서 자신들을 지키는 모양이었다. 온 나라에 금지가 넘쳐 툭하면 백성을 형틀에 묶어 죽음으로 몰아세웠다.

그것이 애초에 설정된 자리다. 천한 것들이, 가장 밑에 달린 발 주제에 머리가 되려고 악을 쓰면 질서는 무너지고 세상이 어지러워진다. 발은 다만 머리가 명하는 대로 땅에 붙어 엎드려야 한다고 했던 조부의 꾸짖음이 되살아났다. 막례의 가슴에 얹힌 돌덩이와 덕선의 피울음과 주인에게 매 맞아 삭신을 앓는 덕선의 어미와 오직 조리질에 서툰 까닭으로 코가 베이고 뼈가 부서져 죽은 쥐비의 비명이 사무쳤다.

"나의 시처럼 너의 말도 또한 스승님께 감춰 달라 청해야겠구나. 혹여 다른 이들에게 그런 말을 해서는 안 되느니라."

무엇을 위한 금지인가.

"사는 일이 매일같이 안 되는 일을 만드는 일인가 봐요."

미아가 말했다.

"이런 철부지를 다 봤나."

나라의 금지로서 재능을 썩히고 아전 따위로 살아가야 할 황상이 그렇게 말했다. 체념한 자의 편안함이었다. 자하산 바위틈에 야생차가 뿌리박혀 새로 난 찻잎이 창끝처럼 뾰족했다. 다산은 차나무가 많은 이 산에 깃들고 스스로 다산이라 호를 삼았고 그도 모자라 차에 미친 사내라는 뜻으로 다창이라 스스로 불렀다.

"어르신이 끓여주신 차 한 잔 마시고 싶어요."

물러날 곳 없는 적소에서 다산이 맑은 차향으로 무엇을 얻는 것인지 알고 싶었다. 황상이 찻잎을 따서 미아에게 건네고 자신도 입안에 넣고 씹었다. 찻잎이 입안에서 쓰게 부서졌다.

고사골 앞에 다다르니 과연 비온 뒤 죽순. 물신물신 올라온 죽순 옆으로 고사리가 아기 주먹을 쥐고 사방에 가득했다. 고사골 깊숙한 곳에서 한기가 뻗어 나왔다. 한기는 가을 막새바람처럼 두 남녀의 눅진한 땀을 씻어냈다. 씻긴 두 남녀의 낯빛이 밀꽃처럼 윤이 났다.

"죽순은 살짝 밟듯이 밀면서 눌러주면 툭하고 아래쪽에서 부러진다. 낫이나 칼로 하면 위쪽이 부러져 좋지 않지."

황상이 새로 딴 죽순을 들고 앞섰다. 행전 친 황상의 다리가 튼실했다. 고사골은 대밭에 가려진 입구가 좁았고 안은 넓었다. 좁은 입구와 사뭇 다르게 안은 제법 공간이 넓어 굴피집 한 채 정도는 거뜬히 들어갈 듯싶었다. 그래서 좁은 입구는 입구가 아니라 엄폐막이나 다른 세상으로의 통로 같았다. 천장에서 물방울이 떨어졌다.

"세상에서 사라져 이런 곳에 숨는다면 그 얼마나 외롭고 쓸쓸할까요?"

미아의 말소리가 골짜기를 휘돌아 둥글게 퍼졌다. 사라진다는 낱말이 마음속에서 도드라졌다. 바닥에서 촛농자국을 보았다. 오래 전인 듯 검었으나 사람이 쓰는 초의 농자국이었다. 과연 이택규가 숨어들었었나. 캄캄하고 인적 없는 곳에서 홀로 견디는 삶과 죽음은 무엇이 다른가. 미아는 가늠할 수 없어 아득했다. 사라진 자의 지나간 시간인 듯, 떨어지는 물소리가 골 안에서 소멸했다. 미아가 텅 빈 공간을 바라보았다. 사라짐에 대한 위로의 노래를 부르고 싶었다. 고독한 자의 운명을 위로하고 싶었다. 불가능한 일이겠으나. 숨을 한 번 들이마시고 노래했다.

    지는 꽃잎 눈처럼 떨어져 마당에 가득
    어젯밤 동풍에 가랑비가 부슬부슬 붉은 꽃이 지고
    창 밖 나무엔 흰빛이 드물고 섬돌 위 풀은 붉은빛이 짙으니

고운 님 어디서 단잠을 깨었을까

내 님이 별님이라 님 그리운 마음은 아침을 기약하지 못하니

황상의 마음에 꽃이 피어 언 땅에 피가 돌 듯 뜨거웠다. 푸르게 번진 노랫소리는 메아리로 울려 하늘가의 소리인 듯 높고, 바닷길의 소리인 듯 깊었다. 사라짐의 공간에서 두 남녀는 불가능에 대한 꿈처럼 서로를 보았다.

좋은 세상이 어디 있는지는 몰라도

 여름이면, 삼밭의 삼이 허리춤까지 올라와 서걱대는 소리가 난바다의 파도 소리를 덮었다. 찐득한 해풍의 끝자락에서 소리는, 날 저물어 먼 데로 돌아가는 새들의 궤적을 따라 바다를 향해 희미해졌다. 흙에서 노동하고 뽕잎 따는 피로로 잠든 백성들의 꿈속에서 먼 바다의 파도 소리와 삼이 서걱이는 소리는 지나간 노동과 닥쳐올 노동의 쉼 없는 연속을 알리는 순환의 시계였다. 사람들은 백 년 전에도, 오백 년 전에도, 그 연속과 순환에 따라 일하고, 먹고, 밤에 서로를 탐해, 애를 낳고, 늙어, 죽었다. 그러면 또 죽은 자들의 아이들이 자라 일하고, 먹고, 밤에 서로를 탐했다. 사람이 사람의 일을 하는 동안, 장대 같은 여름비가 샛별 지고 동살 틀 때까지 쏟아져 논과 밭, 산과 들의 작물은 쑥쑥 자라 내일의 노동을 예약했다. 누대로 사람의 살이는 그렇게 이어져왔다.

 뜨거운 태양이 낮게 내려와 가만 앉았어도 구멍마다 땀이 솟는 염천지절. 그러나 금년도 지독한 가뭄이었다. 아래서도 솟구치는지 땡볕의 열기가 이글거리는 황톳길마다 볼이 뼈에 달라붙은 이

들이 유령처럼 흘러다녔다. 햇살이 부셔 눈을 비비고 보면 하얗게 지워진 길 위에 먼지만 폴삭였다. 열린 땀구멍으로 허기가 파고들어 실핏줄을 따라 퍼졌다. 핏발 선 눈 속으로 사나운 굶주림이 덤벼들면 구걸하는 노래는 입으로 나오지 못하고 속에서 까끌거리며 부서졌다. 먼지 나는 길을 배고픔을 따라 흐르다 양반집 쓰레기를 뒤져 감자 껍질을 남김없이 먹어치웠다. 그때 누런 개들이 따라와 쓰레기 더미를 핥았다. 아직 개들이 남아 있을 때 말이다.

모가 마르고, 옮겨 심지 못해 농부가 그것을 뽑아버렸다. 망종 또한 늦게 들어 보리 농사를 망친 백성들이 그 자리에 앉아 울었다. 임금은 자신의 부덕을 하늘에 고하며 술을 끊고 반찬을 줄이고 죄수를 풀어주었다. 임금은 도룡뇽을 독에 넣고 주문으로 노래를 부르면서 비를 기원했다. 하늘은 퍼렇게 부풀어 바람 한 점 없었다.

밭에서 뽑을 게 없어, 강진 현감은 어부들 고깃배의 삿대를 빼앗아 돈을 받고 내주었다. 현감은 사인교를 타고 기생을 대동해 탐진강가에서 피서했다. 사인교를 멘 종놈이 가마를 멘 쪽 옆구리가 바스라지는 듯싶어 옆구리를 펼쳤을 때, 현감이 기우뚱해진다 호령했다. 배고픔을 모르는 사람만이 더위와 불편함과 감정을 느꼈다. 배고픔을 모르는 사람만이 화를 낼 수 있었다.

백성들은 여물이 덜든 풋보리를 베어 솥에다 볶고 맷돌에 갈아 죽을 쒀 먹었다. 뼈와 가죽만 남은 어린것들이 못 먹어 누렇게 뜬 얼굴로 길에서 울었다. 말라버린 바다처럼 굶주림에게 감정을 먹혀버린 백성들은 나뭇진 같은 눈곱 위에 쉬파리 앉은 눈꺼풀을 꿈벅거리며 먼지 나는 길 위에 앉아 어린것이 죽기를 기다렸다. 텅 빈 자루 같은 비루한 운명이었다. 칼과 도끼 든 수십의 강도들이 종이 그물로 얼굴을 가리고 높은 담을 넘어 아문에서도 손대지 못했다. 하루는, 낳자마자 죽은 갓난애에 군포를 매겨 갚지 못하자 열다섯 살 난 딸을 끌어다 유린한 아전의 집이 털렸다. 아전은 기생과 악사를 들여 생일잔치 중이었다. 아전이 쓰고 있는 모자가 높았다. 잔칫상에서 생선회와 메추리구이와 붕어찜과 약과와 과자들이 흩어졌다. 강도가 곡괭이로 내리쳐 아전을 죽였다.

어디를 조준해야 하는지 표적을 모르는 사람들이 아무나 붙잡고 싸웠다. 희망은 아무 곳에도 없어 보였다. 역병까지 돌았다. 하나가 병들면 다음날 둘, 셋이 구토하고 물똥을 쌌다. 똥물이 점점 묽어지다가 피똥이 되면 곧 죽었다. 식솔이 죽으면 지게송장으로 져다 묻고 묻어줄 이 없는 송장은 집에서 부패하거나 길에서 썩었다. 사람들은 차라리 다 죽는 게 낫다고 울부짖으며 불을 붙이고 뛰어다녔다. 더러는 제 집에 스스로 불을 놓았다. 밥 짓는 연기 대신 불길이 오를 때, 식솔들은 초가지붕을 부수고 서까래를 쓰러트리는 사나운 불을 보며 길로 나섰다. 흙길을 걸을 때, 등에 맨 바랑이 솔기가 터져 더욱 허술하게 비었다.

귤동과 덕산마을에서도 대여섯이 횃불을 들고 몰려다녀 하루에도 바닷가 집들이 십여 채가 불탔다. 불은 집을 끌어당겨 무너뜨렸다. 검붉은 불의 혀가 하늘을 핥으며 치솟았다. 불이 터지는 소리에 아이들이 울고 개들이 순서 없이 짖었다. 무기력한 분노는, 무기력해서 더욱 슬프게 사람을 벼랑으로 밀쳐냈다.

멍석 두 자리도 빠듯한 마당에 쑥불로 벌레 쫓으며 물레를 돌리던 막례가 불을 보다 손가락을 찔렀다. 핏방울이 떨어졌다. 이 밤에는 또 어느 집이 불타는가. 누가 쇠사슬 같은 운명에 감긴 육신을 끌고 길을 헤매는가. 막례가 피 흐르는 손가락을 입에 넣고 빨았다.

"계시오?"

불을 등진 사내 하나가 싸리문을 들어섰다.

"뉘시오?"

바깥의 불길로 마당이 더욱 어두웠다.

"곡을 좀 해줘야겠는데."

막례가 손님을 맞았다.

"어느 댁 어른이 한 많은 세상 자식들 효도도 다 못 받으시고 가셨을거나?"

막례는 밥상을 받고 음식을 입에 넣듯 산 자의 허기로 남의 죽음을 맞아들였다.

"도암 사는 김생원 나리 집 노마님이 방금 전에 돌아가셨지."

그 집 마름이라는 늙은 사내는 눈이 벌겋고 볼살이 홀쭉했다.

"어찌 돌아가셨소?"

"산삼이다 녹용이다 주인 나리가 정성을 다했건만 역병을 이기지 못하고 가셨네. 저 불길은 역병에 죽은 송장을 태우는 것인가? 안 그래도 길마다 송장 썩는 냄새에 숨도 못 쉴 지경이구만."

역신은 눈이 없어 귀한 신분, 값비싼 약도 소용없었다. 김생원이 양반된 체면을 버리고 소경 짐쟁이를 불러다 점을 쳤으나 방도는 나오지 않았다. 의원을 부르지 못하는 백성들은 양귀비 달인 앵속물만 들이켜다 밀건 토사물을 쏟아내고 절명했다. 백성들은 기근으로 비루먹은 몸으로 역신 또한 감당해야 했다. 대문에 금줄을 치고 무당을 불러 굿을 했다. 역병은 더욱 번졌다. 아흐레 전에 마을에 도깨비 굿이 시행되었다. 여자들이 나와 긴 장대에 월경대를 달고, 부지깽이 빗자루 절구공이와 꽹과리를 들고 나와 마을을 돌며 역신을 쫓았다. 이때 남자들은 바깥출입을 삼갔다. 묻지 못한 송장들이 길에 늘어졌다. 초상 치를 능력이 안 되는 집은 숨이 붙어 있는 병자를 길에 내다버렸다. 병자들은 길에서 제가 싼 똥물과 토사물과 피로 범벅되어 죽었다. 송장이 나뒹구는 길의 냄새가 허파로 스며들어 뒤집었다.

"먼저 돌아가 계시면 차림 갖추고 곧 뒤따라가지요."

막례가 마름을 보내고 미아를 찾았다.

"일이 바쁘다. 서둘러라."

막례가 삼베 치마와 저고리를 챙겨 입고 나왔다.

"곡비 노릇은 하지 않겠어요."

미아는 언젠가 닥쳐올 때를 대비해 준비해둔 말을 단호하게 내놓았다.

"네 아비가 양반 허울을 쓰고 있으니 너도 그런 줄 아는 것이더냐. 찌꺼기만 남았어도 반쪽짜리 양반 체면이니 남의 초상집에 가서 우는 건 못 하겠다는 것이냐?"

막례는 천한 곡비 어미를 따라 처음 곡하러 나서던 길을 떠올렸다. 간밤에 돌아간 어미가 꿈에 나왔더니만 이제 내 딸년 또한 곡비가 가는 길로 끌어당겨야 하는구나. 이러자고 돌아간 어미는 꿈속에서 자운영 가득한 꽃길을 걸었더랬구나. 나 또한 죽은 다음에나 딸년의 꿈속에서 가시밭길 대신 꽃길을 걸으려나. 내 딸년 또한 그 딸년의 꿈에서나 꽃길을 걷겠지. 막례는 대대로 딸년들에게 이어지는 곡비의 길이 한스러웠으나 그 길이 굶지 않고 사는 유일한 길인 것을.

미아는 평생 남의 슬픔이나 대신 지는 일이 싫었다. 죽음 곁을 떠돌며 송장 썩는 시취를 감당하면서 늘 울어야 사는 삶은 견딜 수 없었다. 오직 목숨의 연명을 위해서 죽음을 업으로 삼는다는 생각만으로 살아있는 심장에서 불이 치솟는 것만 같았다. 미아는 들끓는 심장을 붙들고 먼 데서 치솟는 불길을 보았다.

"안 하면? 곡비가 어미에서 딸로 대물림되는 걸 모른다는 게냐? 내가 곡비 노릇으로 네 아비와 네가 끼니 때 먹는 걸 모르는 게냐?"

모르지 않았다. 모를 수가 없었다.

"나는 모든 걸 참았다. 낮에는 밭일하고 베틀에 앉아 밤을 새웠다. 네가 아들로 나왔으면 안 그랬을 것이다. 나도 대접받고 살면서 너도 곡비 따위 안 해도 됐겠지. 나는 숨도 못 쉬고 살았다. 너 때문에. 나는 네 조부 몰래 너를 품고 젖을 물렸다. 네가 병이 나서 설사를 쏟고 밤새 토했을 때, 내가 찻물 달여 떠먹이고 지렁이 잡아 그 즙을 짜 먹였다. 열이 끓고 울어댈 때 밤새 숲속을 헤매 매미 허물을 모아다 가루내서 미음 쒀 먹였다. 그렇게 너를 키웠다. 너는 아무것도 아니다. 아무것도 아니면서 곡비로 살기 싫나

느니 하면 염병 치른 놈의 대가리처럼 아무것도 남지 않게 될 것이다."

막례가 삼베 치마저고리를 꺼내와 돌을 던지듯, 미아에게 던졌다.

"입어라."

막례의 말은 적의에 육박했다. 슬픔은 절로 녹지 않는 건데, 돌덩이가 누르고 있어 그 아래 눌려 쌓인 슬픔이 돌덩이를 키웠다. 막례는 이제 오직 곡비일 때만 울었다. 막례는 무엇이 가슴속을 틀어막은 건지 알 수 없었다. 알지 못해서 자신에게 그러하듯 미아에게 화를 냈다. 막례는 미아가 계집인 것이 자꾸 화가 났다. 막례는 미아도 돌이 되기를 강요했다.

"너도 남을 대신 울어주는 거라 생각할 필요 없다. 그저 나날이 첩첩해서 서러운 팔자를 한탄하면 절로 눈물이 솟게 마련이지."

팔자. 막례는 팔자라는 말을 매일 했다. 팔자는 오직 여자들의 말이었다. 모든 말들 가운데서 팔자는, 하나의 결론으로 굳어 있었다. 팔자는 너무 무거워서 아무도 그것을 들어낼 수 없었다. 한번 팔자가 들러붙으면 누구도 그것을 제 몸에서 뜯어낼 수 없었다. 팔자는, 모든 것을 부수고 짓밟았다. 아무것도 바뀌지 않을 걸 아는 자의 저항이란 무엇인가. 미아는 최선을 다해 막례에게 맞서지 않았다. 결과의 측면에서 보자면 어떤 말도 허망할 것을 알았다. 막례는 미아 또한 더러운 개울의 똘물처럼 흐르다 흔적도 없이 사라질 거라 생각했다. 그저 대물림한 딸년의 꿈속에서나 꽃길을 걸을 수 있으면 그만이라고 여겼다. 어딘가 계속 불타고 있었다. 강진만 어둔 파도가 몰락하듯, 먼 데로 쓸려나갔다.

김생원의 집은 담 높이가 한 길 반이었다. 솟을 대문을 넘자 사랑채 마당에 아름드리 소나무가 높았다. 연못가 정자를 둘러싸고 포도넝쿨이 한창이었다. 막례가 울기 시작했다. 이달 들어 여섯 번째 울음이건만 막례는 막 제 부모가 돌아간 듯이 새로운 슬픔과 눈물이 복받쳐 올라 울었다.

"어쩔거나. 이 노릇을 어쩔거나. 참으로 갔네. 가버렸네. 못 간다네, 못 간다네. 눈물 흘러 길이 지워져 못 간다네. 설운 내 팔자 억울해서 못 간다네. 아이고, 아이고."

막례가 대청마루 제상 앞에 엎드려 입을 검게 열고 돌덩이 밑에 눌려 있던 울음을 토했다. 상주들과 조문객들이 우는 곡비, 막례를 보았다. 열 개가 넘는 차일을 친 마당에 등불이 환했다. 막례가 허리를 꺾어 울었다.

"황천길을 어찌 갈거나. 북망산이 어디냐. 허망한 인생살이, 이렇게 한 번 가면 다시는 못 오네. 내가 살던 땅을 다시 못 밟는구나. 내가 디딘 발자국이 아직도 선연하거늘 이제 누가 밟아 나를 지울 것인가. 아이고, 아이고. 심산 험로를 어찌 갈거나."

막례는 망자의 서러움을 울었다. 막례는 슬피 울었다. 하염없이 울었다. 돈 몇 푼에 낯도 모르는 이의 죽음을 저리도 슬퍼한단 말인가. 미아는 알 수 없었다. 막례가 생과 죽음에 대해 지나온 세월만큼 슬픔과 한을 쌓아온 것을, 죽음 앞에서는 모두가 홀로이며 세상천지가 다 그림자일 뿐이라는 것을.

막례의 울음은 서럽고 비참한 팔자를 탕진하기 위해 가슴속 깊은 곳에서 뽑아 올린 울음이었다. 막례는 상여가 나갈 때까지 쉬지 않고 울 터였다. 상여가 나갈 때, 막례는 꼬리처럼 뒤를 따라 눈물로 상여를 붙들 터였다. 망자의 매장이 끝나면 막례는 집으로 돌아가 눈물꽃으로 만든 밥을 지을 터였다. 곡비로서 막례가 울 때, 제상의 초가 눈물처럼 촛농을 떨궜다.

삼베 모자를 높이 쓴 김생원은 깊숙하고 옆으로 가느다란 눈에 하관이 단단한 오십대 사내였다. 꾹 다문 입술에 물집이 매달려 피곤해 보였다. 김생원은 지팡이 짚고 바닥을 보았다. 부모를 여읜 죄인으로 근신하는 뜻이었다. 지팡이 짚은 손등은 볕에 그은 흔적도 주름도 없었으나 건선을 앓고 있어 비늘 같은 각질로 덮인데다 거칠고 붉었다. 막례의 곡소리에 제 본분을 잘 아는 천것도 있구나, 생각했다. 평소 김생원은 아랫것들은 엄격하게 다뤄야 한다고 생각하지만 눈앞에서 폭력을 보는 것은 싫어해서 주로 광에 가둬 굶기거나 심한 질책사항이 아니라면 불러다 앉혀놓고 상전은 무엇이고 아래의 의무는 무엇인지, 낮은 낮이고 밤은 밤이어서 밤이 낮을 따르듯 상전을 좇아야 하거늘 상하가 바로잡히지 못하면 아래로 폭력과 매질과 중죄를 내릴 수밖에 없음을 언급해서 말로서 두려움에 떨도록 만들었다. 심심하거나 무료할 때면 가끔 장난삼아 그리하기도 했는데 대개 장난이었을 경우에는 아랫것이 떨고 조아린 정도에 따라 적당한 대가를 주기도 했다. 그럴 때 김생원은 천것들이란 보고 배운 바 없어 삶의 유희를 구별 못 하고 그저 납작해져 빌고 울 줄만 아는 무지하고 어리석은 것들이란 사실을 새삼 깨닫곤 했다.

"울지 않고 뭐하고 있는 게냐?"

막례가 미아를 꾸짖었다. 곡비는 우는 자다. 스스로 울어, 남을 울게 만드는 자다. 그렇게 울음이 전염되려면 곡비는 깊이 울어야 한다. 미아가 우는 막례를 보았다. 온몸이 울음인 듯, 깊이 쌓아두었던 것을 게워내듯, 막례는 평생 울음으로 살아온 사람처럼 울었다. 막례가 그렇게 운 울음 값으로 끼니를 먹어 목숨을 부지했다. 미아는 막례의 신산한 슬픔이 싫었다. 평생을 죽음과 울음과 맞물린 끼니를 삼켜야 하는 서러운 생. 천한 곡비의 팔자. 울어라. 처참한 생의 발목을 쥐어 잡으며 목덜미를 물어뜯긴 짐승처럼 울어라.

미아가 울기 시작했다.

"나는, 나는, 억울해서 어쩌나… 해당화 꽃 지면 설운 울음 울어… 바닷가 짠 모래에 뿌리 묻은 해당화야, 파도가 덮쳐 뿌리마저 뽑혀 죽으리니… 해도 졌다 다시 뜨고 달도 넘어갔다 다시 돌아오는데 피지도 못하고 스러지는 인생 어떡할거나. 야속한 운명 나를 밟고 나를 찢어…."

미아는 망자의 울음을 울지 않았다. 미아는 곡비로서 처음 막례가 울었을 그날을 울었다. 사슬 같은 세상에서 그림자처럼 흔적도 없이 소멸하고 말 막례의 팔자가 애통해 울었다. 그 분명한 생의 끝장은 막례의 어미와 그 어미의 할미가 그랬고, 미아 또한 그리될 것을 미리 울었다. 천한 곡비의 딸로 난 제 운명을 울었다. 눈물 흘러 젖은 미아의 속눈썹이 떨었고 울음 우ㅡ라 벌이진 입술은 피가 돌아 더욱 붉었다.

　김생원이 방으로 막례를 따로 불렀다.
"네 딸년이더냐?"
　막례가 납작하게 엎드려 떨었다.
"아이고, 나으리. 그저 천것이 무식하고 본데없어서 그러는 것이니 부디 너그럽게 용서해주십시오."
　까닭도 모르면서, 막례는 다만 평생을 몸에 새긴 비명처럼, 빌었다.
"어머님 상중이다. 목소리를 낮추거라."
　막례가 제 손으로 제 입을 틀어막았다.
"네 딸년은 어찌하여 돌아가신 어른을 위로하는 울음을 울지 않는 것이냐."
　김생원은 음성이 온도가 낮고 심중을 감지할 수 없게 높낮이가 없었다.
"그것이 무슨 말씀이시온지."
　막례가 간신히 물었다.
"언뜻 듣기에는 망자의 한을 어루만지는 듯하나, 네 딸년이 우는 내용은 제 신세를 한탄하는 것이다. 교묘하게 말 사이에 제 뜻을 숨겨놓았으니 영악한 계집이 아니더냐."
"제 딸년이 잘 몰라서 그런 것이니 제가 단단히 일러 단속하겠습니다요."
"감히 양반의 초상집에 와서 나오는 대로 지껄이는 오만방자

한 년을 어찌 처결하면 좋을꼬."

나무라는 김생원에게서 화가 느껴지지 않았으나 막례는 더욱 조아려 죄를 빌었다. 지체 높은 양반님의 속내는 천한 곡비 따위가 엿볼 수 있는 것이 아니어서 막례는 다만 몸에 붙은 본능으로서 빌었다.

"죽을죄를 지었습니다요, 나으리. 이번 한 번만 너그러운 마음으로 용서해줍시오."

"천것이 양반을 능멸한 죄라니. 당장 끌어내 멍석말이를 하거나 관아에 끌려가 장을 맞게 해야 정신을 차릴 것이더냐. 형틀 위에서 피 토하고 절명해야 뉘우치겠느냐."

막례가 네 발로 기어 김생원의 발밑에서 이마를 바닥에 찧었다. 그느라 김생원이 짓고 있는 희미한 미소를 볼 수 없었다.

"딸년이 저리 방자한 것은 모두 천한 어미가 제대로 가르치지 못한 탓 아니겠습니까요? 그러니 부디 제 한 몸 부스러뜨려 나으리의 노여움을 풀어줍시오."

김생원의 말 한마디에 딸년의 살고 죽음이 결정지어질 터였다. 당장 멍석에 말려 육모방망이로 맞아죽은들 어디에 하소연할 것인가. 막례는 더욱 조아렸다. 더 빌고 더 낮추어 발을 핥고 가랑이 밑을 길 수도 있었다. 막례는 머리칼을 한 움큼씩 쥐어뜯어 바닥에 흩뿌리고 김생원에게 다시 빌었다. 김생원이 놀라 막례를 저지했다. 앉았던 보료에서 일어나 엎드린 막례를 일으켰다. 그제서야 막례는 싱글거리는 김생원의 웃음을 보았다.

"지금은 어머니의 상중이다. 이삿 일로 소란을 벼는 것도 나 스스로 체면을 깎아먹는 일이 될 것이다. 하여 내 너에게 죄를 갚을 수 있는 방책을 하나 일러주려는데…."

막례는 이제야 앞에 앉은 사내의 속내를 짐작했다. 같은 말이라도 신분이 천한 곡비가 아니었다면 이리 하지 않았겠구나, 싶었다. 농지거리하듯 흐물거리는 김생원의 언사에 막례는 방금 자신과 딸년 두 목숨이 휘둘렸다는 것보다 살았구나, 하는 것이 중했다.

"네 딸년을 이 집 소실로 들이거라. 다만 상중이니 집안으로 들이는 것은 불가하다. 아담한 집을 하나 마련해둔 것이 있다. 남쪽으로 방이 세 칸이고 사랑 또한 따로 두었으며 작은 연못도 파두었다. 후박나무와 편백나무와 곰솔 숲으로 둘러싸인 곳이라 종일 향기로운 냄새가 가득하며 방문을 열면 물 너머 가우도가 한눈에 들어오는 곳이다. 지금쯤 연꽃 향이 자욱할 것이다. 준비가 끝나는 대로 그리로 옮기거라. 내가 귀히 여길 것이다."

김생원은 다시 보료 위에 좌정하고 장모가 될 이에게 명했다. 강상의 죄를 걸어놓아 막례는 대꾸하지 못했다.

* * *

북두칠성이 꼬리를 감춰 밤이 더욱 깊었다. 들창 밖 달빛에 팽나무 잎사귀 그림자가 파도 위 물거품처럼 넘실거렸다. 잠들지 않는 밤이면, 먼 데 파도소리가 들리는 듯했다. 소리는 귓가에 들리는가 싶다가 다시 귀 기울이면 세상을 누르고 있는 적막이 도리어 또렷해 무슨 소리든 끌어올려야 할 것 같아 갈급해졌다. 그러할 때, 깨어 있으면 스스로 무수한 사람들 중 하나라는 사실을 믿을 수 없는 기분이었다. 오직 홀로 세상을 맞닥트려야 한다는 사실이 새삼스러워 아득해졌다.

 이제 곡비로 살아가야 하는 것인가. 자꾸 울다보면 점점 더 잘 울게 될 것이다, 하고 막례가 말했다. 곡비로 우는 일은 바스러지는 것이다. 그렇게 죽음의 시궁창에 고여 울고 또 울면 죽어서야 울기를 끝마칠 수 있을 것이다. 평생을 울다보면 빈 껍데기만 남아 너무도 가벼워져 죽는 것 말고는 아무것도 할 수 없을 것이다. 그렇게 울어 죽으면 무덤 속에도 물이 차오를 것이다. 살아도 양분도 햇빛도 없는 무덤 속 같은 날들일 것이다. 그러하니, 울어라. 오직 우는 존재가 되어, 울기 위해 존재하는 몸이 되어, 텅 비어버려라. 밭에 씨를 뿌리듯, 그물 던져 물고기를 낚듯, 오직 먹기 위해 울어, 마침내 물러설 곳 없어 스스로 타들어갈 때까지 울어라. 싱싱할 때 울기 시작한 울음은, 봉두난발로 죽어서야 멈출 것이다. 그러하니, 울어라. 울어라.

 미아는 뒤엉키는 생각의 그림자를 떼어놓으려 밖으로 나왔다.

 "김생원이 미아를 들이라 했다고?"

 유건창이 조심을 두지 않고 크게 말했다. 허술한 방문 밖으로 밀려나온 말소리가 망치질처럼 미아를 두들겼다.

 "수일 내로 마바리에 비단과 돈을 실어 보낼 것이니 필요한 것들을 장만하고 먹고 살 양식도 사랍디다."

 막례가 말했다. 유건창이 호통불을 올렸나. 방문 살에 구부려

앉은 등 그림자가 창처럼 솟아올랐다.

"사시사철 쌀독 밑바닥 긁어 삼순구식하는 처지에 별들 날이 오는구먼. 김생원이라면 강진 땅에서도 다섯 손가락 안에 드는 부자 아니냔 말이야."

"나이 열여덟인 딸년을 다 늙어 송장 냄새 나는 영감한테 팔자는 것이요?"

"팔다니. 날마다 항라 치마 입고 비단금침에서 일어나 화장하고 어여쁨 받고 살게 될 텐데. 안 보내면? 그럼 세 식구 손가락 빨다가 굶어 죽거나 전염병이라도 번져 한꺼번에 죽어나가면 속이 시원할 것인가?"

미아는 유건창과 막례의 그림자가 검게 너울지는 것을 보았다. 부모가 딸년을 팔아 호구지책 삼으려는 말을 들었다. 울고 싶었다. 울어라. 스스로 타들어갈 때까지 차라리, 울어라. 그리하여 차가운 생은 밀어닥치는 파도에 쓸려 끝날 것이다. 미아는 부모가 원망스러웠다. 막례 또한 돌아간 어미를 원망했을 것인가. 비천한 자에게 원망의 대상은 오직 부모인 것인가. 좁은 우물 속 같은 막례의 세상은 그러했을 것이다.

미아는 세상을 원망했다. 위가 아래를 밟고 서고 여자는 남자에게 묶이는 세상이어서 나는 이제 팔려갈 처지구나. 그러나 어찌해야 세상이 달라지는지 알 수 없었다. 궁벽한 갯가마을의 천것이 세상 이치를 안다 한들 무슨 소용 있을까. 미아는 보이지 않는 이 세상의 설계자를 대신해 결국 막례가 어미를 원망했듯 눈에 보이는 부모를 원망했다.

막례가 방문을 열었다. 유건창이 미아를 보지 않고 담뱃대에 담배를 눌러 담았다.

"집도 따로 마련했다니 눈치 볼 일도 없다."

유건창이 담뱃대에 불 붙여 빨았다.

"저를 위한 일이라고요?"

"밭일이며 길쌈이며 작파하고 천대받는 곡비 노릇하느라 속을 파내가면서 울지 않아도 된다."

막례가 말끝에 한숨을 달았다. 꿈속의 어미가 떠올랐다. 아비 없는 딸년을 낳아 손가락질 받으며 평생을 곡비로 울다 죽은 어미. 되물림해 다시 곡비로 우는 늙은 딸년의 꿈속에서나 꽃길을 걸었던 어미. 갠 날과 흐린 날이 적당히 조화로워야 땅의 생명이 싹트고 자라 열매를 맺는 법인데, 오직 땅 위 사람의 생은 어찌해서 진흙탕의 연속으로 견딜 수 없는 것을 견디다 마침내 견딜 수 없어지면 죽는 것인지. 알 수 없었다. 그것은 굶주린 어린아이가 왜 먹을 것이 없는지 알지 못하는 것과 같았다. 세월이 소용돌이처럼 빨아들여 나 또한 뼛골이 속절없이 빠져가는데 딸년조차 곡비로 내몰아야 할까. 김생원에게 가면 딸년은 곡비의 길 대신 꽃길을 산책할 수 있을까.

"저를 위한 일이라고요?"

미아의 말은 달빛처럼 창백하고 차가웠다.

"김생원 댁이면 탐낼 만한 자리다. 기근에다 역병까지 도는데 자식 된 도리로 부모 봉양할 생각은 하지 않느냐?"

유건창이 헛기침했다. 평생 아비에게 기댈 바 없음을 모르지 않았다. 이제 아비는 딸년의 머리채를 움켜잡아 늙은이 가랑이 사이로 밀어넣고 고깃국에 술에 취해 살 것인가. 밤마다 냄새나는 늙은이의 몸을 받아 음부를 헤집을 때 쌀밥에 또박또박 발라놓은 굴비 살점 얹어 먹을 것인가.

"엄연히 나라법이 첩실을 허용하고 있거늘. 너를 어여삐 여기고 귀히 대한다지 않느냐."

나라의 법. 나라법으로 여자들은 공식적으로 공부를 할 수 없다. 원할 때 대문 밖으로 외출을 할 수도 없다. 지아비가 죽으면 평생 수절하거나 따라 죽어야 한다. 그것이 나라의 지엄한 법도다. 그 법도를 정한 사대부 남자는 오십이든 육십이든 어린 처녀를 들여 아랫도리를 풀어헤칠 수 있는 것이 나라의 법도다. 여자들의 나라가 아니다. 나라가 정한 대로 종모법을 따라 천한 신분인 미아에게 나라는, 죽어서야 풀려날 쇠사슬이다. 살아서도 나라는 몸을 갉아먹고 뼈를 파고드는 포승줄이다. 법도의 이름 뒤에 숨은 폭력배다. 나라는 무엇을 위해 묶고 조이고 누르는가. 그 안에서 미아는 옴짝달싹 못하고 신음할 것이다. 막례처럼. 막례의 어미처럼. 그 어미의 할미처럼. 어미와 딸년 그 딸년이 축적된 생들에 팔자라는 말이 달라붙어 진흙탕 속의 바퀴처럼 빠져나오지 못하고 구른다. 미아가 이를 물고 유건창을 노려보았다.

"저 애가 왜 저리 모질고 사납단 말이지? 집구석에서 딸년을 어찌 가르쳤기에 저렇게 방자하게 구냐 말이야."

유건창이 담뱃대를 내려쳤다.

미아가 삽짝 밖으로 나왔다. 울타리 밖 생강나무 가지에 밤안개가 내려앉았다. 여인으로 태어난 사람은, 생이 짧다. 들풀처럼 자라나서 잘려나간다. 나무는 희망이 있어 찍혀도 다시 움이 나서 연한 가지가 자라지만 여자의 생은, 삶은, 명치끝에서 딱딱하게 굳어간다. 어쩌면 이토록 아무것도 아닐 수 있는지. 애초 여자들은 잘못 태어난 생이다. 미아가 맨발 위에 자신의 눈물을 올려놓고 어둔 바닥을 걸었다. 마치 금속성의 파편 위인 듯 걸을 때마다 쨍, 하는 소리가 심장을 찔렀다. 별빛이 멀어서 희미했다.

*　*　*

태풍이 닥쳤다. 소실점 없는 평행선처럼 타들어가는 가뭄에 풀 한 포기 없는 붉은 땅이 천 리에 이르러, 올해도 단 세 차례 작은 비만 내렸을 뿐. 그러더니 문득 큰 태풍이 남쪽에서 일어 모래가 날고 돌이 굴렀다. 치고 올라오는 파도를 뒤에서 더욱 큰 파도가 밀어붙였다. 파도를 넘어온 바람이 밤새 방풍림을 밀어 소나무가 비틀려 넘어갔다. 파도로 솟구친 바닷물이 바람길에 실려 소금비가 되어 날렸다. 달려드는 바람에 묶인 배들이 삐걱거리다 서로 부딪혀 부서졌다. 동이 튼 바닷가에 부서진 널빤지가 쓰레기로 뒹굴었다. 기근으로 굶어 죽어 새로 돋아난 무덤이 바람에 깎여 봉분이 무너지고 풀이 고개를 꺾었다. 얼마쯤 피었던 꽃들이 거침없이 주저앉았다.

"올해도 태풍이 몰아치니 처녀가 한을 품고 죽으면 오뉴월에도 서리가 내린다는 말이 참말이구면."

막례가 몸을 떨었다.

"처녀의 한은 무슨. 날이 이리 궂으니 올 손님도 발을 도로 거둬들이겠네."

유건창은 사나흘 째 짐 실은 부담말을 기다렸다.

"그게 그런 게 아니요. 어째서 벌써 삼 년째 오늘만 되면 폭풍이 몰아닥치겠소?"

막례가 미아의 눈치를 살폈다. 강진현 갯마을 귤동에서 마주 보이는 신지도에서 삼 년 전 발생한 사건 때문이었다. 신지도에 살던 장씨네는 큰딸이 스물둘, 작은딸이 열여섯이었다. 남포의 이씨 성을 가진 진사 집에서 품을 팔아 호구했는데 그 집 아들이 작은딸을 강간했다. 사흘 만에 처녀가 바다로 걸어 들어가 죽었다. 처녀는 차가운 물 앞에서 그 세상에 달라붙어 있어야 하는 이유를 찾지 못해 높고 쓸쓸한 바다 속으로 영영 이별의 길을 걸었다. 푸르른 바다가 심장에 닿았을 때 처녀는 뜨겁고 매운 맛이 나는 물을 오장육부 가득 삼켰다. 그 어미가 뒤를 쫓았으나 잡지 못하고 바닥에 앉아 울다 죽은 제 새끼를 따라 물에 빠져 죽었다.

이진사의 사주를 받은 강진 현감 이건식이 관찰사에게 천 냥을 보내 구슬려 삶아 이 일은 조사도 없이 묻혔다. 암행어사 홍대호가 와서 관찰사에게 삼백 냥을 나누어 받고 사건을 장계하지 않고 사라졌다. 그때부터 처녀가 죽은 날이면 태풍이 몰아닥쳤다. 바람길을 타고 올라선 소금비가 온 세상을 산 채로 태울 듯 짠 눈물처럼 떨어져내렸다. 벼와 기장, 풀과 나무들이 선 채로 말라 죽었다. 한여름에 늙은 밭이 되었다.

"계시오."

푸른 멍 같은 바다가 터져버릴 듯 으르렁대다 섭리의 한계에 부딪혀 마침내 잦아드는가 싶을 때였다. 푸르르, 말이 뱉는 숨소리가 삽짝 밖에서 뱅그르 돌았다. 김생원 집 마름이 잔뜩 짐 진 말의 고삐를 붙들고 마당에 서 있었다. 소달구지가 아니라 부담말이었다. 손님을 맞는 유건창은 버선발이었다.

"아직 상중이니 조용히 움직이라고 명하셨소."

"준비되는 대로 딸년을 들여보내리다."

유건창이 말 등의 짐을 직접 내렸다. 구렁이 잔등 같은 돈 꾸러미, 어른 주먹만 한 전복, 저민 농어회 접시, 보리굴비 한 두름, 붉고 푸른 공단, 은조사, 한산 모시에 명주실이 꾸역꾸역. 막례는 이러지도 저러지도 못했다. 유건창이 알상투 위에 탕건만 걸쳐 쓰고 나섰다.

"이렇게 돈을 들고 나가버리면 불쌍한 딸년 꼼짝없이 늙은이 아랫도리 수발이나 들다 눈물로 세월을 탕진하게 될 것이오."

막례의 말소리가 풀무를 젓듯 탁했다.

"어차피 결정된 일에 여편네가 어디 서방의 바짓가랑이를 붙잡고 늘어지는 게야?"

미아는 유건창을 마당귀에서 마주쳤다. 골목 어귀에서 잔등이 빈 말을 끌고 돌아가는 마름을 지나오는 길이었다.

"아버지…."

미아는 얼음이 박힌 듯한 눈빛으로 유건창을 보았다. 유건창이 입을 달싹이다 그만두고 등 돌려 골목길을 빠져나가기 시작했다.

미아는 바지락 캐온 바구니를 내려놓고 그저 밖으로 나섰다. 바지락은 삶아 곧 사생아를 낳게 될 덕선에게 가져다 먹일 요량이었다. 어쨌든지 뱃속의 것을 생각해 잘 먹어야 한다는 미아의 당부에도 덕선은 입을 벌리고 웃다가 방바닥에 떨어진 것도 없는데 계속하여 찾는 시늉을 하였다. 애초에 잘못 태어난 목숨은 아비가 있거나 없거나 간에 다를 게 없구나. 울었다. 스러져가는 태풍의 마지막 바람에 색깔이 붉은 나뭇가지가 부러졌다. 마음에 분노와 슬픔이 들어차 미아의 세상은 검정으로 캄캄하고 딱딱했다.

걷다 보니, 초당 앞이었다. 머리보다 발이 영민해 가야 할 곳을 찾은 듯싶었다. 미아는 붉어진 눈을 초당 솔숲 시냇물에 씻었다. 다산이 손수 놓은 돌계단을 밟아 올랐다. 비단바위 위로 뿌리를 감은 단풍나무가 붉고 언덕바지의 푸른 대숲에서 바람이 일어 댓잎이 만든 파도 소리가 출렁거렸다.

"어르신, 저 왔어요."

"어서 오너라."

다산은 초당 옆 채마밭에 쪼그리고 앉아 있었다.

"뭘 하고 계셔요?"

"서광계의 농서를 읽으니 계단 끝에다 돌을 꽂아서 거름흙이 유실되지 않도록 해줘야 한다는구나. 요 전날 황상이 와서 밭을 일굴 때는 돌 뽑는 것이 가을 터럭 뽑듯 가볍더니 이 늙은이는 돌 꽂아 넣는 게 여간 힘든 게 아니구나. 허허."

섬기던 임금에게 버림받아 유배된 자들 중 다산이 가장 바쁜 사람일 거라, 미아는 확신했다. 다산은 새벽과 밤에 저술하고 낮에 농사일 했다. 강진 땅에 갇혀 하루도 쉬지 않고 일했다.

"들어가자. 오늘은 햇차를 마셔보자꾸나."

다산이 화리목 탁자 위에서 안경을 찾아 썼다. 찻주전자를 화로 위에 올리고 다구를 꺼내놓았다. 지난해 앓은 풍 때문에 왼쪽 어깨에 마비 증세가 남아 있어 오른손만으로 움직였다. 제자들이 나서 차를 끓일라치면 나의 즐거움을 빼앗으려 하느냐며 나무라는 다산이었다.

"지난 곡우에 새로 딴 찻잎이다."

다산이 찻주전자에 매 발톱처럼 생긴 찻잎을 넣었다. 다산은 미아에게 묻지 않았다. 내가 어떻게 해야 하는지 알려주세요. 그렇게 쓴 미아의 얼굴을 그저 바라보았다. 밤나무로 만든 백탄의 담향이 향로에서 은은했다. 삼발 위의 주전자에서 솔숲의 바람 소리로 물이 끓었다. 다산이 적당히 식힌 물을 다관에 부었다.

"노동의 시를 읊어보련?"

당나라 말에 차(茶) 시로 유명한 시인이다. 다산은 차 마실 때 미아가 노동의 시를 읊는 것을 좋아했다.

처음 한 잔은 목과 입술을 부드럽게 하고
둘째 잔은 외로운 번민을 낫게 하며
셋째 잔은 마른 창자가 젖어들며
넷째 잔은 가벼운 땀을 내어 평생에 불평스러웠던 일을 다 털구멍으로 내보낸다.

그리고 다섯째 잔은 근육과 뼈를 맑게 하고

여섯째 잔은 선령(仙靈)에 통하며

일곱째 잔은 마셔도 얻지 못한다. 오직 양 겨드랑이에서 시원한 맑은 바람이 나옴을 깨달을 뿐이다.

"그러하니, 마시거라."

다산이 미아에게 차를 따라주었다.

다산은 자주 저무는 저녁에 초당 끝에 홀로 앉아 있었다. 저무는 해가 보이는 세상을 수평선 너머로 끌어가버리면, 어둠 속에서 파도만 소리로 뒤채어 세상의 끝에 매달려 있음을 각인시켰다. 그럴 때면 초당 끝 벼랑 위에 서고 싶었다. 밤바람이 다리를 휘감으면, 한치 앞을 가늠할 수 없는 허방으로 발을 내딛고 싶었다. 그리고 바람을 탓하고 싶었다. 바람이 원망스러워 잠 못 드는 밤에, 다산은 스스로에 부끄러워 울었다. 그리고 차를 마셨다.

"울울함과 번뇌를 씻어주는 공효가 이보다 큰 것은 없는 법이지."

세상에서 버려진 자의 초당에 차향이 번졌다. 그 버려짐이 영영이리라, 마음을 다진 다산은 세상에 결박되어 울음을 쌓아가는 어린 처녀가 가여웠다. 그 울음을 대신 울어줄 수 없어 다산은 다만 미아에게 또 한 잔, 차를 따라주었다.

"내가 황해도 곡산 현감으로 부임했을 때 장생이란 화가를 만났다. 고주망태인 자였는데 눈빛이 맑았다. 그자를 불러왔더니 망건도 벗은데다 맨발이었다. 비단 폭에 산수, 신선, 오랑캐, 중,

괴상망측한 새, 오래 묵은 등나무 덩굴 등 수십 폭의 그림을 그렸다. 재빠른 송골매와 사나운 보라매가 싸우는 광경이 볼만했다. 구름 쫓는 신선을 그리면 꽃무더기 수풀처럼 무성한 수염에 눈썹과 머리카락이 용솟음쳤다. 오뚝이 앉아 가려운 등 긁는 스님을 그렸는데 원숭이 어깨에 비뚤어진 입에 속눈썹이 눈을 덮은 초라한 몰골이었다. 뭐랄까… 살아있더구나. 꿈틀거리고, 솟구쳐 오르고, 세상에 대고 비명을 지르는 듯. 사물을 보는 것이 얼굴에 박힌 눈만이 아닌 것을 그자는 알고 있더구나. 나는, 그자의 그림에 깊이 찔린 듯했다. 그러나 유교를 받드는 이 나라가 그 가치를 알지 못하니 장생은 쑥대머리로 살다 길에서 죽었다."

다산이 장생의 삶을 말하는 뜻을 알았다. 장생은 단단했고, 무릎 꿇지 않았고, 그래서 더러운 흙바닥에서 죽었다. 미아는 장생의 선택이 눈물겨웠다. 그리고 그건 선택이 아니라 세상의 발아래 엎드리지 않으려는 존재의 운명인 것을 알았다. 그러하니, 내 존재의 운명은 무엇인가. 김생원의 비린내 나는 몸을 받지 않으면 나는 양반을 능멸한 강상죄로 형틀 위에서 부서져 죽을 것인가.

"차나무는 추위도 더위도 비도 바람도 견뎌내는 상록수다. 너는 사철 푸른 차나무가 무성한 이곳 갯가 마을에서 나고 자란 아이다. 차는 거친 자갈밭에 나는 것이 상품, 보드라운 황토에서 나는 것이 하품이지. 차 꽃은 겨울에 피지 않니. 서리처럼 차가운 차 꽃 향이 맡고 싶구나. 네가 딛고 있는 세상이 거칠고도 험난한 자갈밭이라도 너는 그 자갈밭에서 다시 털고 일어날 수 있는 아이다. 나는 죄지어 유배당한 몸일 뿐이나만."

다산이 빙그레 웃었다. 다산은 다산이 할 수 있는 말을 했다. 살아온 시간과 겪은 일들에 비추어 위로라는 것은 잠깐의 방심에 지나지 않음을 모르지 않으나 스스로 묶인 몸이므로 다산은 그저, 부질없다 싶은 말들을 했다. 할 수 없는 것은 할 수 없으므로. 그것이 자신의 처지임을 다산은 알았다. 미아가 그것을 알았다. 미아는 눈물이 흐를까, 아래를 보았다. 책상 밑 구리 향로에 재가 가득했다.

"스승님, 저 왔습니다."
다산이 방문을 크게 열었다.
"미아도 와 있었구나."
양손에 꾸러미를 잔뜩 든 황상이 미아를 보고 붉어졌다.
"썩 들어오지 않고. 왜, 이 늙은이가 없었으면 좋았겠다, 싶은 게냐?"
"아닙니다, 스승님. 어찌 그런 말씀을."
"네놈 얼굴이 벌게지는 걸 보니까 나는 농담이었다만 너는 아니었던 모양이구나."
황상이 문지방을 넘지 못하고 그저 서성였다.
"언제 떠나는 것이냐?"
간신히 문 앞에 꿇고 앉은 황상에게 다산이 물었다.
"삼 일 후 초이틀에 출발합니다."
"먼 길이겠구나."
아비가 아전인 황상은 관습률에 따라 아전 일을 시작했다. 황상은 세금으로 걷은 대나무 운송 책임을 맡아 서울로 떠날 예정이었다. 황상은 세상의 발치에 엎드려 체념으로 편안해지는 쪽을 택했다. 황상은 개인이 부딪쳐 깨트릴 수 있는 세상이 아니라고 여겼다. 세상이 바뀔 거라는 희망 따위는 몽환이라, 스스로에게 다짐을 두었다. 아전이 백성의 피를 짜 죽음의 벼랑으로 내모는 쓰레기인 줄 알면서도 혼자만은 공정하고 백성의 편에 서는 가난한 아전이 되겠다, 스스로를 달랬다. 무엇을 포기한 것인지, 그 흔적이 황상의 가슴 깊숙이 꽉 잠겨 있어 못으로 박혀 있었다.

"당부했던 밀가루 풀은 가져왔느냐."

"네, 스승님. 그리고 젓갈을 좀 가져왔습니다."

대합젓, 밴댕이젓, 방게젓이 고리버들 찬합에 구분 지어 들어 있었다. 찹쌀밥과 엿기름, 천초를 넣어 버무린 대하식해를 다산이 손으로 집어먹었다.

"매번 이리 신경 쓰지 않아도 된다고 일렀거늘."

"곧 밥을 지어 식사를 준비하겠습니다."

"이놈이 사내놈이라도 부엌에 들어가 음식도 할 줄 아는 놈이구나. 어떠냐?"

다산이 물었다. 두 젊은 남녀가 동시에 붉어졌다.

***

황상이 대합 넣어 탕 끓이고 나물 넣어 보리밥 지었다. 다산이 지난해 잡아 말려놓은 조기를 내왔다. 황상이 짚불 피워 석쇠에 조기를 올렸다. 다산이 구워 셋이 겸상하여 밥 먹었다. 세상에서는 금지된 일이나 적소에서는 자연스러웠다. 한 밥상을 두고 앉아 같이 밥 먹을 때 세 사람은 다만 각자의 사람이었다. 모두 한 움큼씩 뭉근한 무엇을 느꼈으나 서로 묻지 않고 말하지 않았다.

돌아오는 길에 골짜기 물가에 앉았다. 전날 비로 목젖이 부어오른 계곡물이 가르랑대며 성미가 사나웠다. 태풍이 물러간 기슭에 올라 강진만을 내려다보니 바람이 끌어당겨 발광하다 마침내 순하게 잠든 물 위의 돛단배가 그림이었다.

"괜찮은 것이냐?"

"무엇이 말이어요?"

황상은 쉽게 되묻지 않았다. 황상은 눈빛이 부드러울 때와 차가울 때를 모두 가진 사내였다. 무엇을 보는가에 따라 그 온도는 확연하게 차이가 졌다. 미아를 볼 때 황상의 눈빛이 겨울을 덮어주는 햇살처럼 비쳤다. 황상은 날 때부터 결정된 처지를 받아들였다. 깊고 오랜 공부를 펼쳐볼 기회조차 없는 운명을 오랜 시간을 두고 체념으로 품어 쌓아왔다. 그리하여 인생의 한창 때를 지나고 있으면서도 삶의 서늘함을 알았다. 그런 자라면 타인의 슬픔을 연민하는 능력 또한 월등히 뛰어난 법이다.

"울었던 게냐?"

미아가 놀라 황상을 보았다. 무엇으로 미루어 알아챈 것인지 미아는 알 수 없었다.

"말해보아라."

쉽게 말문이 터지지 않았다. 다만 울음이 다시 솟았다.

"괜찮다. 울거라."

황상의 말에 붙들고 있던 결기가 먼지구름으로 무너졌다. 급하게 우느라 목청이 막혔다. 치밀어 오른 불덩이로 심장이 아팠다. 말하였다. 쏟아내었다. 미아의 눈물이 황상의 무릎을 적셨다. 황상이 입술을 물었다. 눈빛이 차가워졌다. 마치 칼날처럼 차가워 시퍼런 쇠비린내가 날 듯싶었다. 황상이 주먹을 들어 바위를 쳤다. 바위는 멀쩡하고 황상의 주먹에서 피가 흘렀다. 미아가 황급히 치맛자락을 찢어 피 흐르는 손을 감아주었다. 황상은 자신의 운명을 받아들이듯 미아의 운명을 삼킬 수가 없었다. 스스로의 운명에 대해 단지 세상의 한 조각에 불과하다는 것을 간신히 머리로 끄덕여 납득했으나 미아에 대해서는 검고 크고 날카로운 것이 심장을 찌르는 듯싶었다. 검은 무게가 온몸을 누르고 목을 졸랐다. 빽빽하게 꽂힌 못 위를 걷는 듯이. 존재 전체를 찢기는 듯 고통스러웠다.

"돌아오면 혼인하자."

황상은 맹렬하고 살기 오른 맹수의 표정이었다.

"사흘 후에 주교사에 소속된 대나무 수송선이 서울로 떠나니 그 조세만 전달하는 대로 돌아와 바로 혼례를 올리자꾸나."

"하지만 김생원은 어쩌고요."

"나는 아전이다. 내 아비도 강진 수령의 총애를 받는 아전이다. 임기만 채우면 떠나는 강진 현감은 내 아비를 함부로 하지 못한다. 김생원이 제법 세가 있는 자라 하나 고을 수령만 하겠느냐. 수령을 이용하여 김생원을 압박할 것이나. 김생원이 힘으로 너를 취하려 드니 우리도 그 힘을 이용해 그자를 벌주면 될 일이다."

 남녘 땅엔 양반 위에 아전이 올라앉은 지 오래다. 아. 아. 이 사내. 스스로 가진 것을 힘이라 여기고 그것을 쓰려 하는구나. 쓰린 운명이었던 것을, 생을 체념하게 만든 족쇄인 그것을 나를 위해 사용하겠구나. 천한 어미 배를 빌려 나온 계집으로 할 수 있는 것은 없다. 김생원의 몸을 받지 않는다면 강상죄에 걸릴 것을 알았다. 한낱 가난한 곁기로 뼈가 부서지고 살이 찢겨 마지막 숨을 빼앗길 수도 있는 일이다. 힘 있는 남자의 소유가 되는 것이 모든 여자의 운명이다. 여자는 남자의 소유가 되기 위해 말하고 행동하고 교육받는다. 귀머거리 세상에 부당하다 여기는 속내 따위는 벌레만도 못한 쓸모없는 것이다.

 이 사내라면 기대고 살아도 좋을 것인가. 이 사내와 함께 정을 쌓으며 살다보면 세상이 어찌 돌아가는지 따위는 알 바 아니지 않은가. 황상을 보는 미아의 얼굴이 눈물졌다. 그래. 그러자. 아니라면 천것 어미의 가랑이를 벌리고 나온 죄로 제 가랑이 벌려 늙은이를 감당해야 할 운명이지 않은가.

"차라리 잘되었다."
"무엇이요?"
"오랜 꿈이었구나."
"무엇이 말이어요?"
"너 말이다."

 황상이 빙그레 웃었다. 방금 서로를 확인한 두 사람이었다. 서로 희롱함이 감정을 북돋운다는 사실은 배우지 않았어도 알았다.

어떤 이치로 그런 것인지 알지 못했으나 그런 감각은 공이 튀어오르듯 재빨랐다. 숲의 깊은 속살이 향기로웠다. 태양빛이 하얗고 눈부시게 두 사람의 등에 달라붙었다. 자귀나무 꽃잎이 떨어졌다. 짧은 분홍 실로 엮은 부챗살 같았다. 활짝 벌어졌던 수술의 끝이 붉었다. 붉은 것은 꽃잎뿐이 아니었다. 골짜기에 햇빛에 녹은 여름이 넘쳤다.

흐르는 물소리 옆에서, 두 사람은 서로 떨었다. 뜨거운 태양이 세상을 하얗게 지워 두 사람에게는 두 사람만 있었다. 풀잎이 보드라운 데를 골랐다. 자귀나무가 그늘로 품어주었다. 땀 냄새가 났다. 두 사람은 서로의 땀 냄새를 깊숙이 맡았다. 황상이 떨면서 미아의 저고리를 벗겨낼 때 저고리는 땀으로 눅진했다. 황상이 미아의 겨드랑 냄새를 맡았다. 검은 털가닥들은 달큰하고 시큼했다. 황상은 그것이 겨울의 차 꽃 향이 아닐까 싶었다. 마침내 황상이 미아의 몸속으로 자신을 밀고 들어왔을 때 미아는 숨을 멈추었다. 잠시 아팠고 몸은 곧 아득하게 열렸다. 서로의 안에서 서로 멀어졌다, 당겨졌다, 또 다시 아득하게 멀어졌다. 그리고 다시 되돌아왔다. 서로의 다리 사이, 짙은 그늘을 헤치고 더욱 파고들고 더욱 끌어안았다. 그 안은, 풍요롭고 뜨겁고 출렁거렸다. 서로를 느껴 눈으로, 입으로, 몸에 달린 것으로 빨고 삼키었다.

미아가 손톱을 세워 황상의 등줄기에 박아 넣었다. 저절로 그렇게 되었다. 아. 아. 맨 처음 가슴의 몽우리로 인해 뭉근한 통증이 시작되었을 때, 젖꼭지가 점차 짙은 분홍으로 부풀어 오르면서 날카로운 아픔이 느껴졌을 때, 가시 돋친 장미의 선연한 붉은 색으로 첫 월경이 미아에게 찾아들어 낯선 고통으로 밤새 몸을 뒤척였을 때. 그 모든 때들이 지금의 기쁨을 위해 예비되었던 것이었음을 미아는 깨달았다.

"탐진강이 보이는 곳에 살면 어떠하겠느냐? 먼 데 누운 금사봉은 아침마다 해를 낳고 겨울이면 철새가 오고 해월루, 초당이 멀지 않아 언제라도 스승님을 뵈올 수 있는 곳 말이다."

자귀나무에 앉았던 물총새가 유선형으로 날아가며 울었다. 유선형의 궤적을 남기고 사라지는 물총새를 올려다보며 황상이 말했다.

"좋지요."

미아가 황상의 품속에 웅크려 파고들었다.

"한 번 돌고 두 번 돌고 또다시 도는 그런 산모롱이를 지나 제비둥지만 한 조그만 집을 짓고 생대나무 잎으로 울타리 삼고 댓잎으로 지붕 엮고 덤불 걷어 황량한 땅을 가꾸면서 살면 말이다."

"그 또한 좋지요."

어느새 햇살이 사위어갔다.

"뽕나무와 대나무가 서로 비추고 방에 들면 훈훈한 온기 가득해 언제나 미소로 서로를 쓰다듬으면 산 아래 마을엔 하얀 연기 올라 푸른 산들을 끌고 달릴 것이다."

"집 뒤 언덕 상수리나무에 산 꿩이 울어대는 곳, 물을 얻고 바람은 간직하는 터를 잡아 살아요. 처마의 제비는 꽃잎을 차고 오르고 산새는 꽃잎을 물고 날겠지요. 조각 뜰에 지는 꽃을 쓸지 않을 것이어요."

공중의 해여. 조금만 더디게 지나가 주기를. 서툴고 섣부른 약속의 말들이 조급했다.

"절망의 하늘에 별빛 멀어도 가꾸지 않아도 저절로 크는 나무를 보면서 노래를 부를 거예요."

"폐의파립에 소나무 껍질로 배 채우고 명절에도 처마 끝 말코지에 고기 걸어둘 수 없어도 상관없다. 흙탕물에서 써래를 잡고 멍에를 끌고 거머리가 온몸을 빨아도 괜찮다. 갈댓잎 같은 조각배 한 척으로 천길만길 깊은 물속 덤벼들어 만경창파 헤치면서 물고기도 잡아올 것이다."

"고래 같은 파도에 오라버니가 무사하길 빌며 기다릴 거예요. 한나절이 안 지나도 달포해포 기다린 듯 간절할 거예요."

서로 만 년 만에 만난 듯 사무쳤다.

"좋은 세상이 과연 있는지, 있다면 어디 있는지, 언젠가 오기는 하는 건지 알 수 없으나 내겐 네가 있는 세상이 좋은 세상이다."

만덕산의 실안개가 산허리로 돌고 있었다. 마침내, 해가 지고 멀리서 흐리게 달이 올랐다.

강물은 돌고 돌아 바다로 나가지
이내 몸은 돌고 돌아 어디로 가나

황상이 돌아오지 않고 있었다.

허리에 돈주머니 찬 유건창은 밖으로 돌았다. 막례는 밤낮으로 이불을 시쳤다. 딸년이 서방님과 함께 덮을 것이니 직접 만들어 줘야 하는 법이라고 말했다. 완성되어 가는 원앙금침을 보며 막례는 눈물을 흘렸다. 쩍쩍 갈라져 때 낀 손으로 이불을 쓸었다. 차갑고 미끄러운 비단 이불에 볼을 부볐다. 딸년은 비단 이불 덮고 살면서 작은 마님 소릴 들을 것인가. 살다보면 사내가 젊은가 늙은가, 정이 통하는가 밤마다 끔찍한가는 없어지고 항라치마 입고 앉아 시중 받으며 사는 생이 훨씬 더 믿음직스럽다는 걸 알게 될 것인가.

미아가 쪼그리고 앉아 원앙을 보았다. 기약한 날이 한참 지났어도 황상은 아직 돌아오지 않고 있었다. 밤에 미아는 골목에 나와 담에 기대 웅크리고 한숨지었다. 가냘픈 어깨가 어둠 속에서 떨렸다. 숲속의 깊고 긴 맹세들이 어둠 속에서 멀어졌다. 다만 한 사내의 언약에 매달려 있는 생이라는 사실이 서러웠다.

"장터에 나가보자."

밝은 날 막례가 미아에게 말했다. 막례는 딸년이 늙은이에게 가야 하는 사실로 서러운 줄 알았다. 제 마음과 뜻과 상관없이 끝내야 하는 청춘 때문에 서러운 줄 알았다. 딸년이 뱃속에 들어서 제 발로 유씨 집안으로 들어왔을 때 막례가 그랬다. 좋은지 싫은지 따질 수 없었다. 그래야만 하는 것이어서 그리했는데, 스스로 그리할 수밖에 없다는 사실이 서러웠다. 유씨 집안 씨를 배고 들어와 이 집에서 가장 낮아졌다. 그것이 또한 서러웠다.

모든 일을 감당하면서도 퉁명스러운 대꾸를 듣고 원하는 것 한 가지도 먹을 수 없고 개성은 짓밟히고 정체성은 무시당했다. 그리 살다 보니 스스로 무엇을 좋아하고 어떤 사람이었던가 잊었다. 애초에 그런 것이 있었던가, 이제 떠오르지 않았다. 낮은 것이란 그런 거다. 잊혀지고 무뎌지고 잃지 말아야 할 것들을 잃고도 팔자려니, 스스로를 원망하는 것 말고는 할 수 있는 것이 없는 것이다. 그러니 딸년이라도 김생원에게 가면 다르지 않겠는가. 다만 한 사내만 받들면 그 사내의 품안에서 원하는 대로 살 수 있지 않겠는가.

"방구석에만 있지 말고 바람이라도 쏘일 겸."

장에 나가 딸년에게 입힐 녹의홍상 비단 옷감을 살 요량이었다. 미아가 대꾸 없이 따라나서 막례는 속으로 놀랐다. 김생원이든지 황상이든지, 늙은이거나 젊은 사내거나 간에, 미아는 조만간 이 집을 떠나야 할 처지다. 어미와 함께 길을 걸어 장에 나가는 일 또한 마지막이 될 터였다. 그것이 미아가 막례를 뒤따른 이유였다. 딸년이 사내의 알몸을 받아 뒹굴 이불을 밤새 벌건 눈으로 시치는 늙은 어미가 아니던가. 어미 된 자의 심정을 다 알 수는 없겠으나 미아는 다만 막례가 딸년의 혼수를 준비하면서 한숨 짓고 눈물 흘리는 걸 알았다.

그렇게 나선 길은 익숙한 길이었으나 마지막 길이기도 했다. 걸음마다 들판과 갯가 마을의 구석구석이 마음속에 퍼졌다. 염천 지절의 아지랑이 황톳길이 먼 바다와 봉우리들을 옆에 끼고 구불구불하게 흘러갔다. 좁은 길. 좁은 세상이 답답해서 만덕산 봉우리에 올라 강진만을 내려다보곤 했었다. 강진만은 멀리 구강포를 따라 강물이 합쳐져서 순하게 바다로 흘러 너른 세상으로 퍼져갔다. 철썩이는 파도를 넘어가면 바다 건너에 새로운 세상이 있을 것인가. 황상은 떠났으니, 다시 돌아오지 않을 것인가. 황상이 아니라면 이제 나의 세상은 깨어지는 것인가. 오직 나의 세상은 황상에게 매달려 있는 것인가. 먼지가 되어 황톳길에 부서지는 기분이었다.

거지들이 길에 누워 지나는 발들을 붙잡았다. 허기로 손이 떨려 붙잡는 힘이 허술했다. 손 뻗을 기운이 없는 거지는 빈 바가지를 베고 길에 누워 잤다. 배가 고프면 숨이 차 헛배 불러 불룩한 배가 헐떡거렸다. 배고픔이 사람 위에 올라탄다. 거지들은 겹쳐진 기와 처마 아래 모여 닫힌 문을 종일 보았다. 저무는 해가 빛을 걷어가고 양반집 저녁 식사가 끝나면 솟을대문이 열리고 음식 찌꺼기와 쓰레기가 담긴 망태기가 나왔다. 사람의 뱃속이 비면 사람은 오직 빈 뱃속만 남는다. 거지들이 서로 망태기를 차지하려고 싸웠다.

배고픔이 만든 분노는 힘이 세서 헐거운 주먹질에도 이빨이 나갔다. 때리는 거지가 한마디 말도 없이 망태기를 움켜쥔 거지의 입을 쳤다. 맞은 거지가 말없이 침을 뱉으니 이가 두 개 떨어졌다. 덜미를 움켜쥐고 머리를 흙바닥에 처박으면 입과 코에서 부글부글 진흙거품이 올라왔다. 침과 흙과 피가 섞인 거품을 꾸르륵 소리 내며 줄줄 흘렸다. 맞은 거지는 똥오줌을 지렸다. 배고픔이 이성을 삼켰다.

때린 거지의 손끝이 허기로 떨렸다. 맞은 거지가 피고름을 흘리며 눈에 보이는 모든 것들을 주워 먹었다. 풀잎과 뿌리와 땅을 파서 나온 벌레들과 기와집 처마 밑에 흩어진 개의 똥을 먹었다. 망태기를 차지한 거지는 등 돌려 웅크리고 찌꺼기를 오래 핥아 먹었다. 한입씩 먹을 때마다 침을 삼키며 먹었는데 먹을 때마다 침을 삼키면 더 오래 먹을 수 있었다. 배고픔은 발작을 일으키듯 빨리 자라나, 하루 전에 먹은 음식 찌꺼기로 오늘의 배고픔을 달랠 수가 없다. 뼈와 가죽과 배고픔만 남은 거지들은 먼 데서 불어오는 바닷바람의 짠내를 삼키려 공중을 향해 빈 입을 쩍쩍 벌렸다.

누군가의 아이였던 거지들은, 다만 걸식하는 유민으로 길마다 흘러 다녔다. 아직 개가 남아 있을 때 개를 잡아먹었고 개가 없어지면 고양이와 쥐를 잡아먹었다. 골목마다 피떡이 뭉개진 털뭉치 위로 파리떼가 엉겨 구더기가 끓었다. 해가 저물기 시작하면 해풍의 짠내가 피 냄새를 밀어내며 콧구멍으로 흘러들었다. 노을빛이 내리면 때린 거지와 맞은 거지가 서로 엉겨 서로 깔고 서로 베고 누웠다. 배고픔이 아무리 애를 써도 매번 찾아오듯, 외로움도 그랬다. 어쩌다 땅에 떨어진 과일 열매를 찾으면 서로 돌아가며 세 번씩 빨았다. 열매는 돌처럼 딱딱했는데 오래 침을 묻혀서 빨면 살구나 자두 맛이 났고 대장 거지가 마지막에 남은 씨까지 씹어 먹었다.

앉은 두피에 저마다 고름꽃이 피었다. 이를 잡기 시작하면 곧 온몸이 근질거렸다. 머리카락과 눈썹과 겨드랑이에 손을 뻗어 긁었고 사타구니에 손을 넣어 긁었다. 긁을 때는 자기 몸을 자기가 긁었지만 이를 잡을 때는 서로의 이를 잡았다. 일찍 잠들어야 덜 배고팠지만 이 때문에 쉽게 잠들지 못했다. 두피에 박혀 있는 이를 머리카락을 타고 쭉 뽑아내 양쪽 손톱 끝으로 누르면 틱 소리를 내며 몸통이 터져 죽었다. 오래 산 이는 통통한 배에서 빨아먹은 피를 쭉 뿜어냈다. 서캐는 투명하고 작은 씨앗처럼 늘러붙어 있어 참빗 같은 것으로 빗어 털어내야 했지만 참빗이 있을 리 없으므로 날마다 이를 잡아도 날마다 더욱 이가 많아졌다. 누군가 녹슨 가위라도 훔쳐오는 날이면 서로 온몸의 털을 잘라주었다. 뼈와 가죽만 남아 비루먹은 몸뚱이는 몸이랄 것이 없어도 사타구니 털을 자를 때는 여자들은 여자들을, 남자들은 남자들의 털을 서로 잘랐다. 살이 빠져 뼈가 쇠처럼 무거워진 사람이 찜통 같은 더위 속에 허기로 말없이 누워 있으면, 하늘이 조용한 산하를 투명하게 비췄다. 움직이는 건 이뿐이었다. 이는 몇 시간이고 실컷 피를 빨며 정수리부터 음모 속까지 불량한 몸뚱어리 위를 기어

다녔다. 몸이 가려워 몸을 뒤척이면 헐거운 뼈가 덜그럭거렸다.

미아는 동리에서 머릿니가 없는 유일한 아이였다. 다른 집 어린것들은 빈대가 터져 핏자국이 더러운 베갯잇에 기름이 떡진 머리를 대고 누웠다. 미아는 새로 빨아 햇볕에 말려 새물내가 나는 베개를 벴고 겨울에는 가마솥에 데운 물로 씻었다. 막례가 때 끼고 거친 손끝으로 미아의 머리칼을 빗어 윤을 냈고 방 안쪽 횃대에 속곳을 날마다 빨아 널었다.

유년의 가장 강렬한 냄새는 막례가 만들어준 무명천의 헝겊인형에서 나는 냄새였다. 마당의 모래더미 위에 앉아 놀 때면 하늘의 햇살이 손때 묻은 인형에 스며 냄새는 달큰하고 시큰하고 주위와 조화로웠다. 막례는 이제 곧 새 인형을 만들어주마며 산에서 잡아온 지네를 손질했다. 생지네를 넣어 술을 담갔는데 처음에는 독으로 푸르다가 시간이 독기를 앗아가면 점점 누른색으로 변했다. 지네 술은 허리 아플 때나 통증에 특효였다. 대꼬챙이에 걸어 햇빛에 널어두면 또한 시간이 지네의 숨과 수분을 앗아가고 약성만 남겨 백 마리씩 묶어 팔기에 좋았다. 막례가 지네 술과 지네 묶음을 팔러 장터에 갈 때 미아는 포대기로 헝겊인형을 등에 업고 막례의 치마꼬리를 붙잡아 따라나섰다. 그 꼴이 우스워 막례가 웃었다. 저녁에는 꼭 새 인형을 만들어주마. 막례가 그렇게 말하면 새 인형이 없는데도 거기 새 인형이 있는 것처럼 미아는 햇빛을 받은 길 위에서 풀썩거렸다. 길에 햇빛이 닿으면 길이 아니라 햇빛이 흘렀다. 그렇게 막례는 늙고 미아는 자랐다.

미아가 어미를 보았나. 어미 덕분에 지탱해온 생이다. 새삼스러웠다. 머리는 빛에 바래 버석거리고 얼굴은 그을어 검고 거칠다. 낮에는 땅에서 갈고 심고 뽑고 기르고 아침저녁으로는 부엌에서 일하다 늙은 세월이다. 시간에 따라 어미는 또다시 갈고 심고 뽑고 기르며 땀 흘릴 때까지 일하고, 허리가 굳을 때까지 땀 흘리고 자리에 쓰러질 때까지 노동하다, 흙 때 낀 손톱이 빠지고 손가락이 굽어 꾸부러진 채 죽을 것이다.

노동이 무슨 소용인가. 기댈 희망이 없으므로 차라리 슬픔도 없을 것인가. 치유책이 없을 때는 슬픔도 견디다 못해 저절로 끝날 것인가. 어미의 생이 딸년의 명치끝에서 버석거렸다. 입속에 든 말들과 가슴속의 슬픔이 부서졌다. 김생원에게 간다면 늙은 부모는 허연 머리에 젓가락 들고 남이 차려주는 밥상을 받으며 남은 생을 기꺼워할 것인가. 어미는 기와 얹은 작은 집 마루에 앉아 문밖 먼 길을 생전 처음인 듯 바라볼 수 있을 것인가.

일구이과(一口二戈).

어지러웠다. 시장 입구에 사람들이 모여들어 걸음을 나아가기 어려웠다. 대나무 장대에 종이끈으로 한 자 남짓한 흰 명주 천이 꿰어 매달렸다. 거기 적힌 네 글자. 무엇인지 알았다. 나라 곳곳에 이런 깃발이 내걸린다 들었다. 한 일(一)자는 크다는 뜻, 큰 입 구(口)는 나라 국(國)자의 고자이고, 창 과(戈)를 두 개 겹친 해칠 잔(戔)은 잔(殘)과 같은 의미로 무너진다는 뜻이다. 국잔의 파자로 나라가 망한다는 참언이었다. 명주 가운데 쓰기를, 문무의 재예가 있어도 권세가 없어 실업한 자는 나의 고취에 응하고 나의 창의에 따르라. 정승이 될 재목이면 정승을 시키고 장군이 될 기질이면 장수를 시킬 것이며 가난한 자는 풍족하게 해주고 두려워하는 자는 숨겨준다고 했다.

"가자."

막례가 인파를 헤집어 나아갔다. 장대 앞에서 서성대다가는 포도청에 끌려갈 수 있었다. 매를 든 집사장령이 하루 두어 번 출몰해 아무나 십여 명을 끌어갔다. 모여서 무엇을 수군댔느냐고 매질했고, 들은 자를 대지 않으면 더욱 맞았고, 들은 자를 대면 그 자에게 전한 이들 또한 끌려와 물고 당했다. 시장에 있으나 없으나 실은, 그 얘기만 했다. 양반가 겹쳐진 처마 아래 사랑방에서도 좋은 술이 돌 때 안줏감은 늘 그 얘기였다.

장터에 나간 사람들이 장터에 있었다는 까닭으로 형틀에 묶여 요언을 퍼트린 죄인이 되었다. 아무리 잡아다 매질 해도 요언은 태산처럼 커져 열 사람이 매 맞으면 그 다음날 백 사람이 귓속말로 요언을 주고받았다. 매 맞는 백성의 수가 늘어나는 것은 눈에 보였으나, 참설이 퍼지는 속도는 바람 위에 올라탄 말과 같고 물 위를 나는 새와 같아 산맥과 바다를 거뜬하게 타고 넘었다. 매 맞는 백성이 형틀 위에서 목이 꺾이고 뼈가 부서져 죽음의 절벽으로 내몰릴 때도 참설은 인간의 생과 죽음을 뛰어넘어 온 나라 가득 팽팽하게 퍼졌다.

참설의 말은 형체도 없고 기록도 없어 세간을 뒤져도 나오지 않았다. 그래서 매를 때려 자백을 받아내면 죄의 증명이 되었으므로 포도청은 매질에 열중했다. 나라는 무엇을 위해 백성을 묶고 때리고 형벌을 매기는가. 막을 수 없는 것을 나라가 수직의 질서로 만든 죄에 씌워 막을 수 있을 것인가. 불온한 자들을 색출해 기강을 바로잡고 아름다운 풍속을 유지하기 위함이라고, 포도청 대장이 단 위에서 매 맞는 백성들을 내려다보면서 호령했다.

유례없는 기근과 전염병으로 서울에 도적과 거지 떼가 끓었고 제주도의 토호 양제해(梁濟海)와 용인의 이응길(李應吉)이 민란을 일으켰다. 유칠재(柳七在), 홍찬모(洪燦謨) 등의 흉서사건, 액예(掖隸)와 원예(院隸)의 작당 모반운동, 청주에서 괘서사건이 일어났으며, 서부지방에 전염병이 크게 번져 십만여 명이 목숨을 잃었다. 큰 흉년이 들어 천리가 적지가 되었다. 굶주린 백성 수가 팔백 만에 육박했다. 비기(秘記)와 참설(讖說)이 유행했다.

참설에, 백성들이 달아나 숨으니 삼강이 없어져 끊어졌네. 하늘의 재앙이 혹독하니 벌레의 독을 무엇이라 말하리. 부자가 먼저 죽으니 아무리 뉘우쳐도 미치지 못하리. 우물 가운데 물이 연하여 자미(紫薇, 백일홍)에 저녁 무지개가 떴네. 나라에 변괴가 있어 상사가 참혹하리니 군사조짐이 불과 같고, 주려서 서로 잡아먹어 저마다 서로 짓밟으리. 사람의 목숨을 해치니 산 자가 몇이나 되랴. 또다시 흉년이 들어 쌓인 시체가 구렁을 메우네. 벼락같은 화운(火運)이 북을 치고 함성을 지르네. 바람과 구름이 어두우니 장차 다시 어찌한단 말인가….

누런 안개와 검은 구름이 사흘 동안 움직이지 않아 냇물이 마르고 산이 무너질 것이다. 9년에 걸친 흉년, 7년간의 수재(水災), 3년 동안의 역질이 닥칠 것이다. 열 중 한 집만 살게 될 것이다. 가뭄과 흉년 돌림병일 것이다….

 원숭이해 봄 3월과 성스러운 임금이 다스리는 가을 8월, 인천과 부평에는 밤중에 배 천 척이 들어와 안성과 죽산에 시체가 산처럼 쌓일 것이다. 여주와 광주에는 인적이 영영 끊기고 수원과 남양에는 피가 흘러 냇물을 이루리라. 한강 이남 백리에 닭 우는 소리와 개 짖는 소리가 끊어지고 인적도 영영 사라질 것이다. 그해 여름 복중 얼음 우박이 쏟아지고 큰물이 지고 굶어 죽은 송장이 산처럼 쌓이고 비석이 피를 흘릴 것이다….

 백성들은 공포에 떨었다. 기댈 곳이 필요했다.

 나라를 다시 세울 진인이 제주 칠백 개 섬 가운데 숨어 때를 기다린다. 그들은 선악적(善惡籍)을 만들어 백성을 괴롭힌 양반들의 악행을 기록한다. 진인의 상벌이 현세에서 시행된다. 놀고먹는 양반은 생지옥에 빠져 허우적거릴 것이며, 여러 대를 두고 내려오던 양반은 상사람이 되고 상사람은 오히려 양반이 된다….

 나라가 참언(讖言)을 금했어도 백성들은 난세의 나침반이 필요했다. 그것은 무고하게 끌려가 매질 당하고 생이 꺾이는 백성들의 유일한 희망을 퍼 담은 밥사발이었다. 사람은 목구멍으로 들어가는 밥만으로 사는 게 아니다. 사람은 마음에도 밥이 필요해서 내일을 또 살아갈 수 있으리라는 무의미한 기대가 오늘의 매를 견딜 수 있게 한다. 그것이 참언이 퍼진 까닭이었다. 시장에서 사람들은 웅크리고 눈치보고 주고받는 귓속말이 들릴락말락했다.

 "가자니까."

 막례가 채근했다. 밀리서 비명 소리가 들렸다.

"뒤돌아보지 마라."

막례가 미아의 겨드랑에 팔을 끼고 처마 밑에 붙어 벽을 보고 숨었다.

황상이 돌아오지 않고 있었다. 무력한 기다림이었다. 기다림이란 원래 무력한 것인지, 처지가 무력해서 기다리는 것밖에 할 수 없는 것인지 또렷하지 않았다. 기다리는 자에게 시간은 한정없이 늘어났다. 깊은 밤이 되어도 심장은 잠들지 못하고 막막했다. 그 막막함을 끌어안고 버티는 시간이 기다림이었다.

완성된 원앙금침과 녹의홍상이 윗목에 가지런했다. 그것을 보는 막례의 낯빛이 기뻤다, 슬펐다, 한숨 쉬었다. 죽어서나 두고 간 딸년의 꿈에 꽃길을 걷던 어미가 자꾸만 생각났다. 또한 스스로도 죽어서나 딸년의 꿈에 나오려나. 딸년에게 팔자를 대물림하기 싫은 어미의 심정을 딸년은 알 것인가.

다 알지 못했다. 어미가 되어 보지 못했으므로 그럴 수는 없었다. 다만 미아는 짐작할 수 있었다. 세상이 험하고 팔자가 드셀수록 믿을 수 있는 것이 무엇인지에 대해 생각했다. 현실과 삶이 무서우므로. 막례를 봤으니까. 가난한 천것의 삶이 뭔지 아니까. 영악하게 생각해보자. 아전이라 하나 황상은 제 안의 다짐과 타고난 성품으로 끝내 가난할 것이다. 웃전에게 변변치 못한 부하일 것이며 백성들에게는 다른 웃전들에게 돌아갈 분노와 증오가 겹쳐 쌓일 것이다. 세상의 죄를 스스로의 것인 양 섣불리 감당하려 들 것이다. 그의 아내로서의 생은 어떨 것인가.

미아는 김생원을 택하는 쪽을 생각해보았다. 김생원이 살날은 많지 않고 돈은 많아 디딤돌로 좋을 것이다. 이 나라에서 여자의 삶은 한 남자의 아내이거나, 혹은 그렇지 못하거나 둘 중 하나다. 다르게 살고 싶다면 남자를 디뎌야 한다. 그리고 발돋움할 수밖에. 어린 속살을 열어 안기면 재산 한 귀퉁이 얻어내는 것은 쉬울 것이다. 시간을 견디다 김생원이 죽으면 자유가 된다. 혼자이고 돈 있는 여자가 된다. 그러면 하고 싶은 걸 할 수 있게 된다.

그 편이 낫지 않을까. 마음에 깊은 미련 하나 갖고 사는 것도 괜찮겠지. 슬픔의 색깔로 물든 마음을 오랫동안 붙잡고 있으면 그것이 생을 지탱해줄 수도 있겠지. 그것은 무쇠처럼 무겁고 강렬할 것이다. 비가 오면 빗속에서 그 짙은 쇠 냄새를 맡으며 몸속으로 스며드는 비를 따라 울 수도 있을 것이다. 오랜 시간이 지나도 울 수 있는 그 마음이 생을 끌어가는 힘이 될 것이다.

장사를 해보면 어떨까. 천민 출신 여자가 할 수 있는 것을 할 것이다. 강진만 너머 차진 갯벌 뒤로 봉황마을에선 옹기를 굽는다. 온 마을이 옹기를 구워 그 가마만 수십여 개에 옹기를 운반하기 편한 뱃길이 강진만으로 바로 열려 옹기를 실어 나르는 풍선(風船)이 오십여 척에 이른다. 이 배가 옹기를 싣고 돛을 펼치면 바람을 타고 남으로는 거문도와 제주도로, 동서해안을 거슬러 서울과 강릉까지 간다. 우물 속 같은 갯가마을을 넘어서서 온 나라 어디든 갈 수 있다.

배를 사고 옹기가마터를 사자. 옹기란, 무언가를 담고 저장하고 숙성하여 삶을 이어가게 하는 물건이다. 여자들의 물건이다.

어찌하면 여자들의 노동을 줄일 수 있는 옹기를 만들 것인가. 미아의 마음속에서 가난한 아전의 아내로 평생 사는 것과 부자 양반의 첩으로 살다 홀로 우뚝 서는 것이 나란히 펼쳐졌다가 서로 다투었다. 사랑과 현실, 그 두 가지 중 어느 쪽이 버린다고 버려질 것인가. 미아는 사람이 살아가는 사람의 길 위에서 한 발짝도 움직이지 못했다.

말에 짐을 실어 보낸 뒤로 김생원 측에서 연통이 없었다.
"새 살림 준비가 잘 되는지 궁금하지도 않나."
"김생원 나리가 이런 사소한 일까지 신경 쓸 틈이 있겠나? 아무튼 아녀자의 좁은 소견하고는."
"영감은 딸년이 사랑 받고 살 것인지 안 궁금하오? 들이기 전부터 이리 소홀하면 저 불쌍한 것 외로워 어찌 사오?"
유건창이 새로 장만한 백동연죽을 재떨이에 내리쳤다. 은빛의 백동 장죽은 사들이자마자 한시도 떼어놓지 않는 물건이 되었다.
"계시오?"
김생원 집 늙은 마름의 목소리였다.
"그러면 그렇지."
유건창이 사립 밖으로 나가 마름을 맞았다. 마름의 낯빛이 초췌하고 허술했다. 마름이 전한 소식에 유건창이 주저앉았다. 노모의 장례를 치른 뒤부터 김생원이 시름시름 앓았다는 것, 처음엔 고뿔인 줄 알았으나 기어이 역병이었다는 것, 낮과 밤을 가리지 않고 물똥을 싸고 토악질을 하다 며칠 전에 피를 토하고 죽었다는 것. 미아에 대해서는 따로 분부를 남기지 않았다는 것.

"이미 그 집으로 들어갈 거라는 걸 온 동리가 다 아는데 그럼 내 딸년은 어쩐단 말이오?"

막례가 맨발로 뛰쳐나와 마름의 옷자락을 붙들고 울었다.

"남의 집 첩으로 들어가려던 딸년, 어떤 사내가 다시 맞아들인단 말이오?"

누런 버선이 흙바닥을 쓸었다. 막례는 오랜만에 울었다. 오랜만에 우는데도 계속 울어온 것처럼 울음은 쏟아졌다. 우는 막례가 주저앉아 마름의 가랑이를 붙잡았다. 위로 치켜 올려진 겨드랑 사이로 때 끼고 주름진 살이 늘어졌다.

"김생원 나리가 보내왔던 것들은 어찌오? 설마 다시 원래대로 보내야 한단 말이오?"

유건창이 셈을 따져 물었다.

"남은 대로만 돌려보내면 될 것이오. 이미 여러 날이 지났고 살림 준비를 하느라 약간씩 헐었을 터이니 원래대로 내놓으라곤 하지 않으리다."

마름은 특별히 인정을 베푸는 것이란 말을 여러 차례 하고 돈과 비단 등속을 챙겨 돌아갔다. 신시 무렵 기울어진 갓을 꺼내 쓰고 낡은 두루마기를 챙겨 입은 유건창이 남은 돈을 털어 나귀를 세내어 타고 김생원 집으로 문상 갔다. 사위자리가 되기로 약속했던 의리가 있으니 조의를 표하는 것이 양반된 도리라고 말했다. 마름이 남은 것을 모두 거두어가 당장 집 안에 내일 끼니를 알 수 없었다.

정혼자가 죽으면 수절하는 것이 여자의 법도였다. 정혼자가 죽은 여자는 처녀로 죽어야 했다. 그것이 물이 아래로 흐르듯, 자연스럽고 아름다운 풍속이라고 여자에게 강요했다. 양반 꼬리의 첩으로 들어가려던 것이 무슨 정혼이냐며, 막례가 유건창에게 대들었다. 유건창이 장죽을 휘두르고 눈을 부라렸다. 김생원이 죽었다 하여 미아는 더 묻지 않았다. 김생원이 죽었으므로 황상이 돌아오는 대로 혼인하면 될 터였으나 완전하게 기껍지 않았다. 마음으로 이미 다른 길을 탐하지 않았던가. 김생원이 죽지 않았을 때 마음의 혼란은 막막한 기다림을 견디는 방편으로서 기능했으나, 김생원이 죽고 나니 황상에게 마음의 죄가 되었다.

덕선을 찾아가려고 나섰다. 마음이 심란했고 한동안 덕선이 어찌 지내는지 들여다보지 못했다. 말린 바지락과 겉보리 한 줌을 챙겼다. 덕선을 강간해 임신시킨 이만종이 책임질 리 만무했다. 제 몸을 간수하지 못하고 처녀가 애를 밴 것은 모두 여자의 죄였다. 사생아가 될 운명을 지고 뱃속에 들어앉은 핏덩이가 이제 덕선이 세상에 달라붙어 있는 이유가 되었다. 이만종의 본처를 찾아가 담판을 짓겠다는 무모함이 거기서 나왔다. 무서워서 겨우겨우 살아가던 덕선은 새끼를 품자 거칠 게 없었다. 막례도 그런 심정으로 유가네를 찾았을 것인가. 나 때문에. 여자의 생이란 새끼가 생기면 손아귀를 꽉 움켜쥐게 되는 것인가. 미아는 모성에 새겨진 억척스러움이 새삼스럽게 무서웠다.

귤동을 빠져나와 강진만을 지날 때 바람이 일고 해무가 닥쳤다. 파도가 솟구칠 때마다 물결이 쌓여 올라와 땅끝까지 쳐나가고, 후벼팔 듯 으르렁거렸다. 포구에 묶인 거룻배가 바람에 삐걱거리고 파도에 출렁거렸다. 바람에 따라 옅어졌다 짙어지는 저물녘 안개가 파도 소리를 제 속으로 감췄다. 덕선의 집 가까이 닿았을 무렵, 걷는 걸음이 안개 속에 풀어져 발자국이 지워졌다.

덕선의 집 앞에 사람들이 모여 웅성거렸다. 덕선의, 집 앞. 무언가 내려다보는 사람들. 마른벼락에 불꽃이 튀듯, 불길한 직감이 살처럼 심장에 꽂혔다. 뒤를 쫓기는 짐승처럼 뻘밭을 뛰었다. 미아가 사람들의 틈을 헤집었다. 손에 들렸던 바지락과 좁쌀이 진흙 속에 처박혔다. 덕선이 누워 있었다.

덕선이, 거기에, 더럽고 차갑고 검은 뻘에, 죽어서, 죽어서, 죽어서, 누워 있었다. 죽어서. 뱃속에 핏덩이를 품고, 죽어서. 눈이 까뒤집혀 허연 흰자위가 희번득거리면서, 죽어서. 죽음이 사슬처럼 죽은 덕선을 뻘밭에 묶어, 죽은 덕선이 뻘밭에 처박혀 있었다. 저무는 해가 노을빛을 뿌려 검정의 뻘밭에 죽어 누운 덕선이 발그레했다. 머리칼이 흩어져 산발로 얼굴에 엉겼고 목에는 삼으로 꼰 빨랫줄이 묶여 있었다. 짚세기도 신지 않은 맨발이 푸르게 부어 썩은 듯, 죽어서 더는 걸을 일도 없이 쓸모없는 발은 딱딱하게 굳었다.

젖은 무명치마 밑으로 불룩하게 솟은 배. 어미가 죽어, 새끼도 죽어, 더는 숨 쉬지 않는 배. 마디 마디 육천 마디, 뼛속까지 배겨든 슬픔과 원망조차 뒤로 물러나게 만든 것이 저 핏덩이였다. 팔열지옥 같은 세상의 발밑에 엎드려 살다, 바위 같은 세상에 덤벼들도록 다짐하게 하지 않았던가, 저 핏덩이가. 이유와 근거가 되었던 핏덩이를 뱃속에 품고 덕선이 죽었다니. 미아는 무릎 꿇었다. 탯줄로 이어져 서로의 까닭이던 두 생명이 한꺼번에 죽은 죽음 앞에 쓰러지듯 주저앉았다. 차갑고 더러운 흙물이 타고 올라왔다. 거적조차 덮지 않은 시신 앞에서 사람들이 혀를 찼다. 처녀가 애를 뱄으니 무슨 할 말이 있겠냐며 욕했다.

"목에 빨랫줄은 뭐래?"

누군가 의아해했다.

"목 매 죽으려고 하다가 물에 빠지는 게 낫다 싶었던 게지."

바다에도 섬이 있고 어둠에도 눈이 있는 법인데, 어찌 네가 이리 될 동안 아무도 돌아보지 않았단 말인가. 어디 사립문이 문기둥에 부딪히는 마른 소리가 났다. 무너질 듯, 바람이 비틀거렸다.

"어찌된 일인가요? 누가 좀 말해주세요."

미아가 아무데나 대고 소리쳤다.

"어찌되긴. 처녀가 애 밴 것이 창피해 죽은 게지. 내가 이만종 나으리 심부름으로 부르러 와보니 벌써 이리 뻗어 있더구먼. 에그, 흉악스러운 년 같으니. 처녀가 몸을 어찌 함부로 놀려, 놀리기를. 저 배 부른 것 좀 보라니까."

그 집 여종 노파가 혀를 찼다.

"계집이 그저 집 안에 웅크리고 음전히 살아야지. 다 익은 엉덩이를 흔들고 다니는데 어떤 사내가 그 꼴을 가만 두고 본다고."

비가 내리고 천둥이 쳤다. 벼락이 내리꽂혔다. 날이 저물었다. 빗줄기가 눈썹에 스쳐 붉게 물들었다. 죽어서 끝나버린, 두 목숨을 앞에 두고 미아가 노래 불렀다. 죽어서 쓸모없는 발에 얽힌 더러운 해초를 걷어내며 불렀다. 갓 죽은 죽음에게서 해초 썩은 비린내가 났다. 억울한 죽음의 넋을 쓰다듬듯 몸의 깊은 곳에서 뽑아 올린 노랫소리였다. 누구도 울어 주지 않는 죽음 앞에서, 미아는 스스로 곡비가 되었다.

> 강물은 돌고 돌아 바다로 나가지
> 이내 몸은 돌고 돌아 어디로 가나
> 잠든 처녀야 나를 좀 보아라
> 한 번 피지도 못하고 낙엽 되어 뿌리로 돌아가
> 너 죽어서 어디를 헤맨단 말인가
> 바람이 새로 생긴 무덤가 백양나무에 불면
> 지전을 살라 너의 혼을 부르리라
> 아스라이 북망산에 올라가면
> 망망한 구름 한 조각만 서쪽 하늘로 돌아간다
> 꽃은 말 못 해도 향기로 말하고 달은 입이 없어도 별빛을 빌리는데
> 어찌 입 달린 우리는 아무 말도 하지 못하는가
> 쑥대 같은 자취, 어느 산 어느 곳에 무덤을 만들까

넋걷이 노래에 물 빠진 갯벌 속으로 잠기듯, 해가 넘어갔다. 넘어가는 해와 오르는 달 사이로 붉은빛이 흘렀다. 빛을 받은 뻘이 숨구멍을 벌려 뻘게들이 쏟아졌다. 칠게와 말뚱게와 농게가 집게발을 들고 흐르듯 옆으로 걸어 뻘을 먹고 작은 동그라미를 토

해 쌓는 사이, 밤게는 저 혼자 앞으로 걸어 달빛을 좇았다. 물결이 만들어 굴곡진 뻘 무늬는 달빛을 품어 흰무늬 회색무늬로 서로 교차했다. 뻘을 가득 덮은 게들이 몸이 달아 달빛을 따라 난바다 쪽으로 몰려갔다가 다시 뭍을 향해 우르르 다가왔다. 물결의 무늬를 따라 게들은 높아졌다 낮아졌다 다시 높아져 한 방향으로 움직였는데, 그 무리 이동의 소리를 사람은 듣지 못했다.

게들은 갯벌에 죽어 누운 송장을 향해 행군했다. 게들은 죽음의 냄새를 맡을 수 있었고 자신들의 몸으로 송장을 덮을 수 있는 능력이 있었다. 가끔 죽어 물가로 떠밀려온 송장을 발견해 사람이 다가가면 송장의 모든 구멍에서 게들이 쏟아져 나와 갯벌을 가득 메우며 도망갔다. 게들이 눈자루를 세우고 사정거리 바깥에서 이쪽을 주시하고 있었다. 게들이 미아의 넋걷이 노래를 들었는지 여부는 알 수 없었다.

미아가 굳어가는 송장을 쓰다듬고 손잡았다. 목숨이 붙은 미아가 목숨이 떨어진 덕선을 보았다. 미아는 죽은 친구를 안고 울었다. 죽은 친구의 죽은 핏덩이가 억울하고 서러워 가슴을 치고 발로 뻘을 차며 울었다. 뻘은 사람의 울음에 익숙했으나, 죽음을 우는 사람의 울음은 매번 뻘과 하늘을 동시에 찢었다. 뻘밭에 주저앉아 우는 미아에게 검고 차고 찐득한 뻘이 올라붙었다.

올라붙은 뻘에 눈물이 섞여 눈물이 아니라 뻘이 흘렀다. 뻘은 제 몸에 닿는 것들을 제 몸으로 감싸는 능력이 있어 모든 색을 뻘의 검정으로 만들어 구분을 지우고 차이를 버려 멀리서 보면 누가 산목숨이고 누가 죽은 송장인지 구별되지 않았다. 뻘 안에서 미아는 죽은 덕선과 다르지 않았다. 세상에 위로가 없는 줄은 알았으나 덕선과 함께 있는 동안은 아이처럼 서로에게 등을 보였다. 손아귀의 힘을 빼고 우람한 나무 뒤에 숨은 듯 착각할 수 있었다. 작년 여름엔 함께 봉숭아물을 들였다. 붉은 꽃망울 따다 절구에 짓찧어 배춧잎으로 서로 손가락에 말아주었다. 그때 미아는 부러 스스로를 누르지 않았고 여전히 낮았지만 팽팽했다. 파란 바다를 보고 웃었는데 그 웃음소리는 공기와 소리가 충돌하듯 높이 튀어서 진하고 찬란했다.

…이게 뭐지?

죽은 덕선의 죽은 손톱 밑이 붉었다. 죽은 손가락을 들어올려 손톱 밑에 박힌 붉은 살점을 보았다. 남은 바람이 구름을 쓸어가 둥글게 오른 보름달 빛에 비쳤다. 죽은 자의 손톱 밑에 박힌 사람의 살점. 송장의 팔뚝을 걷고 치맛단을 올려 살폈다. 검고 깊고 푸른 멍들. 이것이 무엇인가. 아니다. 다시 묻자. 이것은 무엇을 말하는가. 무엇에 대한 증명인가.

무서운 짐작이 다가왔다. 덕선은 스스로 목숨을 끊지 않았다. 붉은 살점은 죽은 덕선의 것이 아니다. 애 밴 여자는 쉽게 죽지 못한다. 배가 불룩 솟아 뱃속을 쿵쿵 차는 태아를 안고 스스로 죽지 못한다. 뱃속에 든 것을 내놓고 그것이 숨을 쉬는 것을 눈으로 보고 죽을지언정 뱃속에 두고 죽지는 못한다. 여자라면 안다. 애를 배지 않은 처녀라도 아는 사실이다. 바로 그것이 여자다. 혹여… 이런 걸까. 누군가 빨랫줄로 덕선을 목 졸라 죽이고 물에 빠트려 자살로 위장했다. 목 졸릴 때 덕선이 그놈의 살점을 뜯어냈다. 그놈이 반항하는 덕선을 발로 차고 주먹으로 때려 멍들었다. 그럴 만한 까닭과 됨됨이를 가진 놈이라면 한 놈이 있다.

"이만종 나리가 오늘 집에 있었나요?"

이만종 집 노파는 돌아가고 없었다. 사람들을 헤치고 나아갔다. 둘러보고 살펴보았다. 눈물 얼룩진 눈이 살기에 육박하는 빛으로 또렷했다. 노파는 보이지 않았다. 발에 심장이 달린 듯, 발이 알아서 이만종의 집이 있는 탑동으로 향했다. 이만종의 손등에 뜯긴 자국만 확인하면 된다. 걸음으로 시작한 발은, 곧이어 뜀박질로 바꿔 내달렸다. 심장의 박동처럼 튀어오르는 발끝에서 다급한 떨림의 살의가 뼛속 깊숙한 곳으로 번져왔다.

뼛속 깊은 곳에서 이만종을 죽이고 싶었다. 외마디로 짖어대는 짐승 같은 비명이 환청으로 들렸다. 해가 넘어가고 바람이 몰려가버린 빈 갯벌에 미아의 발소리와 비명의 환청이 뒤섞여 달빛이 하얗게 질렸다. 피의 씻김과도 같은 비명의 환청이 미아의 발 끄덩이를 물고 놓지 않아 차갑고 슬픈 뻘밭에 처박았다. 검게 죽은 뻘에 주저앉았다. 넘어진 자리에서 심장이 차가워졌다.

양반 사내인 이만종을 천것 여종을 죽인 혐의로 형틀에 묶어, 때리고 비틀어, 살을 찢고 뼈를 부술 수 있을 것인가. 무력함이 차가워진 심장을 찢었다. 찢긴 심장이 검붉은 피를 흘리며 푸르게 멍들었다. 심장을 뜯어낼 듯, 미아가 앙가슴을 쥐어뜯었다. 아. 아. 모든 무력한 생들이 세상에 쓸려나갈 것이다. 썩은 뻘 냄새가 지독했다. 죽은 덕선의 귀신이 어둠에 붙어 꺽꺽 울었다. 먼 데서 어둠 속에 꽃이 지고 있었다.

사나운 뇌성벽력이 단번에 몰아치니

경오년에 강진 남쪽 룡촌(龍村)과 봉촌(鳳村)에서 두 마을 사내가 서로 싸우다 봉촌의 사내가 죽었다. 관에서 죽은 시체를 빌미로 자신들에게 죄를 씌울 것이 두려워, 양쪽 마을 백성들이 룡촌 사내로 하여금 스스로 목숨 끊기를 강요했다. 룡촌 사내가 그 뜻에 따라 자살했다. 몇 달 뒤 아전들이 알고, 두 마을 백성 모두를 잡아들였다. 아문 마당에 형틀을 빼곡히 벌여놓고 일제히 장 스무 대를 치고 끌어낸 다음, 차례를 두어 또 묶고 또 때리고 또 묶고 또 때렸다. 백성들을 놓아주는 대가로 각각 만 오천 냥씩 두 마을에서 삼만 냥을 쥐어짜 뜯어냈다. 백성들은 그 돈을 마련하느라 베오라기 하나, 곡식 한 톨 남기지 못했다. 두 마을 백성 모두 울면서 집을 버리고 떠났다. 매를 맞은 자들은 지게에 실려갔다. 사람들이 수 천 년 동안 나고 자라고 일하고 먹고 늙고 죽던 마을이 텅 비었다. 인기척 없는 마을에 비루먹은 개도 어슬렁거리지 않았다. 버려진 우물에 풀이 자랐고, 인적 끊긴 지붕엔 쑥부쟁이 올라왔다. 사람이 떠나자, 땅은 죽었다. 다산이 시를 지어 슬퍼했다. 다산의 시 '시랑(豺狼)'이다.

> 승냥이야, 이리야
> 우리 송아지 채갔으니 우리 양일랑 물지 마라
> 장독엔 소금 한 줌 없고 뒤주에는 쌀 한 톨 없노라
> 큰 솥 작은 솥 다 앗아가고 숟가락 젓가락 다 빼앗아갔네
> 이리야, 승냥이야
> 자식 이미 팔려 갔는데 내 아내마저 팔라냐
> 내 가죽 다 벗기고 뼈마저 부수려나
> 유랑민 되어 굴러다니다가 시궁창 구덩이를 가득 메우네
> 이리야, 승냥이야
> 너는 고기 먹고 쌀밥 먹고 사랑방에 기생 두어 연꽃같이 곱구나

추수철이 되자, 아전들이 세금을 징수했다. 집집마다 으르렁거리고 다녔다. 아전들은 고인 연못에서 솟아나는 모기떼와 같고 오물에 들끓는 파리와 같은 것이어서 자고 나면 어제 일을 잊고 새롭게 사람에게 들러붙어 괴롭혔다. 뱃속에 들어 아직 나오지 않은 핏덩이를 거짓으로 이름 지어 군적에 올리고, 여자를 남자로 바꿔 올리고, 개 이름을 군적에 기록하고, 어느 집 절굿공이의 이름을 군적에 올려 군역을 징수했다.

죽은 사람을 군적에 올려 세금을 뜯었고, 견디다 못해 야반도주하면 친척과 동네 사람들에게 대신 물렸다. 제 몸 하나 가릴 옷 없고, 죽어 백골이 되고 흙먼지가 된 목숨도 여전히 세금을 내야

했다. 백성들은 항의하다 매질 당하고 억울해 울부짖다 실신했다. 못 먹어 헐거운 몸뚱이로 굶다가 죽고 달아나다 잡혀 매 맞아 죽고 하늘 보며 통곡하다 스스로 죽었다. 예전에 백성의 살이는 나빴다. 그리고 지금은 더 나쁘다. 나날이 사람의 마을에 커가는 건 무덤뿐이었다.

봄에 사창에서 벌레 먹은 곡식 한 말 꾸어주고 가을에 갓 방아 찧은 쌀 두 말을 뜯어갔다. 그중에 좀먹은 쌀이 있으면 그 값을 돈으로 뜯어갔다. 긁어가고 벗겨가고 쥐어짜고 걸핏하면 매타작이었다. 부엌칼과 가마솥과 자식이, 모두 팔려갔다. 아전들의 횡포가 이 지경이라, 백성들이 환곡을 거부해도 강제로 받게 했다. 봄에 환곡을 빌려주지 않고 가을에 환곡 빚을 징수하기도 빈번했다. '아전 술 한 잔 값이 쌀 석 섬'이라는 말이 생겨났다. 그러지 못하면 목숨으로 내놓아야 했다. 추수철이었다. 구름 높은 하늘은 가을 국화 향이 났고 비루먹은 사람에게서는 오래 묵은 생선 썩는 냄새가 났다.

'도적인가?'

낮게 깔린 여러 사내의 목소리가 대나무 울타리를 흔들었다.

밤을 잊은 채 베틀에 앉은 막례를 보다 나온 길이었다. 아전들이 세금 징수하러 언제 들이닥칠지 몰라 막례가 밤낮으로 베를 짰다. 냉수 한 그릇 떠다 줄 요량으로 나왔다, 손톱 조각 모양으로 걸린 조각달을 보았다. 강진만에 물이 가득 들어와 내뿜은 습기로 안개가 밀려왔다. 안개에 갇혀 멍든 세상이 가려졌다. 가려진 세상에 뒤로 물러서게 만드는 파도 소리가 뒤채었다. 숨죽인 발소리 여럿이 어지럽게 땅을 밟았다. 미아가 삽짝에 붙어 바깥을 살폈다. 가난한 마을에 가져갈 것이 무어라고 도적이 들겠는가. 도망길에 오른 유랑민인가. 허나 이곳은 동리로 들어가는 골목길이다.

사내들 대여섯이 커다란 통을 짊어졌다. 강진만 쪽에서 덕산마을을 지나 귤동으로 올라오고 있었다. 마동식이 사내들을 이끌고 있었다. 흐린 유황곶 횃불을 들고 좌우를 살폈다. 어깨를 움츠린 자세가 대낮에 떳떳하게 할 수 있는 일이 아님을 말하고 있었다. 인기척을 느낀 마동식이 고개를 돌렸다. 미아와 눈이 마주쳤다. 마동식이 잰걸음으로 다가왔다. 심지를 낮춘 횃불에 물에 흠뻑 젖은 꼴이 얼비쳤다. 눈빛이 쫓기는 듯, 다급했다.

"자시가 넘었어. 대체 이 깊은 밤에 무슨 일인 건데?"

작은 일이 아닌 것을 눈치 챈 미아의 말도 급했다.

"모르는 게 나아."

사내들이 멘 통에서 출렁, 했다. 귤동 사는 사내들이었다. 사내들이 앞서 어둠 속으로 들어갔다. 미아가 마동식의 옷깃을 잡고 놓지 않았다.

"간밤에 남당 사는 만길이가 둥구나무에 목매달아 죽었어."

마동식이 말했다.

"알아."

"환곡 빚 갚을 날은 돌아오지, 이자는 풀잎같이 길어만 가지. 길에 버린 이삭 주워 한 톨씩 낱알을 훑어 세다, 그 낱알로 멀건

죽 쒀 마시고 죽었지."

미아가 한숨 쉬었다. 한숨을 쉬어서 슬픈 일을 막을 수만 있다면 숨이 끊어질 때까지 길고도 깊게 숨을 뱉을 것이었다.

"남포 사는 종구는 아전에게 선첩을 빼앗겨 고기잡이도 못 나가고. 그 선박허가증 다시 찾겠다고 엎드려 빌었더니 배의 삿대며 물고기 잡는 작은 종다래까지 빼앗아갔고."

마동식이 이를 악, 물었다.

"그래서 차라리 명목을 없애버리자고 모의했지."

"무얼?"

"유자."

"아."

미아는 탄식했다. 귤동엔 유자나무가 많았다. 골목마다 둥치 굵은 유자나무가 빽빽했고, 집집마다 울 안에 유자나무 없는 집이 없었다. 거기서 나는 유자 열매가 알이 굵고 향기로워 팔도에 유명했다. 귤동이라 이름 붙은 연유이기도 했다. 겨울 찬바람이 몰아닥치면 달큰하고 신선해 훔치고 싶은 유자 향이 온 마을을 감쌌다. 시린 밤이면 갓난애 머리통만 한 노란 열매가 수많은 등불처럼 사람의 마음을 비췄다. 유자향으로 잉태된 핏덩이들이 유자나무 아래서 태어나 유자를 판 돈으로 먹고 자라나 또다시 유자향을 맡으며 새 생명을 품는 노랗고 동그란 순환의 마을이었다.

귤동의 유자는 고을 수령에게 진상되었고 서울의 임금에게도 골라 바쳐야 했다. 그 할당량이 해마다 늘었다. 귤동 사람들은 이제 제 울 안의 유자를 맛보지 못했다. 채우지 못한 할당량은 집집마다 곡식으로 돈으로 밤새 길쌈하여 짠 무명베로 바쳐야 했다. 올해도 유자 열매가 달리자마자 아전들이 나와 그 개수를 세었다. 각 집에 할당된 양은 그 개수보다 많아서 어떤 집은 오십여 개가 달렸는데 백 개를 바쳐야 했다.

"바닷물을 퍼다 붓고 있어. 아예 베어버리면 사람들을 끌어다 장을 때리고 옥에 가둘 테니까."

"괜찮을까?"

"거지들 불러다 소문낼 거야. 포악한 관리들 수탈에 하늘이 노해 유자나무가 말라 죽었다고."

그런 거라면 노래가 더 좋을 것이다.

"서둘러야 한다니까."

사내들이 마동식을 다그쳤다. 그 뒤를 미아가 따랐다.

"나도 함께 해."

"발각되면 끌려간다니까."

마동식이 짐짓 험상궂은 표정으로 으름장을 놓았다.

"통에다 물 떠서 가져다 놓으면 내가 바가지로 물을 퍼서 나무에 주면 돼."

사내들이 그 말이 옳다고 여겼다. 미아가 바가지를 들고 나왔다.

어른 주먹만 하고 퍼런 열매가 매달린 유자나무에 소금물을 부었다. 뿌리까지 스미도록 깊이 부었고 열매가 죽도록 흩뿌려 소금비가 온 유자나무에 내렸다. 퍼렇게 매달려 아직 어린 열매는 다 자라지 못하고 퍼렇게 멍든 채 멍든 세상에서 죽을 것이다. 소금비를 맞은 유자나무는 누렇게 타들어가 죽을 것이다. 뿌리까지 썩어 다시는 새 잎을 틔우지 못할 것이다. 미아가 소금물을 부으며 울었다. 이 땅에 풀이 나고 짐승이 나고 사람이 나서 어우러질 때, 유자는 여기서 수백 년, 수천 년을 살았다. 귤동이 귤동인 근 거였다. 땅이 품고 키워 자라나 사람의 살이를 돌보던 유자나무는 사람 때문에 오늘 끝장이 난다. 유자 없는 귤동이, 귤동이겠는가. 울면서 노래 불렀다. 간간이 문밖을 내다보던 사람들이 도로 방문을 닫아걸었다.

> 징글징글한 뱀이 개구리와 올챙이 비둘기와 까치를 악다구니로 집어 삼켜
> 우리는 언제나 파리 목숨이지요
> 풀포기 바람에 쓰러지듯 사람이 쓰러지지요
> 시체가 언덕 위에 늘어졌고 짐승이 몰려와 시체를 뜯어 먹어 뻐끔뻐끔 해
> 골만 나뒹굴어요
> 흙에서 나서 사람의 입으로 들어가는 모든 것과
> 사람의 살이에 필요한 모든 것을 다 빼앗아가니
> 샘이 마르고 도랑물이 끊기고 하늘에서 소금비가 내려요
> 짜디짠 눈물처럼 소금비가 줄줄 내려
> 탱글탱글 유자도 다 타서 죽어요

이 노래는 안개 섞인 바람을 타고 퍼질 것이다. 귀 열리고 입 달린 백성들마다 부를 것이다. 쑥대머리에 퀭한 눈으로 죽은 유자 아래서 부를 것이다. 뽑히지 않을 못처럼 세상의 심장에 박힐

것이다. 유자건 사람이건 숨 붙은 모든 것이 죽어가는 시절. 이후로 귤동에 다시는 유자가 나지 않았다. 먼 훗날 사람들은 귤동이 왜 귤동인지 알지 못했다.

*　*　*

 잔별이 깜박일 때 돌아왔다. 뒤척이며 삭신을 앓았고 몸에서 짠내가 풍겼다. 마음이 결박된 듯 아프게 조였다. 이슬이 말랐을 무렵에 나가 아욱을 뜯었다. 된장 풀어 끓이고 다슬기를 잡아다 삶아 무쳤다. 감태김치를 놓아 조반을 차렸다. 멀건 보리죽이었다. 말린 콩짚에 도리깨질하던 막례가 문득 멈춰 서서 내려다보았다. 그리고 입술을 물었다. 이윽고 막례가 도리깨를 버리고 콩대궁째로 안아 미아에게 건넸다.
 "삶아라. 먹자."
 겨우내 두고 먹든 나가 팔아 돈을 만들든 해야 할 콩이었다.
 "삶으라고요?"
 "아전들이 들이닥치면 콩이고 돈이고 훑어갈 것을. 차라리, 먹자."
 가마솥에 넣고 삶았다.
 "풋콩 삶아 까먹다 배꼽만 커지겠네."
 세 입이 둘러앉아 삶은 콩을 다 먹었다.
 "역병 돌 때도 살아남은 질긴 목숨, 나무에 매달아 욕하고 매질하니 어찌 당하누."

"누구 말이에요, 어머니?"

"엊그제 초상 치른 막금 어미 말이다."

막금이는 젖먹이 계집이었다. 그런 것을 군적에 올려놓고 군포를 내라 으르렁거렸다. 막금 어미가 죽을 고생해서 짜놓았는데, 아전들이 들이닥쳐 자로 재더니 모자란다고 강짜부렸다. 그 자 좀 보자고, 나으리가 들고 온 자가 아무래도 더 긴 것 같다고, 분명 할당량을 채웠는데 어찌하여 두 곱절 반이나 더 내놓으라는 것이냐고, 막금 어미가 울었다. 아전이 무지렁이 년이 관의 일에 강짜를 놓는다는 이유로 집 앞 붉가시나무에 거꾸로 매달아 육모방망이로 매질했다. 막금 어미는 그 독과 울분을 못 이겼다. 아전 놈을 무간지옥으로 끌고 가련다, 헛소리를 하다 끝내 숨을 놓았다.

"내가 해줄 건 없어 그저 가서 울어주었다. 젖도 못 뗀 어린것은 이제 어쩌누."

막금 어미가 죽고 나서 군포의 할당량이 모자라는 일이 속출했다. 아전이 더 빼앗으려고 술수를 부린 자를 들고 다녔다. 누구도 육모방망이 앞에서 입을 떼지 못했다. 종일 때리고 맞고 맞아서 우는 소리가 하늘을 쪼갰다.

"남 걱정 할 땐가? 돌아간 지 십 년 넘은 아버지 군포를 바쳐야 할 판인데?"

유건창이 숟가락을 놓았다.

"계시오?"

마침내, 아전과 포졸들이 들이닥쳤다.

중늙은이 아전 하나가 장부를 들고 섰고, 옆구리에 방망이 찬 나졸 대여섯이 따랐다. 멀리서 끌려가는 백성들의 울음소리가 지나갔다. 그들은 아전에게 죄를 빌었고, 하늘 불러 죄 없음을 울었다. 아전은 방망이를 높이 쳐들었고, 높은 하늘은 묵묵부답이었다.

"마침 조반 들고 있었구먼."

마흔을 넘겼을 듯 보이는 아전은 눈이 작고 찢어졌으며 하관이 빠르고 주걱턱인데 잘 먹은 윤기가 흘러, 부잣집 광에 사는 시궁쥐 같았다. 막례가 남은 곡식 몇 줌과 갓 짠 무명베를 바쳤다. 제 것을 바치고도 막례는 머리를 조아렸다.

쥐 같은 아전이 바친 것을 쑤석거렸다. 그럴 줄 알았다고, 고개를 주억거렸다.

"어찌 이것밖에 안 되지? 나랏일로 바쁜 사람 붙잡아두고 장난질이라도 하자는 것이냐?"

"그것이 아니오라, 밤낮으로 뼈 빠지게 일해서 다 바치는 것인데…."

막례는 평생 해온 대로 무릎 꿇어 빌었다.

"지난번에 하도 울고불고 사정을 해서 특별히 더 말미를 준 것이다. 장을 맞아야 정신을 차리겠느냐?"

밤새 일해 모은 것을 모조리 바치고도 막례는 엎드려 울었다. 멀리서 끌려가는 백성들도 울었다. 소가 끌려가는지 우워, 우워, 소도 울었다. 막례가 머리를 땅에 찧고 빌었다. 울고. 빌고. 울면서, 빌고. 막례에게는 오로지 그 둘밖에 없는 듯싶었다. 한없이 눌려 뼛속에 박힌 본능이 된 울기와 빌기는, 살아온 생에 스민 두려움이었다. 막례는 이 한 몸 죽어 썩어지면 끝날 것을, 하고 늘상 말했다. 오로지 그 말만이 생의 공포를 견디는 지팡이였다. 그 말을 하지 않으면 당장 고꾸라질 듯 막례는 입에 그 말을 달고 살았다. 죽음을 말해야만 견딜 수 있는 삶이었다. 막례는 그렇게 일을 해 모두 바쳤다. 바치고, 울고, 빌었다.

"추수가 끝날 때까지 말미를 주었으니 너를 생각해준 은혜가 무겁다. 밀린 군포는 어찌할 것이며, 새로 밭뙈기도 일궜으면 마땅히 세금을 내야지."

아전이 대수롭지 않게 말했다.

"시어른 돌아간 지 십 년도 넘었소. 그 군포를 내라니. 그 땅은 돌밭이었소. 손끝에 피 흘려가면서 밤새 돌 고르고 일궈 명년에야 씨 뿌릴 땅이오. 어찌 그 땅에 세금을 매긴단 말이오? 그것이 나랏일이오? 그것은 패악질이오. 그것이 세금이오? 그것은 갈취란 말이오."

막례가 발악했다. 생이 두려움이 발작하면 사람의 속에서 우뢰가 폭발한다. 이마에 힘줄이 솟고 홉뜨는 거역의 눈동자에 핏발이 터진다. 벼랑 앞에 서 걸음을 뒤로 물리지 못하는 자의 발악이었다.

"따끔한 맛을 봐야 일이 어떻게 돌아가는지 알 것이냐?"

나졸의 허리에 걸렸던 육모방망이를 꺼내든 아전이 밥상을 뒤집었다. 감태김치와 아욱국이 쏟아진 방바닥을 비단신 신은 발로 휘저었다. 방망이로 때려서 부수었다. 방문을 부수고, 마룻짝을 내려찍고, 흙벽을 깨었다. 그것이 업무 시작 신호였다. 나졸들이 시렁에 얹힌 이부자리를 끌어내고 횟대에 걸린 유건창의 낡은 도포를 걸고 빨랫줄의 무명치마를 동댕이쳤다. 부뚜막에 걸린 무쇠솥을 들어내고 놋 밥그릇 서너 개를 챙기고 숟가락 젓가락을 세었다. 절구와 다듬잇돌을 옮기고 장독대 위 채반에서 말라가던 나물을 쓸어 담았다. 저들은 그것을 성실하고 꼼꼼하게 수행했다. 땀 흘리며 일했고, 미리 구역이 정해진 듯 말없고 신속하고 빈틈없는 일처리였다. 마른번개처럼 집 안을 찢었다. 남은 것은 텅 빈 사람뿐이었다.

"다 가져가면 어찌 산단 말이오? 염라국의 야차도 이리 험하지는 않을 것이오. 목숨까지 끊어갈 참이란 말이오?"

막례가 아전의 행전 친 다리를 붙들었다.

"죽어봐야 잘못을 깨달을 것이냐?"

"차라리 죽이시오. 어차피 유리걸식하다 죽을 목숨, 지금 죽는 대서 뭐가 다를까. 한 많은 인생살이 여기서 접을 것이니 나리는 우리 목숨 줄 끊고 발 뻗고 자는지 두고 봅시다."

핏발 선 막례의 눈에서 과녁에 가 닿지 못하는 살이 뿜어졌다. 가시 돋친 입에선 날이 선 저주가 쏟아졌다. 막례는 저주의 말을 퍼부으며 악에 받쳤다. 막례가 머리 풀어헤치고 바닥에 주저앉아 옷고름을 뜯었다. 흰자위가 돌아갔다. 유건창은 하릴없이 가마솥을 끌어안았다.

"어디서 망발인 게냐? 윗전을 능멸했으니 살부강상죄 명패 달고 수레에 실려 사형장으로 끌려가게 해줄까? 아니면 살가죽을 벗겨줄까? 그리 번거롭게 굴 일도 없지. 오냐, 그리 소원하니 내 오늘 여기서 네 연놈들을 죽여주지."

이윽고, 아전이 막례와 유건창을 매질했다. 분노는 참을 수 있는 때까지는 조용히 차곡차곡 쌓이다 터질 때는 순서 없이 한꺼번에 폭발한다. 분노란 일단 몸 밖으로 나오면 아(我)와 피(彼)를 가리지 않고 찢어발긴다. 막례는 맞을 줄 알았고 차라리 맞는 편이 낫다고 여겼다. 피 묻은 비명이 부서진 대 울타리를 넘었다.

"오냐, 때려라. 죽어 혼이라도 네놈의 창자를 파고들어 씹어먹을 것이다."

막례의 명으로 방구석에 숨어 있던 미아가 뛰쳐나왔다. 막례와 유건창의 몸 위로 제 몸을 덮었다. 아전의 방망이가 미아의 등허리와 어깨와 목덜미로 쏟아졌다. 머리통에서 피가 떨어졌다. 모든 간절함은 몸의 방식으로 표현된다. 몸뚱이가 가진 전부여서 서로의 몸뚱이로 서로를 감았고 매 맞는 면적을 줄이려고 몸뚱이를 오그라뜨렸다.

세 식구가 한 덩이로 엉켜 고루 맞았다. 몽둥이가 몸뚱이에 떨어지면 셋이 함께 비명을 질렀다. 간혹 몸뚱이에 몽둥이가 떨어지기 전에 먼저 비명을 질렀다. 지르지 않는 쪽보다 지르는 편이 나았다. 아. 아. 비명이 칼춤처럼, 허공의 목을 갈랐다. 곤두박질치는 사람의 공포로 목이 꺾인 하늘이 흙바닥에 피 섞인 그림자를 내렸다.

몽둥이는 어찌나 혹독하게 떨어지던지. 찢기고 터져 하나의 덩어리가 된 셋이 쉼 없이 맞는 동안 미아는 갑자기 어른이 된 것 같았다. 어른이 되어 살아보기도 전에. 새로 돋아난 둥근 무덤처럼 세 식구가 둥글게 뭉쳐 매 맞으면서. 세상이라는 거대한 무덤을 깨닫고 죽음 같은 생을 살아야 한다는 것을 알아서. 삶의 진정한 유대란 본질적으로 비극 중에만 가능한 것이어서 세 식구가 한 덩어리로 엉겨 맞았으니까. 둥글게 한데 뭉쳐 맞을 때, 막례가 견뎌온 세상이 미아에게 흘러들었다.

장독이 깨져 된장과 고추장과 간장이 마당에 넘쳤다. 푹 삭은 장 냄새가 매 맞는 세 식구에게 스몄다. 아전이 냄새 때문에 매질을 쉬었다. 아전은 매질에 전문은 아니어서 매질을 멈추자 가쁜 숨이 쏟아졌다. 노동을 잠시 멈춘 듯, 몽둥이 들지 않은 소매를 들어 땀을 닦았다.

"구슬아치가 고혈을 빨아 우리야 어차피 파리 목숨. 살이 타고 피가 말라 피골마저 막혀 살아도 죽은 것과 매한가지요. 오늘 죽어 이날을 잊지 않을 것이오. 파리 목숨도 이빨은 있지. 밤마다 등잔불을 밝혀놓으면 그 빛을 길 삼아 나리를 찾아가리다. 베개 위에 놓인 나리의 머리를 가져갈 것이오. 처녀의 한이 깊으면 폭풍이 몰아닥쳐 생장하던 모든 것들이 죽고 한여름에 찬 서리가 맺힌다 하였소. 염천에 개들도 늘어져 있을 때 나리는 고드름이 머리를 내리쳐 즉사할 것이오."

미아가 소리 질렀다. 막례가 아니라. 며칠 동안 듣는 이의 귀가 먹먹할 비명이었다. 거친 칼날이 목구멍을 긁는 소리였다. 낮고 뭉툭하게 뭉쳐 있던 그림자가 일어나 아전 손에 들린 장부를 찢어 밟았다. 아전의 팔뚝을 물어뜯었다. 저주의 말은 배우는 게 아닌 걸 알았다. 그런 건 이빨 달린 산목숨이 죽을 만큼 밟힐 때 똥오줌을 내지르는 것과 같은 이치였다. 눈에 흰자위가 가득했고 어둠 속 짐승처럼 인광을 뿜었다. 눈앞이 닫힌 듯 아득했다. 미아는 미친년처럼 울부짖었다.

"네 이놈. 백성들의 고혈을 빨려고 존재하는 악귀 같은 놈들. 내 오늘 죽어 귀신이 되더라도 반드시 네놈들을 흠씬 두들겨 패고 찢어 죽여 그 시신을 불에 태울 것이다. 어디 처녀의 한을 한번 감당해보아라. 쥐새끼 같은 놈들. 벌레를 혐오하고 증오하는 것보다 더욱 하찮게 너희를 밟아죽일 것이다!"

미아가 더러운 쥐를 대하듯 경멸로 소리쳤다. 분노로 눈 돌아간 안하무인으로 쏟아내는 악다구니는 발광에 육박했다. 흰자위가 희번덕거렸고 입가로 핏물 섞인 침이 흘렀다. 부모와 함께 한자리에 죽을 가능성을 앞에 두고 미아는 눈에 뵈는 게 없었다.

"미아야."
매질 소리와, 비명 소리와, 피울음 소리 가운데였다.
황상이었다.
돌아온 것인가. 이제야.
황상은 옆구리에 장부를 끼고 허리에 방망이 찬 나졸 여섯을 이끌고 있었다. 그는 아전이었다. 창백한 얼굴에 붉은 피가 흐른 채, 미아가 얼어붙었다. 짓이겨진 능소화 빛깔의 입술을 물었다. 낚싯줄에 걸린 물고기의 눈동자로 황상을 보았다. 수염이 흰 쥐 같은 아전이 미아를 보았다.

황상은 전날 돌아왔다. 그날의 업무를 서둘러 끝내고 미아를 찾을 예정이었다. 그러한 황상이 아전의 장부를 들고 포졸을 거느리고 미아를 맞닥뜨렸다. 담벽이 무너지고, 문이 떨어지고, 세간이 깨어지고, 부모는 사지를 버둥거리며 울고, 매 맞아 피 흘릴 때였다. 아전 발등에 대고 빌어 목숨을 구걸하고 있을 때였다. 살려주시오, 살려주시오, 파리 같은 목숨이 흙밭에 구른대도 제발 살려주시오…. 넋 나간 막례가 울부짖고 있을 때였다.

황상이 들어올 때 막례가 무릎으로 기어 황상에게 빌었다.

"이제 아무것도 없소. 남은 거라곤 이 딸년 하나뿐인데 자식새끼라고 이년 하나 달랑 있소. 이 딸년일랑 팔라고 하지 마소."

막례가 가슴을 쥐어뜯었다. 머리를 흙바닥에 찧었다. 아전인 황상이 딸년의 이름을 부르며 들어와 막례는 몸으로 딸년을 감싸고 울었다. 팔려간 딸년이 진창에 구르다 외마디로 짖을 피의 비명이 막례의 마음속으로 퍼졌다. 그 생각이 칼날처럼 깊이 모를 막례의 깊은 곳을 찢었다. 모진 공포로 찢긴 육신을 바닥에 뒹굴며 통곡하는 막례였다.

"그러려고 온 게 아닙니다."

황상이 막례를 들어올리자 막례는 황상에게 머리를 조아렸다. 피 섞인 흙물이 막례의 눈 안으로 흘러들었다. 더러운 흙물이 황상의 옷깃을 더럽혔다. 막례가 놀라 더러운 치맛자락으로 황상의 옷을 닦아 더욱 더럽혔다.

"나리, 죽을죄를 지었습니다요. 한 번만, 제발 한 번만 용서해주시오."

황상을 따라온 포졸들이 알아서 세간을 밖으로 실어 날랐다. 당장 그만두라는 황상의 명을, 그들은 이해하지 못했다. 포졸은 포졸의 일을 할 뿐이었다. 포졸의 낯빛은 다만 노동하는 자의 그것이었다. 포졸은 포졸이어서, 각각 사안의 개별성을 알지 못했다.

미아는 매 맞아 찢기고 더러워진 옷 사이로 흙물 밴 맨살이 허옜다. 쑥대밭으로 엉킨 머리카락 밑으로 피떡이 앉고 있었다. 미아가 황상을 보았다. 황상이 또한 미아를 보았다. 서로가, 서로를, 보았다. 미아는 매무새를 가다듬지 않았다. 황상이 먼저 눈길을 돌렸다. 황상은 차마 볼 수 없었다. 황상과 미아는 말을 건네지 않았다. 침묵이 대신 말했다. 말하지 않아도 알 수 있는 말이었고, 차라리 말로 하지 않는 편이 도리어 나은 말이었고, 애초에 말로 할 수 없는 말이었다. 말없음을 통해 서로의 몸속으로 흘러드는 서로의 뜻을 알았다.

끝의, 시작이었다. 사랑이, 사람의 가장 깊고 순결한 일이던가. 나는 지금 사람인가. 미아는 부끄러웠다. 사랑 앞에 서 있는 처참한 모습이 아니라 바로 사랑이, 부끄러웠다. 어른이 된 사람과 사랑은 같은 방향으로 걸을 수 없다는 걸 알아서 그랬다. 목숨을 부지하는 일 앞에서 사랑은 언제나 지나간 과거의 추억일 뿐. 깊은 슬픔을 지닌 채 살아가겠지만 무덤 같은 생으로 인해 언젠가 그 슬픔조차 지워지고 상실의 기억조차 흐려지겠지. 초라하고 쇳덩이처럼 무거운 생에 끌릴 때 기억은, 뚝뚝 끊기고 부서지고 파편이 되어 더 이상 진실을 찾을 수 없을 테지.

그 밤에 달은, 밝고 크게 올랐다.

***

미아는 달포를 앓았다. 온 힘을 다해 앓았다. 매 맞아 몸이 깨졌고 심장이 부서졌다. 찢어진 살에 고름이 고이고 물똥을 쌌다. 해가 가고 달이 지고 하루가 부서지고 시간이 흩어졌다. 검고 딱딱하게 굳은 심장을 움켜쥐고 핏발 선 눈을 감았다. 뼈가 쇠처럼 무겁게 몸뚱이를 바닥으로 자꾸만 끌어당겼다. 돌려세운 마음 길에 비가 쏟아지고 눈보라가 휘몰아쳤다. 사람의 일 중 가장 곱고 소중한 것이 먼지로 흩어졌다. 멀어지는 그것이 아파 감은 눈 속으로 붉은 눈물 흘렸다.

내 얼굴과 내 몸과 내 세상은 망가졌다. 그리고 오직 산목숨이 남았다. 모든 생각과 감정의 길이 그 앞에서 끊겼다. 산목숨 앞에서는 모든 것이 축지법이 쓰인 듯 그림자 같이 지나가며 머물지 못한다. 지나간 냄새가 잃은 기억을 밀어내며 가시덤불 길을 남겼다. 길을 잃었으나 그 길밖엔, 다른 길은 갈 데가 없다. 산목숨은 그런 것이다. 사람은 허기로 배신과 거짓말과 훔치는 일을 배우고 과거와 현재를 잊고 미래를 믿지 않는다. 산목숨과 허기가 사슬로 엮여 섭리의 한계를 이루고 모든 것을 결정하는 단 하나의 운명으로 사람을 휘감아 옥죈다. 꿈을 꾸었다. 묻고 싶은 게 많아서 알지 못할 말들이 희미하게 쏟아졌다. 무거운 해무가 가마귀를 끌어와 울었다. 사나운 뇌성벽력이 단번에 몰아쳤다. 딛는 걸음이 대못 위를 걷는 듯 아파, 피 묻은 발자욱을 찍었다. 새벽안개는 차갑고 단순하게 세상을 덮었다. 세상은 자못, 평화로워 보였다.

* * *

집집마다 찬 다듬이 소리 요란하고 섬돌 사이에선 귀뚜리가 울었다. 여름에 옻으로 괴롭히던 옻나무가 붉음으로 금풍을 떨쳤다. 청풍과 명월이 둘이 아니어서 걸음 옮기는 곳마다 언제나 달이 밝았다. 하늘엔 북풍이 높고 남쪽 고을엔 날마다 가을 파도가 차가워졌다. 떨어질 때를 아는 낙엽이 낙화되어 낮은 데 쌓였다.

마침내, 미아가 일어섰다. 일어설 때, 다리가 후들거려 문고리를 잡았다. 밖에 나와 맞는 가을의 바람이 쓸쓸했다. 마당가에 도리깨질 끝낸 가을 팥이 널려 있어 키를 가져다 까불었다. 차르륵, 차르륵, 팥알 구르는 소리가 냉소 가득한 마음에 대답처럼 울었다. 키를 들었다 내릴 때 바닥으로 팥알이 저마다 굴렀다. 팥알 주울 생각은 않고 고개 들어 하늘 보았다. 웬 팥이냐고 막례에게 묻지 않았다. 황상이 집을 수선하고 세간을 새로 가져다 준 것을 미아는 모른 체했다. 인부를 불러 울을 뜯고 담을 치고 묵은 초가를 발라내고 이엉을 새로 엮어 지붕을 올렸다. 흙벽을 매만지고 부뚜막을 고치고 뚫린 방바닥 구멍을 메우고 새 문을 짜 달았다. 방문과 창에 깨끗한 종이를 바르고 아궁이에 무쇠 가마솥을 걸었다. 곡식 자루를 마당에 들여놓는 황상에게 막례는 그저 고맙다고 조아렸다. 그것이 딸년 때문인 줄을 알았고 황상과 딸년이 문 밖과 안에서 서로 찾지 않는 연유를 몰랐으나 사람이 먹고, 자고, 싸면서 산다는 일은, 그런 것이었다. 거기에 대면 수치심이나 자존심 따위는 알량했다. 산목숨, 사람의 살이는 또 어떻게든 실가닥처럼 이어지겠지. 끼니를 염려하고, 닥쳐올 겨울을 대비하여 옷에 솜을 누비겠지. 구차한 살이는 형틀과도 같았다. 거기에 매여 있으면 오로지 거기서 풀려날 궁리만이 전부가 되었다. 새로 인 지붕이 좋았다. 색깔이 밝고 노랬다. 매끈하고 햇볕 냄새가 나는 웃질의 볏짚이었다. 꼭대기에 짚을 삼각형으로 엮어 씌워 빗물이 잘 흐를 수 있도록 꼼꼼하게 올린 용마름이 믿음직스러웠다. 명년쯤에는 박이 익고 붉은 고추가 지붕 위에 널릴 것이었다. 가을 하늘에 새떼가 날았다.

"추수하자마자 들이닥쳤단 말이지."

"그래도 우리 집은 차출을 피해갔으니 천만 다행이오."

유건창과 막례가 불평했다. 조선은 호환으로 골머리를 앓았다. 매년 물려 죽거나 상하는 자가 수천에 달했다. 날 저문 뒤 짐을 이고 가던 행상이나 숲에서 나무하고 꼴 먹이던 초동이나 조세를 운반하거나 부역에 나갔던 자들이 당했고, 나물 캐거나 물가에서 낚시질하다가 물려 죽는 자도 있었다. 밭 갈고 김을 매다가 해를 입었으며 물을 긷다가 피해를 당하기도 했다. 각 고을마다 호랑이 전문 사냥꾼 산척이 수백 명 있었다. 전국의 고을이 330여 곳이었으니 전체 산척의 수는 1만 명 정도였다.

"몰이꾼들 기세가 무지개 같긴 하더이다. 말이 호랑이 사냥이지. 온 마을이 거덜났으니…."

강진에서 장흥으로 넘어가는 군동면 천불산에서 이틀 전에 젓갈장수 하나가 범에 물려 온몸이 조각나 걸레가 되었다. 깨진 옹기에서 젓국이 흘러 짠기에 야생 차나무 군락이 타죽었다. 강진 현감이 이슬도 걷히지 않은 미명에 산척 열 명을 몰고 나타났다. 그 대접은 오롯이 마을 사람들의 몫이었다. 총 든 사냥꾼들이 마을에서 닭과 돼지와 갓 방아 찧은 햅쌀을 훑어갔다. 세금과 별도였다. 그걸 가져가면 우린 무얼 먹습니까요, 백성이 울면, 그럼 호환을 당해 물려 죽을 것이오? 총을 높이 들었다.

현감과 산척들은 유시가 되기도 전에 빈손으로 내려왔다. 돌아와 다투어 술을 찾았다. 백성들이 차출되어 시중들었다. 코 삐뚤어지게 마신 자들이 북을 치고 저희들끼리 어지럽게 돌며 놀았다.

"저것이 고을 수령이란 자가 대놓고 토색질하는 것이지 뭐냐니까요. 어제 저녁 나절부터 아전이 집집마다 돌면서 방을 수색하고 땅을 팠답디다."

"우리 집은 비켜갔으니 희한하네."

겨울이 닥쳐오는데 무얼 먹고 살라굽쇼…, 울음 우는 백성을 나무에 목 달아매고 매질했다. 솥과 가마를 들어내고 송아지와 돼지를 빼앗아 온 마을이 밤새도록 울었다.

막례가 깨진 기왓장을 주워와 가루로 빻아 새로 들인 밥그릇을 닦았다. 마당귀에서 팥알로 키를 까부는 미아를 보았다. 황상에게서 돈이며 쌀이며 나온 까닭이 딸년 때문인 걸 알았다. 사내란 그런 것이다. 계집을 제 수중에 넣을 속셈이 아니고서야 돈을 쓸 무지한 사내가 어디 있겠나. 호랑이 사냥에 온 마을이 털리는데 유독 이 집 하나만 건너 뛴 연유가 무엇이겠나. 황상이라면 역병이 아니어도 곧 죽었을 늙은이 김생원에 댈 바 아니다. 황상은 부엌의 숟가락 개수까지 넉넉히 챙겨 들일 줄 아는 사내다. 매 맞아 세 식구 다 누웠을 적에 누추한 이 집 부엌에 들어가 손수 죽 끓여내던 사내다. 사내지만 다른 사내다. 양반보다 더한 위세를 가졌으나 스스로 낮추었고, 제 돈 들여 집 안팎을 돌보았으나 오히려 죄스러워했다. 천한 곡비의 딸년이 집안을 살리겠구나. 미아가 자리를 털면 다시 찾아오겠다, 황상은 그리 말하고 돌아갔다. 딸년에게 확인하고 다짐을 두어야 할 일이었다. 막례가 좁은 마당을 건너 미아에게 왔다. 미아의 어깨가 가쁜 숨으로 들썩거렸다. 바싹 말라 터진 입술 새로 뜨거운 한숨이 흘러나왔다. 이제 막 일어난 병자였다. 딸년의 낯빛을 보고 막례는 물음을 나중으로 미뤘다. 그저 딸년이 까불던 키를 빼앗아 키질했다. 생각난 듯, 혼잣말처럼 고을 수령 욕하던 것을 마저 했다.

"이젠 아예 단풍놀이를 한다고 저리 난리니…."

호랑이를 잡지 못한 사또는 아문으로 돌아갔다. 술 취해 고침 베고 누웠다가 갑자기 일어나 단풍놀이 갈 것을 명했다. 이번에는 수놓은 언치를 깐 준마를 타고 아전 포교 관노 수십 명을 부리고 강진만 가에 자리 잡았다. 횃불을 드높이고 창과 칼을 벌여 세우고 짐승의 가죽으로 깔개를 깔고 앉았다. 인근 고을의 부사들이 말을 달려 왔다. 악사와 기생들이 불려왔다. 풍악이 구성지고 기생의 웃음소리가 높았다. 그 기세가 화려하고 장엄했다. 잔치는 해시가 되어도 그치지 않았다. 구경이 하고 싶었던 유건창과 막례가 강진만 가로 나갔다.

미아는 홀로 방바닥에 까부라졌다가 도로 몸을 일으켰다. 바람이나 쏘일까 싶어 나왔다. 천지에 풍악이 요란했고 수령의 놀이 횃불 덕에 사방이 환했다. 탐진강 쪽 고샅길을 걸었다. 생각이 번잡해 노래를 불렀다. 입으로 노래 부를 때면, 머리로 스미던 생각들이 멀어졌다.

> 비에 젖은 기러기가 우네요
> 구름 가고 달이 가고 소슬바람 부는데
> 왜 내 마음은 기러기를 닮을까
> 바람은 손 없어도 가지를 흔드는데
> 이내 몸은 손 둘이어도 가는 님을 못 잡네
> 기러기 떼 남쪽으로 날아가니 창망한 저 하늘로 편지나 부칠까
> 달 아래 거닐자니 북풍이 오동나무 끝에 부네

"거기, 처자. 말 좀 물읍시다."

탐진강 가 갈대숲을 지날 때였다. 갈대 우듬지에 암갈색 갈꽃이 흔들거렸다. 갈대밭 하구에 묶인 고기잡이배가 물결을 타고 있었다. 지나던 장님 하나가 멈춰 섰다. 눈이 없어 더 예민한 귀로 노래를 들었다. 노래가 끝나자 미아를 불러세웠다.

"말씀하세요."

놀란 미아가 황급히 노래를 멈췄다.

"수령님이 나를 초대해 가는 길인데 보다시피 내가 눈이 어두워서…. 잔치 자리까지 나를 인도해줄 수 있겠소?"

통영갓에 옥색 비단 두루마기를 갖춰 입은 장님이 감은 눈에 지팡이 짚고 있었다.
"그러시지요."
미아가 한 걸음 앞서 길을 잡아 걸었다.
"이리 친절할 데가. 어느 댁 규수인지 물어봐도 되겠소이까?"
어른의 말에 대답 아니 할 수 없어 대강 말했다. 잔치 자리 근처까지 장님을 인도해주고, 귤동 뒤 만덕산 초입 너럭바위에 앉았다. 소나무 사이를 타고 넘어온 해풍에 노란 유자향이 실렸을 적이 그리웠다. 바닷바람은 짜고 시고 비렸다. 강진만의 풍악이 떠들썩했다. 마음이 기우뚱해서 그런가, 몸이 저렸다. 붉게 치솟는 불길을 보았다. 귤동 포구 쪽이었다. 누군가 또 제 집에 불을 놓고 유랑민이 되려는가. 한숨 쉬었다. 길 위에서 저들은 무엇을 맞닥트릴 것인가.

아니었다. 불은 곳곳에서 어둠을 사르고 있었다. 무엇인가. 탐진강변을 걸을 때 고을 사내 여럿이 몰려가던 게 생각났다. 잔치 구경을 가는가, 했는데 아니었던가. 아니었구나. 소금 비 맞은 유자나무가 타죽었을 때, 끌려가 겁박당하고 매 맞고 옥에 갇혔던 사람들이었다. 저들은 아예 온 마을을 다 불태워버릴 작정인가. 타닥타닥. 솔가지를 먹어치운 불길이 바람을 타고 초가집 처마에 옮겨 붙는 식으로 번졌다. 불은 순식간에 온 동네를 집어삼킬 듯 거대하게 자라났다.
"불이야. 불이야."
사람들이 소리 질렀다. 불이 타는 소리가 목 쉰 거인의 음성처럼 크고 탁했다. 마침내 잔치의 풍악이 멈췄다. 차가운 북풍에 실려 불은, 인근 마을로 달려갔다. 거대한 화마였다. 그믐밤이어서 달조차 보이지 않는 달의 죽음의 날이었으나, 대번에 달이 백 개쯤이나 떠오른 듯 밝아졌다. 사람들이 뛰쳐나왔고 울부짖었다. 잔치하던 수령이 맨몸으로 말을 달려 돌아갔다.

황급히 일어났다. 물동이를 가져다 물을 퍼 날라야 한다. 허둥대느라 너덜겅 계곡으로 구를 뻔했다. 간신히 마른 찔레 넝쿨을 붙들고 일어났다.

"어딜 그리 급히 가는 게냐?"

누군가 미아를 잡아 세웠다.

"뉘시오?"

미아가 뒤로 걸음을 물렸다. 어둠 속에서 튀어나온 사람은 귀신보다 무서운 법이다. 불길에 쥐 같이 생긴 중늙은이 얼굴이 얼핏 비쳤다. 온 집 안을 때려 부수고 숟가락 몽댕이까지 털어갔던 아전 사내였다.

"불 난 곳이라도 가보려는 게냐? 아서라. 이미 늦었다. 그보다 이리 만나 반가우니 나랑 이야기나 좀 하자꾸나."

"온 마을이 불타고 있으니 서둘러 손을 보태야 할 일입니다."

사내가 미아의 소매 깃을 잡았다. 소름이 솟아, 미아가 그것을 떨쳐내 뿌리쳤다.

"호랑이 사냥 나온 수령님 대접하는 일에 어떤 연유로 너희 집이 빠진 줄이나 알고 이러는 게냐?"

아전이 미아를 너럭바위에 끌어 앉혔다.

"다 내 덕분이라는 것을 모르는 모양이구나."

"놓으시오. 소리를 지를 것이오."

"해보거라. 온 마을이 불타는 판국에 네 소리를 들어줄 자가 있는지 보자꾸나."

아전이 잡은 손을 빼내려 힘썼으나 빼지 못했다.

"불길이 밝아 좋구나. 그 빛에 너를 보니 장부 간장이 녹는구나. 요 놀란 얼굴 좀 보소."

"놓으란 말이오."

"춘풍에 봉접이 날아오르는 것 같구나. 네년이 이러하니 내가 비가 오면 비 몸살, 달이 뜨면 달 몸살을 앓을 밖에. 첩으로 너를 들일 것이다. 능라주단으로 몸을 휘감고 미안수로 소세하고 백분으로 화장하며 살게 해줄 것이다. 군역에서 너의 집을 아예 빼놓을 것이며 세금 또한 면제해줄 것이다. 내 힘이 그 정도니라."

"맹세코 죽일 것이오. 내 숨이 붙어 있는 한 지옥불 속이라도 쫓아갈 것이오. 다시는 밥숟가락 들지 못하게 만들 것이오. 만일 오늘 내 숨이 끊어지면 귀신 되어 삼대를 멸할 것이오."

미아가 부르짖었다.

"앙탈 부리니 더욱 귀엽구나. 자고로 꽃은 꺾으라고 피는 것 아니겠느냐?"

아전이 미아를 끌어안았다. 미아가 손톱을 세워 아전의 얼굴을 긁었다.

"악."

사내가 미아의 뺨을 갈겼다. 대번에 검붉게 멍이 든 뺨 아래로 입술에 피가 맺혀 흘렀다.
"좋은 말로 하렸더니 이년이 감히 손찌검을 해?"
우악스럽게 옷고름을 뜯었다. 저고리 동정이 마저 뜯기고 속살이 벌어졌다. 무명 띠로 틀어 묶은 위로 가슴이 봉긋하게 드러났다. 사내가 한손으로 미아의 양 손목을 찍어 누르고 다른 쪽 손으로 몽글한 가슴을 잡아 쥐었다. 치마가 벌어지고 고쟁이가 벗겨지고 다리속곳이 찢겼다.
"담배 한 대 피울 시간이면 될 일을 왜 이리 수선스럽게 소리를 지른단 말이냐. 어차피 내가 데리고 살 것이다. 그도 아니면 어떤 사내에게라도 시집가겠지. 그러면 매일 밤 치를 일을 미리 내가 가르쳐주는 것뿐이다. 칼로 한 번 물을 벤 듯 표도 나지 않을 것이다."
아전은 코를 벌름거려 미아의 살 냄새를 맡았다. 마침내, 무자비한 몽둥이가 미아를 찢었다. 비명을 질렀다. 비명이 끝나면 더 큰 소리로 비명을 질렀다. 그러나 아무도 오지 않을 것을 알았다. 비명 따위, 소용없음을 알았으나 할 수 있는 것이 그것밖에 없어서 쉼 없이 비명을 질렀다. 덕선도 이랬을까. 이렇게 무서웠을까. 세상천지 혼자라는 게 이토록 사무쳤을까. 힘없는 여자인 스스로가 죽이고 싶도록 미웠을까. 죽어야겠구나, 싶을 만큼 고통스러웠을까. 미아의 비명은 깊고 길고 끝없이 밀려나왔다.
끝내 반항하는 미아를 아전이 주먹으로 내려쳤다. 입술이 찢어지고 목덜미에 피멍이 들고 관자놀이에서 피가 흘렀다. 죽자. 죽어버리자. 오늘 이 자리에서 반드시 이놈을 죽이고 나 또한 죽을 것이다. 쓰레기 같은 놈에게 생을 통째로 이렇게 씹히느니, 죽는 게 낫다는 것은 깨달음이었다. 자각이었다. 천한 계집으로 나서 스스로 결정할 수 있는 것은 오직 죽음뿐이지 않은가. 이런 세상이라면, 죽어 없어지는 게 낫다. 미아는 죽음에 대한 각오로 고통을 견뎠다. 복수에 대한 의지로 참았다. 서러운 생의 마지막을 보려고 눈을 부릅떴다. 먼 데서 불길이 잦아들었다. 밤하늘에는 불티가 날아다녔다.

퍽.
소리가 났다. 아전이 거품을 물고 새파랗게 질려, 떨어져나갔다.
어둠 한가운데 인광을 내쏘는 산짐승이 서 있었다. 죽음을 각오했어도 미아는 두려움에 떨었다. 범에게 물려 죽는다는 것이 어떤 건지, 죽어보지 않아서 두려웠다. 목덜미를 물어뜯기고 살점이 뜯겨나가고 뼈가 부서져 죽는 죽음은 두려웠다. 스스로 목숨을 끊을 때의 죽음은 스스로를 지키고자 죽는 죽음이나, 범에게 물려 죽는 것은 다만 무의미한 죽음이지 않은가. 죽되, 그렇게 죽기는 싫었다. 사방이 고요한 가운데, 생을 돌아보며 오로지 홀로 죽음을 실행하고 싶었다. 그것이 미아가 원하는 끝이었다. 그런데 짐승이 달려들지 않았다. 가만히 서 있었다. 그제야 정신이 들었다. 치마를 추스르고 저고리를 고쳐 입고 먼 데서 꺼져가는 불빛에 간신히 비춰보고서야 화승총을 거꾸로 들고 선 마동식이 보였다. 어둠 속에서 마동식은 짐승의 털조끼를 입고 털모자를 쓰고 있었다.

마동식이 입을 꽉 다물고 서 있었다. 눈에서 불이 뿜어져 나왔다. 한겨울 얼음판에 맨몸으로 나선 듯 온몸이 떨렸다. 아전 놈에게 강간당했고 그것을 마동식이 보았고 마동식이 총의 개머리판으로 아전 놈을 갈겼다! 이렇게 상황을 파악하는 데 긴 시간이 흐른 것 같았다. 미아가 바닥에 주저앉았다. 마동식을 볼 수 없었다.

"나를 봐."

미아는 보지 않았다.

"나를 보라고."

마동식이 미아의 어깨를 잡았다. 아전 놈에게 맞은 자리가 핏빛으로 부풀어 올랐다.

"너랑 살고 싶었어. 나는 호랑이 잡고 너는 책 읽고. 앉으면 무릎을 나란히 하고 움직이면 그림자가 합하는 것처럼 함께하고 싶었어."

알았다. 모를 수가 없었다. 미아는 입술을 물었다. 미안하다고 말해야 하는지 결정할 수 없었다.

"산을 타고 범을 쫓을 때마다 나는 목숨을 걸어. 그리고 산신에게 목숨을 빌지. 오늘 죽지 않으면 산신께 목숨을 빚진 것이니 언젠가 갚겠노라고 맹세하지."

마동식의 목소리는 낮고, 차분하고, 허전했다.

"나는 오늘 약속을 지킬 것이야."

살고 죽음을 넘어선 자의 허무함처럼, 마동식이 미아를 보고 웃었다. 그 웃음의 깊이를 알 수 없었다. 살고 죽음이 각자의 것이므로 사랑 또한 그러할 것이다.

아전이 몸을 일으켰다. 마동식이 발로 아전의 어깨를 찍어 눌렀다. 그리고 화승총 심지에 불붙여 아전의 목덜미를 겨냥했다. 심지가 타들어갔다. 아전이 우는 소리로 목숨을 빌었다.

"임진년에 난리가 났을 때, 임금이 도망가고 사대부가 백성을 버리고 제 살길만 도모했을 때, 먼저 나가 싸운 것이 산행포수야. 파도처럼 밀려온 왜놈들이 아이들을 죽이고 여자들을 강간했지. 그 왜군을 찾아 죽인 게 산행포수야. 빌려면 이 여자에게 빌어야지. 살려만 주면 개만도 못한 네놈의 손모가지라도 싹둑 잘라준다고 빌어봐."

아전이 바닥에 네 발로 엎드려 미아의 짚신에 이마를 찧었다.

"목숨만 살려주시오. 내 재산을 다 줄 것이오. 나는 강진 땅을 떠서 멀리 도망갈 것이니 소문 날 일도 없을 것이오."

마동식이 웃었다. 웃으며 어둔 하늘을 올려다보았다. 먼 데서 집들이 무너지는 소리가 났다. 화승총 심지 타들어가는 소리가 급했다.

"지옥 불에나 떨어져."

심지가 다 탔다. 마동식이 방아쇠를 당겼다. 몸짓에 주저가 없었다. 총구에서 벼락이 내리쳤다. 아전 놈이 목덜미를 붙들고 쓰러졌다. 피를 쏟으며 죽은 아전은 외마디도 비명 지르지 못했다. 마동식이 총을 메고 죽은 시체를 어깨에 들쳐 멨다.

"아무 일도 없었던 거야. 너는 산길을 내려가다 넘어져 상처를 입은 거야. 그러니까 다 잊고 살아. 살아서, 아들도 낳고 딸도 기르고 서방님 사랑도 듬뿍 받아. 그러면 돼."

마동식은 산으로 향했다. 뭐라 대꾸할 새가 없었다. 미아가 몸을 떨고 있는 사이, 마동식은 송장을 길동무 삼아 어둠이 뼛속 깊이 박힌 산중으로 빨려 들어갔다.

*　*　*

뜨거웠던 불길이 삭았다. 어둠 또한 삭아 새벽이슬이 차가웠다. 미아가, 한 인간이 길고 참담한 시간을 가로지르고 있을 때도 시간은 또박또박 흘러, 어김없이 제 힘을 휘둘러, 모든 것을 쓸어버렸다. 간밤에 시간은 가차 없는 칼날로 휘몰아쳤고 그 칼날을 삭게 만들 수 있는 유일한 것이 또한 시간이리라. 무한 고통이라도 지나면 모든 걸 삭게 만드는 것이 시간이리라. 시간이 새벽을 끌어왔다. 혼백처럼 발을 끌며 걸었다. 더러운 흙길을 걸었다. 스스로 걷고 있다는 사실을 알지 못했다. 흙과 먼지와 피로 더러웠으나 그 또한 알지 못했다. 고샅길 끝에서 막례가 보았다. 귀신처럼 걸어오는 딸년을 보고 소리 질렀다. 누가 보는 사람은 없는지 주위를 살피며 미아를 끌고 삽짝으로 들어섰다. 마당가에 나와 섰던 유건창이 이를 보았다.

어미가 딸년을 방에 앉혀놓고 끔찍한 형용을 살폈다. 머리칼은 흙물 들어 엉겼고 뜯겨나간 저고리 고름이 덜렁거리고 치마는 흙에 젖었다. 여기저기서 핏자국이 굳어갔다. 딸년을 뜯어 살펴, 어미가 사태를 짐작했다. 앙주먹 쥔 손으로 딸년의 등을 치다가 자기 가슴을 쳤다. 어미가 울었다. 유건창이 살이라도 뽑아내 쏟듯이 막례와 미아를 노려보았다.

"오갈 데 없는 천것이 불쌍해서 거둬줬더니 감히 양반집에 들어와 낳는다는 것이 저 따위 계집년을 낳은 주제에 울어? 지에미 천한 업을 딸년이 물려받은 것이지. 계집이 몸을 함부로 내돌려 더럽혔으니 그 죄를 어찌할 것이냐. 네년이 집안을 말아먹으려고 작정을 한 게로구나."

정유년 난리가 났을 때 강진 금당리에 살던 여자가 있었다. 왜놈이 남편을 베어 죽이고 부인을 겁탈했다. 여자의 손목을 잡고 옷고름을 열어 젖가슴을 주물렀다. 그 여자가 왜놈의 칼을 빼앗아 스스로 젖가슴과 손목을 잘라 죽었다. 난리가 끝난 뒤, 그 가문에 열녀문이 세워지고 대대로 세금을 면제 받으며 자손들이 마을의 어른으로 대접 받고 살았다. 유건창이 그 말을 했다. 계집으로 나서 몸을 더럽힌 죄인이 죽지 않고 돌아왔다고 유건창이 호통쳤다. 수치스러움도 모르는 뻔뻔한 계집이라고 욕했다. 윤리와 도덕이라는 이름으로 포장된 폭력이 아비라는 권위를 등에 입고 유건창의 입에서 끝도 없이 흘러나왔다. 분을 참지 못해 미아의 뺨을 후려쳤다. 그리고 방문을 발로 차고 나갔다. 죽음에서 돌아온 세상은, 죽음보다 못한 절벽으로 미아를 몰아세웠다.

다음날, 만덕산에서 서기산으로 넘어가는 골짜기에서 아전의 시신이 발견되었다. 머리통에 총구멍이 나 죽은 시신을 두고 사람들이 꼴좋다고 속으로 혀를 찼다. 천한 산행포수 따위가 감히 아전을 죽인 천인공노의 살인사건이었다. 미아가 며칠째 집 밖 출입을 하지 않는 것 따위는 누구의 입에도 오르내리지 않았다.

마동식에 대한 수배령이 내려졌다. 곳곳에 마동식의 용모 파기가 나붙었다. 그날 이후 강진 땅에서 마동식을 본 사람은 없었다.

시절과 물색은 서러운 사람을 위해 멈추지 않는다. 때에 따라 낙엽 지고 찬바람이 흰 눈을 몰고 왔다가 몰고 갔다 꽃이 피는 시간이 순환하는 동안, 마동식은 아무데도 없었다. 백호를 잡으러 백두산으로 들어갔다고 했다. 봉두난발을 하고 연경의 더러운 길바닥에서 구걸하는 걸 본 사람이 있다 했다. 평안도로 갔다고도 했다. 그곳에 겨드랑 사이에 날개를 숨긴 홍가 아기장수가 났는데 홍가와 함께 혁명에 나섰다고 했다.

전국에서 민란이 창궐하던 무렵이었다. 흉년으로 도적떼가 끓고 전염병이 돌았다. 군포를 못 낸 아비는 사또에게 매 맞아 죽고 어미는 도적에게 칼 맞아 죽고 오라비는 수자리 나가 얼어 죽고 막내는 보릿고개에 굶어 죽고 딸년은 염병에 걸려 죽었다. 나라는 없고 사대부만 남아 우는 백성들의 고혈을 짰다. 사대부는 노동하지 않고 백성들의 피고름으로 살기가 편안했다. 모든 백성의 한가운데서 사대부는 거대한 대가리로 굳어 있었다.

홍가는 갑옷을 입고 장검을 두르고 말을 탔는데 정씨 성의 진인의 지시로 봉기한다고 천명했다. 정씨 진인이 강계에서 일어나 철기(鐵騎), 철갑을 입은 기병 수만 명을 이끌고 올 것이라 약속했다. 홍가의 심복인 우군칙이 가산 다복동에 30칸 기와집을 마련해 본부로 삼았다. 우군칙이 운산에 금광을 연다는 소문을 내 사람을 모았다. 홍가의 심복 김창시가 격문을 썼다.

…나이 어린 임금이 위에 있어 간신배가 날로 치성하여 어진

하늘이 재앙을 내리니, 겨울 번개와 지진이 일어나고 재앙 별과 바람과 우박이 없는 해가 없으며, 큰 흉년이 거듭 이르러 천리가 적지가 되고 굶어 부황 든 무리가 길에 널려 있으니, 세상을 구할 성인이 청천강 북쪽 선천 검산 일월봉 아래 군왕포 위 가야동 홍의도에서 탄생하여 동국을 깨끗이 하기 위해 마침내 떨쳐 일어났다….

홍가는 정주성에서 관군의 총에 맞아 죽은 뒤, 다시 목 잘렸다. 중군 유효원이 임금에게 치보하기를, 4개월간의 치열한 전투 끝에 북성에 땅을 파기 시작해서 보름 만에 끝냈다. 화약 수천 근을 지하도에 감추고 곁의 구멍으로부터 불을 붙여 조금 있다 화약이 폭발했는데 형세는 신속하고 소리는 우레 같아 체성 십여 간이 대석 포루와 함께 조각조각 부서졌다. 북성에 매복해 있던 적들은 모두 깔려 죽었고 성가퀴에 늘어서 지키고 있던 졸개들은 흩어져 달아났다. 적괴 홍가는 생포하려 했으나 탄환에 맞아 죽었으므로 참수해 머리를 보낸다, 하였다.

관군은 민가에 방화하면서 닥치는 대로 살육했다. 그중 장정은 1917명으로 적의 혈당이 되었던 자들인데 은유를 여러 번 반포했음에도 끝내 감격해 뉘우치지 않고 더욱 사납고 완고하여 왕사에 감심했던 자들이니 결코 한 시각이라도 천지간에 살려둘 수 없는지라 모두 진 앞에서 효수했다, 하고 유효원은 덧붙였다.

이 일을 교훈 삼게 하려 기록을 남긴 나라는 열녀에 대해 특별히 함께 기록했다. 그중 연홍은 가산 관아에 딸린 기생이었다. 혁명군이 가산으로 쳐들어갔을 때 군수 정시가 죽었다. 연홍이 관아에 묵던 박생과 더불어 가재를 기울여 정시의 시신을 거두어 장례 치른 뒤 스스로 목숨을 끊었다. 순조가 기특히 여겨 연홍의 초상화를 그려 의열사에 배향했다. 통제사 허항은 홍총각에게 살해되었다. 허항의 아들 허집이 잡혀온 홍총각의 간을 가지고 오자 허항의 아내 김씨가 지아비의 무덤에 고하고 여드레 만에 굶어 자살했다. 조선의 역사를 통틀어 여자에 대한 기록은 두 가지였다. 열녀이거나 화냥년이거나.

백성들은 정주성에서 죽은 홍가가 가짜라고 믿었다. 진짜 홍가가 다시 나타나 백성을 구할 것이라고 했는데, 실은 홍가가 아니라 마씨라고도 했다. 등판이 단단하고 눈빛이 범 같은 마씨는 총한 자루를 들고, 낫과 괭이를 든 봉기군의 맨 앞에 서 있다 했다. 그런 이야기가 숲속 바람 소리를 따라, 바다 속 깊은 파도 소리를 따라, 이리저리 흘러 다녔다. 보이지 않았으므로 알 수 없었으나, 보지 않았으므로 모든 말을 믿었다. 마동식을 실제로 보았다는 사람은 없었으나, 마동식의 행적을 모른다고 말하는 사람은 없었다.

*　*　*

스스로 목숨을 끊지 않았다는 까닭으로 딸년을 때리고 집을 나선 유건창은 몇 날 며칠 노름판에 붙어 있었다. 시뻘건 눈으로 손바닥을 마주 비볐다. 상투는 반쯤 허물어졌고 때 낀 버선 밑에 발톱이 새카맸다. 농사짓는 놈, 고기 잡는 놈, 사냥하는 놈, 장사하는 놈 할 거 없이 투전판에 어울려 있은 지 벌써 수 일째였다. 온 나라에 술집이 넘치고 노름판이 갈수록 성행하였다. 투전에 쓸 판돈을 구하려고 논밭을 팔고 빚을 내고 전당을 잡히고 사기를 치고 마누라 치마를 벗기고 솥을 팔아먹었다. 어린 새끼들이 연사흘을 굶는 집들이 한 집 건너씩이었다. 사내는 항아리를 걷어차고 큰소리치고 잔소리 말라고, 금방 따서 돌아올 거라고 얼러대고 봉놋방에 앉아 뻘겋게 충혈된 눈알을 굴려댔다. 유건창은 판돈으로 쓸 살도 떨어져 남이 살을 댄 데다 곱살이 끼고는 조바심이 일어 다리를 떨었다. 개다리소반에 모주와 무청 넣어 끓인 비지가 식고 있었다.

"어디 보자. 삼팔돛대가보가 들었겠지."

유건창이 큰소리쳤다. 방구석에 놓인 요강에 소변을 보던 사내가 비웃었다. 요강 뚜껑도 닫지 않고 잠방이를 제대로 추스르지도 않은 채 무릎걸음으로 다시 투전판으로 돌아오는데 가랑이 사이에서 바지자락이 실기죽거렸다. 노름의 살도 바닥난 판국에 시비 걸어 좋을 것 없었다. 참자니 속이 부글거려 유건창은 곰방대를 끌어당겼다. 대통에 담배를 지나치게 많이 담아 등잔에서 불을 댕기다가 재가 기름에 떨어졌다. 기름이 화로에 떨어져 연기가 자욱했다.

"이거 한번 피워보시오."

한 사내가 유건창 턱 밑에 나전 입힌 담뱃갑을 내밀었다. 초저녁 무렵 새로 합류해 관망하던 사내였다. 냄새가 달고 향기로웠다.

"뉘신데 이런 값진 것을 권하는 것이오?"

"좋은 담배를 혼자만 피기 아까워 그러니 피워보시오."

유건창이 도토리 크기만큼 담배를 집었다. 꿀에 담근 양 진액이 배 나오고 황금빛 가운데 붉은 색깔이 살짝 돌았다. 처음 보는 최상품이었다. 사내가 부시를 쳐서 수리취로 만든 부싯깃에 불씨를 받아 불 붙였다. 부싯깃 불을 써보기도 처음이라 유건창은 붉은기가 돌고 둥그스름한 모양의 부싯돌을 건너다보았다. 물부리를 물고 입술로 풀무질을 해 빨았다.

"서초요. 서초가 황해도, 평안도 등 서쪽 지방에서 나는 최고급 담배라는 것 정도는 알 것이오. 이것은 그 중에서도 평안도 성천과 양덕에서 나온 담배요. 임금님이 피우는 거란 말이지."

위가 편해지고 비위가 회복되었다. 며칠 째 묵은 가래가 끓기고 침이 텁텁한 것이 씻은 듯 가셨다. 얼음이 얼고 눈보라가 몰아닥칠 때라도 뜨거운 탕을 마신 것보다 나을 듯싶었다. 사내가 뒤춤에서 담뱃대 두 개를 유건창 앞에 내놓았다. 중국 소상에서 나는 소상반죽에 대통과 물부리를 백통으로 만든 것이 그 하나요, 자줏빛 대나무로 길이가 칠 척인 관음자죽이 둘이 었었다. 담배 담는 꼬바리는 은으로 되어 있고, 나전을 입힌 담뱃대였다.

"대갓집에서나 볼 수 있는 호사스런 것이지."

"어떤 연유로 이것을 보이는 것이오."

사내가 자리를 고쳐 앉아 용건을 말했다.

"실은 내가 매파요. 이 귀한 것들을 꼭 처자 아비에게 전하라 당부합디다."

이리 귀한 물건을 선물로 보낼 정도면 행세하는 부자일 것인데, 하필이면 멍청한 딸년이 몸을 함부로 놀렸으니 어찌할꼬. 유건창이 속으로 화가 솟았다.

"그 집이 어떤 집인 줄 아시오? 추녀마다 풍경을 단 문이 열두 개요. 올벼 타작 일천 석에 늦벼 타작이 이천 석이지. 수종 하님만 열둘이요. 방마다 이불이 반자까지 높이 쌓였고 크고 둥근 두리상에 자개함롱이 겹쳐 놓였으며 오동설합 윤기가 반지르르하다오."

"그런 집에서 어찌 내 딸년을 맘에 두었단 말이오?"

속으로 하는 말은 이러했다.

'나야, 당장에라도 보내고 싶지. 하지만 이놈의 딸년이 몸을 망쳐놓았으니 어찌한단 말인가. 이 백통대와 관음자죽 좀 보소. 매끈하기가 처녀 속살 같지 않은가.'

"그것이, 신랑 자리가 점치는 일을 하는 사람이고 두 번 혼인을 했다가 상처해서 나이가 좀 있지요. 한쪽뿐이라도 엄연히 아버지가 양반이니 처녀 또한 신랑 자리보다 신분이 높은 거 아니겠소."

옳다구나. 저쪽에도 흠이 있구나. 재취라도 정실이요, 점쟁이 천민이어도 부자라지 않는가. 나이가 많다지만 제 년이 몸을 더럽혀 온 마당에 그깟 것을 따질 계재가 아니다.

"우리 애가 비록 어미가 천것이긴 하나 어려서부터 교육을 받은데다 인물이 반반하여 내가 평소에도 음전히 집안일을 배우도록 독려했소. 그런데 신랑 자리가 점쟁이에 나이도 많고 상처한 자라니…"

"지금 세상이 어떤 세상이오. 돈 없으면 양반도 거지 취급당하고 돈 있으면 천하의 잡놈도 고대광실에서 임금처럼 살 수 있소. 양반은 얼어 죽어도 곁불 안 쬔다고 하지마는, 그것도 다 수중에 돈이 있을 때 얘기요. 신랑 자리가 어리고 예쁜 신부를 데려가면서 친정을 나 몰라라 할 것이오? 보름 안에 돈이며 비단이 집 안에 쌓일 것이오. 타고 다닐 말도 보내줄 테고 귀한 약재도 보내줄 텐데."

"매파 양반 너름새 한번 좋소."

"그러지 말고 자자, 이러면 어떠시오? 담배를 네 대 피우는 동안 결정하는 거요."

매파가 관음자죽에 담배를 채워 넣고 불을 붙여 유건창 입에 물려주었다. 연기를 머금고 한참씩 있는 게 꼭 무언가를 심사숙고하는 것처럼 보였다. 장죽을 거꾸로 돌려 놋쇠 재떨이에 두드려 털고 다시 봉초를 눌러 넣고 불을 붙여 물었다. 그러기를 서너 번.

"좋소이다. 신랑 자리가 딸년을 맘에 들어 하고 자애할 것이라 하니 내 그 말만 철썩 같이 믿겠소이다."

"신랑이 좋아서 펄쩍 뛸 것이오. 다만 한 가지, 신랑의 눈이 먼 것이 흠이라면 흠인데 둘이 마음 맞춰 살면 그것이 무슨 문제겠소."

유건창은 신랑이 무엇을 보내올 것인지 상상했다. 귀하고 찬란하고 화려한 장면을 그리느라 매파의 마지막 말을 듣지 못했다. 그렇게 술집 투전판 앞에서, 담배 서너 대가 타는 동안에, 눈에 보이지 않는 것들을 손아귀에 쥐느라 배꼽이 간지러운 사이에,

미아의 혼인이 결정되었다.

* * *

　밤에 벽에 기대앉았다. 곱등이 손등을 타고 기다가 손등에서 굴러 떨어져 벽의 모서리로 벌벌 기어가 어디론가 사라졌다. 머리에서 쉰내가 났다. 마음이 어디에도 없어 잡아당겨 끌어올 수 없었다. 찾으려 하지 않으니 더욱 숨었다. 눈으로 사라진 곱등이를 더듬었다. 좁고 허름한 방안을 둘러보는데 한눈에 다 들어오는 방안이 보이지 않아 헤맸다. 마음이 없는 빈 몸으로 무언가를 하는 게 이상했다. 빈 눈을 들어보면 새벽달이 지고 안개 속에 이슬이 맺혔다. 하잘 것 없는 하나의 육체로, 피멍 들고 찢긴 몸뚱어리가 하나의 몸짓으로 굳어 있었다.

　"수치스러움도 모르는 뻔뻔한 년. 네가 배운 내훈이며 아녀자의 법도는 다 어디로 간 게야? 지나는 남자가 손목을 잡았다고 제 손목을 자른 여자 이야기며 딸이 몸을 더럽혀 어미가 딸을 저수지에 빠트려 죽이고 지나던 중이 가슴을 만졌다고 제 가슴을 도려내다 죽은 여자 이야기는 듣지도 못했느냐? 절개를 잃으면 계집은 다 잃는 것이다. 너는 이미 더러운 계집이다. 어느 사내가 너를 받아줄 것이냐. 일자무식이지만 나도 그러한 것은 다 안다. 그렇기 때문에 내가 이 집에 들어와 평생 죄인으로 살았다."

　막례가 분노로 울었다. 며칠째 곡기를 끊고 울었다. 막례의 분노는 오래된 것이었다. 여자는 나면서 속박을 향해 자랐다. 오직 속박으로 배워 속박 이외의 것은 알지 못했다. 속박으로 평생을 살아, 응어리진 분노를 보태, 딸에게 물렸다. 모든 딸들이 스스로 결박하는 법을 배웠다. 모든 여자들이 오직 속박 당하려고 존재했다.

"말해라. 누구냐, 그 사내가. 내가 그 사내 앞에 무릎을 꿇고 빌 것이다. 그 사내만 너를 거두면 아무 문제도 없을 것이야. 사내가 늙은이면 어떻고 혼인한 자면 어떠냐. 남자가 첩살림을 차리는 것이 뭐 흠이더냐. 그렇게 꽃살림을 내면 된다. 다 해결된다."

강간당한 여자들은 자기를 강간한 사내와 살기를 원했다. 강간범을 찾아가 거둬주기를 빌었다. 그것이 배워 익힌 유일한 해법이었다. 여자들은 그렇게 배웠다. 자기 마음이 어디 있는지도 모르는 여자들이 강간범의 소유가 되어 죽음에 이르기까지 죄인으로 살았다. 막례도 그러했고 막례의 어미도 그러했다. 배운 대로, 미아도 그러길 원했다. 그러면 비로소 밥이 넘어갈 것 같았다.

"이것아, 말을 해. 그래야 너도 살고 나도 산다."

"됐어. 이제 필요 없어. 입 다물어."

유건창이 발로 문을 차고 들어왔다. 며칠째 코빼기도 안 비치던 유건창의 양손에 보따리가 들려 있었다.

"이번에 내가 제대로 집안을 일으키게 생겼으니 이제야 조상님께 떳떳할 수 있겠구먼."

정혼자가 보낸 것이라는 말에 막례가 새로 울었다. 손을 모아 천지신명께 인사 올렸다. 그리고 보따리를 풀었다. 쌀이 열 말, 찹쌀이 세 되, 팥 네 되, 녹두가루 한 되, 깨 한 되, 먼어, 민어가 두 마리씩이고 추어 한 두릅에 알젓 한 되, 새우젓 세 되, 달걀 마흔 개, 미역 두 묶음, 김 다섯 묶음, 다시마 한 묶음, 소금이 다섯 되, 누룩이 두 장이었다. 여러 꿰미의 엽전도 들어 있었다.

"딸년 하나 있는 거 신세 망쳤으니 어쩌나 싶었는데, 하늘도 무심치 않은 모양이구려."

막례가 또 울었다. 돌덩이가 뽑힌 자리에서 솟구치는 울음이었다.

"점쟁이에다 상처한 적이 있다지만 그것이 무어 문제라고. 나이가 약간 많긴 하지. 하지만 아직 마흔은 안 됐을 거야. 많아야 마흔다섯일 거야. 딸년 신세 망친 생각해봐. 이 정도 자리면 조상님 음덕이지."

유건창이 스스로의 말에 취했다.

"점쟁이면 드나드는 사람들이 많을 터인데 딸년 일을 아는 사람이 없을까?"

막례의 걱정은 뿌리가 깊었다.

"쓸데없는 소리. 동티나게 그게 무슨 헛소리야? 저 딸년, 덜컥 풋덩이라도 들어서면 어쩔 것이야. 그러면 만사 다 끝난다고. 천우신조야. 맞춤한 때에 혼담이 들어왔으니 하루라도 빨리 혼인식을 치러야지. 내가 들으니 신랑이 집을 살 때 뜰에 서 있는 소나무 값을 집값보다 더 많이 주었다네. 그 정도로 돈이 많고 풍류를 아는 사람인데 혹여 소문 좀 돈다고 그 말을 다 믿을 거 같은가?"

유건창의 말은 집안의 가장의 말이었다.

"너는 조신하게 혼인 준비에 매진해야 할 것이다. 계집으로 나서 좋은 자리에 들어가면 그 이상이 없지. 이제 늙어 먹고 살 방도도 막막한 판에 이런 사위 얻으면 고생 없이 살 수 있겠지. 태산에라도 기댄 셈이지."

  아무래도 상관없다. 어차피 스스로 결정할 수 있는 일이 아니다. 그저 감당하고, 그저 웅크리며, 그저 단순해지리라. 오직 두려운 것은 산목숨이었다. 살았으니, 살아질 것이다. 마동식의 눈빛이 또렷했다. 찌르는 듯 맑고, 버린 듯 비어 있던 그 눈빛에 빚진 목숨이다. 한 사람의 생을 담보로 부지한 목숨이다. 아무려나. 살아야 할 것이다. 흐리게 뜨는 차가운 달이 안개를 불러와 붉은 노을이 밀려나갔다.

지나가는 개에게 물린 꿩

 일은 일사천리였다. 숨을 데가 없어서, 터져버릴 수가 없어서, 미아는 다만 손아귀의 힘을 놓고 물결에 흐르듯 떠내려갔다. 신랑 쪽에서 서둘러서 막례는 오히려 기꺼웠다. 달랑 함진아비 한 명이 함을 지고 왔다. 화문갑사 무늬비단이 다섯 필에, 예물로 담은 돈이 서른 냥이었다.

 "시집이라고 살러 와서 딸년 하나 낳은 죄로 평생 허리도 못 펴고 죄인으로 살았는데, 이제야 고개를 들 수 있겠구나."

 막례가 함을 열기 전까지 황상을 어찌하나, 하던 생각을 접었다. 황상도 들어 알 것이다. 낙엽을 헤집는 바람으로도 소문은 퍼지기 마련이었다. 막례가 받은 돈으로 혼례 준비를 했다. 아침에 송화빛 노란 저고리를 짓고, 저녁에 빨간 치마를 지었다. 장터에 나가 대자리며 은비녀와 반지도 샀다. 감색 요에 부용 꽃잎을 수놓고 비취색 이불에 원앙 한 쌍을 새기는 데 밤을 새웠.

 혼례식을 이틀 남겨둔 날 밤에 막례가 밖으로 미아를 불렀다. 동쪽 지붕 밑에 정화수 한 그릇이 올려져 있었다.

"위를 보거라."

달이 밝았다. 한기가 들어 몸이 떨렸다.

"숨을 깊이 들이마셔라. 그리하여 달을 먹어라. 통째로 달을 삼키듯 달의 기운을 몸속에 가득 넣어야 한다. 들이쉰 숨을 한 치도 흐트러짐 없이 아래로 모아 음기를 자궁에 고루 모은 뒤 가두어라. 그래야만 아들을 잉태할 수 있다."

찬 밤바람에 소름이 돋았다.

"여자는 무조건 아들을 낳아야 한다. 그래야 대접받고 산다. 내가 어찌 살았는지 알 것이다. 무조건 아들을 낳아야 한다. 밤마다 음기를 내뿜어 사내가 스스로 찾도록 해야 하며 네 몸에 무슨 짓을 해도 순종해야 한다."

막례가 붉은 종이로 보름달을 만들어 대꼬챙이에 붙여 동쪽 지붕 위에 꽂았다. 고개 들어 달 한 번 보고, 고개 숙여 정화수에 비친 달을 또 한 번 보고, 스물일곱 번 큰절하게 했다. 미아는 말없이 따랐다. 달빛을 마시며 스스로를 버렸다.

"항상 겨울 냇물 건너듯, 얼음 위를 걷는 것처럼 조심해야 한다. 공손한 낯빛으로 남편을 받들어라. 수다스럽게 묻지 말고 헛되이 웃지 말고 아무 때나 자지 마라. 일 없다고 낮에 누우면 뉘 눈에 아니 뵐까. 자리와 베개를 바로 하고 문 열고 자지 마라. 문턱에 드나들 때 치마 뒤를 검쳐 잡아 속의 옷 깊은 살을 드러나게 하지 마라. 본디 여자는 죄 많은 물건이라 옷 벗고 자지 마라. 남편이 부르는데도 모르는 일이 없어야 한다. 특히 어느 날이 제삿날인 줄 들어보아 선영봉사에 힘써야 한다. 그리 하늘이 정한 팔자에 순종하면 복이 되고, 혹여 시집의 법도가 심하대도 정성으로 봉양하면 남편이 너를 사랑해줄 것이다."

막례가 치마를 손에 감아쥐어 눈물을 찍었다. 막례가 딸년의 등을 쓸어내렸다.

"참아야 한다. 그것이 여자가 살아가는 방법이니라."

* * *

조선 중기까지 남자가 여자 집에 머물며 생활하는 남귀여가혼(男歸女家婚)의 결혼 형태가 보편이었다. 양난 후, 조선은 흩어진 기강을 바로 세운다는 명분으로 장자상속 원칙을 세우고 장가를 드는 것이 아니라 시집을 가는 것으로 바꿨다. 여자는 친정에서 상속받지 못했고 얼굴 한 번 보지 못한 신랑을 따라 낯선 시집으로 가야 했다. 출가한 외인이 되어 칠거지악과 삼종지도로 몸을 묶어 죽을 때까지 시집의 지붕 아래 살아야 하는 것이 결혼이 되었다.

혼인식 날. 막례가 이불을 개고 앉았다. 새벽안개가 흩어지기 전이었다. 등불 심지 올리고 딸년을 보았다. 오늘이 지나면 언제 다시 볼 수 있을지 몰랐다. 등불이 흔들려 줄불이 흐르듯, 새벽별이 흐르듯, 쓸쓸했다. 설핏 잠든 딸년의 뺨을 쓸었다. 바닥을 짚어 보니 썰렁해 군불을 지폈다.

"어둔 새벽에 날 새는 줄 어찌 알아 먼저 일어나 남편 봉양 하겠느냐. 머리단장 비녀 꽂기 손 설어 어이하며 맘대로 나다니지도 못 할 것이니 답답한 심사를 어찌할꼬. 꾸짖거든 울지 말고, 엎드려 감수하고, 발명을 바삐 마라. 방이 추운지 침석이 편안한지 늘상 살피고, 구미에 맞게 상을 올리고, 더 할 일이 있는가를 항상 묻고, 이부자리를 정성껏 준비하고, 남편의 손길에 순종해라."

막례의 음성에 울음 섞여 진동이 울렸다. 혼인식 날, 가야 할 딸도 보내야 할 어미도 울었다. 담벼락 밑에서 고양이가 울었다. 밖에서 새가 울었다. 먼 데서 소가 울었다. 난바다의 파도가 울었다. 산하를 쓰다듬는, 서로 부르고 답하고 원하고 욕망하는 소리를 다 운다고 한다. 그러므로 사는 일을 다, 운다고 한다. 부엌으로 나가 부뚜막 앞에 앉아, 막례는 여자에게 산다는 것과 운다는 것 둘이 아니어서 산다는 말이 여자에게서 나온 게 아닐까 짐작했다. 그래서 소리 내어 사는 모든 것을 운다고 하는 게 아닐까.

솔방울과 가지를 넣어 불을 일으켜 딸년이 씻을 목욕물을 끓였다. 부뚜막에 앉으면 불을 보게 되었다. 불이 주홍빛으로 탔다. 불은 길쭉하고 두껍게 탔는데 솔방울의 기름기로 백색의 불똥이 튀고 생솔가리로 연기는 파랬다. 불냄새는 부드럽고 뜨겁게 얼굴을 달궜다. 불을 보고 있으니 눈물이 났다. 재가 사방으로 날아다니다 무해하게 막례의 어깨와 구부려 앉은 등뼈 위에 달라붙었다. 우느라 벌어진 입으로 노랫가락이 새나왔다.

앞밭에는 당추 심고 뒷밭에는 고추 심어
고추 당추 맵다 해도 시집살이 더 맵더라
귀먹어서 삼 년이요 눈 어두워 삼 년이요

말 못 해서 삼 년이요 석삼년을 살고 나니
배꽃 같은 요내 얼굴 호박꽃이 다 되었네
열새 무명 반물치마 눈물 씻기 다 젖었네

 노래는, 여자들의 말이었다. 하고 싶은 말을 말로 다 할 수 없어서 여자는, 노래를 불렀다. 노래는 쏟아지는 슬픔을 가누려는 울음이었다. 여자의 좁은 세상은 명치에 쌓여 돌로 굳어 노래로 그 귀퉁이를 쪼개 토해 내놓았다. 노래를 부를 때마다 파편이 부서지듯 명치끝이 쓰라렸다. 조선에는 여자들의 노래가 많았다.
 미아는 막례가 요강 부시는 소리를 들었다. 내일이면 친정은 영영 남의 집이 될 것이다. 괜찮다. 다 괜찮을 것이다…. 세상은 물 같아서 나의 생을 무심하게 훑고 갈 것이다. 건질 것 없는 생이라도 울지 않을 것이다. 쥔 것이 없으면 놓을 일도 따로 없다. 견딜 수 없다 생각조차 하지 않으면 견딜 수 없는 것은 없을 것이다. 다짐과 체념과 절망으로, 신새벽 방안은 더 없이 적막했다.
 이윽고 자리에서 일어나 이부자리를 갰다. 좁은 방안을 쓸고 닦았다. 바닥이 따뜻했다. 손으로 바닥을 짚어보았다. 누군가 군불 지펴주는 따뜻함은 끝일 것이다. 막례가 데워놓은 물로 목욕했다. 막례가 하자는 대로 몸을 내주었다. 어미는 이제 남의 집 식솔이 될 딸년을 씻겨주었다. 물의 열기로 붉게 부푼 살결 위로 물방울이 맺혔다. 갸름한 턱선 아래로 목선이 빠르게 흘렀다. 복사꽃 빛 유두가 꽃잎 속의 수술처럼 작았다. 조그맣게 쑥 들어간 배꼽 밑으로 곱슬한 검은 털이 한여름 숲속처럼 짙었다. 날렵한 옆구리 선을 따라 물결이 타고 흘러, 매끈한 종아리에서 찰랑거렸다. 길게 내려앉은 머리칼이 물결 위에서 흔들렸다.

 어미가 낳아 기른 작은 생명이 어느새 하나의 세상으로 가장 찬란한 시간을 지나고 있었다. 어미가 딸년의 붉거져 나온 등뼈와 날갯죽지에 따뜻한 물을 부었다. 핏덩이 갓난 것을 씻길 때가 떠올랐다. 그 작고 따스한 것이 몽글몽글해서 어미는 웃었다. 겨우겨우 지탱해가던 생이 말갛고 눈물겨운 색으로 촉촉하게 물들었다. 가슴 풀어 젖꼭지를 물리면 어린 딸년은 달디단 젖비린내를 풍기며 힘차게 빨았다. 어미가 보기에도 어미를 닮아 눈썹이 짙고 코가 작은 아이가 끌어당기듯 어미를 바라보며 웃으면, 신기하게도 어미는 돌아간 어미의 어미가 떠올랐고, 어미의 어미 또한 그 어미로 이어지는 순환의 방식으로, 어미는 자식으로 세상을 배우는, 세상의 비밀이 내 것인 듯하여 아이를 더욱 껴안았다. 묻고 싶은 것이 많은 생이 단 하나의 대답으로 갈음되듯, 아이의 작은 몸이 부드럽게 안겨왔다.

 어미가 쌀뜨물을 떠다 이제 다 큰 딸년을 세수시켰다. 미아가, 다 큰 딸년이, 속속곳을 입고 고쟁이를 입고 속바지를 입은 위로 일곱 겹 속치마를 입었다. 녹의홍상을 입을 때 몸을 휘두르고 흘러 사라락 소리 냈다. 어미가 버선을 들고 딸년의 발을 보았다. 뒤꿈치에 각질도 앉지 않은 어린 발이 슬픔의 더께가 굳어지는 세월일 것이다. 살아보아 아는 어미는 아직 살지 않은 딸년의 세월이 사무쳤다. 하얀 비단 버선은 발목 뒤쪽이 쑥 들어가 발을 조였다. 막례는 뒤꿈치가 딱딱하게 갈라진 자기 발을 보았다. 갈라진 틈에 낀 땟물은 아무리 씻어도 지지 않았다. 미아가 치마 말기를 쥐고 앉았다. 잔머리를 모아 동백기름 바르고 참빗으로 눌러 빗었다. 얼굴에 미안수를 발랐다. 막례가 달걀 세 개에 술을 부어 밀봉해두었던 것이다. 백분가루를 엷게 바르고, 미묵으로 눈썹을 그렸다. 미묵 또한 막례가 굴참나무를 숯으로 만들어 기름에 개어 만들었다. 홍화 꽃물 연지를 입술에 발랐다. 살결과 손과 이빨이 하얗고 머리카락, 눈동자, 눈썹이 검었다. 입술은 붉었다. 방문 밖이 시끄러웠다.

 구경꾼들이 신부를 훔쳐보았다. 신랑 자리가 육례의 예물을 갖춰 보냈다는 소문이 온 동리에 퍼졌다. 차일 친 좁은 마당에 멍석 깔고 다시 돗자리를 펴고 탁자를 놓았다. 초례청을 마련해둔 주위를 사람들이 둘러싸 떠들었다. 늦가을의 부푼 하늘 볕이 반투명한 유리처럼 창백해져갔다.

 "온다."

 누군가 소리 질렀다. 기럭아비가 나무 기러기 한 쌍을 들고 골목길을 따라왔다. 붉은 갓에 검정 단령을 입은 자였다. 뒤이어 청사초롱이었다. 고삐를 잡은 말구종이 따랐다. 푸른 말다래를 늘어뜨린 말이 다그닥거렸다. 말이 좁은 삽짝에 들어오지 못했다. 말에서 내린 신랑이 서대를 띠고 겹날개 달린 사모를 쓰고 차면으로 얼굴을 가렸다. 사람들이 잘난 부자 신랑을 보려고 목을 늘였다.

***

 신랑이 들어섰다. 사람들이 입을 다물었다. 간혹은 벌어진 입을 다물지 못했다. 사람들의 입소리가 죽어 어미와 신부가 방안에서 의아했다. 오랜만의 구경거리로 장터처럼 끓어올랐던 웃음기는 주저앉았다. 낫에 베인 풀밭처럼 삽시간에 분위기가 죽었다. 눈을 옆으로 비스듬히 뜬 사람들은 스스로 수치심에 휩싸인 듯 서로의 눈을 의심했다. 한숨이 터졌고 저마다 높은 하늘 불러 그림자 만들 구름을 찾았다. 구름이 내려오지 못하고 머뭇거렸다. 누구도 웃지 않았다.
 사모를 쓰고 들어온 자는 낯빛이 검고 하관에 팬 주름이 등나무 줄기처럼 굵었다. 자라난 수염은 잿빛으로 바랬다. 어깨가 구부정했다. 족히 오십쯤? 더 됐으려나? 사람들이 입속으로 말했다. 저 눈 좀 봐. 흰자위가 희번덕거리는 게 꼭 살기 낀 칼날 같구먼. 그 자의 눈은 검은동자가 잘 보이지 않았다. 시선이 아무데서나 흔들려 어디에도 초점을 맺지 못했다. 부자 소경 점바치. 품이 좁고 성마르고 비굴하면서 동시에 화가 많은 성정인 줄 모두가 알 수 있었다. 어깨를 움츠린 사람들이 안 좋은 냄새를 맡은 듯이 미간을 찡그렸다. 서로 등 돌리고 시선을 외면했다. 퇴락을 맞닥뜨린 듯이 한숨 쉬었다. 내 일이 아니어서 다행이란 듯이 혀를 찼다.
 "신부가 속았구나. 이 노릇을 어찌할꼬."
 막례가 나와 보았다. 털썩, 섬돌 위에 주저앉았다. 유건창이 막례를 울타리 뒤쪽으로 잡아끌었다. 막례가 떨리는 소리로 말했다.

"이것이, 이것이, 대체 이 일이 어떻게 된 거란 말이오."

아침부터 술추렴한 유건창의 얼굴이 붉었다.

"나라고 알았겠는가? 매파가 어찌나 말을 잘 하는지 그 말만 철썩 같이 믿었으니."

"그러니 이제 어쩔 것이냐고요."

막례가 주저앉아 울었다. 소리의 크기에 조심하지 않았다. 유건창이 막례의 입을 틀어막았다.

"조용히 하지 못할까. 말이야 바른 말로 딸년이 몸을 함부로 굴려 몸을 더럽혀 온 지가 얼마나 됐다고. 이대로 시집가는 게 맞아."

그 말에 막례가 입을 다물었다. 더 내놓을 수 있는 말을 막례는 찾지 못했다. 그 말은 벗어날 수 없는 사슬이었다. 아무리 몸부림친다 한들 소용없는 일이었다. 하늘 불러 빌어도 소용없는 일이었다. 이미 몸 버린 딸년이었다. 행여 애라도 덜컥 들어서지 말란 법 없다. 처녀가 애를 배면 인생 끝장이다. 애 밴 처녀에게 세상은, 없는 것이 오히려 나은 족쇄요, 칼날이요, 감옥이요, 무덤이다. 그 세상은 조롱하듯이 억압하고 묶고 때리고 찌른다. 그런 어미에게 난 어린것은 나면서부터의 세상이 그렇다. 그 세상은 그 어린것을 또한 누르고 비틀고 밟고 찢는다. 그 세상에서 싸워 이겨 온전히 살아간다는 건 불가능한 영역의 일일 것이다. 그러니.

지금이 아니면 시기를 놓친다. 그래. 그것만 생각하자. 딸년이 살려면 이 방법밖에 없지 않은가. 저 스스로도 잘 알 것이다. 그러니 어쩌겠나. 막례가 울음을 삼켰다. 자꾸 치밀어 오르는 울음을 눌러 내렸다. 눌러지지 않는 것을 누르려니 앙가슴에 돌이 얹혔다. 제 속으로 낳은 딸년을 불구덩이로 밀어넣는 것을 알았다. 가슴에 눈물 쌓여 돌이 될 만큼 살아보아 저절로 알아진 거였다. 울음이 불덩이인 듯 자꾸 솟구치려 들었다. 솟구치려는 것을 억지로 눌러 불덩이는 안으로 타들었다. 타들어, 타들어, 속을 시커멓게 태웠다.

"내 죄다. 천것 어미의 죄다. 미천한 어미가 삼생의 죄악이 무거워 딸년까지 망치는구나."

족두리 쓰고 앉은 딸년을 붙들고 어미가 울었다. 어미는 원망해도 바뀌지 않은 세상이 무서워서 스스로에게 죄를 물었다.

"저는 괜찮아요."

"너를 저런 곳에 넣어놓고 생리사별을 하면 내가 발 뻗고 잠들 수 있겠느냐."

"무슨 일이 있으면 어머니를 보러 올게요. 병이 났다고 닷새 말미를 얻어 그 이튿날 새벽 파루 친 뒤에 바로 올게요."

딸년의 음성에 무게와 빛깔이 없었다. 울음도, 한숨도, 새로운 운명을 맞아야 하는 두려움도, 부스러지는 스스로의 세상조차도, 그 음성은 담지 않았다. 미아는 스스로 일어나 밖으로 나갔다. 다른 수가 없었다. 결연함은 용기나 각오에서 오는 게 아니라 체념에서 비롯되었다. 달리 방도가 없다는 절망은 살이나 칼보다 단호하고 무자비하게 무릎 꿇렸다. 희망을 버리면, 스스로에 대한 연민도 따라 버릴 수 있었다. 그것이 생이 바닥일 때 의지가 솟는 까닭이었다. 고통과 두려움이 죽음에 가까울수록 산목숨의 이유와 방향은 오로지 산, 목숨에 집중되었다. 살아야 했다.

홀기에 적힌 순서대로 혼인식이 진행되었다. 신랑이 세 번 읍했다. 초례청 위에 기러기를 놓고 재배했다. 수모의 부축을 받은 미아가 마주 섰다. 초례상에 켜놓은 촛불이 흔들렸다. 구경꾼들은 떠들지 않았다. 그들은 수군댔다. 초례상에 올려놓은 암탉과 수탉이 찢어지는 소리로 울었다. 닭들은 다리가 묶여 도망가지 못했다. 교배례 하고 합근례 차례였다. 작은 박을 갈라 만든 잔에 술을 따라 마시는 시늉을 했다. 다시 술잔을 채우고 신랑이 청실을 감아 신부에게 보내고 신부는 홍실을 감아 신랑에게 보냈다.

숙였던 고개를 들어 신랑을 보았다. 얼굴이 혈색 나쁘고 네모였다. 이빨이 누랬다. 재가 내려앉은 듯 늙은 머리칼은 숱이 적었다. 두꺼운 손톱 끝이 까맣게 썩어 있었다. 그리고 눈. 송곳으로 뚫은 듯 좁은 눈구멍에 검은동자는 흔적만 남은 듯 보였고 누렇게 변색된 흰자위가 들어찼다. 산목숨으로 사는 동안 몸 대고 살아야 할 자였다. 눈앞이 흐릿해져 고개 들어 멀리 보니 강진만 물결이 푸르고 짙었다. 꿈일 수는 없을 것이다. 피할 수도 없을 것이다. 강진만에 검게 파도가 일었다. 저 아가리에 몸을 던질 수도 없을 것이다. 꿈속인 듯 헛것이 보였다. 붉은 명정을 앞세운 흰 가마에 홍안의 신부가 실렸는데 얼굴이 백골이었다.

조선은 혼인식이 끝난 첫날밤에 구경꾼들이 신방 앞에서 키득거리며 방안의 일 엿보기를 즐겼다. 신랑이 신부의 족두리를 벗길 때 여러 개의 손가락이 창호지를 뚫었다. 신방은 불 끄지 않는 것이 관례였다. 막 혼인한 부부에게 나쁜 귀신이 들지 않도록 망을 보아주는 뜻이었다. 미아의 방문 앞이 고요했다. 사람들이 모두 돌아갔다. 신방 앞에 귀신이 들어도 쫓아줄 이 없었다. 사모관대를 털어 벗은 사내가 손으로 더듬어 술을 따라 마셨다. 한 주전자를 다 비우고 미아를 향해 돌아앉았다. 다리를 쭉 뻗어 도느라 놋요강을 발로 차 소리가 요란했다. 화촉의 불길이 출렁였다. 원앙금침에 새겨진 원앙의 날개가 따라서 흔들거렸다. 사내가 손을 뻗었다. 거친 손가락으로 미아의 얼굴을 만졌다. 미아가 등을 구부리고 어깨를 움츠렸다. 소름이 돋았다. 눈을 감아 참았다.

"외꺼풀로 옆으로 긴 눈에 코는 끝이 좁고 작구나. 귓불이 작고 입술은 적당하게 얇구나."

그 음성이 쇠가 쇠를 긁는 것 같았다.

"아문의 어른이 단풍놀이 하던 날 네가 나를 인도해주던 일을 기억하느냐? 그때 불렀던 노래가 듣고 싶구나. 어디 한 번 내 앞에서 불러보아라."

일이 그리 되었구나. 잠시 놓여나고 싶어 부른 노래가 나를 영영 묶어버렸구나. 이제 다시 노래 부를 수 없겠구나. 사내가 재촉했다. 노래하고 싶지 않다 말했다. 사내가 더욱 다그쳤다.

"내가 너를 취한 것은 너의 노래 때문이었다. 첫날밤부터 지아비 명을 거역할 셈이더냐."

사내의 흰자위가 앞으로 튀어나왔다. 사내가 명이라 했다. 자신이 명하고 미아가 따라야 할 위치임을 명확하게 다그쳤다. 그것이 계집의 유일한 법도임을 사내는 명했다. 지아비가 된 사내가 지어미가 된 여자에게 한 첫 일이었다.

명이라니, 따라야 했다. 명이라는 것은, 따르지 않으면 벌하겠다는 뜻이 포함된 경고였다. 주인이 종에게 쓰는 말이었고, 윗사람이 아랫것들에게 휘두르는 힘이었다. 명, 앞에서 미아는 무기력했다. 숙여야 하고, 꿇어야 하고, 떨어야 하고, 생각하지 말아야 하는 것. 좋고 싫음이나, 옳고 그름이나, 할 수 있는지 없는지 여부는, 나의 능력이나 감정은, 개에게 주어야 하는 것. 그것이 명이었다.

미아는 이해했다. 닥쳐올 미래까지 알 수 있었다. 다시 한번 결연해졌다. 살자고 마음먹은 체념으로 억센 팔자의 슬픔이 물러났다. 어미가 노래 부르듯 평생 팔자 타령한 까닭을 이해했다. 여자는 팔자 속에서 살아야 했다. 살자고 마음먹으면 무엇이든 아주 못 견딜 만하지는 않을 것이다. 희망을 버리면, 스스로에 대한 연민도 따라 버릴 수 있을 것이다. 미아는 입을 벌렸다. 노래했다. 이제 스스로를 위해 노래하는 일이 없을 거였다. 앞으로는 오직 명에 따라서만 입으로 노래가 흐를 거였다. 미아는 그것을 알았다. 단 한 가지, 스스로를 위로하던 위안을 그렇게 빼앗겼다.

"또 다시 몸이 달아오르는구나. 눈이 먼 소경은 소리에 예민한 것을 너도 알 것이다. 너의 음성은 사내를 흥분하게 만든다. 손을 내밀어 내 아랫도리를 만져보거라. 내 나이 오십이 넘었어도 이리 단단한 방망이 같다."

사내가 미아의 손을 잡아끌었다. 자신의 바지 속으로 집어넣었다. 미아가 손을 빼려 힘주었다. 사내가 미아의 어깨를 밀어 이불

위로 쓰러트렸다.

"너 또한 한번 맛보면 열락에 빠질 것이다."

사내가 미아의 치마를 벌리고, 고쟁이를 벗기고, 속속곳의 끈을 잡아당겼다. 미아가 다리를 힘주어 오므렸다. 사람의 의지라기보다 짐승의 본능이었다.

"어디 감히 막 혼인식을 치른 신부가 신랑이 하는 일을 방해하고 나선단 말이냐. 네 아비가 양반이라고 그리 뻐기더니 딸년 교육을 어찌 시킨 것이냐. 아니면 배를 빌려 나온 네 어미의 천함을 네가 대물려 받은 것이냐."

몸을 일으킨 사내가 미아의 뺨을 쳤다. 눈앞에서 불이 튀었다. 나는 종이다. 나는 아랫것이다. 나는 이 사내에게 팔린 것이다. 나는 다만 한 명의 계집일 뿐이다. 미아가 속으로 말했다. 나는 어떤 생각도 하면 안 된다. 나는 어떤 감정도 느끼면 안 된다. 나는 다만 천한 몸뚱이다. 나는… 아무것도 아니다. 스스로 짓밟고, 스스로를 버렸다.

오한이 났다. 난바다에서 물이 물을 밀쳐내면서 그르렁거렸다. 파도가 몰아닥쳐 파도를 덮쳤다. 미아가, 다리를 벌렸다. 밤에 울던 까마귀가 돌아가고 새벽닭이 깨었을 때 사내가 떨어져나갔다. 사내는 코골며 잤다. 막례가 준비해두었던 닭 피를 방문 틈새로 들였다. 미아가 받아 요에 묻혔다. 닭 피가 처녀의 혈흔으로 둔갑했다.

조반 직후 사내가 길을 재촉했다. 싸리문 밖에 가마가 도착해 있었다. 가마 머리에 놋쇠 장식이 덜렁거렸다. 조선은 첫날밤이 지나면 사람들이 모여 신랑을 밧줄에 묶어 기둥에 매달고 발바닥을 친다. 첫날밤이 어땠느냐, 좋더냐, 물으며 먹고 마시며 논다. 신부를 소중히 다루지 않으면 오늘 맞은 매를 떠올려야 할 것이라는 당부의 뜻이다. 미아의 집에는 아무도 몰려오지 않았다. 그리하여 신부의 댕기를 푼 신랑이 한턱을 내는 댕기풀이도 못했다. 미아는 보통이 하나를 안고 가마에 올랐다. 막례가 가마를 붙들고 홀로 울었다.

***

사내는 성이 박씨였다. 날 때부터 장님은 아니었다. 예닐곱 살 먹었을 무렵, 역병이 돌아 열흘 밤낮을 앓았다. 그 부모가 죽을 거라 생각해 펄펄 끓는 아이를 윗방에 버려두었다. 아침나절에 들어가 보니 배고프다며 밥 타령을 했다. 다만 눈이 멀어 흰자위가 번득거렸다. 부모는 귀신이 씌웠다 여겼다. 눈 먼 아이를 지게에 얹었다. 아이는 대오리로 만든 발채 안에 들어 있었다. 조개모양 발채를 쥐었다 폈다 하면서 떡을 사줘라, 약과를 사줘라, 칭얼거렸다. 마침내 부모가 눈 먼 아이를 길바닥에 버리고 갔을 때도 아이는 흙장난을 하고 놀았다. 지나던 무당이 아이를 거뒀다. 산속 서낭당에서 무당은 아이에게 점치는 법을 가르쳤다. 서낭당에는 마을 사람들이 갖다 바친 음식으로 굶는 날이 없었다. 아이는 장차 점치는 판수가 되었다. 사람들을 두려움으로 묶어 돈 버는 방법을 익혔다. 성이 박씨가 확실한 것인지 아무도 몰랐다. 친

부모가 눈 먼 아이를 길에 버렸을 때 성씨를 가르쳐주지 않았고 아이를 주워 기른 당골네는 저 자신 또한 성이 무엇인지 알지 못했다. 강진 땅 중에서도 풍수가 좋은 땅에 자리 잡고 점술 영업을 하면서부터 스스로 박판수라 칭했다.

박판수는 두 번 혼인하였는데 두 번 다 부인이 죽고 첫 아내에게서 두 딸을, 두 번째 아내에게서 어린 아들을 보았다. 두 아내 모두 처녀로 시집 왔다가 오 년을 넘기지 못하고 죽었다. 그 일을 두고 항간에 소문이 돌았다. 박판수가 술수를 부린 것이 틀림없다고 했다. 박판수의 집은 동성동으로, 강진 아문에서 가깝고 번화한 장터가 시작되는 동문을 바라보는 노른자위 땅이었다. 월출산 줄기에서 이어진 보은산의 주맥이 내리 뻗은 곳이어서 양반들과 돈깨나 있는 아전들이 모여 살았다. 미아는 솟을대문을 보고 놀랐다. 돈만 있으면 신분을 가리지 않고 기와를 얹어 집을 짓던 때였다. 검고 윤기 나는 기와가 위압적이었다. 박판수가 대문을 열었다. 문이 집 안쪽을 향해 열리는 점이 달랐다.

"어리석은 사람들이나 뭘 몰라서 대문을 바깥으로 다는 것이지. 대문이 밖으로 열리면 집안의 기운이 밖으로 빠져 나가게 된다. 그러니까 바람이 안으로 들어가도록 대문을 안쪽으로 열어야 그 집에 길운과 재물이 쌓이는 것이다."

묻지도 않았는데 박판수가 말했다. 마당에 하늘을 뚫을 듯, 치솟아 오른 해송이 조화롭지 못했다.

"저것이 보이느냐?"

박판수가 소나무를 턱으로 가리켰다.

"저건 그냥 소나무가 아니다."

소나무 아래에서 태어나, 소나무 기둥으로 지은 집을 짓고 살다가, 죽어서는 소나무 관에 눕는 것이 사람의 삶이라 했다. 조선은 소나무를 좋아해 소나무 벌목을 법으로 금했다.

"송죽지절이니 송교지수니 그 따위 걸 말하는 줄 아느냐? 그런 건 말하기 좋아하는 책상물림들이나 하는 소리지. 저것은 강진 땅에서 가장 비싼 소나무다. 웬만한 양반집 한 채 값보다 더 비싸게 셈을 치렀다. 이 집에는 양반집 마님들이 수시로 출입한다. 그 마님들이 이 집에 들어서서 처음 보는 것이 저 소나무지. 속으로 그 값을 헤아리고 자신들보다 내가 부자라는 사실에 콧대가 꺾인다. 양반이니 천민이니 하는 신분이 중요한 것 같으냐? 세상이 변했다. 돈이 많아야 대접받는다. 수령이 단풍놀이에 나를 초대하는 것을 너도 보지 않았느냐?"

대문 밖에서 거지들이 동냥 구걸하는 소리가 컸다. 박판수가 벌레 같은 것들, 하고 욕했다. 도포자락을 크게 한 번 떨쳤다. 도포는 원래 천민은 입지 못하도록 하였으나 지금은 돈 있는 자가 도포를 입었다. 지팡이를 짚고 걸어 안방으로 들었다. 안채와 사랑채에 행랑채까지 갖춘 큰 집이었다. 어쩐 일인지 따르는 하인 하나가 없었다. 네 칸 널따란 마루를 사이에 두고 양쪽에 마루를 질러 세운 통나무 기둥이 공이 하나 없이 매끈했다. 왼쪽 기둥에 '父母千年壽 子孫萬代榮 天下泰平春 四方無一事'라고 쓰인 모양새며 방문 앞에 구슬주렴이 걸린 것으로 보아 박판수가 손님을 맞아 점사를 보는 방인 듯싶었다.

안방으로 들어서자, 순창에서 나는 설화지로 벽을 바르고 콩기름 먹인 장판지를 바른 방안은 대낮인데도 어두웠다. 곰팡내가 심했다. 다른 집에 비해 턱없이 작게 나 있는 창문이 그나마 어둔 종이로 발려 있었다.

"방이 너무 어둡습니다. 불을 좀 켤까요?"

"불이라니. 기름은 누가 거저 준다더냐? 어차피 나는 소경이다. 낮이나 밤이나 암흑일 뿐이다."

하지만 앞을 볼 수 있는 저는 너무 어둡습니다, 그 말을 눌렀다.

"창문이라도 좀 열까요?"

"안방이 밝으면 재물이 흩어진다. 재물은 음(陰)이다. 안방이 어두워야 재물이 쌓이는 법이다. 혹여 내가 출타할 때라도 절대 창문을 열어서는 안 된다. 내 말 알겠느냐?"

"예."

"너는 나가서 밥상이나 차려와라. 배고프다."

박판수가 버선을 벗어 던지고 아랫목에 누웠다. 미아는 더 묻지 못하고 나왔다. 우선 부엌을 찾았다. 별채인 듯 보이는 건물 두 채가 담과 중문도 없이 서 있었다. 안채에 딸린 부엌 뒤쪽으로 네 칸 광이 이어졌는데 모두 주먹만 한 자물통이 걸려 있었다. 그 뒤로 채마밭에 겨울 배추와 무가 성글게 자라고 있었다. 낯선 집에 처음 와서 무엇을 어찌해야 할지 알 수 없었다. 미아는 한숨을 뱉었다. 초겨울 찬기가 옷 속으로 스몄다.

"이 집에 와 처음 한다는 일이 한숨 쉬는 것이요? 재수 없어."

열대여섯 됐을 듯 보이는 처녀가 미아를 노려보았다. 새로 지어 인두질한 듯 비단옷이 바스락댔다. 전처 소생으로 딸 둘, 아들 하나가 있다던 말이 떠올랐다.

"부엌이 어딘지 말해주겠니? 큰 집이라 하인들이 있을 법한데 아무도 없네."

"반말 짓거리네? 아버지 재산 노리고 늙은이한테 시집온 주제에. 댁이 새로 들어온다고 며칠 전에 아버지가 하인들 다 내보냈으니 어디 한번 잘해보시지."

저 아이가 첫째 딸 귀녀인가 보다, 짐작했다. 계모 노릇이 녹록치 않을 것 또한 예감했다. 현실은 예감만큼 잔인하게 온다. 생면부지 낯선 이들 가운데 나는 어찌해야 하는가. 귀녀의 쏘아보는 눈빛이 따끔거렸다. 귀녀의 말로 이 큰 집의 살림을 혼자 도맡아야 하는 사실도 알게 되었다. 부엌을 찾았다. 담벽에 두른 새끼줄에 무청과 콩잎이 걸려 바람에 쓸렸다. 마른 고사리와 아욱이 시렁 위에서 먼지를 얹고 있었다. 쌀독에 새로 찧은 쌀이 가득했다.

문득 눈물이 흘렀다. 무엇에 기댈 것인가. 긴 그림자를 끌며 초겨울 해가 먼 곳으로 돌아가고 있었다. 그 하늘을 비낀 노을이 이른 달을 끌어당겼다. 부엌 바깥쪽에 자라난 찰수숫대 모가지가 바람에 흔들려 낮달을 밀어내고 있었다. 비어가는 수숫대는 안쪽에서 바람이 일어났다. 키 넘게 자라난 우엉이 밀려난 낮달 끝에 걸려 잿빛으로 어두워지고 있었다.

미아가 쌀바가지를 손에 들고 울었다. 막례가 만들어 신긴 비단 버선이 흙바닥에 쓸렸다. 막례도 그러했을 것이다. 부푼 배를 안고 낯선 시집에 들어와 부뚜막에 처음 앉았을 때. 울었을 것이다. 울지 않을 수 없었을 것이다. 다만 한 명의 여자여서 내동댕이쳐진 팔자 앞에서 낯설고 무서워 울었을 것이다. 소용없는 울음인 걸 알았어도 멈추지 못했을 것이다. 우는 동안 저무는 해가 마지막 노을을 지워 어둠이 몰아닥쳤을 것이다.

막례의 어미도 그 어미의 어미도 그러했을 것이다. 어미와 어미의 어미와 그 어미를 낳은 어미의 생이 미아에게 스며 벗어날 수 없는 덫처럼 뼛속을 파고들었다. 낡은 운명은 묶인 형틀처럼 몸부림칠수록 살 속을 조여들 것이다. 여자의 생이란, 끝끝내 그러할 것이다. 눈물을 닦았다. 치맛자락을 끌어당겨 끈으로 조여 묶었다.

쌀을 씻어 안쳤다. 부엌 뒤쪽에서 몸피만 한 솔가지 한 단을 들고 와 불을 지폈다. 불이 순하게 붙지 않고 자꾸만 꺼졌다. 아궁이 속을 부지깽이로 헤집어 불길을 키웠다. 불을 보니, 계속 보게 되었다. 불덩이 같은 무엇이 가슴속에서 솟구치는 듯싶다가 이마를 가르며 붉게 비치는 뜨거움에 속이 가라앉는 듯도 싶었다. 말린 황새기와 버섯을 넣어 국 끓이고, 무를 뽑아다 썰어 무쳤다. 감태김치를 찾아 올리고 새우젓과 돔배젓도 챙겨 올렸다. 무엇이 박판수의 입에 맞을지 알 수 없었다. 선반 위에 꿀병과 편강과 약과가 쌓여 있었다.

"밥 풀 때 손을 이렇게 하면 안 된다는 것도 모르네?"

아이의 목소리가 들려 고개 돌렸다. 열서너 살쯤 되어 보이는 계집아이가 기둥에 기대 비웃었다. 은으로 배씨 모양을 만들어 칠보로 장식한 댕기 꼭대기에 나비문양 더듬이가 위로 솟구쳐 흔들거렸다. 둘째 귀순인 모양이었다. 귀순이 손끝 모양이 대문 쪽으로 밥을 푸면 집안의 재물이 달아난다고 말했다.

먼저 박판수와 아들 귀남의 밥상을 들였다. 열 살쯤으로 보이는 귀남이 제 아비 무릎에 앉아 닥나무 가지에 가죽 끈을 매달아 만든 팽이채를 가지고 놀고 있었다. 박판수 앞으로 밥상을 끌어다 놓은 뒤 부엌으로 가 숭늉대접을 들고 들어왔다. 박판수가 숟가락을 집어던졌다.

"똥구멍 찢어지게 가난한 집구석에서 살다가 부잣집에 오니까 좋으냐? 네가 고생해서 벌어놓은 것 아니니까 함부로 다 먹어치울 것이냐? 이렇게 고기와 젓을 갖춰 먹으면서 흥청망청 사치하면서 살면 나더러 언제 재물을 모으고 집안을 키우라는 거지? 아무튼, 천한 몸에서 나서 본데없이 자란 것들은 다 똑같다니까."

"그런 것이 아니라…."

미아가 제 말을 하지 못했다.

"잔치는 끝났다. 내 체면은 세웠고 젊은 처녀를 취한 나를 사람들이 우러러보았겠지."

처가에서 혼인식을 치를 때 박판수는 더러 상냥하기도 했었다. 소경 점바치로 어려서부터 멸시받아 온 박판수는 집 밖에서는 너그럽고 호탕하게 돈을 썼다. 힘없는 존재를 누를 줄 알았고 힘 있는 웃전을 조아려 다룰 줄 알았다.

"이 집에서 쌀밥은 먹지 않는다. 햅쌀이 나는 가을에는 쌀이 하나면 보리가 일곱이다. 겨울부터 명년 여름까지는 보리가 아홉에 쌀이 하나다. 김치나 나물 한 가지에 진반찬 하나면 된다. 쌀 한 톨이라도 허투루 낭비하는 날엔 너를 가만두지 않을 것이다."

 귀남이 웃으며 팽이채로 방바닥을 내리쳐 장난했다. 미아는 방문 끝에 무릎으로 앉아 있었다.

 뱃속이 요동쳤다. 아침에 막례가 저민 회와 삼계탕을 올려 들여준 밥상에 손도 대지 않은 후로 종일 굶었다. 미아는 부엌 바닥에 쭈그리고 앉아 귀남이 남긴 밥을 한 술 가져다 입에 넣었다. 국에 말아먹고 남긴 밥은 푸석하고 퉁퉁 불어 있었다. 바닥에서 흙냄새가 올라오고 곰팡내가 심했다. 입안에 든 쌀알이 돌이라도 되는 듯 자꾸만 찔렀다. 목구멍을 찌르고 뱃속에 들어가 뱃속 깊은 곳을 찔렀다. 자꾸 찔러대는 그것을 삼키려 목울대에 힘을 주었다. 삼켜야 한다. 먹어야 한다. 그래야 산다. 먹어야 산다는 것이 가장 무서운 일이었다.

 부엌 바깥 하늘에 달이 크게 걸려 있었다. 달이, 희미한 먼 것을 저편에서 또렷하게 가져왔다. 달은, 어둠 속에서 그리움을 건져내놓았다. 감꽃이 필 때, 덕선과 함께 실에 꿰어 목에 걸고 놀던 일이 그리웠다. 만덕산 계곡 위로 비친 달빛에 반짝이던 물비늘이 그리웠다. 황상과 함께 숲속 오솔길을 걷던 일이 그리웠다. 황상에게 기댔어야 할 일이었다. 체면이고 염치고 뭐고 인간으로서의 마지막 자존심인 수치심이고 뭐고 다 소용없이 그저 황상에게 매달렸어야 했다. 살자면 그랬어야 한다. 무엇이 사람을 살게 하는 것인지 그땐 몰랐다.

 사람은 벼랑 끝에 육박한 지경에서야 비로소 어떻게 해야 벼랑으로 떨어지지 않을지가 가장 중요해진다. 무엇이라도 잡을 수 있을 것을 잡고 붙들 수 있을 것이면 붙들어야 산다. 사는 일에 모가지가 묶인 산목숨은 무릎 꿇어야 살 수 있다. 미아는 막례의 억척스러움과 뻔뻔함과, 절망과 슬픔이라곤 느끼지 못하는 것 같은 마음의 더께가 스스로 걸어갈 단 하나의 길이란 것을 알았다. 계모 노릇이 녹록치 않을 것이다. 어미 없이 아비의 사는 모양을 보고 자란 아이들은 제 것을 빼앗길까, 계모를 몰아세울 것이다. 이 집에서 살자면 우선 힘을 얻어야 할 일이란 걸 알았다. 그래야 아이들을 건사하고 집안이 편안해질 것이다. 미아는 박판수의 신임과 지지를 얻으리라, 마음먹었다. 이 집에서 힘을 가지는 유일한 방법인 것을 알았다. 꿇으라면 꿇고 기라면 길 것이다. 살 방도는 그것밖에 없다. 해야 하는 일은 해야 한다. 그래야 산다. 선량해선 살지 못한다. 마음이 원하는 길로 가면 살지 못한다. 살기 위한 길이 따로 있다면 그 길로 가야 한다. 스스로 마음을 배반해야 한다. 영악하고 뻔뻔하게 스스로를 몰아세우리라. 마음이 편한 길과 살기 위한 길은 다르다. 체념 위에 목표가 섰다. 울지 않을 것이다.

다만, 오늘은 다산과 차를 마시던 일이 그리웠다. 가을비 그쳐 날이 개고, 노송의 바람 소리 잦아들어 고요한 날이었다. 찻잔의 물은 여린 쪽빛에 하얀빛이 돌았다. 다산이 직접 따고 덖어 최상의 품질이었다. 제대로 법제된 차는 맛이 달았다.

"바둑 한 판 두지 않으련?"

다산이 바둑판을 꺼냈다. 다산과 마지막으로 바둑을 두었던 때였다. 아전이 집을 부수고 황상과 이별하고 달포를 앓고 난 뒤였다.

"제가 이기면 부끄러워 어찌시려구요?"

미아는 그리 농을 했다.

"부끄러울 게 뭐 있누? 그저 한 수만 물러달라 떼를 써야지."

다산이 웃었다. 바둑은 다산이 져주었다. 바둑판에서 바둑돌을 다 치우고 다산이 물었다.

"미아야, 이 바둑판이 무엇으로 만든 것인지 아느냐?"

"무엇으로 만든 건데요?"

"비자반이다. 비자나무로 만든 것이지. 나무에 향기가 있고 연한 황색이라 바둑돌의 흑백과 잘 어울리고 돌을 놓을 때 은은한 소리가 들린다. 처음에는 표면이 약간 들어가 있는 것 같지. 바둑을 다 두고 돌을 바둑판에서 치우고 나면 다시 회복되는 탄성을 가지고 있다. 두세 판국 두고 나면 반면이 얽어 곰보같이 된다. 그리고 시간이 지나면 본래대로 평평해져."

다산이 작은 칼을 가져다 바둑판을 그어 상처를 냈다.

"시렁에 걸린 천을 좀 가져오련?"

미아가 천을 가져왔다. 다산은 비자반을 천으로 싸 깊숙이 넣어두었다.

"천으로 싸는 까닭은 갈라진 균열 사이로 먼지나 티가 들어가지 않도록 하는 뜻이다. 나는 비자반을 오랫동안 그저 놓아둘 것이다."

"읽나요?"

"한 해? 길다면 두 해 넘도록 그리할 것이다. 그 후에 꺼내보면 상처 났던 비자반은 제 힘으로 제 상처를 아물어 복원된다. 이것이 비자반이 지닌 유연성이다. 유연성이란 시련을 이겨낼 수 있는 지극한 마음을 뜻한다."

미아가 빙그레 웃었다.

"바둑판이 없으니 나는 이제 독서할 시간을 얻었구나. 축복이다."

다산이 웃었다. 다산은 적소에 유배된 죄인이었다. 죄인으로 강진에 와 강진의 아이들을 가르치고 강진의 제자를 길렀다. 쓰러지면 쓰러진 자리에서 자신의 생을 끌어당기고, 결박되면 결박된 자세로 할 수 있는 일을 발명해낸 다산이었다. 어찌하면 그럴 수 있는지 미아는 알 수 없었다. 다만 비자반의 유연성과 생명력을 머릿속에 각인시켰다. 다산의 그 지극한 뜻이 어딘가 숨어 있다가 달빛에 이끌려 지금 나왔다. 생명이란 그런 것이다. 살아있는 동안은 내내 살도록 힘써야 하는 것이다. 그것이 산목숨의 가장 큰 책임이다. 살아있으니, 살아야 한다. 밥을 입에 넣고, 밥을 씹고, 밥을 삼켰다. 달이 높았고, 밤안개 속에 귀뚜리가 울었다.

* * *

소설이었다. 땅이 얼어 단단해져갔다. 매서운 손돌바람이 불었다. 뱃길이 금지되었다. 마을마다 사내들이 주막집 봉놋방에서 투전판을 벌였다. 여자들은 여전히 일했다. 무와 배추를 소금에 절여 묻고, 시래기를 엮어 말렸다. 소금에 절인 생선을 말리고, 마른 가지를 주워다 쟁였다. 낙엽을 긁어다 밭에 덮고, 소먹이로 쓸 볏단을 묶었다. 늦은 집에서는 서둘러 마늘을 심었다. 담벼락에 깎은 감이 걸려 말라가고 있었다. 감 표면에 하얗게 단 것이 피어올랐다.

 개 짖는 소리가 났다. 미아가 눈 뜨자마자 개를 찾아 나섰다. 물웅덩이에 살얼음이 끼고 날이 맑아 추웠다. 부엌 뒤쪽 탱자나무 울타리 안에 누런 개가 묶여 떨고 있었다. 미아를 보고 땅바닥에 대고 꼬리를 쳤다. 개 밥그릇에 고인 물에 칼날 모양의 살얼음이 앉았다. 그 위에 흙먼지가 떠 있었다. 그릇을 씻어 무쇠솥에 데운 물을 새로 떠주었다. 개가 찰찰거리는 맑은 소리로 맹물을 달게 삼켰다. 볏짚을 가져다 둥그렇게 엮어 바람을 막아주었다. 개 앞에 쭈그리고 앉아 개를 보았다. 낡은 천 쪼가리라도 가져다 깔아줄 요량으로 박판수에게 허락을 구했다.

 "다들 개를 우습게 알지만 난 아니야. 개가 새벽에 왜 짖는 줄 아느냐? 개는 귀신을 볼 수 있는 영험한 영매이기 때문이다."

 박판수가 조반상을 물리면서 남은 밥도 가져다주라고 명했다. 개도 잘 돌봐야 한다고 으름장 놓았다. 밥그릇에 불은 밥알을 넣어주자 개가 꼬리를 살랑거렸다. 미아는 몰래 만덕이라고 이름 지어주었다. 만덕산이 그리웠다. 박판수는 방안에서 따뜻한 물로 소세했다.

 박판수는 강진에서 소문난 점바치였다. 강진은 원래 엎드린 소 모양의 땅이다. 소는 노동력과 부의 상징이었으므로, 그에 따라 땅의 이름을 붙였다. 소는 동쪽에서 서쪽을 향해 누워 있었다. 귀는 고성사 뒤의 우이봉이고, 귓가는 송현의 하이변이며, 머리는 가장 높은 우두봉, 혀끝은 시끝테라 불렀다. 소의 유방 자리에 향교가 있었고, 소가 똥을 누는 위치는 백기미라 이름 붙였다.

한 번은 강진 현감이 지방 이속들의 텃세로 수령의 면이 서지 않으니 해결할 수 있겠는가 물었다. 박판수가 세 가지 방책을 제시했다. 소의 급소에 해당하는 위치를 곡괭이로 파 상처를 내는 것이 그 첫째. 코 부분에 해당하는 곳을 찾아 연못을 파는 것이 그 둘째. 그렇게 하면 코뚜레가 끼워진 형국이라 끌고 갈 수 있다고 했다. 소의 양 뿔 사이 급소에 당하는 곳에 너럭바위가 있으니 그 위쪽을 석 자 세 치 깎아내리라는 것이 세 번째였다. 그 후로 현감이 임기를 마칠 때까지 아전들이 명을 어기지 않았다.

그러나 새 수령이 온 뒤, 아전들은 전보다 크게 고혈을 빨았다. 그에 지친 백성들은 다시, 피하여 도망할 수 있는 자리를 물으러 박판수를 찾았다. 가뭄과 기근과 역병에 쓰러진 백성들이 길에 늘어선 시체들을 타넘어 또한 박판수를 찾았고, 내일을 기약할 수 없는 백성들이 풀 데 없는 답답한 가슴을 끌어안고 박판수를 찾아 엎드렸다. 살아있는 모든 산목숨은 불안하고, 두려웠다. 습기 없는 생에 갇힌 목숨들이 점바치의 세 치 혀에 기댔다. 점바치가 내일의 두려움을 오늘로 끌어다 오늘의 두려움을 덮어주었다. 늘어만 가는 점바치를 혹세무민한다는 이유로 아문에서 엄하게 다스렸으나, 점집을 찾는 수요는 갈수록 늘었다. 수입이 커진 점바치들이 때마다 철마다 아문에 뇌물을 갖다 바쳐 아문이 또한 이들을 이롭게 여겼다.

 귀녀와 귀순이 정복을 입고 관띠를 띠는 박판수의 거동을 도왔다. 귀녀가 박판수의 미간에 붉은 물감으로 점을 찍었다. 사람들은 붉은 점으로 신을 매개하는 영매자라 여겼다. 대문을 활짝 열었다. 점사를 보는 별채로 나가 주렴을 걷고 앉은 박판수가 미아에게 감로수로 쓸 물을 떠오라 시켰다. 제단에는 신위를 모셔놓은 촛대, 가지각색의 종이꽃이 꽂혀 있는 백자 항아리, 향로, 볶은 찹쌀을 넣은 종발과 유과 삼실과 오곡떡이 올라가 있고 오방색 제물이 한 자 높이로 괴여 진설되어 있었다. 신위 옆에 공명첩이 놓여 있었다. 정삼품 당상관인 절충장군순장에 임명한다는 내용이었다. 정삼품 당상관 절충장군순장이 무엇하는 관직인지 알 수 없었다. 다만 돈으로 관직을 팔고 사는 세상인 줄은 알았다.

 "황소 오십 마리 값이 들어갔느니라."

 보고 있었을 뿐인데 박판수가 보이는 양 말했다. 박판수는 신위에 대고 읍하고, 공명첩에 대고 읍했다.

 "마당 넓은 바위에 볍씨를 뿌리고 오너라."

 시키는 대로 했다. 참새가 쪼아 먹다 부리에서 피를 흘리면 그 피를 긁어 기름을 섞어서 부적을 쓴다 했다. 음양오행에 따르면 참새는 화를 상징하는 것으로 화는 곧 불이니, 불은 신을 의미한다는 뜻이었다. 점사를 보러 오는 사람마다 그것을 보았다. 부리에서 피를 흘리는 참새를 보고 난 마님들이 박판수에게 공손하게 처방을 받았다. 그러면 박판수는 제단 한쪽에 놓아둔 커다란 돌을 가리켰다. 붉은 색체에 은빛이 있는 광석이었다. 거울처럼 얼굴이 비친다 하여 경면주사(鏡面朱砂)라 했다. 악귀를 쫓고 행운을 부르는 데 효과가 있다 하였다. 박판수가 그것을 비싸게 팔았다. 가령 이런 식으로.

"연경으로 떠나는 비변사 사신 행렬에 은밀히 부탁해 구해온 귀한 것입니다요. 열 칸 기와집 예닐곱 채 값을 주고도 못 구할 것입지요. 참새피로 쓴 부적도 효험이 좋지만 중국의 황제가 경면주사로 쓴 부적을 지니고 있다는 말은 들어보셨지요? 천복으로 거부가 된 것을 삼대 이상 후대에 보존키 어려운 것은 하늘의 뜻이라, 원래 이랑이 고랑 되고 고랑이 이랑 되어 음양이 평등하게 섞여가면서 살아가는 것이 인간사의 법칙이고 인연의 법칙이기 때문입지요. 그만큼 후대의 사람들이 재물을 보존하기가 힘든 것이니 전생의 선업이 없다면 재복이 현세에 다하지요. 그러나 경면주사의 기로 잡기를 몰아내고 명산대천을 찾아 지극하게 기도 올리면 이루어질 수 있지요. 값이 좀 비싼 게 흠이라면 흠이지만 장수, 부귀, 귀신을 몰아내고 집안 자손을 번창시키는 소원 성취를 이룰 수 있습지요."

박판수가 제시한 부적 값이면 번듯한 기와집을 사고도 남았다. 작정하고 나선 길이라도 마님들은 주저했다.

"지금 영감님이 꽃살림을 나고 첩에 빠져 마님을 외면하는 것이 급한 것이 아닙니다요. 사악한 기운이 그 댁에 몰려들고 있으니 더러운 병에 걸려서 아무리 좋은 약을 처방해도 효과가 없거나 혹은 집안에 자살자가 나올 수입니다요."

아무 말도 건네지 않은 마님은 박판수가 내뱉은 말에 찔린 듯 몸을 떨었다. 박판수가 주는 두려움과 공포로 영감의 첩질로 오는 괴로움을 묻을 수 있었다. 마님들은 스스로 집 한 채 값을 내놓고 부적을 받아 챙겨 내일의 두려움을 몸에 새기고 돌아갔다. 부적은 머리가 셋, 발이 하나인 매를 붉은 물감으로 그린 것이었다.

"앞이 보이지 않는데 어찌 부적을 그리는가?"

손님들이 물었다.

"신을 받아쓰는데, 신의 눈으로 쓰는 것인데 인간의 눈이 먼 것이 대수이겠소이까."

박판수가 답했다.

"달을 보며 기도하고 마침내 달도 죽는 날 밤이면 정갈한 몸에 신을 받아 부적을 씁니다."

강진 땅을 지나자면 열 걸음에 세 걸음은 그 집 땅을 밟게 된다는 고진사댁 노마님이 손님으로 들었다. 노마님이 안석에 좌정했다. 노마님은 자신의 신분을 밝히지 않았다. 박판수가 주령을 흔들어 오방신장을 불러내고 송경했다. 사람의 말이 아닌 음성을 내뱉으며 흰자위를 까뒤집고 턱을 떨었다.

"검은 파도가 이빨을 세워 뒷덜미를 물어뜯으니 장차 피를 흘리며 쓰러지겠구나. 사지가 너덜거려 네 발로 진흙탕을 기어가는데 하늘도 무심타, 벼락이 하얀 불처럼 떨어져 산산이 뼈를 바수겠구나. 누구 하나 돌아보는 이 없어 홀로 지옥을 헤매겠구나."

박판수가 목구멍 속의 새소리 같은 말로 지껄였다. 말에서 바람이 일어 칼날이 되었다. 이런 자를 보았나, 노마님이 속으로 경을 칠까, 생각했다. 강진 최고 대갓집 안방마님은 말 한마디로 박판수를 참할 수 있었다.

"감히 네놈 따위가 나를 능멸하려 드느냐? 내 너를 당장 물고 내 뼈를 부수랴?"

노마님의 역정은 낮고 지엄했다. 방문 밖의 종자를 불러 박판수를 끌어낼 수 있었다.

"대감님도 지난 역병 때 돌아가고 삼대독자 아드님이 글공부 안 하고 방구들만 지고 누워 가산을 돌볼 염을 내지 않으니, 마님 홀로 빈 들판에 서 추운 것이 다 따로 이유가 있습지요."

그것이 바로 노마님이 체면을 불구하고 박판수를 찾은 까닭이었다. 용하다는 소문이 거짓이 아니었던가. 노마님이 입을 닫았다. 그리고 귀를 열었다.

"부뚜막 땜질 못 하는 며느리 이마의 털만 뽑는다고, 가르마 예쁘게 만들어서 어디 나가 무슨 짓거리를 하려는지 모르겠구만요. 집안에서 바가지가 새고 있으니 마님께서 아무리 용을 쓴들 집안의 재복이 뒤로 줄줄 새고 있습지요."

"알아듣게 말하게."

"며느님 말씀입니다."

노마님은 며느리가 눈엣가시였다. 출신도 미천한 것이 얼굴 하나 반반한 거 믿고 제 서방 바짓가랑이 사이에서 종일 놀았다. 그 따위 계집 하나 때문에 아들 신세 망치고 집안 말아먹을 것이라 여겼다. 박판수가 시선 없는 눈으로 노마님을 노려보았다.

"저 뒤를 보시지요."

큰 거울이 놓여 있었다.

"지금 거기 신이 현신하셨습니다요. 육신의 눈에 가린 탓에 신을 보지 못하시니 참으로 딱한 일입니다요. 소인은 마침 사람의 눈이 멀어 신을 영접하니 신께서 이리 일러주십니다요."

노마님은 소름 돋은 몸을 떨었다.

"우환이 되는 인물을 그려드릴 것이오니 그 머리에 낫을 꽂아두시지요. 두통이 점차 심해져 치료치 못할 것입니다. 또한, 이것이 더욱 중요하니 조금만 더 가까이…."

노마님이 아랫것들처럼 상체를 내밀어 귓바퀴를 가져다대었다.

"오리를 한 마리 구해다 낫으로 베어 그 피를 며느님의 방에 뿌리십시오. 오리는 토의 성질이라 자궁을 의미하니, 며느님이 자궁에 아드님의 씨를 받아 잉태하는 일이 없게 될 것입니다. 그리하면 나쁜 병이 있고 자식이 없어 칠거지악 중에서도 두 가지에 해당하니 능히 며느님을 내쫓을 수 있을 것입니다."

"자네가 명복이구만. 신 받은 지 삼 년이 안 되는 애동을 찾을까 하다 자네를 찾은 일이 하늘이 무심치 않아 우리 집안을 버리지 않았다는 증거일세."

"애동이 뭘 안답니까요? 그저 뒤에서 신어멈이 이르는 대로 지껄이기나 할 줄 알았지. 오죽하면 홍계관이라는 판수를 임금님이 청하여 점을 치고 시험을 하시지 않습니까요?"

노마님이 며느리 내칠 방도를 얻어가는 데는 황소 한 마리 값이 들었다. 얼마 뒤, 며느리는 쫓겨났다. 소박데기로 손가락질 당하다 이듬해 들보에 목매달았다. 그 집 아들은 다시 처녀장가 들었다.

"거기서 뭐하고 놀고 있는 게냐?"

미아가 부엌 흙바닥에 쭈그리고 앉아 있었다. 돌확에 마늘을 갈고 있었다.

"무청에 된장 풀어 국 끓였어요. 이제 곧 점심상 올려야겠기에…."

고진사댁 노마님이 돌아간 뒤, 박판수는 손님을 물렸다. 신께 기도 올릴 시간이라 일러두었다. 그리고 미아를 찾았다.

"턱선이 빠르고 음성이 봄바람 같던 사내와 뒹굴던 것을 생각하는 줄 내 모를 것 같으냐? 괘씸한 것 같으니라고."

송곳으로 심장을 찔리는 듯하였다. 몸이 떨렸다.

"따라오너라."

박판수가 안방으로 앞장섰다.

"국이 졸아붙을 것인데…."

"서방님의 말에 토를 다는 것이야?"

끓는 장 냄새가 집 안에 퍼졌다. 박판수가 미아를 벗겨 낮거리를 했다.

"지금은 대낮인데…. 별채에 손님들이 기다리고 있을 터인데…. 아이들이 집 안에 있을 터인데."

"앞 못 보는 소경에게 낮과 밤이 있더냐? 사내를 받아 사내아이를 낳고 젖을 물려 키우는 것이 너의 소임이다. 사내아이를 잉태하려면 먼저 사내를 잘 받아야 한다."

콩기름 먹인 장판지가 딱딱해 맨바닥에 쏠린 살이 쓰렸다. 젖지 않은 아랫도리가 아팠다. 누가 들을까 스스로 입을 막았다. 전처 소생들이 낌새를 챘다. 아이의 입으로 어른의 욕을 했다. 배를 빌려 낳아준 어미들이 각각 요절한 아이들은 어미의 정을 몰랐고 계모가 아비를 홀려 장차 홀대당할까 두려웠다. 박판수가 죽은 어미들의 무덤도 쓰지 않아 달려가 울 곳 없던 아이들은 저희들끼리 하나로 엮여 박힌 돌이 되었다.

"어디서 근본도 모르는 여우같은 년이 들어와서 아버지를 단단히 홀렸네."

귀녀가 말하자 귀순이 거들었다.

"이마가 볼록하고 둥글게 생긴 것이 딱 게으르고 굼뜨게 생겨서는 점심상 차릴 생각은 않고 대낮부터 저 짓거리니."

"두고 봐라. 내 저년을 곧 쫓아낼 터이니."

귀녀의 치맛자락을 붙들고 서 있던 귀남이 가죽팽이채를 휘둘렀다.

이목구비 달린 것 차이 없고
몸 안에 든 오장육부도 매한가진데

막례는 생에 무엇을 원하는지 생각해본 적 없었다. 다만 스스로를 연장처럼 부렸다. 여인에게서 여인으로 태어나 잡풀처럼 자라나서 매일, 하루치의 생이 잘려나갔다. 꽃 피던 시절이 있었던가. 아득했다. 그런 시절은 그림자 같이 지나가고 머물지 않았다. 다만 살아있어서 빼앗길 수 있는 것들을 빼앗겼으나, 산목숨의 천것 여자는 빼앗기기 위해 살아있는 것이라 여겼다. 막례는 매일 내가 죽어야지, 하는 말로 하루를 견뎠다. 죽어지지 않는 목숨은 죽을 때까지 죽기를 소망해야 생을 버틸 수 있었다. 산목숨은 너무 무거운 것이어서, 죽음의 절벽 사이에서 생을 길어 올리는 것 말고는 아무것도 할 수 없었다.

막례는 새벽별이 지기 전에, 닭이 홰를 치기 전에, 일어났다. 솥 씻어 밥 안치고 나물 무쳐 조반상 차리고 밭에 나가 종일 일했다. 노동이 무슨 소용인가. 갈고 심고 뽑고 또 갈았다. 그렇게 일해 제 것이 될 수 없는 노동이었다. 땀 흘릴 때까지 일하고 단내 날 때까지 땀 흘렸다. 밤엔 물레 돌려 실을 뽑고 베틀에 앉아 옷감을 짰다. 찰칵찰칵 베틀소리 차가운 방에서 열 손가락 뻣뻣해지도록 쇠가위 잡고 무명베를 잘랐다. 천이 잘릴 때, 자신의 생도 잘려나갔다. 그리고 가끔 매 맞았다. 막례는 남의 집에 들어와서 아들 못 낳은 죄인이었다.

막례가 조랭이로 백태를 걸러 씻었다. 메주 쑤는 날이었다. 장이 있으면 푸성귀로도 산목숨을 부지할 수 있었다. 콩을 가마솥에 넣고 끓였다. 아궁이 속에서 불이 타올랐다. 불을 보고 있으니, 물러설 곳 없는 벼랑 같던 생이 한꺼번에 달려들었다. 벼랑 같던 생이어서, 시집 간 딸년 또한 벼랑 같은 생을 살까, 사무쳤다. 팔자 도망은 못 한다더니 딸년까지 저리 시집보내 놓고 무슨 낯으로 목숨 부지하고 있나, 혼자서 말했다.

팔자가 감옥이다. 도망은 곧 죽음이다. 죽어야 도망할 수 있는 것이 팔자다. 팔자는 오직 여자들의 말이다. 모든 어미는 딸을 시집보내고 울었다. 스스로의 생을 비추어보아 더욱 울었다. 하물며 딸년이 시집간 자리가 어떠하던가. 소경 점바치는 우박 맞은 잿더미처럼 생긴 낯바닥에 입 벌리고 찡그릴 때마다 쇠똥 냄새가 났다. 준치보다 작은 눈엔 흰자가 희번덕거렸다. 눈깔을 빼서 쥐새끼에게 던져주고 싶었다. 그 생각을 하면 자다가 이불을 걷어차고 벽을 보고 울었다. 물 한 모금 마실 때도 목구멍이 막혔다. 가마솥 뚜껑 사이로 콩물이 눈물처럼 흘렀다. 장작을 빼고 콩대를 넣어 불길을 줄이고 솥뚜껑 위에 물을 부어 온도를 낮추었다. 콩물이 덜 넘쳐야 콩의 단물이 덜 빠져나와 메주 맛이 좋아진다. 삶은 콩을 절구통에 넣고 찍어 으깼다. 틀을 잡아 메주를 만들고,

노래를 불렀다.

> 둥글둥글 수박 식기 밥 담기도 어렵더라
>
> 도리도리 도리소반 수저 놓기 더 어렵더라
>
> 오 리 길 물을 길어다가 십 리 길 방아 찧어다가
>
> 아홉 솥에 불을 때고 열두 방에 자리 걷고
>
> 시아버니 호랑새요 시어머니 꾸중새요
>
> 동세 하나 할림새요 시누 하나 뾰죽새요
>
> 시아지비 뾰중새요 남편 하나 미련새요
>
> 자식 하난 우는 새요 나 하나만 썩는 샐세
>
> 삼단 같은 요내 머리 비사리춤이 다 되었네
>
> 백옥 같던 요내 손길 오리발이 다 되었네
>
> 외나무다리 어렵대야 시아버니같이 어려우랴
>
> 나뭇잎이 푸르대야 시어머니보다 더 푸르랴
>
> 두 폭 붙이 행주치마 콧물 받기 다 젖었네
>
> 울었던가 말았던가 베갯머리 소(沼) 이겼네

삭아지는 불길을 보며 부르는 막례의 노래는 어미의 걱정이고 눈물이고 기도이고 축수였다.

"어머니…."

깜짝 놀란 막례가 메주를 밟고 땅을 디뎠다. 팔을 들쳐 올려 버선발로 뛰었다.

"이게 무슨 일이냐."

미아였다. 딸년의 음성이 가늘었고 힘이 없어 헐거웠다. 보퉁이도 없이 빈 몸이었다. 몸피가 대꼬챙이였다. 낡고 때 낀 누비옷이 헐렁하게 남아돌고 뺨에 마른버짐이 퍼져 있었다. 엉킨 머리칼이 비녀 밖으로 삐죽거렸다. 작게 일어난 높바람에 몸을 공벌레처럼 움츠렸다.

유건창은 간밤에 나가고 없었다. 저녁나절에 내린 비를 핑계 삼았다. 농한기에 내리는 겨울비는 술 마시기 좋아 술비라 하는 법이다, 했다. 막례가 아랫목에 이불을 깔고 그 위에 딸년을 앉혔다.

"쫓겨난 것이더냐?"

딸년이 답하지 않았다. 딸년은 울었다. 소리 없는 울음이었다. 시선을 힘없이 거두고 고개 숙여 울었다.

"이게 대체 무엇이더냐?"

어미가 딸년의 소매를 걷어 팔을 살피고 치맛자락을 들어 다리를 살폈다. 저고리를 벗기고 치마의 여밈끈을 풀어 살폈다. 온몸이 멍이었다. 시퍼렇고 까맣고 붉고 자줏빛이 났다.

"그저 새벽에 일어나 마당 쓸고 밭을 가꾸고 저녁엔 길쌈을 하고 이불 속에서는 서방님 뜻에 순종하면 된다 하지 않았더냐. 벙어리가 된 듯, 귀머거리가 된 듯, 장님이 된 듯, 그렇게 참고 또 인내하면 다 편안할 것이라 하지 않았느냐."

어미가 울었다.

"내 잘못이다. 내가 너를 사내로 낳았어야 할 일이었다."

어미는 할 수 있는 것이 그것뿐이어서 스스로를 원망했다. 이

깟 놈의 세상, 내가 죽어야지, 하던 말들이 다 소용없었다. 어미가 살아온 세월이 딸년의 몸에 새겨진 듯 심장이 곤두박질 쳐 가슴이 텅 비어버렸다. 어미가 울었다. 주먹으로 가슴속의 돌을 치며 통곡하는 울음을 울었다. 거칠고 뭉툭하고 검게 주름진 주먹이었다. 함께 울다 지친 딸년이 어미의 팔 아래서 실신했다.

"깼느냐."
어미가 보고 있었다. 무즙을 술에 섞은 것으로 피멍 든 딸년의 몸을 닦고 있었다.
"이것으로 멍든 자리를 닦아야 쉬이 가라앉는다."
어미가 개다리소반을 딸년 앞으로 끌어왔다.
"먹거라. 내장은 버리고 마늘 일곱 개 넣고 삶은 암탉이다."
딸년이 삶은 닭을 내려다보았다. 울음이 다시 밀려나왔다. 어미가 다리 하나를 뜯어 손에 쥐어주었다.
"한 번에 다 먹어야 한다. 그래야 몸의 어혈이 풀린다."
암탉이 어디서 났는지 묻지 않았다. 딸년은 아무것도 말하지 않았다. 어미는 더 묻지 않았다. 묻지 않았어도 알았고, 듣지 않았어도 알아, 그저 울었다.
"이것도 마셔라. 호두살을 찧어 데운 술에 탄 것이다. 틀어지고 흩어진 몸의 기혈을 보충해줄 것이다."
갈 곳이 떠오르지 않았다. 아니다. 어디로 가야 하겠다는 생각조차 하지 못했다. 태어난 곳에 붙박여 살다 시집간 여자가 달리 갈 곳은 없었다. 딸년이 우는 어미를 보았다. 미아는 미아의 울음을 울었고, 막례는 막례의 울음을 울었다. 아무것도 할 수 있는 게 없다는 걸 알아서, 울었다. 최선을 다해 우는 것이 어디에 소용이 있는지 알지 못했다. 알지 못해서, 울음이 길었다. 막 동지가 지난 북서풍이 칼로 베듯이 사방으로 들이쳤다. 찬 서리가 지붕에 내려앉았다. 스스로의 산목숨이 가여웠다.

***

미아는 박판수가 점을 칠 때 내는 소리가 싫었다. 산통을 흔들어대다가 갑자기 소리 질렀다. 벼락이 내리치듯, 중죄인을 심문하듯, 송곳으로 창자를 찌르는 듯, 혼내는 말로 손님을 윽박질렀다. 가령 이런 식이었다.

"상갓집에 가서는 함부로 먹지 말라고 하지 않았더냐?"

한 번은 파리한 얼굴로 간신히 몸을 가누고 앉은 손님 안상철을 혼냈다. 사방탁자를 내리치면서 호통 쳤다. 안상철은 현감에게 뇌물을 바치고 강진으로 들어오는 담배를 매점매석하여 우연히 부자가 된 부모 밑에 나서 부모가 돈으로 산 족보 덕분에 넓은 소매 두루마기에 통영갓을 쓰고 있었다. 평생 놀면서 부모 돈이나 축내고 사는 인사였다.

"어찌 아셨습니까? 달포 전에 동리에 초상이 났습지요. 장례 때 돼지고기를 먹은 것이 탈이 났는지 그때부터 이리 배가 아프고 백약이 무효입니다요."

"아주 잘 차려신 상에 팔 다리 눈 한 쪽씩 없는 것들이 들러붙어 있었구만. 사지가 찢겨 너덜거리고 머리가 깨져 피 흘리는 흉한 귀신들이 달려들어서는 먼저 먹겠다고 아귀다툼하는 더러운 음식을 먹었으니 어찌 탈이 나지 않겠느냐."

"어쩌면 좋습니까요?"

"상문살이다. 죽은 사람에서 뻗어 나온 것이다. 까딱하면 죽을 수도 있는 살이니라."

"어르신, 제발 이 한 목숨 살려줍시오."

박판수가 귀녀에게 부적을 태워오라 시켰다. 싸구려 붉은 물감으로 쓴 부적이었다.

"마셔라. 경면주사로 쓴 부적을 태워 물에 탄 것이다. 막혔던 것이 쑥 내려갈 것이다."

안상철이 단숨에 마셨다.

"네 팔자가 한겨울 벌판에 홀로 서 있는 것 마냥 추운 것은 알고 있더냐?"

여기부터가 박판수의 돈 뜯어내는 기술이 들어가기 시작하는 지점이었다. 박판수의 점괘로 안상철은 곧 죽을 놈이었다. 박판수는 무엇이 닥쳐올지 알 수 없는 미래의 두려움과 공포를 자극해 돈을 내놓게 만드는 수완이 좋았다. 박판수는 사람의 목소리만으로 그 사람의 인생과 성격을 헤아리는 능력이 뛰어난 자였다. 어려서 눈이 멀어 자연 소리를 통한 직관이 생겨난 것이었다. 안상철의 음성은 쇳소리가 나고 높았다. 매사에 진중하지 못한 증명이었다. 귀도 얇은 자다. 말끝을 길게 늘이는 것으로 보아 작은 일에도 연연하고 금세 겁에 질리는 성격이었다. 눈 있는 자들에겐 부모 돈이나 축내며 사는 멍청이인 줄 단박에 보였다. 눈 없는 박판수는 안상철의 목소리와 말투만으로 호구인 줄 알았다.

"그 말이 참으로 옳습니다요. 내가 무엇을 해도 부모에게 욕을 먹고 무엇을 안 해도 욕을 먹으니, 세상천지 혼자입죠. 남들은 그저 잘 먹고 잘사는 줄 알지만 그 깊은 외로움을 알아주는 이는 어르신이 처음입니다요."

박판수는 안상철의 무지함을 이용할 줄 알았다.

"무골호인처럼 줏대 없이 남의 비위를 맞추기만 해가지고 어찌 비원을 이룰 수 있겠는가. 더 높은 곳에 있는 걸 갖길 원하면 그에 합당한 힘과 악함을 갖춰야 하는 것일세."

"어찌하면 좋겠습니까?"

박판수가 방울을 흔들고 주문을 외웠다. 점상 위에 쌀을 뿌리고 손으로 더듬어 세었다. 열 알 단위로 세고 남은 것이 아홉이었다.

"이런 말은 아무에게나 해주는 것이 아니지만 자네 사정이 하도 급하니 내 자세히 말해주겠네. 본디 쌀알 남은 것이 한 알이면 소원성취 괘, 두 알이면 불길한 괘, 세 알이면 어려운 일이 해결될 괘, 네 알이면 나쁜 일이 생길 괘, 건너 뛰고, 아홉이면 천액이 내릴 괘일세."

"천액이라니요? 내가 천벌이라도 받는다는 말이요?"

안상철의 언성이 높아지자 녹슨 쇳소리가 났다.

"그럴 것 같으면 자네에게 말하였겠는가? 다 방법이 있으니 하는 말이지. 군동에 용소라는 늪이 있지 않은가? 천 년 넘은 대나무 숲이 가리고 있는데 북쪽 언덕에는 낭떠러지 절벽이 있고 거기에 굴이 있지. 옛날 그 굴에 용이 살고 있을 때는 용소의 물이 어찌나 깊은지 명주실꾸리 하나가 다 풀렸지."

"용소 말입니까요? 요전번에 노파 하나가 지나다 귀가 둘 달린 구렁이를 보았다고 소문이 자자하더만요."

"그래, 그 용소. 자네가 부모 잘 만난 것은 바로 그 용의 기운이 자네에게 드리웠기 때문이지. 그런데 지난 가뭄이 어찌나 심했던지 그 용소가 말랐지 않은가. 그러니 자연 용이 떠날 밖에. 그러니 이달 보름밤에 내가 써준 부적을 갖고 그 굴에 들어가 정성으로 기도하고 새벽에 달의 꼬리가 대나무 숲 꼭대기에 걸렸을 때 부적을 그 굴의 가장 깊은 곳에 붙이고 나오게. 그러면 이 겨울 지나 용소에 물이 다시 차고 용이 돌아와 자네의 신수 또한 강진 제일이 될 것이네."

안상철은 삼백 냥을 내놓고 부적 한 장을 얻어 갔다. 급체는 내려가지 않아 입술이 여전히 파랬다. 얼마 뒤, 안상철은 용소에서 나오다 굴러 떨어졌다. 대나무 숲속을 가로지르는 도랑에 거꾸로 처박혀 목이 부러져 죽었다. 달의 꼬리가 숲의 꼭대기를 지나고 있었다.

하루는 귀녀가 저마포를 훔쳐 내다팔았다. 그리고 제 아비에게 계모가 빼돌렸다 고했다. 미아는 외양간에서 일했다. 소의 똥오줌을 긁어모아 짚을 그 속에 넣었다. 그것을 썩혀 거름으로 삼을 거였다. 몸에서 구린내가 지독했다. 씻거나 옷을 갈아입을 새 없이 우물가에서 놋요강을 부시고 볏짚으로 닦아 얼음물로 헹구고 있었다. 박판수가 들이닥쳤다. 미아의 머리채를 휘잡아 끌고 갔다. 지독한 똥냄새를 맡고 미아를 패대기쳤다. 머리채가 뽑혀 심지가 타들어가듯 뜨거웠다.

"네년이 장롱 깊숙이 넣어두었던 저마포를 훔쳐 빼돌렸겠다?"

"그게 무슨…."

"명년 여름철에 강진 현감께 바칠 것이었다. 한산에서 만든 그것은 발산이 빠르며 빛깔이 희어 조선팔도 가장 고급품이다. 암소 한 마리 값이란 말이다. 감히 네년이 그것을 훔쳐?"

"아닙니다. 정말 아니에요."

"그럼 귀녀가 거짓말이라도 했다는 말이냐?"

귀녀가 모퉁이에 서 있었다. 길상문이 수놓이고 오색 술이 달린 염낭을 손가락에 걸고 돌리며 히죽거렸다. 빨간 비단 염낭에 박힌 금박이 번뜩였다.

"시집온 지 얼마나 되었다고 제가 한 짓을 자식에게 덮어씌우는 것은 어디서 배운 패악질이냐. 네년의 출신이 비천하고 가난하게 살았으니 그 근본은 어찌할 수 없구나. 저년을 어디서부터 가르쳐야 할꼬?"

"저는 훔치지 않았어요."

"감히 서방에게 대드는 것이더냐? 내가 너의 발칙한 성품을 길들이고 가르칠 것이다."

아문의 수령이 죄인에게 선고하듯, 지옥의 야차가 심판을 내리듯, 산속의 범이 먹잇감을 잡아채듯, 박판수가 깨어 씹듯이 으르렁댔다.

"저는 아닙니다."

미아가 박판수의 발치에 조아려 빌었다. 박판수가 코를 감싸 쥐었다. 땅바닥에 무릎 붙이고 고개 숙인 미아를 지팡이로 내리 쳤다.

"그러하더냐? 그럼 이건 어떠냐? 사랑채 뒤에 골방이 비어 있다. 빈 방에는 귀신이 들어 집 안에 생기가 돌지 않는다. 그 방에서 하룻밤을 보내는 것은 공밥을 축내는 네가 이 집에 들어와 보탬이 되는 일을 하는 것이다. 그러면 스스로 떳떳해질 것이니, 벌이 아니고 상이지 않겠느냐. 내가 너에게 상을 주니 어서 고맙다고 말해보거라."

무너지듯, 미아가 엎드려 절했다. 똥물에 절은 몸뚱이는 불량품처럼 딱딱하게 구부러졌다. 얼굴에 흙물이 배었다.

골방은 흙벽에 바닥엔 멍석자리가 깔려 있었다. 추웠다. 박판수가 밖에서 자물쇠를 걸었다. 냉골인 방안에 시린 바람이 방문을 쥐고 흔들었다. 기댄 흙벽이 얼음인 듯싶었다. 바닥을 디디면 차가운 금속성의 파편 위인 것처럼, 베이듯 아팠다. 어둠이 사방에서 죄어와 몸을 묶었다. 무릎을 안고 몸의 체적을 최소화했다. 그리고 울었다. 몸의 떨림이 울음으로 인한 것인지 추위로 인한 것인지 알 수 없었다. 어두웠다. 다른 이들이 잠과 꿈에 취해 있을 생각을 하니, 스스로 무수한 사람들 중 하나라는 사실을 믿을 수가 없었다. 소리조차 잠들어 세상이 죽었다고 믿어도 좋을 만큼 조용했다. 너무 추웠다. 그리하여 미아는 스스로에게 말을 거는 수밖에 없었다.

어쩌다 이리 됐을까. 맞은 자리가 욱신거렸다. 미아는 매일 맞았다. 전처 소생 자식들이 계모를 몰아세웠다. 곳간의 양식을 몰래 퍼다가 야밤에 친정 어미에게 그 보퉁이를 건네주는 걸 봤다고 고해 맞았고, 자신의 머리를 빗겨주며 일부러 뒤통수를 빗으로 찔러 상처를 냈다고 고해 맞았고, 상품은 빼돌리고 제 아비의 밥상엔 상한 것만 올린다고 고해 또 맞았다. 이 집에서 힘을 얻어 아이들 건사하고 살 수 있으리란 다짐이 소용없는 줄 이미 알았다.

미아가 맨발 위에 자신의 눈물을 올려놓고 어둔 방안을 걸었다. 추워서, 걸었다. 걸을 때마다 쨍, 하는 소리가 심장을 찔러 입이 없는 비명을 질렀다. 모서리마다 몸이 부딪혔다. 이것이 유일한 현실이란 사실이 칼날처럼 검게 가슴을 찔렀다. 나는, 하잘것없는 하나의 몸뚱이다. 나는, 죽으면 썩어질 몸뚱이다. 나는, 산목숨의 몸뚱이다. 골방에 갇혀 있다는 사실보다 그것이 더욱 참담했다. 살아있으므로 몇 번이고 골방에 갇힐 것이고, 매 맞을 것이고, 굶을 것이다. 다만 매 맞지 않고 먹기 위해, 갇히지 않고 목숨을 부지하려고, 숙이고 구부리고 개처럼 일하고 다리를 벌릴 것이다. 미아는 산목숨이야말로 감옥이라는 것을 알았다. 산목숨을 어찌할 수 없어 울었다. 지네가 벽을 기어갈 때 그 여러 발로 기는 소리가 들렸다. 설레설레 피부에 와 닿을 때 소스라쳤다.

밖에 겨울비가 왔다. 빗방울에 흙바닥 패이는 소리가 났다. 비는, 통곡처럼 거셌다. 홀로 지새는 밤, 빗줄기가 지붕에 내리꽂혔다. 지붕과 비가 만나 빗줄기가 부서졌다. 비는 가 닿는 모든 것에 아픔을 느끼겠구나. 어디에 닿든지 제 몸이 부서지고 형체가 사라져서 때로 스미고 혹은 흐르고 또는 합쳐져서 소멸하겠구나. 비의 생이란 그런 것이구나. 기댈 곳 하나 없는, 세상천지 홀로인, 허공에서 바닥으로 추락하는 그 눈 깜박하는 순간만이 비인 거구나.

미아는 쓸모없는 생각에 울었다. 쓸모없는 몸뚱이를 뒤채었다. 새로 이엉을 올리지 않아 썩은 지붕에서 비가 샜다. 뚫린 구멍으로 달빛이 희미했다. 뭔가 발등으로 떨어졌다. 뱀이었다. 뱀은 검고 길고 어두웠다. 뱀은 고개를 세우고 세로로 긴 눈을 번득였다. 독을 품었는지 아닌지 알 수 없었다. 미아는 몸뚱이를 피하지 않았다. 저것이 독을 품었다면 나의 끝장의 시작일 것이다. 나의 좁은 세상, 내 것일 수 없던 짧은 생이 바스러질 것이다.

두려운가. 스스로 물었다. 산목숨의 끝장은 두려웠다. 뱀이 몸을 돌려 천장을 타고 올라 사라졌다. 빗속에 어디로 가는가. 어릴 적 숲속을 지날 때 어깨 위에 자벌레가 떨어져도 비명을 지르며 뛰었던 기억이 났다. 자벌레는 푸른 것을 먹으면 몸이 푸르러지고 붉은 것을 먹으면 붉어진다는데. 나도 여기서 견디다보면 저들에게 동화될 수 있을 것인가. 뱃속에서 장 꼬이는 소리가 요란했다. 산목숨은, 산목숨이어서 배가 고팠다. 그렇게 외로워본 적이 없었다.

닭이 홰를 쳤다. 박판수가 조반을 차리라고 들이닥쳤다. 마당이 흰빛이었다. 마당에 내린 찬 서리의 결이 칼날처럼 서슬이 솟아 있었다. 겨울은 이전의 계절들을 이어받은 것이 아닌 듯싶었다. 겨울은 이전의 계절들을 소멸하는 목적으로 산천을 쓸어버렸다. 죽어 떨어진 고엽이 찬 서리 아래 부스러졌다. 바람이 일어났다. 이맘때면 달큰한 유자향이 실린 바닷바람이었다. 유자가 없어서, 대륙을 건너온 북풍은 다만 빈 가지를 흔들었다. 숨 막히도록 차가웠다.

　서리를 맞았으니 산수유 딸 때였다. 어머니는 혼자 산수유를 땄을까. 손가락은 어떤지 걱정이었다. 찬바람이 불면 끝마디가 아프고 손가락이 부어 마디에 통증이 심했다. 미아가 미꾸라지를 잡아다 그 껍질로 손가락에 붙이고 추어탕을 끓여 어머니를 먹이곤 했다. 어머니가 보고 싶었다. 미아가 키질 했다. 밤새 몸이 얼어 떨었다. 추위 굳은 손에 키질이 어려웠다. 지푸라기와 잡동사니가 바람에 까불려 날았다. 쌀알 몇 개가 밖으로 떨어졌다.

　"네년이 지금 뭐하고 있는 것이냐? 부잣집에 시집왔으니 모두 네 것으로 보이더냐? 그리하여 함부로 쌀을 바닥에 버리는 것이냐, 이년."

　박판수는 귀신같았다. 나타날 땐 소리가 없고 나타나선 소리부터 질렀다.

　"바람 때문에…. 부디 용서해주세요."

　미아가 흙바닥에 쭈그려 쌀알을 한 알씩 주웠다.

　그날 밤에도 맞았다. 어둠 속에 달이 숨어 달이 죽는 검은 달의 밤. 바지춤을 끌르던 박판수가 눈을 번득였다. 점 칠 때 쓰는 방울을 가져다 미아의 가장 깊은 곳에 집어넣었다. 엉덩이를 흔들어 방울 소리를 내라 다그쳤다. 뒷걸음치는 미아를 잡아끌다 박판수의 뺨에 생채기가 났다. 미아는 달이 죽은 검은 밤 내내 맞고, 밟혔다. 검은 달의 밤이 지난 며칠 뒤에 귀녀가 제 아비에게 거짓말했다.

"지난밤에 현감님이 부르셔서 아문으로 출타하셨잖아요? 임금님이 새 달력을 내리셨으니 명년의 일을 논의하자고요. 그때 아버지가 대문을 나서자마자 창포물에 머리 감고 녹두를 빻아 얼굴을 씻고는 연지를 발랐어요. 옷은 또 어떤지. 배래가 좁고 복사꽃무늬가 들어간 비단저고리에, 치마엔 기생처럼 금박 넣은 비싼 걸 입었어요. 아버지 돈을 훔쳐 산 것이 아니겠어요? 하도 행색이 괴상해서 뒤를 따랐지요. 삼밭 앞에서 웬 사내를 만났어요. 잔삼이 쓰러지면서 굵은 삼대 끝만 삐죽 남았는데…."

귀녀는 제 거짓말이 자랑스러웠다. 아직은 고분고분하지만 언제고 아비를 등에 업고 자신들을 괄시할 것이다. 계모란, 그런 것이다. 혹여 어린 계모가 아들이라도 낳는 날이면 자신들이 이 집에서 어찌 견디겠는가. 계모 뱃속에 핏덩이가 들어서기 전에 쫓아내야 한다. 그것이 스스로를 지키고 뭣 모르는 동생들을 지키는 유일한 길임을 확신했다.

미아는 만덕이 먹이를 챙기고 있었다. 만덕이 밥그릇을 비우고 미아의 손을 핥았다. 쳐다보는 만덕이 눈이 맑았다. 누렇고 뻣뻣한 털을 쓸었다. 만덕이 앞발을 미아의 무릎에 올려놓고 꼬리 쳤다. 이 집에서 유일한 온기.

"네가 감히 외간 사내와 놀아나? 더러운 년 같으니라고. 네년이 그러고도 살길 바라느냐?"

박판수가 귀신처럼 나타나 벼락처럼 때렸다. 만덕이 짖으며 묶인 몸뚱이로 팽팽하게 돌았다.

"무슨 일로…."

미아가 몸을 숙여 말았다. 만덕이 낑낑거렸다.

"무슨 일이냐고? 뚫린 입이라고 더러운 말이 나오더냐? 오냐, 내 그 더러운 입부터 씻어주마."

박판수가 흙을 한 줌 집어 미아의 입으로 밀어넣었다.

"더러운 입은 더러운 흙으로나 씻어야 한다."

악. 비명을 지른 미아가 몸부림쳤다. 바닥을 뒹굴었다.

"서방 돈 훔쳐다가 비단 치마 두르고 샛서방 배 위에 자빠지니까 좋더냐?"

턱을 틀어쥔 박판수가 미아의 뺨을 후려쳤다. 입에서 흙과 피가 함께 튀었다.

"멍청한 년. 사내에게 가랑이 벌려대지 않으면 입에 피죽도 못 넣을 년들이 말이야. 너를 먹이고 입히는 것은 나다. 그러니 너는 내가 명하면 숨도 쉬지 말아. 알겠냐?"

박판수가 지팡이 끝으로 미아의 머리를 때렸다.

"에이, 쓸모없는 년 하나 때문에 열 냈더니 속이 느글거리고 입에서 똥냄새가 나네."

아이들이 부엌문에 기대 웃었다. 귀남이 가죽팽이채로 땅바닥을 후려쳤다. 미아의 입에서 피 섞인 흙물이 흘렀다. 미아는 스스로가 더러웠다. 만덕이 짖었다. 외마디로 짖지도 못하는 생을 어찌할까. 이 세상에서의 생은 살았어도 죽어 썩은 냄새가 진동한다. 몸이 썩고 정신이 썩어 한 치도 건질 것이 없다. 감당할 수 있을까. 눈물이 비처럼 몸 안으로 스몄다. 빗장뼈가 부러진 듯 아팠다. 자꾸만 숨이 가빴다.

물러날 곳이 없었다. 하루가 몸 안에서 바스러지고 나면 또 하루가 몸 밖에서 바스러졌다. 견딜 수 없는 것을 견디는 방도는 어디에도 없었다. 날들이 헤아려지지 않았다. 미아는 매일의 날들에 묶여 끌려갔다. 죽을 듯이 맞고 죽을 듯이 굶고 죽을 듯이 일해, 살아도 죽는 것과 같았다. 따로 또 죽을 일이 있을까. 돌이켜보아도 모든 일들이 어쩔 도리가 없었다. 잠 못 드는 새벽마다 어둠 속에서 떨었다. 식은땀이 요를 적셨다. 밭은 숨을 들이쉬고 내쉴 때마다 눈앞은 추락하는 낭떠러지였다. 전처 소생들이 미아를 벌레 취급했다. 결빙된 물을 깨고 박판수와 아이들의 속곳을 빨고 있으면 뒤에 와서 욕했다. 손이 얼어 터지고 붉게 부어올라 찢어지듯 아팠다.

"하는 짓이 꼭 서캐나 똬리 튼 뱀 같지 뭐야. 아버지 바짓가랑이를 물고 늘어지는 꼴 좀 보라지. 언젠가 아버지 재산을 빼돌려 외간 사내랑 도망할걸?"

그러고는 제 아비에게 속살댔다.

"군동에서 마량으로 넘어가는 길목에 평덕마을 있잖아요? 거기 굴레바위 이야기 아세요? 굴레바위 근처에서 웬 처녀가 나타나 그 마을 사내를 유혹했다지요. 어찌 되었겠어요? 정기를 처녀에게 빼앗긴 사내는 결국 쓰러졌지요. 그런데 알고 보니 이 처녀가 여우였다지 뭐여요. 해사한 얼굴로 웃고 엉덩이를 흔들면 어떤 사내가 안 넘어가겠어요. 그렇게 아버지 정신을 빼앗고 재산을 빼돌리지 않는다고 누가 장담하겠어요."

귀남은 제 누나들이 시키는 대로 했다. 미아가 밤새 침선해놓은 새 옷을 죄다 뜯고 부엌 바닥에 쪼그리고 앉아 남은 밥 먹으면 수저를 빼앗아 달아났다. 얼음물 퍼다 밥그릇에 붓고 조리로 쌀을 이고 있으면 모래를 던져 넣었다. 귀남에겐 재밌는 놀이였다. 겨울 장작은 얼어 불이 잘 붙지 않았다. 부뚜막에 앉아 천신만고로 사른 불에 물을 퍼부었다. 베를 짜고 있으면 사침을 빼앗아 달아났다. 얼음물을 깨 빨래한 것을 발로 밟았다. 그리고 귀녀가 시키는 대로 제 아비 무릎 위에서 울었다.

"새어머니가 벙거짓골에다 열구자탕을 끓여서 혼자 먹었어요. 고기 구워 혼자 먹길래 한 입만 달라고 했더니 쓸모없는 어린애라며 나를 때렸어요."

귀남은 다리를 뻗치며 울었다. 계모를 벌주라고 앙탈했다. 박판수가 미아의 머리채를 휘어잡아 패대기쳤다. 비녀가 떨어지고 머리칼이 흩어졌다. 머리채를 감아쥐고 때렸다.

"악독한 계집 같으니. 아들 하나 못 낳은 천것 어미에게서 본데없이 자랐기로서니 네가 감히 이 집 독자에게 손을 대? 천성이 천한 것은 계몽되지 않는 것이냐?"

"저는 그저 종일 일만 했을 뿐인데…."

"요망한 계집이 잔말을 하네? 아이들 구박하는 것도 모자라 서방까지 잡아먹을 셈이냐?"

얼음 박힌 흙바닥에 나동그라져 매 맞았다. 매는 맞을 때마다 새로운 매였다. 매일 그날의 매의 고통이 몸속에 고루 새겨졌다.

매의 고통은 깊었다. 추위보다 깊어 뼛속으로 스몄다. 살이 헐고 구들에 지져도 매의 독은 빠지지 않았다. 맞을 때마다 이를 물었다. 비명을 지르지 않았고 소리 내 울지 않았다. 미아는 잘못에 대한 처벌로써 맞지 않았다. 다만 여자는 매로 다스려야 한다는 박판수의 가치관으로써 맞았다.

박판수는 미아가 소리 지르지 않아 더 때렸다. 매를 피하지 않아 더욱 때렸다. 박판수에게 미아는 길들여야 할 아랫것이었다. 아랫것은 조아리고 부려지고 두려워하고 매 맞을 때 울면서 빌어야 했다. 여자가 지아비 머리끝에 올라앉아 능멸하지 않으려면 마땅히 그래야 했다. 하찮은 여자들은 한없이 가벼워 스스로 불량품인 줄 모른다. 내버려두면 독버섯처럼 양분도 햇빛도 주지 않아도 뻗대고 자라게 된다. 그러니 매일 꺾어야 제 본분을 알아 순종할 것이다. 맞을 때 소리 없이 맞는 미아를 박판수는 비명으로 빌 때까지 때려야 했다.

* * *

박판수는 원래 몸에 옴이 잘 올랐다. 붉은 발진이 돋았고 고름 주머니가 주름지고 골진 곳을 따라 불거졌다. 손가락 사이와 겨드랑이, 다리와 음낭까지 벌게 가려움을 못 참고 긁으면 누런 고름이 흘렀다. 겨울이라도 군불 땔 때 아랫목에 웅크리고 점사를 보는 박판수의 증세는 눅어지지 않았다. 미아가 이부자리와 박판수의 옷가지를 매일 볕에 말렸다. 느릅나무 씨를 구해 가루 내어 들기름에 섞어 환부에 발랐다. 노랗게 익은 멀구슬나무 열매를 땄다. 찬 북풍에 미아는 몸이 얼고 손이 곱았다. 그 열매를 말려 가루 낸 것을 기름에 개어 발랐다. 환부에 쉼 없이 부채질했다. 박 판수가 미아의 정성에 느슨해졌다. 제 뜻이 틀어질까, 귀녀와 귀순이 조바심쳤다. 목이 마르니 물을 떠오라, 시켜 미아를 쫓고 아비에게 무고했다.

"어제 점사 보러 온 노마님은 며느리에게 악살이 껴 아들이 병을 앓는 것이라면서요? 여자가 잘 들어와야 그 집안이 흥하는 법인데 요즘 들어 아버지 병증이 심해지기만 하니…."

귀순이 옷고름을 들어 눈물을 찍어냈다. 양단저고리에 매달린 낙지발노리개가 흔들렸다. 연노랑 술로 만들어진 낙지발 노리개의 끈목에 묵직한 호박이 매달렸다. 물그릇을 받쳐 들고 방문 밖에 선 미아가 들어오지 못했다. 반물 무명치마 끝에서 진흙물이 떨어졌다. 귀녀가 말을 보탰다.

"마량 사는 박씨 부인 남편이 엄재희라는 사람으로 중한 병이 들었다지 뭐예요. 지아비의 운수를 보니 부인에게 나쁜 살이 끼어 남편이 아프다, 부인이 죽어야 남편이 산다, 그랬다지요. 부인의 친정어머니가 다른 점쟁이에게 점을 보니 점괘가 같았대요. 그래서 부인이 드디어 죽었다지요."

귀순이 다시 말을 받았다.

"요즘 부쩍 점사 보러 오는 손님이 줄었어요. 집에 사람이 잘 들어왔으면 손님이 넘쳐 문턱이 닳아야 마땅한데 겨울인데도 파리가 날리니 난가가 다 되었지요."

손님이 줄어든 것은 사실이었다. 귀녀와 귀순이 소문을 냈다. 박판수 집에 부정한 여자가 들어와 요망을 떨어 신기가 떨어졌다고 말을 퍼트렸다. 어린것들이 계모 헐뜯는 것이야 마땅한 일이다. 박판수는 미아를 내칠 생각이 아직 들지 않았다. 딸년들 내보내고 낯거리나 할 작정이었다. 귀녀가 제 아비 귓구멍에 대고 말을 잇대었다. 도암 한천동 사는 이씨 부인은 누창 앓는 남편에게 넓적다리를 세 치 쯤 베어 먼저 피를 받아 먹이고 살을 구워 먹였다. 한 번으로 소생하지 않으니까 다시 왼쪽 넓적다리를 잘라 먹인 후에 남편의 병이 나았다. 시집와서 실도 안 뽑고 베도 안 짜고 밭일도 안 하고 집안 살림만 하면 되는 호강스러운 팔자면 병을 앓는 지아비를 위해 뭐라도 해야 마땅한 도리다···. 귀녀가 밖에 서 있던 미아를 끌어다 문가 구석에 앉혔다.

"입이 있으면 말해보시지? 서방님이 이리 아픈데 아녀자 된 도리로 생혈이라도 짜 먹여야 하는 거 아닌가? 남의 집에 시집 와서 빤빤히 놀고 있으면 배은망덕한 일이지요. 남편을 위해 하종하는 것이 아녀자의 도리잖아요?"

귀녀가 울었다. 소경 아비 앞에서 귀순의 허벅지를 꼬집어 함께 울었다.

"옴이 올라 발적하고 가려운 것인데 어찌 생혈로 낫겠어요?"
미아가 간신히 말했다.

"고작 피 몇 방울 아까워 저러니···. 그리 몸을 아꼈다가 누구에게 주려고 저리 요살을 떠는 것인지···."

귀녀가 울먹였다. 제 아비 바지자락을 붙들었다.

"생혈이 아니라면 고목에 피는 버섯이라도 따다 아버지 드시게 하면 얼마나 좋겠어요? 그 정성으로 아버지가 훌훌 털고 일어나실 터인데…."

"하긴, 겨울 흑칡이 남자에게 좋다는데 장님이 길을 나설 수도 없고…. 어린것들을 내보낼 수도 없는 노릇이니 명년 봄엔 무슨 기운이 나서 점사를 보고 가솔들을 먹인단 말인가."

박판수가 낮거리 생각을 뒤로 미뤘다. 미아가 괘씸했다.

칡은 높은 바위산을 지나 비옥한 흙 지대에 군락으로 난다. 험한 돌산을 올라야 하는 일이다. 먹구름 끝에 찬비가 쏟아졌다. 제대로 차비하지 못하고 나섰다. 얇은 누비저고리는 비를 막지 못했다. 버선 한 죽을 더해 신었으나 짚신 신은 발이 젖어 진흙물이 스몄다. 발가락이 금세 얼었다. 젖은 낙엽이 미끄러워 넘어졌다. 어깨에 멨던 고리버들바구니를 머리에 뒤집어썼다. 빈손으로 돌아가면 매를 맞거나 혹은 매 맞고 골방에 갇힐 것이다. 나뭇가지를 붙들고 간신히 기어올랐다. 어릴 적 마동식에게 들었던 말을 토대로 길을 잡았다. 숨이 가빴다. 가파른 자드락길은 어디로 가야 칡을 캘 수 있는지 알 수 없었다. 비오는 거친 산길에서 갈 곳을 몰랐다.

겨울이면 마동식이 열대여섯 자나 되는 칡을 캐 가져다주었다. 검고 윤기 나고 굽이굽이 긴 대물이었다. 흑칡은 인삼향이 났다. 아직 세상을 모르던 시절에, 부뚜막에 솔가지 태운 연기 속에서 겉보리 익는 향기가 퍼지면 기골이 장대한 마동식이 이따금씩 일출을 등에 이고 노끼나 고라니를 가져다주었다. 아침에 새로 오른 햇살이 고루 퍼진 좁은 부엌은 가난했으나 평안했었다. 마동식이 풍기던 피 냄새를 저어했던 스스로가 우스웠다. 부끄러웠고 후회스러웠고 그리고 그리웠다. 한낱 인간은 가질 수 없는 것이 되어서야 가졌던 것이 소중한 줄 알았다. 사람은 나약해서 과거의 일들이란 언제나 현재로 인해 가치와 비중이 달라지는 것임을 알았다.

빗물에 젖은 몸을 떨었다. 먼 하늘에 솔개가 날았다. 솔개는 바람을 거느리고 노을 속을 날았다. 바람의 끝자락에 실려, 저무는 해를 밀어내고 어스름이 검은 가면처럼 밀려들었다. 추워서 이빨이 부딪쳤다. 비 그친 구름 가장자리가 무지갯빛이었다. 더 있다가는 산속에서 얼어 죽을 것이었다. 미아는 매 맞기를 각오하고 내려왔다. 박판수가 푸른빛 맥문동이 든 바구니로 미아를 때렸다. 바구니 속에 흑침이 없어서 미아는 맞았다. 맞을 때 날카롭고 차가운 얼음이 창처럼 뼈 속에 박혔다. 매 맞는 고통이 뜨거워, 산 채로 태워지는 듯싶었다. 박판수의 전처들이 오 년을 넘기지 못하고 죽어나갔음이 떠올랐다. 매질을 마친 박판수가 빙그레 웃었다.

비단 옷 입고 아랫목에 앉았던 박판수가 어깨가 시리다며 구들을 더 때라 명했다. 아궁이에 삭정이를 넣고 태웠다. 얼음물 깨서 풀풀 든 옷을 잿물에 빨았다. 손이 얼었다. 이목구비 달린 것 차이 없고 몸 안에 든 오장육부도 매한가진데 여자는 무슨 죄가 그리 중해 고양이 앞에 쥐가 되고 매에 쫓긴 꿩이 되어 벌벌 떨어야 하나. 유건창에게 맞고 나면 막례가 그리 푸념했다. 막례가 가여왔다. 막례의 어미가 가여웠고, 스스로 가여웠다. 모든 여자는 세상이 자기 자신을 위해 있는 것이라 생각할 수 없었다.

빨래한 옷을 빨랫줄에 널고 만덕을 찾았다. 그 순한 눈이 보고 싶었다. 만덕이 묶였던 줄이 비어 있었다. 빗물 고인 개 밥 그릇에 흙먼지가 떠 있었다. 그릇을 비우고 씻어 새 물을 떠주었다. 귀남이 가죽팽이채로 바닥을 치면서 미아를 불렀다. 귀남은 가죽팽이채로 무엇이든 때리는 것을 좋아했다. 매질에 바닥이 흙을 튕겨올렸다.

"아버지가 개 잡는다고 와서 보래요."

뛰어갔다. 짚신이 벗겨져 바닥에 뒹굴었다. 시장거리의 개백정이 불려와 있었다. 개백정이 새끼줄 올가미를 만덕이 목에 씌우고 끝을 바짝 죄었다. 몽둥이로 만덕이 정수리를 내리쳤다. 소리 한 번 지르지 못하고 만덕이 흙바닥에 사지를 뻗었다.

"악."

미아가 외마디 비명을 질렀다. 바닥에 주저앉았다. 비로 젖은 진흙바닥에 널브러졌다. 귀녀와 귀순이 웃었다. 미아가 만덕과 있을 때 전처 소생들이 보고 저놈의 개새끼를 죽여버려야지, 했었다. 만덕은 나 때문에 생목숨을 잃었구나. 눈물이 나지 않았고 헛웃음이 났다. 만덕이 목나무에 매달렸다. 백정이 짚불로 그을려 털을 벗기고 창자를 꺼냈다. 박판수가 개장국을 끓이라 명했다. 가마솥에 물을 붓고 된장을 풀어 토장물을 끓였다. 핏물이 흐르는 뻘건 살코기를 보았다. 얼음물에 씻겨 차가웠다. 토장물에 개고기를 넣고 말린 고사리와 파의 밑동을 넣고 끓였다. 상을 들이자 박판수와 전처 소생들이 둘러앉았다.

　미아는 만덕을 수습해 뒷마당 구석에 묻었다. 파헤쳐진 내장과 발라진 뼈와 가죽, 머리였다. 피와 살로 구성된 만덕이 한 번에 한 조각씩 온몸을 잘려 죽음으로 끝장난 잔해를 두고, 이미 죽어 심장이 멎은 자의 표정으로 보았다. 영혼을 잃고 빈껍데기로 스스로의 끝의 시작을 보았다. 흙바닥을 파면서 속 안의 지하가 더욱 깊어졌다. 태산을 누를 만한 바위가 그 입구와 출구를 모두 틀어막았다. 만덕은 이제 눈이 맑지 않았다. 땅속에서 썩어갈 것이다. 흙이 피에 젖었다. 삼 경 사 점이 지난 시각이었다. 쪼그려 앉아 차가운 흙더미를 쓰다듬었다. 살았을 적 만덕은 귓불이 말랑하고 뱃구레가 따뜻했었다. 만덕이 외마디 비명도 지르지 못한 것이 미아는 억울했다. 외로움이 살을 뜯어내 치가 떨렸다. 밤안개 속에 비린 물향기가 퍼졌다.

* * *

　물머리로 나갔다. 겨울 북풍이 출렁거렸고 기러기가 울었다. 안개 낀 새벽이었다. 어둠이 달아나는 빈 공간에 파도가 밀물로 달려들었다. 난바다에 눈이 내려 몽환이 가까이 와 있었다. 밤낮도 없고 쉼도 없이 덮쳐오는 파도 같던 날들이 한스러웠다. 숨을 곳 없는 팔자에 묶여, 사는 것과 죽는 것 중 어느 쪽이 더 나쁜지 알 수 없던 시간들이 앙가슴에서 부스러졌다. 안개에 가려진 물결 사이로 거인 같은 파도가 용솟음쳤다. 미명의 새벽 강진만 가엔 인적이 없고 다만 바다의 수평이 맞지 않아 몸이 더 기울었다. 마음이 먼저 먼 바다로 내달려 아득해졌다. 몽롱하게 춤이라도 추듯, 눈이 날렸다. 남녘의 첫눈은 겨울의 한가운데서 내렸다.

애 밴 처녀의 자살이 불길하고 재앙을 가져온다는 이유로 마을에서 덕선의 장례를 막았다. 덕선은 거적에 말려 산속에 버려졌다. 달무리 진 밤에 산짐승이 덕선의 송장을 파헤쳤다. 산짐승은 송장의 뱃속에 든 무른 것을 먼저 먹었을 것이다. 눈 한 번 못 뜨고 뱃속에서 죽은 태아가 산짐승의 송곳니에 뼈와 살이 찢겼을 것이다. 찾아갈 무덤이 없어, 미아는 작은 배를 띄웠다. 대나무 가지를 대강 엮어 만든 배였다. 그 배에 구천을 헤매는 덕선의 넋이 실려 먼 곳으로, 이곳과는 다른 새로운 세상으로 밀려가기를 빌었다. 한을 품고 물에서 죽은 덕선의 넋이 바닷물에 씻기고 씻겨, 맑은 곳으로 불려가기를, 죽어서야 고통의 삶이 끝났으니 이제 꽃피는 세상에서 꽃다운 생으로 다시 나기를, 소원했다.

먼 길일 것이다. 깊고 어둔 바다를 헤매야 할 것이다. 물은 방향이 없어 자유롭고 정처가 없어 무서울 것이다. 외로울 것이다. 살아서도 외롭고, 무섭고, 고통스러웠다. 죽음 또한 그러할 것이다. 생이 그러하듯, 죽음 또한 세상 천지 혼자인 가운데 실행해야 하는 일이다. 날리는 파도 거품이 발을 적셨다. 미아가 짚신을 벗어 가지런히 두었다. 뒤돌아 귤동에서 잠들었을 막례를 향해 절했다. 막례의 가슴속에 죽을 때까지 치워지지 않을 바위가 하나 더 얹힐 것이다. 미아가 울었다. 자식을 앞세운 어미로, 막례의 남은 생이 죽음보다 못한 회한으로 오그라들 것이다. 자식의 죽음이 원망스러울 것이다. 물러설 곳 없어도 산목숨은, 붙어 있는 숨에 매달려, 도망할 수 없는 팔자에 묶여, 또 하루를 견뎌야 하는 것이었다고, 딸년이 죽은 물가에 와서 울부짖을 것이다. 몰아닥쳤다 쓸어가는 파도소리가 어미의 통곡을 비웃듯이 삼킬 것이다.

대나무 배가 파도에 쓸려나갔다. 대나무 배에 죽은 이의 넋이 둘 실리게 될 것이다. 살아서 동무였던 둘이 물에서 서로 죽어 곧 만날 것이다. 노래를 부르고 싶었다. 수면 위에 흔들리는 새벽달이 희미했다. 이제 사지와도 같던 생에서 풀려날 것이다. 춥고 시려, 겨울 같던 생이었다. 고통의 시간을 끝내는 것이다. 바다를 깊숙이 들여다보았다. 검고 깊은 물이 수평선 쪽에서 날개를 펴고 몰려왔다. 미아는 끝의 시작을 향해 출발하고 있었다. 바다가 겨드랑이를 부풀려 미아를 받았다. 칼로 베어지듯이, 차가운 물이 몸 위로 넘쳐왔다. 먼 바다에서는 눈이 내렸고 물에 닿은 눈은 물이 되어 스러졌다. 안개 속에서 물꽃이 피었다. 새벽별이 아침노을에 사라져갔다. 눈을 감았다.

어느 쪽이어도 영영 이별의 길

 파도거품이 아랫도리를 핥았다. 모래알이 물결에 실려 쓸려 내려갔다가 도로 밀쳐와 아랫도리에 얹혔다. 손톱만 한 게가 옆으로 걸어 미아의 몸통을 건너갔다. 조청에 졸인 생강 빛이 나는 햇살이 먼 섬들 위에서 내려다보았다. 무엇이 밀었을까.
 사람이 죽어도, 죽지 않아도, 물소리는 아무 일 없이 장렬했다. 바다는 파도로 소리를 내어서, 물을 뱉었다가 다시 끌어 모으며 인간사에 무심하게 제자리를 지켰다. 인간 이전부터 거기서 밀려 들었다가 흐르고 다시 쓸려왔다가 몰아나가면서 바다는, 한낱 인간의 생업이 우스운지도 몰랐다. 등뼈가 시렸다. 바다를 보았다. 무심해서, 무서웠다. 바다에게 인간의 목숨 따위는 살아도, 죽어도 상관없었다. 다만 물마루로부터 밀려온 물을 쓸었다 당기며 거기, 있었다. 바다는 왜 있는 곳에 스스로 있어 바다인지, 생각하지 않았다. 바다는 거기 있었으므로, 앞으로도 거기 있을 거였다.
 제대로 살지도 못하고, 죽지도 못했다. 살아도, 죽어도, 벗어나지지 않는 것이 어쩌면 생인지도 몰랐다. 한겨울 바닷물에 젖은 몸이 무시무시하게 떨렸다. 파도를 거스르며 걸었다. 미아(迷我). 스스로를 잃다. 이름이 그러하니 생이 그 이름을 따르는가. 혹은 미아(迷兒). 길 잃은 아이. 조부는 정녕 나의 생이 이러할 줄 알았던가. 아니면 바랐던가. 물가를 따라 걸었다. 어디로 갈지 몰랐다. 천지에 파도 소리가 가득 찼다.

* * *

막례에게 그 긴 이야기를 하지 않았다. 자식으로 어미에게 할 이야기가 아니었다. 어미는 멍들고 피 흐른 딸년의 몸을 닦고 먹이고 재웠다. 딸년의 넓적다리는 바싹 말랐고 척추는 염주알처럼 불거졌다. 죽어 살을 발라낸 짐승의 것처럼 빗장뼈가 선연하게 잡혔다. 두 눈이 꺼져 까맸다. 뱃가죽과 등가죽이 서로 붙어, 허리춤이 막례의 한 줌이 되지 않았다.

"시집살이 개집살이라더니."

어미가 복숭아꽃 같던, 버짐 핀 딸년의 뺨을 보았다. 싸리껍질이 다 된 머리칼을 쓰다듬었다. 말라비틀어진 지푸라기 같았다.

"밤마다 흘린 눈물로 베갯머리 마를 날이 없었겠구나. 피죽도 못 먹은 게냐. 말 좀 해보거라, 이것아."

어미가 울었다. 딸년의 멍든 몸을 쓰다듬으며 울었다. 이제 스스로의 생으로 인해 울지 않던 막례였다. 울음이 지쳐 주름이 되고, 긴 삶이 아니라 하루의 살이가 되어, 몸에 배어버린 팔자소관에 따라 목숨 부지하다 보니 울어봐야 소용없는 것을 알았다. 울음 어린 생조차 무뎌지게 만드는 것이 세월이었다. 더 이상 꿈틀거리지 않았다. 처음부터 슬프다고, 억울하다고, 말하는 법을 배우지 못한 것처럼 침묵으로 또 하루를 살았다. 세월에 묶어, 이 땅의 여자들이 다 그랬다. 딸년에게는 그럴 수 없었다. 어미가 우는 까닭은 그것이 무엇인지 알았기 때문이었다. 묻지 않아도 듣지 않아도 겪었으므로 아는 것이었다. 자식만은 스스로 지나온 생의 어두운 골목을 피해가기를, 꽃구름 흐르는 양지바른 쪽에 서 있기를, 부질없는 희망을 품는 것이 어미다. 어미는 딸년의 생이 사무쳐 울었다. 서슬이 날카로운 세상에서 딸년을 빼낼 수 있는 방도가 어미에게는 없었다.

"방문 좀 열어주세요. 답답해서 밖이 보고 싶어요."

어미가 이불을 끌어다 딸년을 감싸놓고 방문을 열었다. 구들이 식은 듯해 군불을 더 땠다. 매서운 북풍이 한설을 몰아와 떡가루같이 하얀 눈발이 공중에서 어지럽게 뒤엉켰다. 바람이 칼날 같았다.

"어머니가 띄운 메주 냄새가 그리웠어요."

곁방에 거적 깔고 엎어둔 메주 냄새가 고소하고 꼬릿했다.

"메밀묵 쑤는 냄새도 그리웠고요. 여름날 싸리문을 타고 오르던 능소화 향기도 그리워요. 명년 봄엔 두릅나무도 심어야겠어요. 가시 돋친 두릅 순을 꺾을 때면 찔리지 않도록 조심해야겠지요?"

멀리서 겨울바람이 짐승처럼 우우 울었다. 바닥으로 추락하던 눈발이 거꾸로 뒤집혀 방안으로 날아들었다. 딸년이 그 눈을 보고 있는 것인지 아닌 것인지 막례는 헷갈렸다. 딸년이 무얼 보고 있는지 알 수 없었다. 눈으로 보는 것과 입으로 하는 말이 서로 달랐다.

"왜 그러는 것이냐? 멀쩡하던 아이가 이리 정신을 놓아버렸으니 어쩌면 좋단 말인가. 아무래도 안 되겠구나. 그 장님 놈을 잡아다 물고를 내야 할 일이다."

미아가 비어있던 시선을 거둬 막례를 보았다. 힘없이 웃었다.

"어떻게요? 관에다 소지장이라도 써서 고발할까요?"

"내 그리할 것이다. 그래서 그놈을 경을 칠 것이다."

미아가 부질없어 웃었다. 입으로 고발장을 썼다. 눈발이 바람에 실려 빠르게 뒤엉켰다.

"소녀는 비린내 풍기는 갯가마을에서 미천한 신분으로 나고 자란 보잘것없는 여인이옵니다. 아비는 양반의 족보를 가졌으나 성품이 게으르고 품행이 단정치 못하여 말할 바 못 되옵고 어미는 천한 곡비라 또한 깊이 배운 바 없습니다. 다만 그 성정이 바지런하여 새벽닭이 홰를 칠 무렵에 일어나 밭에 나가 돌을 치우고 풀을 뽑아 남새를 길렀고, 바닷가에 나가 바지락과 조개를 캐고 물고기를 잡아다 조석으로 지아비 봉양하였으며, 북두칠성이 뜨는 밤이면 베틀에 앉아 베를 짜고 길쌈을 하여 나라에 바치는 세금 한 번 밀린 적 없습니다. 요행히 조부에게 아녀자의 도리를 배워 익힌 터라 나라의 지엄한 법도를 몸에 아로새겨 순종의 미덕을 잘 알고 있사옵니다. 하온데 어리석은 아비가 속아 저의 혼처를 정하였으니, 나이 오십이 넘어 수염이 허옇고 전 처 둘이 죽어나가 남은 자식이 셋 있는 장님 점쟁이였습니다. 차마 법도와 도리를 저버릴 수 없어 시집갔으나 밥을 하면 질거나 모래가 섞였다고, 옷을 지으면 맞지 않다거나 바느질이 엉망이라고, 잠깐이라도 보이지 않으면 외간 사내와 눈 맞아 놀아났다고 주먹질에 발길질이 끊이지 않으니, 푸른 멍이 가실 날 없고 그 신세가 개만도 못하옵니다. 매일의 고통에 억장이 무너지며 매 순간의 억울함에 살과 뼈가 부서집니다. 치마를 뒤집어쓰고 깊은 물에 몸을 던질래도 혼자 남은 어머니가 눈에 밟혀 그리 못하고 천한 목숨 이어가고 있사오나 이 기구한 팔자를 더는 견딜 수 없어 이리 소장을 내옵니다. 하오니 바라옵건대, 저의 남편을 잡아다 크게 꾸짖어주시고 곤장을 때려 온당한 벌을 내려주시옵고, 혼인을 파하여 이혼할 수 있도록 허락하여 주시옵소서."

말하면서 미아가 울었다.

"서울로 가 동문고에서 머리 풀고 소리쳐 하소연해볼까요? 구중궁궐 깊은 곳에 들어 계신 나랏님이 울음을 들어줄까요?"

그럴 리가 있겠는가. 철마다 윗전이며 아문의 수령에게 뇌물을 갖다바치는 박판수였다. 강진 현감이 천것 곡비 딸년의 말을 들어줄 리도 만무했다. 아니, 애당초 여자가 이혼을 청하는 법도 따위가 없었다.

"차라리 멀리 떠날게요."

"그게 무슨 소리냐. 남편 몰래 달아났다 잡히면 장 백 대를 맞아야 하는 것을 모르느냐? 스무 대를 넘기지 못할 것이다. 살이 찢어지고 뼈가 부러져 죽는다. 난 그 꼴 못 본다."

막례가 울부짖었다.

"차라리 소박맞아 쫓겨나고 싶어요."

막례가 주먹으로 가슴을 쳤다.

"평생 소박데기로 손가락질 받으며 눈물로 세월을 보낼 것이냐? 아니면 새벽에 성황당 길에 나아가 지나는 첫 사내에게 몸을 맡기는 풍속을 따르기라도 하겠다는 것이냐? 그놈이 장님보다 더한 놈이면 또 어쩌려는 게냐. 개가한 여자는 개만도 못한 취급을 받는다."

아내는 남편을 내칠 수 없다. 남편은 아무때나 아내를 버릴 수 있다. 아무것이나 칠거지악에 해당할 수 있었다. 그것이 법도다. 개가한 여자는 화냥녀 취급했다. 여자는 묶여 살았다. 생이, 형틀이었다. 불행한 여자가 그 불행을 피할 수 있는 방도는 없었다. 오직 죽음만이 풀려날 방도였다. 남자를 위해 스스로 죽은 여자는 열녀문이 섰고, 스스로를 위해 죽은 여자는 죽어서도 손가락질 받았다. 그것이 여자의 팔자였다.

"여자 팔자는 남자에게 달렸다. 출가외인이라고 죽어도 시집에서 죽어 그 집 귀신이 되라는 말이 괜히 있겠느냐. 네 서방에게 더욱 잘하면 어떻겠느냐. 정성으로 봉양하면 결국엔 너를 귀애할 것이다. 돌이 되었다 생각하고 참거라. 돌처럼 아무 말도 하지 말고 돌처럼 아무것도 느끼지 말고 그저 그 자리에 있다 보면 어느새 아들도 낳을 것이고 자연 네 자리가 생길 것이다."

그 방도밖에 없었다. 여자에게 다른 선택은 없었다. 어미가 딸년을 붙안고 울었다. 통곡으로 울었다. 그것 말고 어미가 딸년에게 해줄 수 있는 것이 없었다. 눈이 그치고 먼 데서 달이 오르고 있었다. 마당이 좁았다. 눈에 들어오는 세상이 너무 작았다. 이 땅에서 가장 좁은 우물인 것만 같았다. 마당에 빨래가 마르고 있었다. 채 지지 않은 얼룩이 누랬다.

잠든 막례를 두고 밖으로 나왔다. 처마 밑 고드름이 창처럼 뻗어 있었다. 그 얼음덩이를 따서 입에 넣고 씹었다. 입안에서 얼음이 깨지는 소리로 부서졌다. 차갑고 날카로운 그것을 목구멍으로 삼켰다. 겨울의 한가운데서, 몸 안으로 차가운 것을 밀어넣고서야 불덩이 같은 몸뚱이가 간신히 일으켜졌다. 딛는 걸음이 의식되지 않았다. 스스로 걷는 것이 아니라 무엇이 걷도록 뒤에서 밀어내는 듯싶었다. 앞으로 나아가겠다는 의지로써가 아니라 뒤로 되돌아갈 수 없다는 두려움이 걸음을 밀고 있었다. 묶인 것을 풀어내고 닫힌 벽을 깨부수겠다는 용기가 아니라, 산목숨은 살아야 한다는 본능으로 다리가 움직였다.

피난할 수 있는 곳은 어디에도 없을지 몰랐지만, 죽을힘으로 어디라도 가야 하는 것이 그 자리에 머물 수 없는 자의 숙명이었다. 길이 어디로 뻗을 것인지 몰랐고 내가 길을 가는 것이 아니라 길이 나를 인도해주기를, 갈 곳이 아니더라도 갈 수밖에 없는 길에 서서 간절해졌다. 가없이 먼 천공의 끝에 일부러 그은 듯한 직선은 결점이 없어 보였다. 미아는 두고 온 곳을 외면하고 걸었다.

까치내재 고개를 올랐다. 강진만 가에 달빛이 부서져 물 위에서 은가루인 듯 포말이 반짝였다. 표면이 고요해, 드넓게 퍼진 적멸의 세상이었다. 거울이 죽어 봄이 오면 까치내재에 가득한 산벚나무에 꽃이 지천일 것이다. 미아는 산속으로 더 깊이 들어갔다. 사람의 길이 지워지고 짐승의 길도 열리지 않은 깊은 숲이었다. 겨울 숲속은 세상 밖의 곳이었다. 더 이상 물러설 곳이 없고 아무 곳에도 닿을 수 없는 위치였다.

어디로 가야 할지 몰랐고, 어디에도 갈 곳이 없었고, 어디로든 가야만 했다. 쉼 없이 걸었다. 쉬지 않고 가야만 했다. 언 땅을 밟아 올랐다. 버선발에 얼음이 박혔다. 이 고개를 넘어 어디로 갈 것인가. 숨이 차올랐다. 온몸이 얼어 떨었다. 사지가 흔들렸다. 몸에는 아직 고통이 스밀 자리가 남아 있던가. 몸뚱이는 잔인하게도 모든 고통을 낯설어했다. 새로 닥친 고통 앞에서 이미 겪은 모든 고통은 아무것도 아니었다. 지나간 모든 고통으로 오늘의 새 고통은 단련되지 않았다. 가을에 떨어져 쌓인 낙엽에 미끄러졌다. 넘어진 그 자리에 주저앉았다. 밤이 깊었다. 여우가 멀리서 울었다. 어디로 길을 잡아 갈 것인가. 그것을 몰라 몸의 고통이 더 아팠다.

흐린 달빛을 뚫고 인광 두 개가 미아를 쏘아보았다. 어둔 세상의 길잡이처럼, 그 빛이 천천히 다가왔다. 인광의 푸른빛에 내뿜는 숨이 하얗게 비쳤다. 범이다. 끝인가. 눈앞에 닥쳐든 죽음에 입술을 물었다. 여자로 태어난 죄라던 막례의 통곡이 사무쳤다. 다만 그것이 죄라서 범의 아가리에 슬픈 생을 밀어넣어야 하는가. 차라리 그편이 나을까. 세상에서 도망한들 어디에 그 세상이 없을 것인가. 미아가 들숨을 빨아들여 눈을 감았다. 오너라.

범을 마주치면 옷을 벗어 던져라…. 머릿속을 스치는 목소리가 있었다. 마동식이 했던 말이었다. 산에서 혹여 범을 대하면 뒷걸음질 치지 마라. 옷을 벗어 던져주면 달아날 시간을 벌 수 있다. 살면서 한 번쯤 범을 만날 수 있는 일이라고 마동식이 다짐을 놓듯 일러준 말이었다. 어깨에 둘렀던 머리처네를 둘둘 말아 던졌다. 범이 그것을 물었던가. 아가리가 벌어지는 걸 보고 뒤돌아 뛰었다. 돌아보지 않았다. 뒤쫓아온다면 그 또한 어쩔 도리 없는 일이다. 고갯마루를 지나 내리막길에서 더 뛰었다. 비녀가 목덜미에서 덜렁거렸다. 옷고름이 풀려 땅에 끌렸고, 어딘지 알 수 없었다.

얼마나 뛰었는지 가늠이 되지 않았다. 동쪽 하늘에 계명성이 희미하게 비쳤다. 그제야 뒤돌아보았다. 인기척도 범도 보이지 않았다. 바위에 앉아 날숨을 뱉었다. 바위의 찬기가 느껴지지 않았다. 헛웃음을 웃었다. 스스로 끊으려던 목숨이었다. 오직 살려고 겨울밤의 산길을 죽을힘으로 뛰어서, 우스웠다. 끝장이 나기 전까지 끝이 아니라는 사실이 손댈 수 없는 단 하나의 진실의 무게로 다가왔다. 스스로 목숨을 끝장내고자 하는 각오는 죽음 앞에서 어린아이처럼 미숙해졌다. 산목숨이 무섭다는 뜻을 알았다. 미아는 다시 걸었다. 방향을 몰랐으나 어디든 다를 게 없었다.

이윽고 숲을 빠져나왔다. 걷다 보니 장흥의 보림사 앞길이었다. 보림사라면 다산과 함께 와보았다. 보림사 뒤쪽 비자림에 야생차밭이 버려져 있는 것이 안타까워 다산이 승려들에게 차를 덖고 마시는 법을 가르쳤다. 오래 보관할 수 있도록 엽전 모양으로 둥글납작하게 만든 청태전이 인근에 입소문으로 퍼졌다. 보림사 뒤쪽 계곡을 따라 오르면 비구니 암자가 있다던 말이 기억났다.

그리로 가자. 그곳에서면 세상에서 지워질 수 있을 것이다. 스스로 세상을 버릴 수 있을 것이다. 미아는 보림사를 지나 비자림을 거쳐 계곡을 따라 올랐다. 양 갈래 길이 나왔다. 어느 쪽일까. 알 수 없어 망설였다. 어느 쪽이어도 영영 이별의 길일 터였다. 왼쪽 길을 따라 올랐다. 얼어붙은 겨울 새벽의 계곡이 물 흐르지 않아 고요했다. 걷던 발이 들리지 않았다. 밝아오던 하늘이 한순간 캄캄해졌다. 정신을 놓고 쓰러졌다.

* * *

눈이 올 듯, 기러기가 멀리 날았다. 북풍이 불어 난바다의 파도가 용솟음쳤다. 바람이 쓸어가버린 빈 마당에 싸리 울타리가 삐걱거렸다. 이불을 끌어다 덮어도 한기가 뼛속을 파고들었다. 흐린 등불이 깜박였다. 먼 데서 달려오는 파도 소리에 실려 환청인 듯, 소리가 들렸다. 만덕산 골짜기 솔바람 이는 소리였다가 탐진강 물결이 바람에 뒤채는 소리이기도 했다. 가슴속 회한이 풀려나와 귓가에 엉그는 그리움의 소리였다. 멀어서 희미한 소리가 가까이 오지 못할까 조바심에 방문을 열었다. 소실점 밖에서 불려온 듯, 들리는가 싶던 소리가 몰아가는 바람의 끝에 묻혀 먼지처럼 사라졌다. 식은땀의 한기에 눈을 떴다.

"흡."

소름의 찬기가 등줄기를 훑었다. 여전히 꿈인가, 풍경 소리가 희미했다. 눈을 들어 살폈다. 시렁 하나, 횟대 하나, 서안 하나. 낯선 곳. 바람이 흔든 풍경 소리가 또렷해서 묵었던 날숨이 토해졌다.

"깨어났네요."

여승 하나가 미아를 들여다보고 있었다. 목적한 곳 근처에 쓰러졌던 모양이었다. 미아가 윗몸을 일으켜 말없이 합장했다.

"여기가 보문암인 줄 알고 온 모양이네요. 우선 들어요."

여승이 내민 나무 쟁반에 누룽지와 인절미가 담겨 있었다.

"나는 선유라고 해요. 사시예불 끝내고 나와보니 마당에 쓰러져 있더군요."

갓 스물을 넘겼을까. 선유는 눈빛이 맑았다. 살결이 검은 편으로 입술이 가늘고 붉었다. 새로 깎은 듯 머리통이 푸르게 맨들거렸다. 선유는 더 묻지 않았다. 미아가 음식을 먹고 물을 마시고 다시 누울 이부자리를 돌봐주었다. 예의와 염치는 산목숨의 위태로움 앞에서 뒤로 밀렸다. 미아는 먹고 마시고 다시 누워 잠에 빠졌다. 주지에게 불려간 것은 저녁 찬바람이 불고 산사에 종소리가 퍼진 다음이었다. 선유를 따라 도달한 요사채는 방 두 칸에 부엌 하나 딸린 초가였다.

"주지스님은 법명이 무연이오."

선유가 말했다. 댓돌에 짚신을 벗어두고 툇마루로 올라섰다.

"스님, 데리고 왔습니다."

"들어오너라."

무연은 아랫목에 방석을 깔고 앉아 두 손을 방석 밑에 집어넣고 있었다. 살빛이 희고 몸피가 둥글어서 넉넉했고 눈빛이 쏘아

보는 듯해, 겨울밤 산속의 범의 인광과 같았다. 무연은 빙그레 웃으며 미아를 보았다. 말이 없어 자리에 앉지 못하고 무연의 시선을 피하고 서 있었다. 선유가 문가에 조용히 무릎으로 앉았다. 그를 따라 소리 나지 않게 앉았다. 무연은 말이 없었다. 무연의 표정은 편안했으나 시선이 따가워 마주 보지 못했다. 미아가 벽에 걸린 족자를 읽었다.

> 돼지는 죽은 사람의 살을 먹고
> 사람은 죽은 돼지 창자를 먹는다
> 돼지는 송장 냄새 꺼리지 않고
> 사람은 돼지 냄새 구수하다 하네
> 돼지가 죽으면 물에 던져버리고
> 사람이 죽으면 흙 속에 파묻는다
> 사람과 돼지 서로 먹지 않으면
> 끓는 물속에서 연꽃이 피어나리

"왜 왔지요?"

이윽고 높낮이 없는 음성으로 무연이 물었다. 미아가 머뭇거렸다.

"빈한한 집에 미천한 신분으로 나고 자라 시집갔는데 역병이 돌 때 남편이 돌아가고 그 충격으로 홀시어머니마저 세상을 떴지요. 저에겐 돌아갈 친정조차 없으니 어디로 갈 수 있겠어요. 부디 가엾다 여기시어 저를 받아주시어요."

미아는 거짓말했다. 남편을 도망해 숨어들어온 처지를 말할 수 없었다. 사실이 발각되면 보문암은 훼절되고 여승들은 형틀에 묶여 심문 받고 매 맞을 것이다. 미아의 음성은 차분하고 뜨겁지 않았다. 무연은 아무 답이 없었다. 다만 더욱 미아를 들여다보았다.

"왜 왔느냐 물었습니다."

무연이 같은 물음을 다시 물었다. 거짓말인 줄 아는구나.

"어린 나이에 남편과 시어머니를 잃고…."

무연이 눈빛으로 말을 끊었다.

"돌아가세요. 어떤 역경도 참고 순종하는 것이 아녀자의 도리입니다. 선유는 데리고 나가거라."

"예, 스님."

선유가 미아에게 일어나기를 종용했다.

"스님, 저는 갈 곳이 없습니다. 부디 머물 수 있도록 허락해주소서."

미아가 무릎 꿇어 조아렸다.

"이곳은 부처님 모시는 곳입니다. 거짓된 마음으로 들어올 수 없습니다."

무연이 눈빛으로 선유를 채근했다. 선유가 일어나 미아의 겨드랑에 팔을 끼워 일으켰다. 무연이 시선을 거뒀다. 이곳이 아니라면 어디로 간단 말인가. 눈물이 흘렀다. 마침내 울음이 터졌다. 무연도 선유도 처음 본 사람이란 사실을 잊었다. 터진 울음은 스스로 울음을 딛고 더욱 커졌다. 늘 추웠고 늘 시렸던 생이 울음에 실려, 울음은 무겁고 깊었다. 고통의 시간들이 육신에 새겨져 미아의 작은 몸 가득 실렸던 울음이 출렁거리며 밀려나왔다. 오랜 세월에 박힌 날카로운 못들이 하나씩 빠져나오듯, 몸뚱이의 구멍을 타고 피 같은 눈물이 끊이지 않았다. 몸 안의 물을 모두 말려버릴 것 같은 울음이었다. 밤이 깊어졌고 오래 울었다. 무연이 전신이 깨어지듯 우는 미아의 울음을 바라보았다. 멀리 산중의 밤짐승이 우우 울었다.

"중이 되고 싶습니다."

세상의 모든 울음을 다 울 듯, 몸뚱이의 기력을 다 빨아들일 듯, 무섭게 터졌던 울음이 마침내 잦아들었다. 울기를 마치고 미아가 말했다. 무연은 말이 없었다.

"부디 허락해주소서."

미아가 다시 말했다. 무연이 미아를 보았다. 표정은 편안했고 눈빛은 따뜻하면서도 꿰뚫어보는 듯했다.

"내일부터 이레 동안 매일 삼천 배를 올리고 기도를 하거라. 절을 하는 동안 고통이 어디서 왔는가를 궁구해보아라. 일만이천 배를 끝내고서도 변심치 않으면 그때 머리를 깎아줄 것이다."

밖으로 나오자 새벽 공기가 살갗을 베듯 날카로웠다.

"무연스님에 대해 듣고 오신 거여요?"

선유가 물었다.

"아니요."

"소문에, 한수 이북 어느 지방 노비였는데 주인이 매질하고 겁탈해 딸을 낳았다지요. 그런데 그 딸이 첫 월경도 하기 전에 그 주인이 딸을 또 겁탈했다고. 결국 딸아이가 우물에 몸을 던져 죽었다네요. 무연스님이 야밤에 낫으로 주인을 베고 이곳 산에 숨어들어 보문암을 세웠다고 해요."

***

다음날 새벽 예불을 마친 선유가 미아를 들여다보러 왔다. 미아는 이부자리를 개고 등허리를 세워 무릎으로 앉아 있었다.
"한 삼 일은 내처 누워 있을 것 같다고 무연스님께 말씀 올렸는데."
선유가 미아를 살폈다. 핏기 없이 파리한 낯으로 미아가 합장했다.
"삼천 배 올려야죠."
"그 몸으로 어찌 삼천 배를 하겠다고…. 무연스님도 그냥 쉬도록 두라고 하셨는데."
미아가 빙그레 웃었다. 선유가 밤새 구들이 식지 않도록 군불 때고 팥시루떡과 식혜 한 그릇을 들여다놓은 것을 알았다. 힘이 없어 선유에게 고마운 뜻을 제대로 전하지 못했다. 선유를 따라 정재소에 들어갔다. 남은 밥을 숭늉에 말아 먹고 법당으로 향했다. 섣달 칼바람이 없어 한겨울 산사 마당은 고요했다. 엄동설한의 법당마루가 얼음판이어서 서 있기만 해도 발바닥이 칼에 베이듯 차가웠다. 추웠고, 몸이 아팠다. 미아가 방석 하나를 가져다 깔고 절했다.
'입을 편안히 다물고 혀를 입천장에 붙이고 기도를 열어 크게

숨을 쉬어 숨 쉬는 시간이 많이 걸리도록 하되 숨에 깊이 몰입하지 말라.'

무연의 명이었다. 일체경계 본래일심. 일체가 아미타불의 화신이다. 무연이 일러준 말을 반복했다. 삼 배, 사 배, 열여섯 배, 사십칠 배…. 절했다. 무릎을 꿇고 손을 모아 합장했다. 바람이 스미지 않는데 불상 앞의 촛불이 흔들렸다. 삼백 배가 넘어가자 팔꿈치와 무릎이 굳었다. 허벅지가 찢어지듯 아팠고 온몸의 관절들이 쑤셨다.

미아는 육체의 고통을 무시했다. 아프도록 내버려두었다. 그리고 또 절하였다. 왜 고통을 참으며 절해야 하는 것인지 궁금하지 않았다. 절을 할수록, 주위를 둘러싼 모든 것이 멀찍이 달아났다. 법당도 부처도 산사도 사라지고, 혼자 남았다. 미아는 혼자 남아 절을 반복했다. 입에선 입김이 뿜어졌고 땀이 흐르고 무릎이 벌겋게 부어올랐다. 미아는 세상을 버리고 죽음으로 나아갔던 힘을 쥐어짜 절했다. 이천 배를 마쳤을 때 저녁 공양을 알리러 선유가 들었다. 미아는 네 발로 기어 법당 문을 열었다. 선유가 땀을 닦을 수건과 아픈 무릎 밑에 덧댈 누비천을 챙겨 들였다. 선유가 고마워 합장으로 고개 숙였다. 삼 일째 절을 마치자 손바닥에 물집이 생기고 무릎에 핏기가 배나왔다. 왜 절해야 하는지 궁금하지 않았다. 스스로의 몸으로서 그 까닭을 알아갔다. 절을 하고 몸이 고통스러우니 무언가 멀어졌다. 생을 결박해 덫처럼 옴싹도 못하던 무엇이 툭툭 끊겼다. 절에 집중할수록 다른 것들은 몸 밖으로 분산되어 흩어졌다. 잠시라도 멈추면 그것은 또다시 뼛속을 파고들었다. 빈 손 가득 굳은 심장을 움켜쥐고 끝없이 무릎을 꿇어 절했다. 무릎 꿇어 조아렸던 길지 않은 생을 버리려, 이제 스스로를 위해 무릎 꿇었다. 버리려는 마음이 가득해 쉽게 버려지지 않았다.

버려야 한다. 버려지지 않는다. 어찌해야 버리는가. 버려질 수 있는 것인가. 버려지지 않으면 어찌해야 하는가. 버림이란 대체 무엇인가. 잊어버리고, 잘라버리고, 잃어버리고, 저버리고, 끊어버리고, 되버리고, 부숴버리고, 삼켜버리고, 떨쳐버리고, 떼어버리고…. 조바심이 버려지지 않았다. 물집 잡히고 핏줄 터졌던 무릎에서 피고름이 흘러 그대로 바닥에 쓰러져 몸을 누였다. 비어, 어둔 천장을 노려보았다. 종소리가 산사의 어둠을 흔들었다. 삭풍에 처마가 떨렸다. 가쁜 숨을 뱉었다. 법당 문이 열리고 무연이 들어섰다. 미아가 일어나 앉아 합장으로 고개 숙였다.

"계속하려느냐?"

무연이 물었다.

"네."

무연이 미아를 오래보았다.

"그렇다면 이제 꺼내보아라."

"무엇을…."

"그것 말이다. 네 가슴속에 박힌 그것."

미아가 고개 들어 무연을 보았다. 무연이 빙그레 웃었다.

"왜요…."

"여기서는 왜라고 묻지 않아도 되고, 왜라고 물을 필요가 없다."

무연이 장난짓처럼 처마밑 풍경 소리에 따라 몸을 좌우로 흔들거렸다. 풍경이 땡강땡강, 거릴 때 무연이 고개를 끄덕끄덕, 거렸다.

"너무나 크고 무거워 뱉어지지 않아요."

희미한 법당의 촛불이 비쳐 무연이 눈빛이 빛났다. 일어나 어린아이가 못된 짓 하듯 손가락으로 불상을 툭툭, 쳤다. 바위처럼 굳게 앉아 있는 불상이 촛불을 따라 비치는 모습이 작아졌다, 커졌다, 도로 작아졌다.

"이 불상은 크고 무겁지만 언제든 마음에 넣었다가, 뺐다가, 도로 넣을 수도 있지."

미아가 합장했다.

"마음이 없으면 몰라도 마음이 있는데 그걸 잘 써먹어야지."

무연의 표정이 어린아이처럼 장난스러웠다. 이상했고, 편안했다. 강간당해 딸을 낳고 그 딸이 아비에게 강간당해 죽어, 그 아비를 낫으로 벤 그 바윗덩이를 무연은 버리지 않고, 키웠다가, 줄였다가, 넣었다가, 도로 뺏다가, 품었다가, 바꿨다가, 마음 길에 따라 스스로 정할 수 있는 것인가. 그것이 불가의 산파술이던가. 고통을 품고 고통의 질을 바꾸는 것은 어떻게 하는 것인가. 꺼내버리고, 품어버리고, 바꿔버리고. 어쩌면 버린다는 말을 버려야 할까. 눈물이 흘렀다. 무연이 웃으며 미아의 손을 잡았다. 고통으로 짓이겨지고 상대와 스스로를 벤 낫을 들었던 무연의 손이 단단하고 따뜻했다.

"불을 피울 때는 잘 타올라야 매운 연기도 나지 않고 타고난 다음의 재도 곱지 않던. 겨울이란 칼로 날카롭게 베어져야 봄이

오지 않더냐. 꽃씨는, 차갑게 얼어붙은 겨울 흙속에 숨어 있느니라. 그 꽃을 보고자 하면 고요히 눈이 녹아 흙의 가슴이 따뜻해지기를 기다려야지."

미아는 어찌하면 되겠는지가 아니라, 어찌했길래 무연이 그리 할 수 있었는지 묻고 싶었다. 무연이 미소 지었다.

"처음 보문암에 왔을 때 내 발은 더러웠다. 방장스님이 발을 씻으라 호통하셨다. 인생을 돌아다닌 내 더러운 발을 씻을 때 나는 발의 더러움만 볼 수 있었다. 물속에 들어가 있는 내 손을 보지 못했지. 더러운 발을 씻길 수 있는 손을 내 몸에 지니고 있다는 사실을 알아차렸을 때에야 나는 비로소 참된 의심을 가질 수 있었다."

무연이 말 사이 뜸을 들였다.

"지금도 고통스러우냐?"

"네. 가슴속이 온통 지옥이어서…."

"지금 말이다."

무연이 다시 물었다.

"지금이라시면…."

"나와 함께 법당 안에 앉아 이야기를 나누고 있는 지금 이 순간 말이다."

"아닙니다. 그 어느 때보다 고요하고 평안합니다."

무연은 따뜻했다. 무연은 이해했다. 무연은 품어주었다. 무연은 스스로 일어날 수 있도록 기다려주었다. 미아는 말없이 무릎 꿇어 무연에게 합장했다.

"마음이 거기 있지 않느냐. 그러니 마음을 가져와라."

* * *

이레가 흘렀다. 이만 일천 배를 끝냈다. 손바닥에 물집이 잡혔다 터졌다가 다시 아물었다. 상처나 핏기 어린 무릎에 딱지가 앉았다. 삼백육십 개의 골절과 팔만사천 개의 털구멍이 모두 움직이고, 흔들리고, 다시 자리 잡았다. 이마를 땅에 찧어 몸뚱이를 낮추고 낮춰 이만 일천 배를 마치자, 기진맥진한 몸뚱이 위로 마음이 다시 섰다.

새벽부터 밤늦도록 일했다. 미명의 푸른빛이 돌 때 부서질 것 같은 육신을 일으켜 울력했다. 밤 깊어 빈 뜰에 달빛이 새하얄 때까지 일했다. 날이 새고 다시 어두워지고 다시 날이 새고 어두워졌다. 몸을 쉬지 못하게 함으로 마음을 쉬었다. 천 번을 쉬고 만 번을 쉬었다. 쉬고 쉬어서 또 쉬었다. 쉰다는 생각까지도 쉬었다. 몸뚱이의 피멍이 천천히 삭았고 매일의 시간이 순하게 쌓였다. 쌓여간 시간이 추위로 뼛속 깊이 사무치게 울던 겨울을 녹였다. 산천이 겨울을 버리고 봄을 맞으러 제 가슴을 열었다. 깊이 박혔던 얼음덩이가 뽑히고 땅이 풀어져 포슬거렸다. 이윽고 무연의 부름이 전해졌다.

"들어오너라."

책상 위에 흰 천과 물 담긴 세수 그릇과 가위와 삭도가 있었다. 미아가 좌정하고 앉아 눈을 감았다. 선유가 어깨에 흰 천을 둘렀다. 무연이 머리칼을 풀어 늘어뜨리고 가위로 잘랐다. 삭도로 남은 머리칼을 밀어냈다. 다섯 개의 호리병을 가져와 삭발한 정수리에 물을 부었다. 손목에 심지를 박고 불을 붙였다.

"너는 식차마나의 기간을 거치고 이제 막 너를 새롭게 길어올렸다. 그리하여 너에게 계를 내린다."

미아가 일어나 세 번 절하여 계를 받았다.

"살생하지 말라. 받들겠느냐?"

"네."

무연이 세 번 물었고 미아가 세 번 답했다.

무연이 이어서 계를 내렸다. 도둑질하지 말라. 음행하지 말라. 거짓말하지 말라. 술을 마시지 말라. 꽃다발을 쓰거나 향을 바르지 말라. 노래하고 춤추며 악기를 연주하지 말라. 높고 큰 평상에 앉지 말라. 때가 아니면 먹지 말라. 미아가 머리를 조아려 계를 받았다.

"너의 법명은 묘정이다."

미아가 법의를 입었다. 합장으로 절했다.

"너는 운수납자다. 너는 썩고 부러지고 마른 나무 막대기다. 천지간에 어디 한 곳 쓸데없는 물건이다. 그러하니 네가 살아나갈 수 있는 길은 공부밖에 없다. 사람마다 경전이 있다. 너는 그것을 찾아야 할 것이다."

세상의 일들은 세상에 두었다. 박판수는 날뛰었을 것이고 막례는 울부짖었을 것이다. 그러한 것들은 너무도 또렷해서, 꿈을 꾸어도 실체인 듯 크고 가깝게 다가왔다. 꿈을 꾸는 밤이면 식은땀에 뒤채는 몸뚱이에 한기가 들어 밤새 오한을 앓았다. 군불 땐 방에서 이불을 끌어당겨 턱을 떨었다. 뼛속의 모든 구멍으로 시리고 날카로운 바람이 밀려들어 몸 안에서 회오리쳤다. 실체와 꿈 사이에서 미아는 빠져나오려 이를 물었다. 마치 혼절인 것처럼 절벽으로 아득한 꿈에 시달리다 비명으로 몸을 불러 깨웠다.

내려놓으려 하지 마라. 다만 보아라. 미아는 그렇게 하려고 애를 썼다. 그리고 스스로 온 힘을 다하고 있다는 사실을 깨달았다. 그러해서 미아는 애쓰지 않았다. 집요하도록, 두 눈을 부릅뜨고 꿈을 보았다. 그 안에 든 실체를 보았다. 시간을 들여 자꾸 보았다. 그리고 보는 일만으로 가까이 끌어올 수도 멀리 밀어낼 수도 있다는 것을 차츰 알아갔다.

미아는 캄캄한 새벽에 일어났다. 예불 드리고 공양하고 울력했다. 수련하고 공양하고 울력했다. 다시 공양하고 울력하고 수련했다. 시간이 쌓이고 날들이 겹쳐졌다. 그 단순한 시간의 짜임이 낯설고 맑았다. 새롭게 반복되는 시간이 새로운 바탕으로 다져졌다. 몸뚱이의 피멍이 아문 자리에 더디게 새 근육이 피어났다. 몸뚱이는 지나간 것들의 흔적을 품고 감당하며 무기력을 몰아내고 있었다.

겨울이 지나면서 선유가 잠을 자지 못했고 먼 데를 보며 한숨 쉬었다. 공양 때 잘 먹지 못했고, 울력 때 힘쓰지 못했다. 선유는 흔들리고 있었다. 등잔불을 불어 끄고 누운 자리에서 미아가 물었다. 선유가 내뱉는 한숨이 깊고 길었다. 미아가 도로 일어나 불을 밝혔다. 그리고 선유를 보았다. 말없이 보았다. 선유의 베갯잇이 젖어들었다.

"절에 필요한 양식은 대부분 자급자족하지만 다른 물품은 제가 장에 나가 구해오곤 했지요."

일어나 앉은 선유가 울었다. 미아는 말없이 들었다.

"서너 달 전에 못 보던 사내가 대장간에서 일하고 있더이다. 키가 호리호리하고 낯이 갸름한 것이 험한 일을 하도록 생겨 먹지는 않았는데 묵묵하게 풀무질하고 망치질 하더이다. 그 사내의 눈빛이 나를 묶더이다."

선유는 몰락한 양반가에서 나고 자라 열일곱 나이에 부모가 정한 혼처로 시집갔다. 첫날밤 흔들리는 촛불에 비춘 남편은 낯빛이 푸르고 스스로 억눌리고 비틀린 듯이 찌그러진 눈썹 사이로 눈빛만은 맑았다.

"도망 가."

남편이 갓 자신의 아내가 된 여자에게 말했다. 그리 말해놓고 남편은 슬픈 듯 피를 토해 기침했다. 선유는 남편 총각귀신 만들지 않으려 팔려온 줄, 그제야 알았다. 남편은 아내를 등지고 울었고 아내는 죽어가는 남편 앞에서 울지 못했다. 남편은 한 달을 넘기지 못하고 죽었다. 선유는 시집오자마자 남편 잡아먹은 년이 되었다. 색깔 없이 흰 소복을 입은 선유는 방에 갇혔다. 하루 한 끼 조밥에 짠지 하나 장국 한 사발이 얹힌 밥상이 들어왔고 조석으로 곡해야 했다. 남편 잡아먹은 년은 나날이 수척해지고 슬픔에 겨워 머리 빗지 않아야 했다. 선유는 날마다 울었다. 원망으로 울었고 슬픔으로 울었고 절망으로 울었고 체념으로 울었고 산목숨의 애원으로 울었다. 시부모는 방문을 열어주지 않았다. 석 달 열흘이 지날 즈음, 밥상 대신 긴 글이 적힌 두루마리와 한 자루 단도가 들어왔다. 열녀로 정려해줄 것을 품신하는 글이었다. 문장이 아름답고 비유가 찬란하였다. 그날 밤이 선유가 죽을 날이었다.

"남편 무덤가에서 죽게 해주세요."

시부모가 그 말을 기껍게 여겼다. 죽겠다는 약조를 하고서 방문은 열렸다. 자살용 칼을 품에 지녔다. 심지 낮춘 흐린 불을 든 남종 하나가 따랐다. 종은 기골이 장대해서 혼자서도 거뜬히 선유의 송장을 메고 올 만했다. 보는 눈이 적어야 일이 틀어질 염려가 없었다. 시부모는 연이 닿는 당상관에게 바칠 재물을 마련해두었다. 새로 북돋은 무덤은 풀이 없어 밋밋하고 흙이 포슬하게 올라와 바람에 흩날렸다. 선유가 봉분의 흙을 잡아 쥐며 엎드려 울었다. 생의 마지막 울음인 것처럼 정성을 다해 울어 흐린 불 든 남종이 따라 울었다. 친정을 향해 절하고 남종에게 시신을 짐짝처럼 떠메고 가지 말고 고운 아이처럼 안고 가줄 것을 명했다. 남종이 고개를 외로 틀어 눈물 흘렸다.

"마지막으로 소피 한 번 보고 오겠소."

소리가 들리지 않도록 봉분 뒤쪽으로 스무 걸음 쯤 떨어져 쪼그리고 오줌 누었다. 밤바람이 맨 엉덩이를 핥았다. 바람 소리와 산짐승 소리가 오줌 나오는 소리와 선유의 발소리를 가렸다. 선유는 남종의 목덜미를 한 번에 찔렀다. 두 번은 기회가 없는 줄을 알아서 오줌 누는 내내 눈으로는 남종의 목덜미를 겨냥하고 있었다.

"단 하나, 그 남종의 목숨을 빼앗은 것이 죄스러울 뿐이에요."
선유는 합장하며 눈을 감았다.
선유의 몸피가 부쩍 살이 내리고 낯빛이 푸석했다. 긴 밤이 짧게 끊어져 새벽이 오도록 둘은 마주 보고 이야기했다. 새벽예불 올리고 공양하고 씨감자를 심고 마당을 쓸었다. 사월 초파일의 행사 의논을 위해 무연이 보림사로 내려간 중에도 선유와 미아 모두 제 할 일을 할 뿐이었다. 그날 밤에 꽃샘바람이 불었다. 바람소리에 몇 그루 찬 대나무가 빗소리를 내며 흔들렸다. 미아가 등잔불을 끄고 누웠다. 선유가 조용히 몸을 일으켰다. 머리에 송낙을 쓰고 바랑 하나만 메고 밖으로 나갔다. 절집의 이별 방식이었다.
아무 말 없이 밤새 떠나서, 오는 사람 말리지 않고 가는 사람 붙잡지 않는 것. 오면 오고 가면 가는 것. 미아는 망설였다. 세상을 떠난 몸으로 세상일에 상관하지 않아야 했다. 그러하나 산속의 각오가 사람의 정을 이기지 못했다. 보퉁이를 챙겨 들고 선유를 뒤따랐다. 계곡을 따라 밤중의 산을 타내려 선유를 붙잡았다. 어둠이 서로의 낯빛을 가려주었다.
"잘 가요."
선유에게 은비녀 하나를 건넸다. 박판수의 집에서 들고 나온 유일한 것이었다. 미아는 선유에게 보퉁이를 건네고 돌아섰다. 안개가 무겁게 가라앉은 어둠 속에서 선유의 울음을 알 수 있었다. 산사의 빈 방으로 돌아와 찬 이불 속에 몸을 누였다. 먼 데서 달무리가 뜬 걸 보니 내일은 비가 올 모양이었다.

붉디붉은 노을이 핏빛으로 멍들어

 칼날 같은 겨울에 베어져, 만덕산은 앓고 난 것처럼 수척했다. 내려 쌓인 눈이 저무는 석양에 빛날 때, 아름드리나무에서 잎 떨군 가지가 겨울의 무게를 이기지 못해 뚝뚝 꺾였다. 하늘에서 내릴 때 사뿐하던 눈송이는 땅에 떨어져 바위의 무게로 굳었다. 깊은 밤 골짜기에는 가지 꺾이는 소리가 메아리로 울렸다.
 꺾여 추락하는 소리가 들려오면, 막례는 뜬눈으로 밤을 지샜다. 기어이 어미를 등지고 떠난 딸년이 목에 걸리면, 하루 종일 먼 바다를 내다보았다. 딸년이 떠나던 날, 바다는 칼바람에 물결이 곤두서 제 몸을 덮치며 밀려들었다. 떠난 딸년이 꿈으로 뒤엉켰다. 온몸이 피멍인 몸뚱이로 어미에게서 멀어지며 울었다. 달빛도 죽은 어둔 바다로 딸년이 걸어 들어갔다. 더러운 흙바닥에 발이 묶여, 어미는 딸년을 따라잡지 못했다. 딸년을 목 놓아 부르다 깨어보면 식은땀으로 등짝이 구들에 들러붙었다.
 바다에 봄빛이 비쳐 물결이 순해졌어도 딸년이 죽었는지 살았는지 몰랐다. 자식의 생사를 모르는 어미가 덜 무른 보리쌀을 씹을 때면, 입안에서 달게 으깨지는 보리쌀이 원망스러워 울었다. 산목숨이어서 먹고 자고 싸고 노동하는 모든 일들이 죄스러워 슬픔이 솟구쳤다. 언 땅이 풀려 흙이 부풀어 오르고 봄비가 내려 매화가 피고 또 질 때, 동백의 붉은 꽃이 뚝뚝 떨어질 때, 싸리 울타리 앞의 생강나무 노란 꽃이 질 때, 어미는 울었다. 호박잎 뜯어 찌고 말린 곤쟁이 넣어 아욱국을 끓이다말고, 막례는 주저앉았다.

새벽에 채마밭에 나가 자줏빛 무씨를 심고, 푸른 머리칼 같은 부추를 따면서 어미는 또 울었다. 성주신에게, 터주신에게, 조왕신에게 딸년이 목숨 부지하기를 조석으로 빌었다. 막례가 낳아 기른 하나의 자식이었다. 어미가 먹은 것이 헐하고 밤낮으로 일을 해대낳을 때부터 약하던 딸년이었다. 달싹거리던 순한 숨을 쉬던 자식이었다. 천것 어미에게서 났으나 눈빛이 총명하고 배움이 빠르던 자식이었다. 그 딸년 하나 살리자고 버티던 생이었다.

"계세요?"

머리처네를 쓴 한 여인이 삽짝으로 들어섰다.

여인은 뺨이 발그레하고 배가 불룩했다. 산달이 가까운 모양이었다. 막례가 일어났다. 딸년 나이쯤 되었을까. 좋은 사내 만나 정주고 받으며 살았으면 딸년도 저러했을 것이다. 막례가 내뱉은 한숨이 깊었다.

"뉘신데…."

"들어가도 될까요? 드릴 말씀이 있어요."

막례가 여인을 마루 평상에 들여앉혔다. 부엌으로 가 수정과 한 그릇을 떠왔다.

"마침 시어른 기일이 며칠 전에 있었던지라…."

여인이 머리처네를 벗고 막례에게 인사했다. 여인의 머리칼을 보고 막례가 놀랐다.

"머리카락이 왜…."

머리통에서 솟아나고 있는 머리칼이 손가락 두 마디 길이쯤 되었다. 바로, 겨울이 깊을 때 미아와 작별인사를 하고 산사를 떠났던 선유였다.

"절에서 내려온 지 얼마 되지 않은 까닭에 모양이 사납습니다. 용서하시어요."

선유가 보퉁이 하나를 내밀었다.

"따님이 전해드리라고 해서요."

"내 딸년 말이오? 정녕 미아가 이걸 내게 전하라 했단 말이오?"

보퉁이를 푸는 막례의 손끝이 급하고 떨렸다. 기다랗고 까만 머리카락 다발과 치마저고리 한 벌이 들어 있었다. 막례가 선유의 머리통을 다시 보았다.

"딸년이 중이 된 것이오?"

"지금은 묘정스님입니다."

딸년의 머리칼을 손에 쥐고 막례가 울었다.

"어디요? 그 아이가 기거하고 있는 그 절이 어디요."

"묘정스님께서 단단히 당부하셨어요. 부디 어머니께서는 자신을 찾지 마시라고요."

선유는 끝내 말없이 돌아갔다.

막례가 오래 머리칼과 치마저고리를 보았다. 무명 치마저고리가 찢기고 낡고 더러웠다. 어린 딸년의 머리통에 달라붙어 있을 때 빛나는 검정이었던 머리칼이었다. 길게 풀어 곱게 빗을 때 햇살이 머리칼에 닿으면 한사코 그 빛을 끌어당기며 반짝거렸다. 그럴 때 긴 머리칼은 풍성하고 짙은 뿌리 같은 것이어서 세상의 빛을 빨아들이며 날마다 자라났다. 막례는 딸년의 송장인 듯 잘린 머리칼을 붙들고 울었다. 세상을 버리려 스스로 끊어낸 머리칼이므로 이것은 딸년의 세상이었다. 잘려버린 딸년의 세상은 탁한 검정으로 물기 없는 먼지처럼 부서질 듯했다.

이제 딸년은 평생 찬 이불 혼자 덮으며 뼛속 깊이 스민 외로움에 몸을 뒤챌 것이다. 세상에서 도망했으니 세상으로 나오지 못하고 산속에서 하얗게 바래질 것이다. 어미인 막례는 자식의 생이 사무쳐 슬픔과 분노가 뒤엉켰다. 막례는 치마저고리를 붙안고 울었다. 참지 않고 울었다. 자식의 생이 끝났으므로 어미의 생도 끝났다. 그 분명한 끝장 앞에서 막례는 정신을 내려놓고 울었다. 그렇게 몇 식경을 울었다. 울수록 악이 뻗쳐올랐다. 창처럼 솟구친 악은 저절로 삭지 않았다. 막례가 보퉁이를 들고 길로 나섰다. 다리가 허방을 디뎌 돌부리에 채여 길바닥에 넘어졌다. 무릎에서 피가 흘러도 막례는 멈추지 않았다. 그저 앞만 보았다.

"네 이놈. 어디 있느냐, 이놈. 썩 나오너라."

박판수의 집이었다. 막례는 흙투성이 짚신발로 마루로 올라서 방마다 문을 열었다. 점사를 보려면 별채 앞마당 평상에 앉아 순서를 기다리시라는 귀녀를 밀치고 별채로 갔다. 귀녀가 뒤에서 소리 질렀다.

"여기 도사리고 앉았으면 네놈을 못 찾을 줄 알았더냐. 당장 네놈을 끌어다 관아에 고발해 장을 맞게 할 것이다, 이놈."

"무슨 일인데 여기까지 들이닥쳐 행패를 부리는 것이오?"

박판수가 호통쳤다. 어린 처녀를 집에 들이고 명색이 처갓집에 곡식을 몇 되라도 보내던 박판수는 미아가 사라진 뒤 발을 뺐다. 다만 한 번 들이닥쳐 드잡이하고 갔을 뿐이었다. 막례가 박판수의 멱살을 잡고 소리 질러 울었다.

"네 이놈. 내 딸년을 어찌 다루었길래 그 아이 몸이 그 지경이 되었더냐. 개새끼도 그보단 낫게 대접할 것이다, 이놈."

"장모 딸년이 하도 방자하게 굴어 내 어진 마음으로 가르친 것뿐이오. 아녀자가 하늘같은 서방님에게 꼬박꼬박 말대꾸 하고 순종하지 않으니 세상 어느 사내가 그런 여자를 가만히 두고 볼 것이오? 잔말 말고 썩 딸년이나 내놓으시오."

"행패라니? 네놈이 눈에 뵈는 게 없으니 도리 따위는 개에게 줘버린 것이냐? 명색이 장모에게 행패라니. 네놈이 그 따위니 네놈의 자식들은 무얼 보고 배울 것이냐."

막례가 박판수의 낯에 다가가 소리쳤다.

"장모는 무슨. 딸년이 도망 나간 지가 언제 일인데. 사람 풀어 찾느라 쓴 돈만 얼만 줄 아시오? 어미와 딸년이 작당해 내 재산을 빼돌리고 딸년까지 빼돌렸다고 관아에 고해 온 집안을 쑥대밭을 만들어놓아 줄까?"

막례가 보퉁이를 박판수 앞에 던졌다.

"그 아이가 중이 되었으니 이게 다 네놈 때문이 아니더냐."

박판수가 보퉁이를 풀어 머리카락 다발과 옷가지를 손으로 확인했다.

"중이라니. 시집 온 아녀자가 지아비를 버리고 중이 되었단 말이오?"

"네놈 때문이다. 천벌을 받을 놈."

"어느 절이오?"

"어딘 줄 알면 내가 이리 왔겠느냐? 이놈, 이 나쁜 놈. 내 오늘 너를 죽이고 나도 죽을 것이다."

박판수의 멱살을 잡고 흔들던 막례가 울부짖다 혼절했다. 쓰러진 막례를 두고 지팡이 짚고 밖으로 나섰다. 중이 되었다니 필시 비구니 절로 들어갔을 것이다. 인근의 비구니 절을 찾아 뒤지면 금세 찾을 수 있을 터였다. 박판수는 제 발로 찾아와 미아의 처지를 털어놓은 막례를 비웃었다. 시장거리로 나가 돈 몇 푼 쥐어주고 동리 한량들을 동원하면 며칠 내로 박판수 앞에 미아를 무릎 꿇릴 것이다. 서둘러 장터로 향했다. 그러다 문득 멈춰 섰다.

미아는 죄인이다. 삼종지도를 버린 죄. 칠거지악에 해당하는 죄. 나라에서 금한 중이 된 죄는 아랫것의 본분을 버리고 강상한 죄에 육박한다. 질서를 어지럽히는 아랫것들은 어찌 다루어야 하는가. 한시도 의심을 거두지 말았어야 할 일이었다. 언제고 독사처럼 고개를 빳빳이 들고 상전을 물 줄 알았어야 할 일이다.

토끼털처럼 부드러운 여린 속살과 상상하게 만들어 귓바퀴에 착착 달라붙는 그년의 노랫소리에 속아 방심한 탓이다. 정직한 음성으로 집요하게 무고함을 비는 소리에 시달리다 보니 어느 순간 의심이 스르르 사라져버리지 않았던가. 헤픈 년이다. 웃전으로서 아랫것의 샷된 간교함을 알아채지 못하였으니 역겨운 일이다. 웃전을 노리고 있다가 웃전이 움찔한 사이 물러날 새도 없이 그 틈을 파고들어 세상의 질서를 훔치고 하늘과 땅의 섭리를 무너트렸다. 밟고 서는 것이 땅이다. 올려다보는 것이 하늘이다. 어찌 물이 아래에서 위로 흐르겠는가. 세상이 무너질 일이다. 그러므로 물보다 더 납작하게 엎드려 흐르도록 해야 한다. 그러지 못하면 세상이 그 물에 빠져 익사할 수도 있다. 정상과 비정상의 경계에서 우두망찰 보고만 있어서야 되겠는가. 버릇을 단단히 고쳐 놓아야 할 일이다. 박판수가 아문으로 방향을 바꾸었다. 그동안 그토록 많은 돈을 뇌물로 상납한 소용이 있을 터였다.

* * *

세상에 스며든 봄이 산중에는 채 도달하지 못해 차고 매서운 소소리바람이 살 속을 파고들었다. 바람은 혀가 없어도 불어가는 대로 무엇이나 다 핥았다. 달빛을 피해 엎드린 그늘 속에서 새가 쇠를 긁는 소리로 울었다. 이제 곧 잊혀진 산사에도 꽃이 피겠지. 사람의 생은 한 치 앞을 알 수 없어 새 봄을 또 볼 수 있을지 기약할 수 없지만 꽃은 계절을 따라 또 필 것이다. 미아는 절 마당에 하얗게 물든 달빛을 불러다 잠들지 못한 밤을 달랬다. 모두가 잠든 깊은 밤이었다. 일부러 만드는 소리 말고는 세상이 죽었다고 믿어도 좋을 만큼 조용했다. 물이 흐르듯, 꽃이 피듯, 순리를 체득하면 생의 모든 굴곡을 받아 안을 수 있을까. 스스로가 보문암에 있다는 것조차 믿을 수 없는 꿈같을 때가 있었다. 가슴속에서 치받쳐 올라오는 것이 뜨거웠다. 먼 데서 안개구름이 달빛을 밀쳐냈다.

"풍경이 노래하는구나."

무연이었다. 홀로 깨어 있는 줄 알았는데 아니었다. 바람에 처마 밑 풍경이 울고 있었다. 무연은 풍경이 노래한다, 했다.

"땡강땡강이라고도 하고 딸랑딸랑이라고도 하는데 나는 쟁강쟁강, 들리더구나. 풍경 소리는 하난데 듣는 이에 따라 다르니 참 신기하지 않더냐."

노래한다 하시네요, 미아가 미소로 답했다. 풍경이 운다는 것과 노래한다는 것의 간격이 가늠되지 않았다.

"너의 바람은 무엇이더냐?"

무연이 빙그레 웃으며 말했다.

"바람이라시면…."

"바람으로 풍경이 노래하지 않더냐."

장난스러운 표정의 무연이었다. 무연이 보문암에 깃든 후로 양반과 제 서방에게 학대당하고 핍박 받다 도망친 여인들이 보문암에 스며들었다 했다. 무연은 어미처럼 그네들을 받아주고 보듬어 주었다. 무연이 지나온 길을 짐작할 수 없었다. 어떤 길을 지나고 서야 풍경 소리가 우는 소리가 아니라 노랫소리가 될 수 있는가. 미아에게 바람은 날카로운 창 같아서 몸 속 깊은 곳에서 차가운 바람이 소용돌이로 불어 심장을 때리고 오장육부를 휘돌아 딱딱하게 얼리는 겨울바람이었다. 무연은 그 바람을 어찌 다스려 노래로 만들었는가.

"해를 비추면 되지. 그러면 봄바람 불지 않더냐."

무연이 달빛 아래로 썩 나서면서 말했다. 미아가 뒤를 따랐다.

"모랫가루나 금가루나 눈에 들어가면 다 티끌이지 않더냐. 해든 바람이든 다 네 안에 있으니 너는 그저 티끌 들어갔다고 닫아 놓은 네 눈을 뜨면 보이지 않겠느냐."

눈 뜬 소경의 조바심에 미아가 무연의 소맷자락을 잡고 아이처럼 보채며 거듭거듭 물었다. 무연은 다만 웃으며 달빛을 올려보았다. 뿌연 안개구름이 몰려오고 있었다. 물기 먹은 안개구름은 깊은 산을 하얗게 지우고 산사를 향해 다가왔다. 안개구름 속에서 무연이 소리 내어 웃었다.

"팔자 도망해 숨어 신수가 좋은 모양이로구만."

다가오고 있는 것은 안개구름만이 아니었다. 낮게 드리운 구름을 뚫고 강진 관아의 형방과 사령과 나졸 예닐곱이 한꺼번에 보문암으로 들이닥쳤다.

"무슨 일이오?"

예감한 미아는 얼어붙었다. 예감한 무연이 미아의 손을 잡아 제 등 뒤로 숨겼다. 이곳은 불가능한 세상의 불가능을 감당할 수 없어 세상을 버린 생들이 낮게 엎드려 세상 밖에서의 가능성을 궁구하는 곳이니.

"지아비를 버리고 도망 와 숨은 여자를 체포할 것이오."

아전이 횃불을 쳐들어 무연을 압박했다.

"샅샅이 뒤져 찾아."

"이곳은 부처님을 모시는 신성한 도량이오. 야밤에 이 무슨 해괴한 짓이란 말이오."

나졸들이 방망이를 휘둘러 보문암을 들쑤셨다. 그들은 낮고 짙은 구름을 헤집으며 방마다 문을 열고 비구니를 끌어냈다. 비구니들은 장삼도 갖추지 못하고 끌려나와 비명을 질렀다. 허술한 차림의 비구니들이 떨었다.

"이제 보니 여기가 나라법을 어기고 도망친 여자들의 소굴인 모양이구만. 과부, 기생, 노비, 천첩들이 여기 다 모여 있겠구만."

"누구든 여기서 데리고 나가려면 내 허락을 먼저 얻어야 하오. 그것이 이곳 법도요."

"법도? 나라에서 아녀자가 승려가 되는 것을 금한 것을 모르나? 사찰의 토지까지 모두 거둬들였는데 여긴 누구 땅이란 말인가?"

"여기는 부처님의 법에 따라 수행하고 공부하는 곳이오. 물러나시오."

소용없음을 알았으나 무연은 해야 하는 말을 했다. 고작 할 수 있는 것이 몇 마디 말 뿐이어서, 한 생의 모든 것을 걸고 무연이 걸어온 깊고도 멀었던 길과 무연이 길어 올린 여러 생들의 간절한 소망 따위는, 부질없었다. 세상의 잔인한 포승은 각각의 생들을 뼛속 깊이 파고들어 묶었다.

"아녀자들은 집안에 얌전히 들어앉아 서방님 뜻에 따라 살아야 하는 것이 당연한 도리다. 여기서 온갖 음흉한 짓들이 벌어지고 있는 줄 내 모르는 줄 알고? 뭇 사내들을 유혹하고 다른 절 중들과 정을 통하며 나라 질서를 문란하게 하는 것을 온 나라가 다 아는 사실이거늘. 내 오늘 나라의 지엄한 법이 무엇인지 똑똑히 보여주마."

아전이 으르렁댔다. 뒤따른 나졸들이 법당과 요사채와 종루와 측간까지 불을 놓았다.

"여기 있으니 나를 묶으시오."

미아가 비명처럼 아전 앞에 무릎 꿇었다. 바람 없는 산사에 불길이 치솟아 바람을 일으켰다.

"지아비를 버리고 중이 되다니. 그러고도 살기를 바랐더냐?"

나졸이 미아를 묶었다.

"나 하나만 끌고 가면 될 일 아닙니까. 어찌하여 절을 불태우고 부수는 것이오."

눈물이 섞인 미아의 비명이 흔들리고 비틀거렸다.

"그대로 두면 너 같은 요망한 계집들이 앞으로도 이 절로 기어들어올 것이다. 나라법을 집행하는데 어찌 여자가 나서느냐."

보문암의 비구니들 모두 오라에 묶였다. 비구니들이 울고 소리질렀다. 불길이 보문암을 쓰러뜨렸다. 사찰의 본분과, 그리고 감로도를 품고 있던 절이었다. 영가천도재를 지낼 만한 여유가 없는 가난한 백성들을 위한 감로도였다. 죽은 자의 넋을 위로하고 산 자의 아픔을 어루만지는 아름다운 그림이었다. 수륙재나 사십구재 때 가난한 자들이 보문암으로 와 감로도의 불보살에게 눈물로 기도하던 그림이었다.

불은 인간의 절박함과 무관해서, 제 몸을 딛고 더 크게 자라 부처상을 집어삼키고 감로도를 순식간에 태워 없앴다. 서까래가 무너지고 지붕이 내려앉아 보문암이 해체되었다. 긴 세월 산속의 고요함과 세상의 무관심에 기대 세상이 버린 생들이 모여 세상에서 버려진 생들을 위해 기도하고 각자의 가능성을 찾아 조용히 살아가던 곳이었다. 어찌하여 세상은 버린 자들에게 이리도 잔인한가.

불길을 타고 검은 재가 날렸다. 미아가 입술을 깨물어 울었다. 이제 무연과 비구니들은 어찌될 것인가. 비구니들은 여염의 규율로 다시 묶였다. 미아는 참담했다. 공중에서 흔들리는 검은 재 사이로, 지나온 기억들이 흐리게 밀려들었다. 죽어서도 뜬 눈이던 덕심의 젖은 시신과 황상의 몸에서 풍기던 새물내와 아전을 짓밟아 총 쏘아 죽이던 마동식의 결기와 막례의 통곡이 계통도 없이 스쳤다. 밤바람이 몰아가 멀어지는 생의 기억은 나의 죽음에 누추한 증거가 되어줄 것이다.

그러나 이들은 어찌한단 말인가. 내가 도망하지 않고 혼자서 죽었다면 이들은 세상에서 잊혀진 채 스스로 생을 엮어나갔을 것이다. 도망할 수 없는 여자의 팔자에서 도망한 것이 이들의 생까지 끝장낼 것이다. 미아는 목숨을 내놓을 것이오, 차라리 이 자리에서 베어주시오, 이들은 놓아주시오, 아전에게 울음으로 빌었다. 죽음을 각오한 자의 애원은 불타는 산사 앞에서 살기에 육박했다. 물어뜯듯이, 기를 쓰고 아전의 바지자락을 움켜쥐었다. 나는 죽고, 저들은 살린다. 미아에게 이것은 유일하게 남은 단 하나의 소망이었다. 아전이 몽둥이로 미아의 어깨를 내려찍었다. 나졸 둘이 흙바닥에 엎어진 미아를 일으켜 끌었다.

"너 때문이 아니다."

무연이 말했다. 비구니들이 끌려가면서 울었다. 여덟 살에 쌀 한 가마니에 양반집에 팔려온 뒤 부모는 행방을 모르고 열다섯에 그 집 주인에게 강간당하고 주인마님에게 멍석말이 당해 야반도주하고, 사내가 노름빚으로 새끼들을 팔고 아내마저 팔려 해 도망하고, 대기근 때 매일의 빈 끼니가 무서운 애옥살이 날들에서 도망하고, 양반집 규수로 규방에 갇혀 정인을 두고 부모가 정한 혼처에서 도망하고, 역적으로 몰린 부모로 인해 관기로 끌려가다 도망하고…. 태어난 팔자는 세상이 정한지라 팔자에서 도망할 수 없어 스스로의 생으로부터 도망하였으나 모두 안타까운 생들이었다. 산목숨 끊지 못해, 생을 버리고 세상도 버려 오로지 잊혀진 채 수행하는 삶을 원했던 마지막 소망조차 그들은 빼앗기고 울었다.

"저 때문입니다."

미아가 울음으로 답했다.

"아니다. 네가 안다고 생각하는 것에 걸지 마라."

무연은 끝이 시작되기 전부터 끝을 예감하고 있었다. 그뿐이었다.

***

강진 현감이 비구니들을 형틀에 묶었다. 다만 속세를 떠나 중이 되었다는 까닭으로 모든 비구니는 죄인이었다. 형리들이 불려와 비구니들을 매질했다. 이미 죄인이었으므로 매질 전에 심문은 생략되었다. 아비가 누구이며 혼인한 지아비는 누구이며 그들에게 무슨 죄를 지었는지 매 맞은 후에, 실토해야 했다. 아무 죄도 짓지 않았다는 항변은 형틀 위에서 언제나 거짓이었다. 동헌 마당에 매 맞는 여자들의 비명이 가득 찼다.

강진 현감은 겉으로는 세밀하고 총명한 듯했으나 내실은 유약하고 자잘한 자였다. 스스로 부정을 저지르지는 않으나 백성의 고혈을 빠는 아전을 단속하지 못했고 타지 출신으로 임기만 마치면 떠날 자여서 향청과 아전들의 결정에 토를 달지 않았다. 향청과 아전들은 박판수의 뇌물에 젖어 있었고 뇌물로 관직과 신분을 사고 아랫것들이 도포를 입고 설치는 어지러운 때에 나라의 기강 확립이라는 취지에서 비구니 절을 폐하고 여자들을 잡아들인 점은 위에다 아뢰어 상찬 받을 만한 일이었다. 공맹지도를 어지럽힌 죄인 비구니들을 줄줄이 엮어 문초하고 자백을 받는 일은 현감이 위로 불려가는 길에 디딤돌이 될 터였다.

형틀에 묶이면 없던 죄도 생겨난다. 저들은 죄를 묻기 위해서 형틀에 묶지 않았다. 죄는, 형틀에 묶이기 전에 이미 정해졌다. 저들이 여자들을 형틀에 묶은 것은 자신들이 정한 죄를 죄로써 받아들이라 강요하기 위함이었다. 저들이 정한 죄를 죄로 만들기 위하여 살이 찢기고 뼈가 부서지도록 여자들을 때렸다. 장이 두세 대에 이르면 살갗이 찢어져 피가 흐르고 장이 열 대를 넘겨 스무 대에 이르러 살점이 너덜거렸다.

죄가 없어도 형틀에 묶여 치도곤을 당하고, 주리를 틀리고, 바윗돌이 허벅지에 얹히고, 인두 지짐질을 당하면 죄는 원래 거기에 있었던 듯 자연히 드러났다. 매질을 이기지 못한 비구니들이 서로의 죄를 돌려가면서 자백했다. 산사에 엎드려 수행할 때, 이치를 궁구하고 울력에 협력하던 스님들은 형틀에 묶여 산목숨의 고통에 비명을 지르면서 저들이 정한 죄를 지었노라 실토했다. 매를 맞을 때, 생사와 존망은 멀리 비켜났다. 매에 몸이 부서지는 고통 앞에서 아무것도 각오되지 않았다. 생이 고통스러웠던 여자들에게 산목숨의 고통은 스스로의 존재를 죄인으로 만들었다.

보문암의 주승 무연은 이제 양반 주인을 죽이고 도망친 중죄인이었다. 뜻밖에 살인죄를 진 강상죄인을 잡은 성과로 현감은 공 없이 남쪽벽지에서 늙어가지 않아도 되었다. 현감은 선화당으로 말을 달려 관찰사에 우선 보고하고 일차 형문을 진행해 최대한 많은 죄목을 끌어낼 작정이었다. 보고를 받은 관찰사는 제 주인인 양반을 죽이고 도망해 중이 된 중죄인을 곧바로 포도청으로 압송할 것을 명하는 서신을 내려 보냈다. 좌와 우 중 어느 포도청이 맞는가 생각하다가 전라도는 좌포도청에서 관장하지만 죄인이 살인을 저지르기는 함경도이므로 우포도청이 맞다고 생각하면서 우포도청에 미결 살인사건이 있는지 확인하는 서신을 올려 보냈다.

"너는 제 주인을 죽이고 도망해 중이 된 중죄인이다. 네가 죄를 뉘우치지 않고 도망쳐 숨어든 것도 모자라 다른 여자들까지 숨겨놓고 감춘 과정을 숨김없이 말하라."

무연은 형틀에 묶여, 침묵했다.

"네년이 정녕 이 자리에서 명줄을 끊어주어야 하겠느냐?"

현감이 매질을 명했다. 엎드려 묶인 몸에 장이 떨어질 때마다 피가 튀고 살점이 부서졌다. 현감은 눈앞에서 피비린내 나는 비명 듣기를 싫어하는 자였으나, 강상죄를 진 비구니의 죄상을 낱낱이 캐내어 위로 올리면 궁벽한 남쪽 벽지를 하루빨리 떠나는 데 좋은 일이라는 궁리를 했다.

무연이 이를 물어 잇새로 비명이 샜다. 비구니들이 스스로 보문암에 들어간 행적을 옆에서 토설했다. 비구니들의 비명과 울음과 실토를 보면서 무연은 허망했다. 허망한 세상이었다. 세상에서 꺾이고 세상을 베고 세상을 버리고 스스로를 지워 다만 무연으로 남은 생은 형틀에 묶인 순간 끝장났다. 무연은 이제 무연이 아니라 다시, 계집종 봉단이었다.

감은 봉단의 눈앞에 촛불이 흔들려 그림자가 길어졌다가 짧아졌다가 어느 순간 훅, 어둠 속으로 사라졌다. 사랑채의 새로 시친 이불을 정돈하던 열다섯 봉단은 뒤에서 찍어 누르는 힘으로 쓰러졌다. 어둠 속에서 올려다본 천장은 바위처럼 짓누를 듯 낮아졌고 창호지에 푸른 달그림자가 비출 때, 봉단의 귓바퀴에 담뱃내 섞인 늙고 더운 숨이 뿜어졌다. 담뱃내는 봉단의 입을 틀어막고 봉단의 머리채를 잡아 쥐었다. 세상은 잠들어 무심했고, 사랑채 앞 연못에 개구리들이 깨어 죽어라 울었다. 개구리 울음은 흡사 무언가에 눌려 짜부라지는 소리 같았다. 울음소리는 높게 튀었고 넓게 퍼졌고 멀리 닿았으나 잠든 세상 바깥의 소리였다. 봉단의 비명이 개구리 울음에 섞여 들어서 봉단의 귀에 스스로 개구리의 성대를 빌린 듯하였다. 개구리 울음은 봉단이 딸을 낳으며 비명을 지를 때도 들려왔다. 칼로 베는 한겨울 추위 속에서 봉단은 개구리 소리를 들었다. 눌리고 눌려 짜부라지면서 나는 개구리 울음이 산고의 비명을 덮었다. 봉단은 차라리 딸을 낳는 것이 아니라 개구리를 낳았으면 싶었다. 봉단의 아랫도리를 찢고 나온 딸년이 개굴개굴 울었다. 씨를 뿌린 늙은이에게 딸년이 강간당해 딸년이 우물에 빠져 죽은 날 밤, 봉단은 딸년의 씨를 뿌린 늙은이 목을 식칼로 찔렀다. 찌든 담뱃내에 비린 피 냄새가 섞여 봉단의 마지막 세상에 검고 일그러진 냄새가 들어찼다. 식칼에 찔린 목의 단면에서 피가 쿨럭쿨럭 쏟아지며 개굴개굴, 소리 내었다.

"하늘은 위에 있고, 땅은 발밑에 있는 것이다. 그리하여 땅이 하늘을 우러르고 따르는 것이다. 그것이 강상이다. 강상의 죄로 하늘을 범했으니 네년의 추악함이 극악하지 않느냐. 주리를 틀려야 실토할 것이냐."

주리는 두 번 틀리면 뼈가 튀어나왔고 세 번이면 없던 죄도 실토한다. 중곤을 든 집장사령이 형틀 옆에 서서 현감의 호령을 들었다. 언제라도 내려칠 수 있도록 손바닥에 침을 뱉어 찰싹 장을 쥐었다. 형틀에 묶여, 무연이 간신히 고개를 들고 말했다.

"사람이 그 가운데 있어 비로소 하늘이 위에 있고 땅이 아래 있는 것이오. 그 사람 중 절반이 여자요. 천한 여자라는 까닭으로 생각과 감정과 가능성은 무시되고 순종하고 굽히고 눌리고 묶여야 하는 팔자가 그 안에 들어 있으니, 여자라는 말 자체로 이미 폭력인 것이오."

 부질없는 줄 알았다. 이제 생에서 물러나 죽을 자리인 줄 알았다. 그래도 무연은 항변했다. 여자로 천민으로 산목숨으로 인간으로 생에 최선을 다하기 위함이었다. 생에 대한 경의로, 생의 의무와 책임으로 할 수 있는 모든 것을 온 힘을 다해 해야 한다. 끝나기 전까지 그것이 삶이다. 죽는 것이 무서운 것이 아니라 사는 것이 그렇다. 한사람, 한사람이 할 수 있는 만큼의 몸부림을 치면 그것이 쌓여 언젠가 흔들릴 수 있을 것인가. 흔들려야, 바뀔 수 있다. 언젠가, 세상은 흔들림을 향해 나아갈 수 있을 것인가.

 새로 내려친 집장사령의 매에 무연이 실신했다. 현감은 무연의 뻣뻣함이 기막혔다. 무릇 여자란 발아래 엎드려 처분을 바라고 순종해야 마땅하다. 저런 발칙한 것들이 백 명이고 천 명이고 나온다면 장차 남자들과 양반들의 위신은 모래알처럼 부서질 것이다. 혼란한 이 나라는 정녕 어디로 흘러갈 것인가. 상하 질서가 흩어지고 아랫것들이 저리 고개를 쳐들고 대들면 어찌 백성을 다스릴 것인가. 저런 것들은 씨를 말려야 한다. 위신에 흠집이 났다고 여긴 까닭에 현감은 무연을 끌어다 옥에 넣고 다음날 다시 끌어내 칠 작정을 했다. 무연의 실신으로 비구니들이 울었다. 매를 맞으면서 수많은 생의 슬픔이 겹쳐진 비명을 질렀다. 현감이 미아를 심문했다.

 "여자의 몸으로 지아비를 버린 죄는 장이 백 대다. 그도 모자라 중이 되다니."

 현감의 분노는 추상같았다. 박판수가 뒤에서 듣고 있었다. 사노를 풀어 보문암을 찾아낸 것이 박판수였다.

"홑옷만 걸치고 형구에 붙들려 묶인 신세입니다. 억울하다 말하면 믿어주시겠는지요."

"여기가 어디라고 고개를 빳빳하게 들고 대드는 것이냐. 저리 방자하니 평소 언행이 어땠을지 알겠구나. 너 같은 여자들은 나라의 아름다운 풍속을 좀먹는 벌레 같은 것들이다. 내 평소에 강진 땅의 아름다운 풍속이 지켜지고 계승되기를 바라 밤잠을 설칠 지경이거늘 네 따위가 감히 나의 선정을 해치려드는 것이냐. 저년이 이성을 가두는 독초라도 먹은 것이로구나. 내 저년을 물고 내 본보기로 삼아 나라의 풍속을 바로세울 것이다."

박판수가 나섰다. 현감의 귀에 대고 작게 말했다.

"저년이 비록 방자하여 지아비를 버린 천하의 중죄인이나, 집안 단속에 소홀한 점은 소인 또한 불찰이 있으니 집안일은 집안에서 소인이 따로 다스리게 해주십시오."

달마다 철마다 박판수는 현감에게 뇌물을 넣어두었다. 애초에 겁만 주고 풀어주라는 것이 박판수의 청이었다. 나머지 비구니들만으로 현감의 치적은 훌륭했다.

"마땅히 백 대의 장을 때려 고을의 미풍양속을 바로 잡을 것이나 너의 지아비가 잘 가르치겠다고 내게 청했다. 내 그 말이 아름다워 감복했다. 그러니 너는 돌아가 지아비를 정성으로 봉양하여 도리를 다하여라."

미아는 장 다섯 대를 맞았다.

***

"지아비를 버리고 도망한 죄는 장이 백 대다. 너는 스무 대를 넘기지 못하고 숨이 끊어졌을 것이다. 비록 한 고을의 수령이라 하나 아녀자는 지아비에게 속해 있으니 죽음의 자리에서조차 너를 건져낼 수 있는 사람은 오직 나뿐이다. 그러느라 너는 평생 만져보지도 못할 큰 돈을 썼다. 그러니 너는 이제 더욱 내 것이다."

박판수가 미아의 젖가슴을 잡아 쥐었다. 미아는 제 입술을 씹고 이를 물었다. 엎드려 살이 터진 엉덩이를 들었다. 핏줄 터진 입술을 타고 눈물이 흘렀다. 시키는 대로 네 발로 기고 목소리를 가늘고 높게 꾸며 노래를 불렀다. 하라는 대로 했다. 침묵으로 했다. 생각과 감정과 가능성이 없는 채로 했다. 아무런 의미 없이 했다. 스스로를 속인다는 생각도 하지 않았다. 얼굴은 굳었고 손은 떨리는 채로 했다. 온 생이 그래 왔던 듯, 그리했다. 불가능도 체념도 절망도 슬픔도 분노도 없이 했고, 속했던 적 없고 다시는 돌아갈 수 없는 세상의 바깥에 스스로를 멀리 두었다. 세상은 비틀려 있고 비틀린 그 틈에 끼어 섭리의 근본이 되어버린 상처를 안고, 비틀거렸다. 박판수가 미아를 줄에 묶고 자물쇠를 채웠다.

어디로 돌아서든 사방이 벽인 세상의 사슬로 묶여, 홀로 밤을 지새웠다. 어둠과 짓이겨진 육신뿐이었다. 어둠에 갇혀 눈 먼 세상에 온통 풀벌레 소리였다. 풀벌레 소리는 세상을 듣는 오직 한 줄기 선이었으며 세상과 끊겨 더 이상 물러날 곳 없는 처지의 증명이었다. 천하고 쓸모없는 몸뚱이를 소리에 기대면 몸속 깊은 안쪽에서 무수한 벌레들이 울어댔다. 무연이 들었다던 개구리 소리가 이러하였을까. 기댈 곳 없고 나아갈 곳 없어 세상에 끌려 다니다 아무 곳에도 닿을 수 없는 자리에 이르러 마침내 한갓 미물의 소리에나 몸을 내어주는가. 그 외로움이 사무쳤다. 푸른 달빛에 어둠이 젖었다. 식칼로 찔렀다 했다. 무연은 제 주인이고 제 딸의 아비인 자를 목숨을 버리려는 절망으로서 찔렀다 했다. 그것이라면 미아 또한 뚜렷한 실체로서 느꼈다. 목숨을 버리려는 절망. 박판수를 찌를 것인가.

아니다. 그것은 무연이 아니다. 그것은 봉단이었다. 무엇이 무연인가. 고통은 생명과 같다, 그러니 그것을 품어라…. 그것이 무연이었다. 무연은 봉단을 죽이고 무연으로 다시 살아 목숨을 버리려는 절망으로 찾아든 여자들을 품었다. 세상의 개들이 짖지 않도록 그림자가 되어 세상의 등 뒤에 엎드렸다. 서캐나 구더기처럼 천하다고 세상이 발로 밟은 목숨들을 거두고 그들의 깊은 눈물에 응답했다. 버려야 할 것을 버리는 법과 보아야 할 것을 보는 법과 불가능에 대한 사랑에 지치지 않는 법과, 그리고 숨 쉬고 있는 산목숨에 대한 경외를 스스로 보여주었다. 풀벌레 소리에 어디선가 개구리 소리가 얹혀 섞이는 듯했다. 뒤섞인 생명의 소리는 몸 안쪽 깊숙한 곳으로부터 솟아나 몸의 안과 밖, 어둠의 얕은 곳과 깊은 곳, 거리의 멀고 가까움을 드나들었다. 소리는 벽이 없어, 사슬을 끊고 위로도 앞으로도 나아가 비린내 나는 갯가 마을 구석에서 봉단이 살고 봉단이 죽었다는 함경도 어느 곳까지 그 넓은 공간을 순식간에 하나로 메우고 있었다.

박판수가 미아를 철저하게 감시했다. 측간에 갈 때도 귀녀나 귀순을 붙여 보냈고 밤에 잠들 때는 사지를 자기 몸에 묶어놓았다. 하늘 한 뼘 볼 수 없게 울타리에 갇혀 침묵하는 미아에게 무껍질로 얼굴을 내리치고 썩은 감자를 입에 처넣었다. 미아는 묶인 개처럼 굴었다. 짖으라면 짖고 꼬리를 흔들라면 온 힘을 다해 흔들었다. 세상이 잠든 시각에도 일하고 세상이 깨어나기 전에 이미 일하고 있었다. 스스로 묶인 듯이 고개를 떨구고 어깨는 오므라져 구부러지고 허리가 꺾여 아무리 눈을 치떠도 하늘이 보이지 않도록 몸뚱이를 썩어가는 흙바닥 속에 처박았다. 따귀를 맞고 발길질을 당하면 더욱 열심히 했다. 더욱 조이려 날숨을 간신히 조그맣게 내뱉을 때도 목구멍을 조였다.

이제 미아는 타고난 종이었고 근본부터 천한 구더기처럼 흙바닥을 기었다. 하늘과 땅 사이, 그 가운데 있지 않았다. 벌레처럼 납작해져 세상의 발아래 엎드렸다. 스스로 존재하지 않는다 여겼으므로 보이지 않고 오그라드는 스스로가 가엽지 않았다. 들숨을 들이쉴 때 명치를 찌르고 들어오는 매의 고통이 존재하지 않는 미아의 몸뚱이에 날카롭게 꽂혔다. 몸뚱이는 나날이 비어 차츰 껍질이 몸보다 커졌다.

박판수가 흡족해했다. 여자란 본디 약한 것들이어서 크게 경을 치고 끌려가 매를 맞고서야 지아비 귀한 줄 알게 된 것이라 여겼다. 발밑에 조아려 짜부라든 미아를 보고 자신을 하늘처럼 떠받들게 되었다고 여겼다. 아껴 주리라, 말도 했다. 아끼는 종은 아끼는 개랑 같아. 먹이를 줄 수도 쓰다듬을 수도 이름을 붙여줄 수도 있다. 그러나 주인 발밑에 있다 주인을 물려 들면 죽을 만큼 패거나 죽을 때까지 패야 하지. 그건 개도 알아. 박판수의 의심이 차츰 옅어졌다. 마침내 미아를 줄에 묶어놓는 것을 잊고 박판수가 잠에 빠진 밤. 미아는 도망쳤다. 지난번에 갔던 길은 돌아보지 않았다. 새로운 길을 골라 할 수 있는 만큼 최대한 멀리 갔다. 그렇게 찾아든 산속의 절에서 이틀을 머무르지 않았다. 오래 머물다 다시 들킬까 싶어서였다.

북쪽으로 길을 잡았다. 강진 땅을 벗어나본 적 없지만 자꾸 북쪽으로 나아가다보면 서울 땅이 나오고 그보다 더 북쪽으로 가면 무연이 있었다는 곳에 이를 터였다. 그곳에 가서 자리를 잡자, 다짐했다. 길이 있으면 길을 따라 걸었고 길이 없으면 헤맸다. 먼지 나는 황톳길을 걸을 때 스스로를 잊고 하늘의 구름자락을 찾아 집요하게 올려다보면 그것이 지탱해주었다. 갈 곳이 없고 갈 길이 아니더라도 갈 수밖에 없는 길은 어디로 뻗은 것인지 몰라 스스로 길을 가는 것이 아니라 길이 먼저 인도해주기를 자주 빌었다.

길은 있다가도 없고 없다가도 결국 다시 나와서 뼈와 가죽만 남은 몸뚱이를 그 위에 올려놓았다. 배고픔이 항상 따라다녔다. 배고픔은 언제든 몸뚱이를 덮쳐 입에서 단내가 나고 목젗이 부었다. 굶주림이 덤벼들면 무엇이나 다 주워 먹었다. 땅에 떨어져 썩은 열매와 씨앗과 풀잎을 뜯어먹었다. 땅을 파고 지렁이를 먹었고 소나무 가지의 애벌레를 먹었다. 풍뎅이와 달팽이를 먹고 쓰레기를 뒤졌다.

밤에도 쉬지 않았다. 길이 없어 동쪽으로 가다가 별이 뜨면 북두칠성을 오른쪽에 두고 은하수를 가로질러 가다가 오른쪽으로 꺾어 쭉 다시 서쪽으로 향하는 식이었다. 동트기 전의 푸른색에 기대어 꿇듯이 잠들었다가 추위가 녹고 볕이 찐득해지면 일어나 다시 걸었다. 사람의 목숨은 숨과 숨 사이에 있고, 하늘과 땅 사이의 길은 평행선과 소실점 사이에 있었다. 길 위에서는 아무것도 찾을 수 없었으나 모든 것을 찾을 수 있을 것 같기도 하였다.

그러나 두 발로 걷는 걸음이었다. 처음에는 하루에 오십여 리를 걸었으나 점점 그 거리가 짧아졌다. 발가락에 물집이 잡히고 다리가 뻣뻣해졌다. 월출산을 넘었다. 바위산을 오르자 하늘이 가까워졌다. 길이 험할수록 마음이 놓였다. 그렇게 산을 넘어 영암의 한 절에 이르렀다. 비구니 서넛이 기거한다는 내원암으로 숨어들었다. 기와 올린 번듯한 법당 하나 없는 초가였다. 관음보살만을 모시고 종일 먹고 사는 울력에 여념 없는 곳이었다. 비구니 둘이 방 한 칸을 내주었다. 며칠 머물다 떠나라, 하였다. 합장하여 인사하고 낡은 이불 덮고 누웠다.

산속 풀벌레가 울었고 처마에 매달린 풍경이 쟁강쟁강, 바람을 몰아왔다. 쟁강쟁강은 무연이 듣던 풍경 소리였다. 지나간 모든 것과 닥쳐올 모든 것에 묻고 싶은 것이 많았다. 마음속에서 풀벌레 소리에 개구리 소리가 얹혔고 개구리 소리에 외로움이 사무쳤다. 진하고 찬란한 생을 꿈꾸지 않았으나 기어이 살아남으려는 산목숨의 몸부림이 복받쳤다. 메뚜기인지 알에서 깨어난 긴 날개여치 새끼가 날개를 비벼서인지 풀숲이 서걱거렸다. 서걱서걱. 쟁강쟁강. 개굴개굴. 서걱서걱. 쟁강쟁강. 개굴개굴. 서걱서걱.

쟁강쟁강. 개굴개굴. 소리는 몸뚱이에 스며 몸뚱이가 서걱거리고 쟁강거리고 개굴개굴 울다가, 소리에 실려 끌려가듯 잠들었다.

컹컹.

개 짖는 소리. 모든 소리들을 단번에 누르고 튀어 오르는 소리. 깊은 밤 깊은 숲 속에 개 짖는 소리. 모든 감정과 생각들을 찢어발기고 오직 절망의 날 위에 선 산목숨을 물어뜯는 소리. 미아는 소스라쳤다. 도망하는 길 위에 선 자는 안다. 본능적으로 쫓기는 기척을 알아챈다. 심장이 알고 이상할 정도로 빠르게 몸뚱이가 깨어난다. 눈을 뜨는 것과 이불을 박차는 것이 동시였다. 미아는 맨몸으로 나섰다. 잡히더라도 여기서는 안 된다. 내원암 비구니들까지 몰아갈 수는 없었다. 내원암을 등지고 더 깊이 산속으로 들어갔다. 발을 떼고 다음 발이 나서기 전에 또 다음 발을 떼었다. 맨발에 무엇이 박혀왔다. 발을 옮길수록 더 깊이 박혀왔다. 죽음의 앞에서도 한낱 발에 박힌 것의 날카로움과 흐르는 피가 아팠다. 심장이 멎을 만큼 아팠다. 그 발과 심장을 버리는 심정으로 뛰었다. 그러나, 죽음에 떠밀려 안간힘으로 뛰는 자의 걸음이었으니, 산을 타는 사냥개를 따돌릴 수 없었다.

"네년이 감히 온정을 베풀어 풀어준 현감나리의 은덕을 무시하고 도망친 죄를 덕으로 감싸준 지아비를 두 번이나 버리고 다시 도망하다니. 네년은 단지에 갇힌 자라 신세니 이제 다시는 도망하지 못할 것이다."

강진 관아의 형방이었다. 나졸 두엇이 미아를 묶었다. 미아는 저항하지 않았다. 말없이 형방과 나졸들을 따라나섰다. 뜨거운 횃불이 미아의 얼굴을 붉게 비쳤다. 미아는 눈물도 흘리지 않고 한숨도 쉬지 않았다. 한 사람이 할 수 있는 만큼의 몸부림을 최선을 다해서 했다. 부질없는 줄 알았다. 이제 생에서 물러나 죽을 자리인 줄 알았다. 그래도 여자로 천민으로 산목숨으로 인간으로 생에 최선을 다하기 위함이었다. 생에 대한 경의로, 생의 의무와 책임으로 할 수 있는 모든 것을 온 힘을 다해 해야 한다. 끝나기 전까지 그것이 삶이다. 그러한 생들이 쌓여 언젠가 세상은 흔들릴 수 있을 것인가. 무연의 말이었고, 미아의 말이었으며, 모든 안타까운 생들의 쌓이고 쌓인 말이었다.

밤을 새워 걸었다. 지체 없이 호송하라는 강진 현감의 엄명으로 월출산 산마루에서도 숨을 고르며 쉬지 않았다. 버리기로 마음먹은 발과 심장이 아파 고통스러웠다. 마음속으로 반듯하게 걸어 나아가고 싶었다. 고개를 들고 똑바로 서서 그 길을 바라보고 싶었다. 아파서, 뚜벅뚜벅 걷지 못했다. 산길은 멀고 길고 막막했다. 세상으로부터 도망갈 때도 그 길은 험하고 끝이 보이지 않았고 다시 끌려 되돌아가는 그 길도 서럽도록 멀었다. 하나의 개인에 불과했으나 같은 길을 먼저 걸었을 안타까운 생들이 몸 안에서 느껴졌다. 온 세상에서 부서진 조각으로 억눌려 살다가 세상이 끌어가 죽음의 길을 걸었을 수많은 목숨들이 쌓여 아픈 심장 속으로 들어왔다. 그들도 또한 각자의 최선을 다해 끝끝내 몸부림쳤으리라.

마침내 강진으로 들어섰을 때 소문을 듣고 나온 사람들이 길을 메웠다. 그중에 막례가 있었다.

"못 간다. 이대로는 못 간다. 차라리 나를 죽이고 가거라, 이놈들."

어미인 막례는 딸년을 묶어 끌고 가는 나졸들의 검은색 단령자락을 붙들고 늘어졌다. 바닥에 주저앉아 질질 끌려갔다. 어미는 손을 놓지 않았다. 어미는 통곡의 소리를 높여 덤벼들었다.

"오냐, 밟고 지나가거라. 먼저 내 뱃대지를 밟아 뭉개야 할 것이다. 뱃대지가 터져 창자가 쏟아져도 나는 못 비킨다. 네놈은 사람도 아니더냐. 내 딸년 이리 잡혀가면 어찌될 줄 뻔히 알면서도 네놈은 불쌍하지도 않더냔 말이다, 이놈. 복날 개처럼 껍질을 벗겨줄까. 아니면 나 죽어 귀신 되어 밤마다 네놈 이불 속에 들어앉아 있어 줄까. 네놈이 장가들어 색시가 태기 든다 한들, 십 삭이 차서 애를 낳는다 한들, 그 애가 멀쩡할 줄 아느냐, 이놈. 사지가 틀어지고 창자가 끊어져 하루 안에 죽어나갈 것이다, 이놈."

어미는 울부짖었다. 총각 놈 하나가 돌을 집어 던졌다.

"몇 놈의 중놈들과 붙어먹었을까. 밤마다 고쟁이, 속곳 벗어대느라 재미 좋았을까. 말해봐, 이년. 말해보라니까. 아랫도리 함부로 놀리고 싶어서 지 서방 버린 년. 조리돌림 해야지. 북을 이고 맷돌을 지고서 화살을 귀에 꿰어 온 마을을 돌게 해야지."

그 돌에 맞아 딸년이 피를 흘렸다. 어미는 악악대며 목구멍에서 피 울음을 토했다. 딸년은 어미가 가여웠다. 어미가 가여워 새로운 눈물이 흘렀다. 한번 어미가 되면 영영 어미가 아닐 수는 없어서 어미도 또한 버리고 싶을 만큼 심장이 아플 것이었다. 딸년은 딱 하나만, 그것 하나만 지나온 세상과 지나갈 세상에게 부탁하고 싶었다. 언젠가, 어미들이 불가해한 자식의 생으로 피눈물 흘리지 않았으면 좋겠다. 하늘의 솔개가 날으던 까마귀를 채었다. 휘어진 버들잎이 좁은 길에 늘어지고 복숭아는 땅을 향해 쉼없이 꽃피우고 있었다. 길가로 나와 구경하는 사람들이 더 많아졌다. 까마귀를 발톱에 매단 솔개가 월출산 노루막이를 향해 날았다. 미아의 나이 열아홉이었다.